Heibonsha Library

平凡社ライブラリー

Heibonsha Library

義経記

佐藤謙三
小林弘邦 訳

平凡社

本著作は一九六八年五月『義経記1』、同年十月『義経記2』
として平凡社東洋文庫より刊行された二冊を合本したものです。

目次

凡例

一　本書の本文は流布本の一つ、その巻末に寛永十年癸酉五月吉日西村又左衛門尉梓行とある平仮名整版本を用い、さし絵は、元禄十年丁丑孟春穀日京寺町松原下ル町梅村三郎兵衛と巻末にある絵入りの平仮名整版本によった。

一　本書は、原文をできるだけ忠実に口訳することに心がけた。しかし、現代文としてその文意が通じないような場合などには、語句の順序を変えたり、主語や客語等を補ったりした個所や、意訳したところもある。また、原本にはないが、異本にある本文を挿入した方が理解しやすいと思われる場合に限り、口訳した始めと終りの右側に印を付けて挿入した。＊印は田中本、△印は芳野本、◎印は判官物語、□印は義経物語である。

　なお現段階で解釈できない語句は原文のままとした。

一　和歌は原文のままとした。

一　義経に関する伝説を中心に、『義経記』を読む上で知っていた方がよいと思われる人物の略歴、系図、伝説、また官位や、諸記録との相違などを巻末に注として付けて読者の参考に供した。

一　原本の明らかに間違いと思われる人名・地名は、原文のままとし、（　）内または注で正した。間違いと思われる語句についても同様である。

一　本書の口訳にあたって、岡見正雄校注『義経記』（日本古典文学大系）の恩恵を被った。また、高木卓訳『義経記曾我物語』（古典日本文学全集）を参考にした。

一　本書の目録は、漢字、仮名遣い、振り仮名等、すべて原文どおりとして、原本の形態を生かした。このため、目録の題と本文の題とが一致しないことがある。

なお、本書に取り上げた『義経記』の異本と、しばしば引用して参考にした本とを挙げて、簡単に解説を加えておく。

田中本義経記

高橋貞一編著の『田中本義経記と研究』の解説によると、この田中忠三郎氏蔵の義経記は、江戸初期の書写本で、諸本の脱誤をかなり多く補うことのできる貴重な伝本である。なお本口訳本に引用した義経物語（高木武氏旧蔵）は、高橋氏の解説によると田中本より後出と認められる同類本である。田中本は昭和四十年十一月、未刊国文資料刊行会から刊行されている。

橘本判官物語

稲垣本・稲武本といった、現橘健二氏の蔵本。巻七の題簽には「義経記」とあるが、内題はすべて「判官物語」と書いてあり、室町末期の書写本と言われている。昭和四十一年十月に古典研究会から複製本が刊行された。

芳野本義経記

山岸徳平博士は、永禄六年以前のもので、流布本中のある系列に属する一小異本と称すべきであると言われている。昭和四十年四月に静嘉堂文庫蔵のものが複製本として古典研究会から刊行された。

異本義経記

乾坤二冊で、叡山文庫に所蔵されている。いわゆる義経記系の諸本とは異なり、覚書き・個条書き風である。伝承文学研究第四、五号に志田元氏の飜刻したものがある。

平家物語

異本の数が非常に多い。一方流（例えば、岩波文庫や角川文庫の本）と八坂流（国民文庫本）の語り本に分かれており、また、長門本（二十巻）とか延慶本（六巻十二冊）などの読み本もある。なお、本書によく引用した屋代本平家物語は、八坂流の語り本中最も古態を持つ一本で、現存の本は巻第四・第九を除く巻第十二までと、剣巻及び抽書とから成っている。本書の複製本が春田宣氏の解説付きで刊行されている。

源平盛衰記

平家物語の異本の一つで、全四十八巻からなる。通俗日本全史（大正元年、早稲田大学出版部刊）所収のものが活版本のうちではよいとされている。

吾妻鏡

東鑑とも書く。治承四（一一八〇）年四月九日から文永三（一二六六）年七月二十日までの鎌倉幕府の記録。ただ純粋の日記ではないので、史料価値は下がる。国史大系・国書刊行会叢書・日本古典全集並びに岩波文庫所収。

玉葉

玉海ともいう。長寛二（一一六四）年閏十月十七日から正治二（一二〇〇）年十二月二十九日までの九条兼実の日記。国書刊行会叢書所収（昭和四十一年にこの複製本がすみや書房から出版されている）のものと、哲学書院刊（明治四十一年）のものがある。

吉記

吉御記・吉戸記・吉大記ともいう。仁安元年から二十八年間の吉田経房の日記。現存のものは仁安元（一一六六）年から二年、承安二（一一七二）年から安元三（一一七七）年、治承三（一一七九）年から文治元（一一八五）年と文治四年、建久二（一一九一）年である。史料大成所収。

百練抄

全十七巻。現存のものは、巻四の冷泉天皇の安和二（九六九）年から後深草天皇譲位の正元元（一二五九）年までの、編年体の記録で、京都側、公家方の事情に詳しい。作者未詳。国史大系所収。

左記

真言行法の故実書。口訳本に引用した一文は序文に当たる。群書類従所収。

愚管抄

全七巻。著者慈円の史論と言われる。国史大系、日本古典文学大系、岩波文庫所収。

保暦間記

全五巻。保元の乱から後醍醐天皇崩御の年までの、一八二年間における争乱を書いた。著者、成立年代不詳。群書類従所収。

尊卑分脈

十四巻。正しくは「編纂本朝尊卑分明図」という。洞院家で代々書き継がれた、皇室及び源平藤橘の諸系図。国史大系、故実叢書所収。

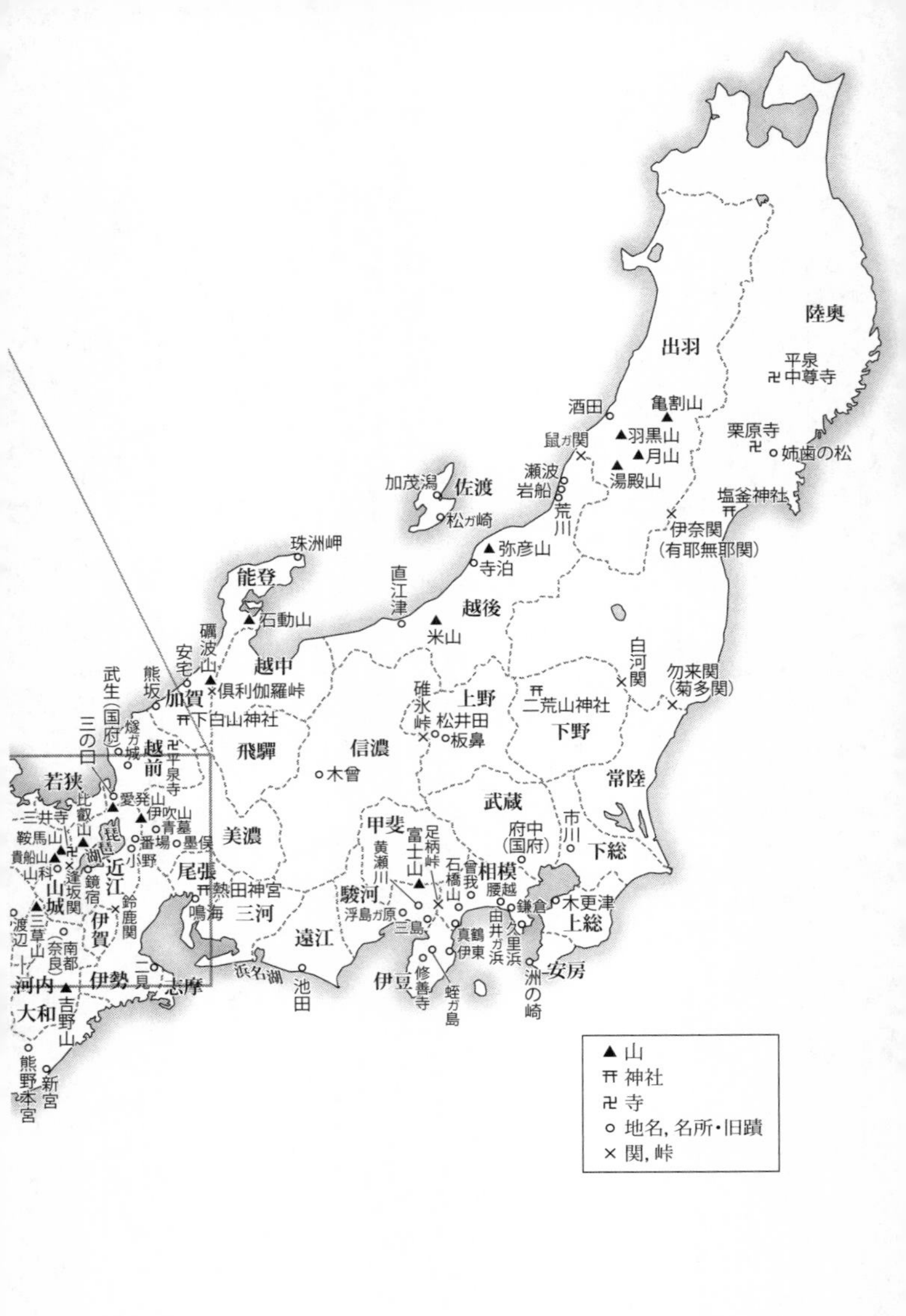

陸奥
出羽
平泉
中尊寺
酒田
亀割山
羽黒山
月山
湯殿山
鼠ガ関
栗原寺
姉歯の松
瀬波
岩船
荒川
塩釜神社
伊奈関
(有耶無耶関)
加茂潟
佐渡
松ガ崎
珠洲岬
弥彦山
寺泊
能登
直江津
越後
石動山
米山
礪波山
安宅
越中
白河関
勿来関
(菊多関)
熊坂
武生(国府)
加賀
倶利伽羅峠
碓氷峠
上野
松井田
板鼻
二荒山神社
下野
下白山神社
燧ガ城
三の口
越前
平泉寺
飛騨
信濃
木曽
若狭
常陸
比叡山
愛発山
伊吹山
三井寺
青墓
美濃
武蔵
市川
甲斐
足柄峠
府中
(国府)
鞍馬山
琵琶湖
番場
墨俣
黄瀬川
富士山
貴船山
山科
逢坂関
近江
小野
鏡宿
尾張
熱田神宮
石橋山
曾我
相模
下総
腰越
鎌倉
木更津
山城
駿河
鈴鹿関
三草山
伊賀
鳴海
三河
浮島ガ原
三島
田井ガ浜
久里浜
渡辺
南都
(奈良)
遠江
真鶴
伊東
上総
二見
伊勢
志摩
浜名湖
河内
吉野山
池田
伊豆
修善寺
蛭ガ島
洲の崎
安房
大和
熊野本宮
新宮
山
神社
寺
地名, 名所・旧蹟
関, 峠

義経記関係地図

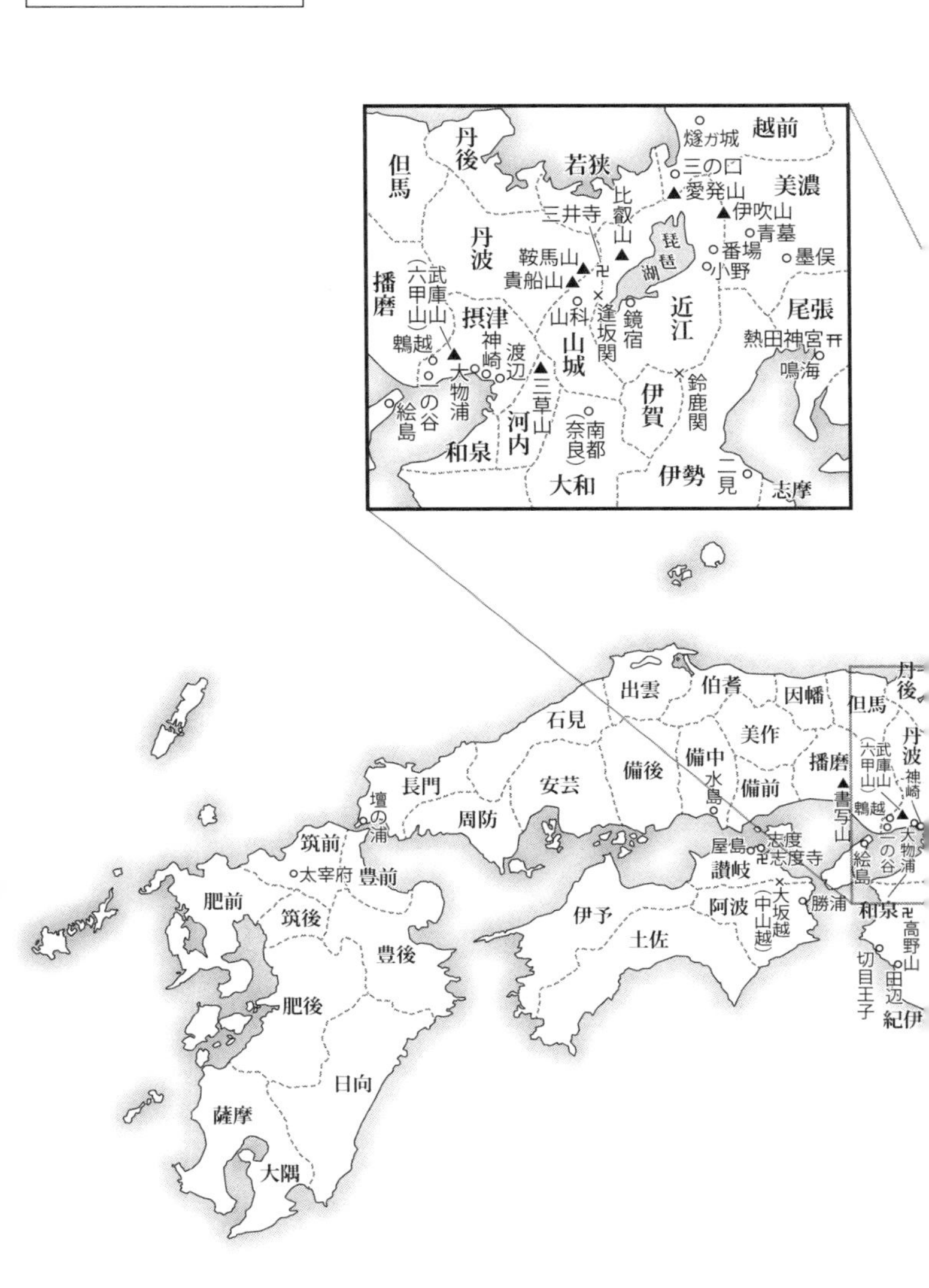

越前
燧ガ城
丹後
若狭
三の口
但馬
愛発山
美濃
比叡山
伊吹山
三井寺
青墓
丹波
琵琶湖
番場
墨俣
鞍馬山
小野
播磨
武庫山（六甲山）
貴船山
近江
尾張
摂津
山科
逢坂関
鏡宿
山城
熱田神宮
鵯越
神崎
渡辺
鳴海
一の谷
大物浦
三草山
伊賀
鈴鹿関
絵島
河内
南都（奈良）
和泉
大和
伊勢
二見
志摩
出雲
伯耆
因幡
石見
美作
備中
長門
安芸
備後
播磨
水島
備前
壇の浦
書写山
周防
筑前
屋島
志度
志度寺
讃岐
太宰府
豊前
肥前
大坂越（中山越）
筑後
阿波
勝浦
伊予
和泉
高野山
土佐
豊後
切目王子
田辺
紀伊
肥後
日向
薩摩
大隅

義経記　巻第一目録

よしとも都（みやこ）おちの事

ときは都おちの事

牛若（うしわか）くらま入の事

しやうもん坊（ぼう）の事

牛若きぶねまうでの事

吉次が奥州（おうしう）物がたりの事

しやなわう殿くらま出の事

義経記　巻第一

よしとも都落の事

我が国の昔から有名な武将を思い起こしてみると、坂上田村麻呂[1]、藤原利仁（としひと）[2]、平将門（たいらのまさかど）[3]、藤原純友（すみとも）[4]、藤原保昌（やすまさ）[5]、源頼光（みなもとのらいこう）[6]などがいた。また、中国でも漢の時代、樊噲（はんかい）[7]とか張良（ちょうりょう）[8]という勇名をはせた武将がいたが、しかし、それらは皆その名前だけは聞いているが実際にその勇姿を見たのではない。それに比べて、われわれの目の前で数々の武略を使いわけ、華々しい活躍を展開し、天下の人々を「あっ」と言わせたのは、下野守や左馬頭を歴任した源義朝[9]の末ッ子、あの源九郎義経という日本にふたりといない名将であった。

その父義朝は、平治元（一一五九）年十二月二十七日、中納言衛門督（えもんのかみ）藤原信頼（のぶより）に味方して、京の戦さ[10]に敗れた。この戦さに先祖代々の家来達を数多く討たれてしまったので、義朝は生き残った二十騎ばかりで東国の方へ向かった。成人した子供達は引き連れて行ったが、幼い子供達は都に残したまま遁れて行ったのであった。

その時義朝と同行したのは、嫡男鎌倉の悪源太義平[11]、十六歳の次男中宮太夫進朝長（ちゅうぐうのだいぶのしんともなが）[12]、十二歳の三男右兵衛佐(うひょうえのすけ)頼朝であった。義朝は、悪源太義平に、北国の源氏武者を集めて攻め上れと言って、越前国に向かわせた。だが、それも思い通りにならなかったのか、義平が近江国の石山寺に潜伏しているのを平家方で聞きつけて、難波(なんば)、妹尾(せのお)などの平家の侍を遣わしてこれを捕えさせ、都に連れ上って六条河原で首を刎ねた。

次男朝長は、敗走の途中山賊の放った矢が左の膝がしらに深く突き刺り、美濃国の青墓という宿場まで来て死んだ。

義朝には、子供がそのほか方々にたくさんいた。尾張国の熱田神宮の大宮司の娘との間に生まれた子供[13]がひとりあった。遠江国の蒲というところで成長したので、蒲の御曹司といった。これは後に任官して三河守といわれた。

九条院[14]に雑仕として仕えていた常盤(ときわ)にも生ませた子供が三人あった。今若七歳、乙若五歳、そして牛若[15]はその年に生まれた子であった。

平清盛は、この子供達を捕えて斬り捨てるように厳命をくだした。

ときは都落の事

永暦元年正月十七日の明け方、常盤は、今若、乙若、牛若の三人を連れて、大和国宇陀郡(やまとのくにうだのこおり)の岸岡(きしのおか)という所に住む、親しく交際している人を頼って訪ねて行ったが、戦乱で、世の中が落ち着かない時節だからと拒絶されてしまった。仕方なく、その国のたいとうじという所に隠れていた。

常盤の母は関屋という名で、京の都の楊梅町に住んでいた。平家は、その関屋を六条（六波羅）へ呼び出して、常盤と三人の子供の行方を厳しく取り調べているという噂が常盤の耳にも入ってきたので、常盤はそれを非常に悲しんだ。母の命を助けようとすれば、三人の子供が斬られてしまう。子供を助けようとすれば、老いた母をきっと失うに違いない。子供のためにどうして親を見捨てることができよう。そうだ、親に孝行する者は堅牢地神(16)がその祈りをお聞き届けになってくださるというから、こうするのが子供のためにもよいのだと、自分の心に無理にも言い聞かせながら、三人の子供を連れて、泣きながら京都へ出かけて行った。

そのことが六条の耳に入ったので、早速悪七兵衛景清と堅物太郎とに命じて常盤母子を六条に引き立てた。平清盛は、常盤をひと目見て、それまで常盤のことを火焙りの刑にも水責めの刑にもしてやろうと思っていたが、激怒していたその心も今は急に解けてしまった。なにしろ常盤という女は日本一の美人だった。

九条院は、美人を非常に愛された人であったので、ある時、京都中から姿や顔立ちの美しい女を千人集めさせ、その中から百人を選び、百人の中から十人を選び出し、さらにその十人の中からひとりを選び出したことがあったが、その最後に残った美人が常盤であった(17)。実際、あの美人として誉れの高い漢の武帝の李夫人や、唐の玄宗皇帝の寵妃楊貴妃でさえも、常盤の美しさには及ぶまいと思われた。

清盛は常盤の美貌に心を奪われ、自分にさえなびくならば、たとえ将来、この源氏の子供達が、自分の子孫のどんな敵にもなるならばなってもよい、この三人の子供の命を助けてやろう、と思った。そこで堅物太郎頼方と悪七兵衛景清に命じて、常盤母子を七条朱雀に住まわせ、日々の護衛の武士も、頼方の一存に任せた。

清盛は、始終常盤のもとへ手紙を届けたけれども、常盤はそれを手に取ってみようともしなかった。しかしながら、手紙の数が度重なるにつれて、貞女は両夫にまみえずという通念からも外れ、また、世間の人の誹謗がその身に集まってくることを考えないでもなかったが、ただ三人の子供の命を助けたい一念から、とうとう清盛の言葉に従って、愛してもいない人との新しい生活に入った。そうしたからこそ、常盤は三人の子供を各所で見事に成人させることができたのであった。

今若は八歳の春頃から観音寺に入れて修行させ、十八歳の時仏門に入る儀式を受けて、禅師の君と呼ばれた。後には、駿河国の富士の麓に住んで、悪禅師と呼ばれた。八条にいる乙若は、僧ではあったが、腹ぐろな恐ろしい人で、加茂両社、春日神社、伏見稲荷社、八坂神社の祭礼のたびごとに平家の人々をつけ狙った。後年、紀伊国の住人新宮十郎義盛が、[18]以仁(もちひと)王の令旨を頂いて謀反を起こした時、東海道の墨俣河(すのまた)で討たれた。

牛若は、四歳になるまで母の膝もとにいたが、世間一般の子供達より、性質や行いが図抜けていたので、清盛もつねづね気にして、

「敵の子を、その敵のところで育てていては、将来どのようなことになるのであろうか」

と言っていた。

常盤は、清盛のそういった考えを察したので、京都の東、山科(やましな)というところに、代々源氏に仕

えていた者が、俗世間を遁れて隠れるようにして暮らしているその家に、七歳まで牛若を預けて育てさせた。

うしわかくらま入の事

常盤は、自分の子供がだんだん成長してくるとかえって心配になった。武士の頭領の子を、初めから人の家来にするのも詰らない。といって、彼等はまだ経験がないから、公卿との交際もできない。とにかく僧にして、亡き義朝の菩提を弔わせようと思った。

そこで、鞍馬寺(19)の別当、東光坊(とうこう)の阿闍梨(あじゃり)は死んだ義朝が祈禱を頼んだ師僧であったので、常盤は使いをやってこう言って頼んだ。

「義朝の末の牛若という子を、私同様にご存知でございましょう。今は、平家全盛の世の中でありますので、女の身として義朝の子を側に置いて育てるのも、なにかと大変でございます故、鞍馬寺に入れたいと思います。強く勇ましい心の子であっても、落ち着いた穏やかな心の持主になりますように、書物の一冊も読ませ、お経がわかるようにさせて頂きたいと思います」

東光坊の返事は、

「亡き左馬頭殿のお子様であることは、また格別に嬉しいことでございます」

ということで、早速山科へ迎えの人を寄越した。こうして牛若は、七歳になった二月の初め、鞍馬へ上った。

その後は、一日中師の東光坊の前で経を読んだり、書物を読んだりして、夕暮れになれば、夜が更けて仏前の灯明が消えるまで、東光坊とともに学び、午前四時過ぎの暁の空となるまで、ともかく朝も夜もただ一心不乱に学問のみに励んだ。

東光坊も、比叡山延暦寺や三井寺にも、これほどの稚児がいるとは考えられなかった。学問に精進すること、そして性質、容貌まで比べようのないほど勝れているので、良智坊の阿闍梨や、覚日坊の律師も、

「このまま二十歳まで学問を続けたならば、鞍馬の東光坊の後を継いで仏法を承け伝え、鞍馬寺のご本尊である多聞天の宝のように、人々から尊ばれる人になられるであろう」

と言い言いした。

母の常盤も、それを伝え聞いて、

「牛若が学問によく精を出しているといっても、母のいる家にいつもいたいなどという考えが起こったならば、気持が荒んで学問を怠けるようになるでしょう。牛若が、母を恋しく思い、会いたいと言った時には、特別にお使いの者を頂ければ、私がそちらまで参り、牛若を見もし、またこちらの顔を見せもしてから帰りましょう」

と言った。すると、

「それでなくても稚児を里に帰すことは、なかなか簡単にできることではありません」

と言って、一年に一度か、二年に一度しか帰させなかった。

このように学問を一心に励んでいた牛若に、どのような悪魔がすすめたのであろう。十五歳の

秋頃から、学問に励む心が思いもかけなかったことに変わってしまった。それは、昔の家来が平家に対する謀反をすすめたからであった。

しやうもんばう[20]の事

京都の四条室町に、源氏の古い家来がいた。頭を剃った法師体だが、これは恐るべき者の子孫だった。左馬頭義朝の乳兄弟鎌田次郎正清の子で、平治の乱の時には、十一歳になっていたが、義朝を騙し討ちにした長田庄司（おさだのしょうじ）が、この子を斬首するという噂があったので、母方の親しい身内の者がやっとのことで隠して置き、十九歳の時に元服させ、鎌田三郎正近（まさちか）と名乗らせた。

正近は、二十一歳の時にこう考えた。保元の乱で源氏は為義[21]が討たれ、平治の乱ではその嫡子義朝が討たれてしまってから後は、源氏の子孫が絶えてしまい、その家名も、その誉れも世に埋もれ、そのまま長い年月を送ってきた。義朝が討たれた時、同じく自分の親も清盛に滅ぼされたのであるから、自分は出家して諸国を修行して歩き、主君義朝の菩提を弔うとともに、親の冥福をも祈ろうと、そう決心したので、九州の方へ修行に出た。筑前国（ちくぜんの）みかさ（御笠）郡太宰府の安楽寺（あんらくじ）という寺で学問を積んでいたが、ふと故郷のことを思い出して京都に戻り、四条のお堂で、一心に仏道の修行に励んでいた。法名を、しょうもん坊といった。また四条の聖とも呼ばれた。

しょうもん坊は、仏への勤めのかたわら、平家の栄華を見るにつけ、呆れ返ったことだと思った。何故なら、平家といえば、上は清盛の太政大臣になったのをはじめとして、下は一門の末流に至るまでが、天皇の側近に仕える公卿になっている。それなのに源氏は、保元、平治の両合戦でみんな滅ぼされてしまい、成人した者は斬罪に、幼い者はあちらこちらの寺などに入れられて、今日まで世に現われない。好運の星の下に生まれた、そしてその心も強く勇ましい源氏の大将が、ああ、どうか平家追討の兵を挙げることを決意してくれないものか。その時には、自分はどこへでもその人のお供をして、反乱の戦さを起こし、平家を討つ宿望を遂げたいものだと、そう考えるのであった。

　しょうもん坊はまた、仏への勤めのあいまあいまには指を折って諸国に散在する源氏勢[22]を数えてみた。紀伊国には新宮十郎義盛、河内国には石川判官義みち（兼）、摂津国には多田蔵人行綱、都には源三位頼政、卿公円しん（義円）、近江国には佐々木源三秀義、尾張国には蒲冠者範頼[23]、駿河国には阿野禅師、伊豆国には兵衛佐頼朝[24]、常陸国には志田三郎先生義憲、佐竹別当昌義、上野国には利根、吾妻等の一族がいる。だが、これ等の人達はそれぞれ遠く離れていて頼みにできない。しかし、都の近くには、そうだ鞍馬山に左馬頭殿の末子の牛若というお方がおられる。一度出かけて行ってみて、心根がしっかりしておられたならば、手紙を頂戴して伊豆国へ下り、兵衛佐殿のところへ行き、そこで諸国の軍勢を集めて反乱を起こしたいものだ。そう思うと矢も楯もたまらず、ちょうどその頃は、四条のお堂も夏安居[25]であったが、かまわず四条のお堂を後に、すぐさま鞍馬へ上っていった。そうして、東光坊の住まいの縁先にしばらく立っていると、

「四条の聖が来られました」

取次ぎの者がそう言ったので、東光坊は、わかったと即座に承知して、しょうもん坊は東光坊

のもとに身を寄せることになった。しかし、しょうもん坊が、その心の底に謀反の野心を抱いて来たのだとは、東光坊は夢にも知らなかった。

ある夜の暇な時、人々が寝静まってから、しょうもん坊は牛若のいる部屋へ行って、耳もとに囁(ささや)いた。

「今まで平家打倒をお思いつかれなかったのは、なにもご存知なかったからなのですか。あなた様は、清和天皇から十代の後胤、源家の頭領、亡き左馬頭殿の若君ですぞ。そういう私も、左馬頭殿の乳兄弟であった鎌田次郎兵衛の子であります。ご一門の源氏が、あちらこちらの国々に押し込められて世に出る日のないのを、あなた様は悲しいこととはお思いにならないのですか」

今は、平家が天下を取り、全盛の世であるから、この男が計略を用いて自分を陥れようとしているのかも知れないと思ったので、牛若は気を許そうとしなかった。そこでしょうもん坊は、源氏代々のいろいろな事を詳しく話して聞かせた。牛若は、今までしょうもん坊を見たことも会ったこともなかったが、以前からそういう者のいることを聞いていたので、それならば、いつも同じ場所で会うのは工合が悪い、今度からは場所を変えて会うことにしよう、と言って、しょうもん坊を返した。

牛若きぶねまうでの事

しょうもん坊に会ってからの牛若は、全く学問を放棄して、明けても暮れても平家を打ち倒すことばかりを考え続けていた。

およそ、謀反を起こすほどの者は、早業（はやわざ）ができなくてはきっと成功しないだろう。そこで牛若は、まず最初に、その早業を練習しようとした。(26) だが、この東光坊の僧房は、いろいろの人の集まって来る所なので、ここではとても難しいことに気づいた。

鞍馬の奥に、僧正ヵ谷という所があった。その昔、どんな人が崇敬して祭ったのであろう、貴（き）船（ぶね）明神といって、大変有難い神様があった。そこには、なんとかいう徳の高い僧も修行していた。その当時は、勤行の鈴の音も絶えたことがなく、神主もいて、お神楽の鼓の響きも絶えなかったといわれる。それほど霊験あらたかであったこの明神も、末世にさしかかってからというもの、めっきり仏のご威光も、神の不思議な力も薄れてしまい、社は住み荒され、ただ天狗の住処（すみか）のようになって、夕日が西に傾くと、妖怪変化が跳梁して喚き叫ぶのだった。それだから、参詣の人々も悩まされるので、今では参籠しようとする人もいなくなってしまった。

しかし、牛若はそんな場所のあることを聞くと、昼は学問するような振りをして誤魔化し、夜になると、日頃は同じ所で仲良くしていて、いざという時には助力してあげましょうと言ってくれる多くの衆徒達にも知らせないで、東光坊がお守りとしてくれた敷妙（しきたえ）という腹巻を着用し、黄金作りの太刀を腰に、ただひとり貴船明神へ行って拝んだ。

牛若は、心の中では神仏に祈り、口には経文を唱えながら合掌して、

「南無、広大無辺の大慈悲ある貴船の明神、それに源氏の氏神である八幡大菩薩。なにとぞ源氏をお守りください。私の願いが成就いたしましたあかつきには、美しい立派な神殿を造り、千

町の領地を差し上げます」

と祈った後、社の正面から西南の方に向かって立った。

牛若は四方の草木を平家一族に見立てて、二本立っている大木のその一本を清盛と呼び、太刀を抜いてめった斬りにした。そして、毬打(ぎっちょう)の玉のようなものを懐から取り出すと、木の枝にかけて、一つを重盛の首と呼び、もう一つを清盛の首と呼んで、さらし首のようにした。

こうして明け方になると、自分の部屋に戻り、夜具を被って寝るのであった。

人々はそれを知らなかった。だが、和泉という牛若に仕えて日常の世話をしていた法師が、牛若の挙動を不審に思い、それとなく注意していた。ある夜、和泉坊は牛若の後をつけ、こっそり草むらの中に隠れて様子を窺っていると、牛若が謀反の成功を祈り、やがて武術の稽古に励むのを目撃したから、和泉坊は急いで鞍馬寺へ引き返して、東光坊にそのことを告げた。

東光坊は非常に驚いて、良智坊の阿闍梨に知らせ、寺中の人々にも、

「牛若殿のお髪(ぐし)を即刻お剃り申せ」

と触れ回った。

それを聞いた良智坊は、

「幼い人の髪を剃ることは、その姿形によるものだ。牛若殿は、顔形の美しいことが人並み以上なのだから、今年受戒させて僧侶にしてしまうのは、なんとも可哀そうに思う。まあ、来年の春あたり剃ることにいたしましょう」

と言ったけれども、東光坊は、

「牛若のようにとびぬけて美しい子を見ては、誰しも僧形にすることは名残り惜しくは思うことでしょう。しかし、牛若がこのような了見になってしまった以上は、もはや寺のためにも、また牛若自身のためにもよくはないのです。やはり、髪を剃り落としてしまうほかはありません」と言って、いっこうに譲る気色がなかった。

当の牛若は、なにがなんでも自分に近づいて髪を剃ろうとする者でもあれば、ひと突きにしてやろうと、刀の柄に手をかけて身構えているので、そう簡単に近づいて剃刀を当てることなど誰にもできそうになかった。

それを見て、覚日坊の律師が言葉を添えた。

「ここは諸国の人々が集まる所で騒がしいから、学問にも身が入らないのであろう。それに比べて、私のところは外れで静かですから、牛若殿もさぞ、心を落ち着けて学問をなされることでしょう」

そう言われてみると、東光坊も、さすがに牛若を可哀そうに思ったのであろう。それではと言って、牛若を覚日坊のもとに預けることにした。そこで牛若は、牛若というその名前を変え、遮那王（しゃなおう）と呼ぶことになった。

それからは、牛若の貴船明神参りも止んだ。しかし、今度は、毘沙門天が祭ってある本堂に日参して、ひそかに謀反のことを祈り続けた。

吉次が奥州(おうしゅう)物語の事

こうしてその年も暮れて年が明けると、遮那王は十六になった。引き続き*正月(むつき)の末から二月(きさらぎ)の初めであったのに、*遮那王は毘沙門天の前で祈っていた。

その頃、京都三条に有名な大金持がいた。名を吉次信高[27]といった。毎年奥州へ下る砂金買いの商人だったが、この男も、鞍馬を深く信仰するところから、その日も毘沙門天に参詣して、祈りを捧げていた。ところが、遮那王を見かけて、ああ、なんと美しい稚児だろうか。何処の若殿であろう。相当な家柄の若殿に違いないが、それならば大勢の衆徒もお供している筈なのに、たびたび見かけるが、いつもただひとりでいるのが不思議でならない。この鞍馬山に、左馬頭殿の若君がおられるというのは本当だろうか。そういえば奥州の藤原秀衡殿も、鞍馬という山寺に、左馬頭殿のご子息がおられる。それだから、太宰大弐(だざいのだいに)平清盛が、日本六十六ヵ国を征服してみせるとつねづね豪語しているけれども、この秀衡だって、源氏の若殿をどなたでもひとりこの奥州の地へ下してくれさえしたら、その源氏の若殿を擁して、磐井(いわい)郡に都を造り、ふたりの息子を陸奥(むつ)、出羽(でわ)両国の領主にさせ、この秀衡に命のある限りは代官となって、源氏の若殿を主君として大切に仕えながら、所謂、上見ぬ鷲のように天下を睥睨(へいげい)してみたいものだ、と言っていたものを。

そうだ。ひとつこの話をして、この子をかどわかして秀衡のもとへ連れて行き、引出物を貰って得をしようと思いついたので、遮那王の前へ進み出ると、しかつめらしく話しかけた。

「若君は、この都のどなた様の若君でいらっしゃいますか。私は京都の者ですが、黄金の商いのため、一年に一度は奥州へ下る者でございます。若殿は、奥州方面にお知りあいの方がおありではありませんか」

「私は都の片ほとりの者だ」

と言って、それ以外には返事もしなかった。

だが、遮那王は心の中で、これがあの評判の高い黄金商人の吉次という奴だ。奥州のことをよく知っているであろう。こいつに聞いてみてやれと思い直して、

「陸奥（みちのく）というのは、どの位広い国なのか」

と、尋ねてみた。

「それはそれは広い国です。常陸（ひたち）と陸奥の国境を勿来（なこそ）の関といい、出羽（でわ）と奥州の国境を伊奈の関といいます。そして、その中が五十四郡に分かれているのです」

「その五十四郡の武士の中に、源平が戦うようなことになった時には、合戦に役立つ者がどのくらいいるだろうか」

遮那王がこう聞いたところ、奥州の事情には明るい吉次は、次のような詳しい話を語り出した。

「むかしむかし、この奥州一帯に覇を唱えていた大将[28]を、おかの太夫と呼んでいました。この人には六人の子供がいました。嫡子を厨川（くりやがわ）次郎貞任（さだとう）、二男を鳥海三郎宗任（むねとう）、そして、家任、盛任、重任と続き、六人目の末子を、境冠者りょうぞうといいました。この境冠者は、不思議な術を体得していました。すなわち、霧を呼び、靄を起こし、ひと度敵勢が強力になった時には、水底や

海中に身を没して、幾日でも過ごすことができるという曲者でした。またこの六人の兄弟は、いずれも唐人を凌ぐ大男でした。その身長は、貞任が九尺五寸、宗任は八尺五寸で、他の兄弟の誰もが優に八尺を越えていました。中でも、境冠者は一丈三寸もありました。

安倍権守の代までは朝廷のご威光に服して、毎年都へ上り、天皇のお怒りに触れないように勤めていましたものの、安倍権守の死去した後は、天皇の御命令にも従わず、たまたま院の御命令が下った時にも、北陸道七ヵ国を通って上京する往きの食料や必要品などの徴発の許可を得られるならば上京すると言ってきたので、片道分をやろうと、その使者が既に下ろうとしたところ、公卿が会議を開いて、『これは天皇の命令に背いたということである。源家平家の大将を遣わして、追討なさってください』と申し上げたので、天皇は、源頼義(よりよし)殿に命令をお下しになりました。頼義殿は詔を奉じて、十一万騎の軍勢を引き連れ、安倍一族追討のために奥州へ下りました。

官軍は、駿河(するがの)国の住人高橋大蔵大夫を先発させ、下野(しもつけの)国のいもうという所へ着きました。安倍貞任はそれを伝え聞いて、厨川の居城を出て阿津賀志(あつかし)山を背にしてあたり（伊達）の郡に簡単な城を造り、行方(ゆきがた)の原に駆け向かって、源氏の追討軍を待ち受けました。

一方、大蔵大夫を大将に五百余騎、白河の関を越えて行方の原へ駆けつけて貞任の賊軍を攻めました。しかしながら、官軍はこの日の戦さに敗れて、浅香の沼まで退却いたしました。その後は、賊軍は阿津賀志の城へ入って防戦につとめ、源氏は信夫の里、摺上(するかみ)河近くのはやしろという所に陣を敷いて、七年間昼夜の別なく戦い暮らしました。しかし、この戦さで源氏の十一万騎は皆討死してしまいましたので、とても叶(かな)わないと思ったのでしょう。頼義殿は都へ逃げ帰ると、参内して、自分では追討が不可能なことを奏上しました。すると、『お前が不可能なら、その代りの大将を立て、早く追討するように』と、再び勅命が下されたので、大急ぎで六条堀河の屋敷に帰って当年十三歳になる若君を参内させました。

『お前の名はなんというのか』と、聞かれたので、『辰の年、辰の日、辰の刻に生まれましたので、源太（げんた）と申します』と、答えました。ところが、無官の者を追討軍の大将にした例はないと言って元服させるようにと命じ、後藤内範明（ごとうないのりあきら）がその付添いを命じられ、八幡宮の前で成人式を挙げて、八幡太郎義家(29)と名乗りました。天皇からその時拝領した鎧、それが源家重代の、源太（げんた）が産衣（うぶぎぬ）でございます。

再び源氏は、秩父十郎重国（武綱）が先陣の命令を受けて奥州へ下りました。そうして、阿津賀志の城を攻めましたが、またも源氏は合戦に敗れました。なにかよくないことがあるのではないかといって、急いで都へ急使を送り、事の次第を伝えますと、年号がよくないからだといって、康平元（こうへい）（一〇五八）年と年号を改めました。

康平元年四月二十一日、追討軍は阿津賀志の城を攻め落としました。それから、しからざる（四方坂）の敵に攻めかかり、伊奈の関を攻め越え、最上郡に立て籠もる敵を源氏は息もつかせず攻めたので、賊はおから（雄勝）の中山を越え、羽後国（うごの）仙北郡にある金沢の城に退いて立て籠もりました。ここで一、二年の間防戦しましたが、鎌倉権五郎景政、三浦平大夫為継、大蔵（大三）大夫光任という武士達が、命を捨てて攻めたので、やがてこの城も落ち、敵は白木山を越えて衣川の城に立て籠もりました。だが、再び為継や景政が攻めました。

康平三年六月二十一日、貞任は重傷を負い、梔子色の衣服で陸中の野で死にました。弟の宗任は降服して捕虜になりました。境冠者は後藤内が生け捕って即座に斬首いたしました。義家殿は、勇躍都に凱旋し、天皇のお目にかかり、後世にまで八幡太郎義家の名を高からしめたのでした。その時、奥州までお供をした、三つうの少将の十一代目、藤原不二等の子孫、清衡という者は、そのまま奥州の警固のため留められましたが、亘理郡に住んでいたので、亘理の清衡と呼ばれて、陸奥、出羽両国を両手に握っています。両国十四道の武士は五十万騎、そのうち秀衡の側に付き従っている郎党だけでも十八万騎います。この秀衡の十八万騎こそ、源平の戦いが起こったならば、お味方となるべき武士達でございます」

しやなわう殿くらま出の事

遮那王は、金売り吉次の話を聞いて、前々から聞いていたのと少しも違わず、秀衡は奥州で権勢を誇っているのだ。ああ、自分はその奥州へ行きたい。そして、簡単に頼めるものなら、秀衡の十八万騎を譲り受け、そのうち十万騎は奥州に残し、あとの八万騎を自ら率いて関東へ出陣する。関東八ヵ国は源氏に心を寄せている国であり、それに、父義朝が統治した国なのだ。この八万騎をはじめとして、関東の各地から十二万騎を呼び集め、合わせて二十万にし、それを二分して十万騎を伊豆の兄兵衛佐殿に差し上げ、あとの十万騎を従兄の木曾義仲[30]殿につけ、自分は越後国へ走り、鵜川や、佐橋や、金津や、奥山の武士を集め、さらに、越中、能登、加賀、越前の武士をも従えて、十万騎にしよう。そうして、越前の荒発山（あらち）を駆け越えて西近江に入り、大津の浦に出る。そこで、関東から攻め上る二十万騎の軍勢を待ち受けてこれに合流し、総勢三十万騎をもって逢坂の関から一気に京都へ攻め上ろう。さて、京都に入ったなら、まず第一に十万騎を朝廷に差し上げて、源氏が決してこれまで傍観していたのではないということ、それと只今から御所の守護に当たるということをきっぱり申し上げよう。それでもなお、平家が都で栄え続け、自分の努力が空しくなんの役にも立たないのならば、その時こそ、自分は名を後世に残すためいさぎよく討死して、たとえ屍を都の大路に晒すことがあろうとも、自分にとってそれをなんの恨みとしよう。

　遮那王はそう考えた。しかし、これが十六歳の少年の考えることかと思うと恐ろしかった。

　そこで遮那王は、ふと、この男には自分のことを話しておこうと思ったので、側近くへ来させると、

「お前だからこそ教えるのだ。だが、決して他言してはならない。実は、自分こそ左馬頭義朝の子なのだ。秀衡のもとへ手紙を送りたいと思うが、いつ頃返事を持って来てくれるか」

　その言葉に、吉次は座敷から辷る（すべ）ように下りると、烏帽子の先を地面につけるほど丁寧に頭を下げたまま、

「あなた様のことは、秀衡がかねがねお噂しておられました。お手紙よりも、ご自身奥州へお下りください。この吉次が、道中の間はお側近くご奉仕いたしましょう」

と答えた。

遮那王は、手紙の返事を待つというのは待ち遠しいものだ。それならいっそのこと、吉次の言うよう供に連れて下ってしまおうと思った。

「いつ頃奥州へ下るのだ」

「明日は丁度吉日ですから、慣例どおりに出発したいと思います」

「それでは粟田口の十禅師の前で、お前を待っているぞ」

「そのように承知しました」

と言って、吉次は鞍馬山を下りていった。

自分の部屋に帰った遮那王は、密かに旅仕度に取りかかった。思えば七つの春から十六の今日まで、朝は朝霧を払い、夕べには輝く星を戴き、朝に夕に変わることなく指導を受けて馴れ親しんだ師僧ともいよいよ今夜を最後に別れるのかと思うと、遮那王は、一生懸命に堪えようとしても、いつか涙に咽んでいた。しかし、弱気になってできることではないので、強く決意して準備の手を進めた。

承安二(一一七二)年二月二日[31]の払暁、遮那王は鞍馬を出奔した。白の小袖に唐綾(からあや)を重ね、播磨浅黄(はりまあさぎ)の帷子(かたびら)をその上に着て、白の大口袴に唐織の直垂(ひたたれ)をつけ、別当から貰った敷妙という腹巻を着込めにしたいでたちで、紺地の錦で柄も鞘も包んだ護身用の短刀に、黄金作りの太刀を下げていた。そして、薄化粧を施し、眉を細く引き、唐輪の稚児髷に結い上げていた。遮那王は、もの淋しげな様子で、人々と壁を隔てて出発の身支度をしたが、支度ができていよいよ出発するに当たり、自分以外の誰かがこの部屋へ来てここを通る度に、ここには遮那王という者がいたのだったと思い出してそのなきあとをとぶらってもらいたいと思ったので、漢竹(かんちく)の横笛を取り出し、小一時間も吹き続けた。流れゆく笛の音、それだけを形見に残して、涙の流れ落ちるまま鞍馬山を下っていった。

遮那王は、その夜、四条のしょうもん坊の家に行って、奥州へ下る決意を告げると、しょうもん坊はぜひ自分もお供しましょうと支度をしかけた。すると遮那王は、

「お前は都に留まり、奥州の私に平家の動向を見ていて知らせてもらいたい」

と言って、都に留めた。

遮那王は粟田口へ向かった。しょうもん坊もそこまで見送って行った。十禅師の前で、吉次の来るのを待っていた。

吉次も深夜に京都を出発して、粟田口へ現われた。種々の宝物を積んだ二十数頭の馬を先立たせておいて、自分は立派な旅装束に身を固めて出発して来たのだった。

吉次は、所々に柿渋を引き、草花模様を染め出した直垂に、秋毛の行縢(むかばき)を穿いて、黒栗毛の馬に角覆輪(つのぶくりん)の鞍を置いて跨っていた。そして、稚児の遮那王を乗せるつもりで、月毛の馬に華麗な沃懸地(いかけぢ)の鞍を置き、華やかな大斑(まだら)の行縢をその鞍に掛けて現われたのであった。

遮那王が、吉次に、

「約束はどうした」

と言うと、吉次は馬から急いで飛び降り、月毛の馬を引き寄せて乗せた。遮那王も、こういう縁になったことをこの上なく嬉しく思った。

遮那王は吉次を招き寄せて、

「宿場の馬の腹筋が切れるくらいに駆けさせて、雑人どもが追い着いてくることだろう。決してふり返るな。我々も駆け足で道を下ろうと思う。この遮那王が鞍馬にいないとなれば、京都を探すに違いない。京都にもいないとなれば、衆徒らはきっと東海道を行ったろうと追って来て、近江国の摺針(すりばり)山の手前で追いつかれ、きっと戻れと言われるだろう。帰らないのは、仁義礼智信の五常の道にもはずれる。都は敵国の中だ。相模の足柄山を越すまでが危険なのだ。関東は源氏に心を寄せている土地だ。そうなれば、言葉の端でうまく言いくるめて、宿場々の馬を乗りついで下ろう。白河の関さえ越えれば、もう秀衡の領地であるから、雨が降ろうが、風が吹こうが、あとはどうでも構わないのだ」

　吉次は、遮那王のこの言葉を聞いて、このような恐ろしいことがあろうか。美しい毛並みをした馬の一頭さえ持たずに、また武士らしい家来のひとりさえも連れていないで、現在敵の治めている国の馬を奪って奥州まで下ろうというその心が恐ろしいと思った。

　それでも吉次は、遮那王の命令どおりに馬を急がせて下って行くうちに、いつか松坂を通り越し、四の宮河原を眺めながら過ぎ、逢坂の関を越えて大津の浜を通り、瀬田の唐橋を渡って近江国鏡(かがみ)の宿(しゅく)に着いた。

　この鏡の宿の遊女宿の長者（遊女宿の女主人）は、吉次とは長年の馴染みだったので、大勢の遊女を出して、いろいろともてなした。

注

(1) 坂上田村麻呂　東夷を平らげた平安時代初期の征夷大将軍。代表的、模範的武将として、後世の武将から崇拝された。鈴鹿山の凶賊退治の伝説でも有名である。七五八―八一一年。

(2) 藤原利仁　坂上田村麻呂と並び称される平安時代中期の鎮守府将軍で、武勇の誉れが高い。生没年不詳。

(3) 平将門　平安時代中期の武将。関東で反乱を起こし、一度は関東を風靡した。そして、みずから平新皇と称し、新王国をつくろうとしたが、天慶三(九四〇)年、平貞盛と藤原秀郷(巻二の注13を参照)によって討たれた。その伝説は関東を中心に、津軽地方から広島までの広範囲に分布している。『将門記』はこの将門の事蹟を書き伝えたものである。

(4) 藤原純友　平安時代中期の武将で、関東の将門に呼応して乱を起こしたが、天慶四(九四一)年、橘遠保に伊予で捕えられて誅せられた。この純友については『純友追討記』がある。

(5) 藤原保昌　平安時代中期の歌人。その作品は『後拾遺和歌集』にあり、『今昔物語』に納められている盗人袴垂との武勇譚は名高い。また、その妻は紫式部・清少納言とともに、王朝の三才女として有名な和泉式部である。九五八―一〇三六年。

(6) 源頼光　源満仲の長男。家来の源綱(渡辺綱)、平貞道、平季武、坂田公時の四天王と、大江山の鬼退治の伝説で名高い。また、家来の渡辺綱が、源家の宝刀鬚切で、生きながら貴船大明神の霊力で愛宕山の鬼となった、ある公卿の娘(宇治の橋姫という)の腕を斬ったという伝説が『剣巻』にあり、『太平記』には大和国宇多郡に住む牛鬼の頭を斬ったとある。九四八―一〇二一年。

(7) 樊噲　中国の漢時代の人で、武勇を以って知られた高祖の功臣。武侯と贈名された。

(8) 張良　中国の漢時代の人で、樊噲とともに高祖に仕え、武略で知られた功臣。兵法を黄石公(巻三の注3を参照)から伝授されたと『史記』にある。その功によって万戸の侯に封ぜられたが、辞して終りを全うした。

（9）源義朝　幼時から相模国に住み、鎌倉を中心に活動していたので、関東南部にその勢力を広めた。保元の乱に、平清盛とともに後白河天皇の味方をして勝利を得たが、敵方（崇徳上皇）についた父為義と一族の者を斬首してしまった。これほどの犠牲を払ったにもかかわらず勲功に恵まれず、その後の平氏の隆盛に不満を抱いていた。やがて、同様な不満を抱いている藤原信頼と組んで平治の乱を起こし、平家と戦って敗れ、相伝の家人であり、郎党鎌田兵衛正清（巻一の注20を参照）の舅でもある尾張国智多郡内海の、長田庄司平忠致のもとまで遁れて来た。しかし、この忠致の屋敷の浴室で、平治二（一一六〇）年一月四日、長田父子の騙し討ちにあって正清とともに果てた。

下野・伊予守、左馬頭、左衛門少尉、兵部少輔、右兵衛尉、左馬允を歴任した。そのため、下野殿、左馬頭殿、頭殿といわれた。

（10）京の戦さ　待賢門の合戦、六波羅合戦によって勝敗のきまった平治の乱をいう。保元の乱に引き続いて京都に起こった争乱で、保元の乱後、縦横にその才腕を振るう藤原通憲（剃髪して信西入道と称した）によってその昇進を妨げられた藤原信頼は、これまた論功行賞に不満を抱く源義朝と組んで、この信西とともに勢力を振るう平清盛を倒そうとして、平治元（一一五九）年十二月九日、清盛の熊野詣の留守を狙って挙兵し、後白河法皇を幽閉した。信西を殺すことには成功したが、結果は『義経記』にもあるように、急いで京に戻った清盛に敗れた。敗れた信頼は上皇を頼って仁和寺に逃れたが、捕えられて斬られ、義朝も長田父子に殺された。この乱の結果、源氏の勢力は全く地に落ち、天下は平氏の風靡するところとなった。

この乱を主題としたのが『平治物語』（古くから『保元物語』といっしょに刊行されている。しかし、作者は必ずしも同一人とはいえない。語り物でもあり、『平家』の成立以前に成立していた。全三巻で作者不詳）であるが、他に『愚管抄』に拠るしか纏まった資料がないので、その歴史観に問題はあ

源氏略系図

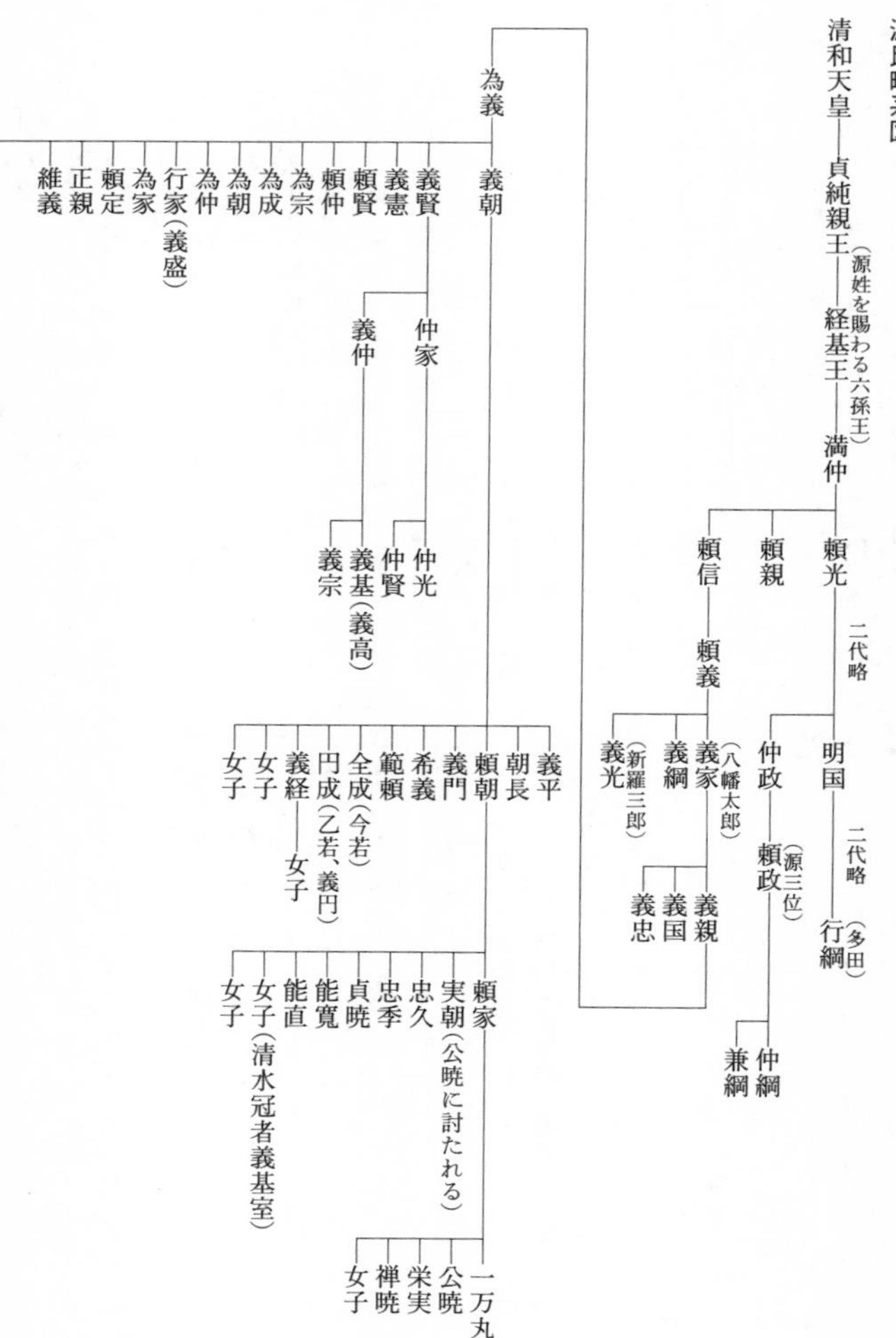
清和天皇
貞純親王
（源姓を賜わる六孫王）
経基王
満仲
頼光
頼親
頼信
二代略
明国
二代略
（多田）行綱
仲政
頼政
（源三位）
仲綱
兼綱
頼義
（八幡太郎）義家
義綱
（新羅三郎）義光
義親
義国
義忠
為義
義朝
義賢
義憲
頼賢
頼仲
為宗
為成
為朝
為仲
行家（義盛）
為家
頼定
正親
維義
仲家
義仲
仲光
仲賢
義基（義高）
義宗
義平
朝長
頼朝
義門
希義
範頼
全成（今若）
円成（乙若、義円）
義経
女子
女子
女子
頼家
実朝（公暁に討たれる）
忠久
忠季
貞暁
能寛
能直
女子（清水冠者義基室）
女子
一万丸
公暁
栄実
禅暁
女子

義俊
経家
義成
仙覚
頼憲
乙若
亀若
鶴若
天王
女子

るが、詳細はこの物語に拠るしかない。

(11) 源義平　鎌倉の悪源太といわれ、武勇にぬきんでていた。十五の時、叔父の源義賢（木曾義仲の父）を武蔵国大蔵の館に攻めて討ち取った。平治の乱では、十七騎で五百余騎の平家の軍勢を圧倒し、平重盛を、左近の桜右近の橘の回りを十まわりも追い回したという、待賢門の戦いは有名な話である。しかし戦いに敗れて父とともに落ちたが、再挙を計る父の命令で、北陸諸国の源氏勢を集めるため、越前国まで来た時、父の討たれたことを知って再び京都に戻り、清盛の命を狙ったが捕えられてしまった。その最後においても、

タダ今コソクイツカズトモ、百日ガ中ニイカヅチトナッテ、汝ヲ蹴殺サンズルモノヲ　平治物語 京師・杉原本 鎌倉・半井本

と叫んで、永暦元（一一六〇）年正月十九日、六条河原で斬首された。

『尊卑分脈』によると、母は橋本の遊女とも、また弟朝長と同じともある。

(12) 源朝長　中宮大夫進と号した。平治の乱に敗れ、父義朝と美濃国青墓の宿まで来た時、甲斐信濃の

源氏を催して上洛せよと父から命じられて出発したが、竜華で受けた傷（『義経記』は山賊の射た矢とあるが、『平治』では横河の衆徒の射た矢とある）が重くて青墓へ戻り、死を願った。平治二（一一六〇）年正月二日義朝の手で刺し殺された。やがて宿の長者大炊によって後ろの竹原に埋められたと『平治物語』にある。母は『尊卑分脈』によると修理大夫範兼或は大膳大夫則兼の女とある。

（13）大宮司の娘との間に生まれた子供　熱田神宮の宮司藤原季範の娘を母とするのは、『尊卑分脈』によると、頼朝と希義である。遠江国の蒲の御厨で生まれて成人したのは蒲冠者・蒲御曹司と呼ばれた範頼である。『平治物語』にも、

兵衛佐殿は尾張国熱田大宮司季範が女の腹也。　　巻三　頼朝遠流盛安夢合事

とある。

（14）九条院　九条院は、「くじょういん」「くじょうのいん」ともいう。太政大臣藤原伊通の娘で、呈子といった。近衛天皇の后で、天皇崩御の後、仏門に入って法名を清浄観といった。

（15）平清盛　平忠盛の嫡子。しかし、『平家物語』は、白河院の皇子で、母は祇園女御であったという。そして、それだからこそ異例の昇進をしたのだと伝えている。

清盛は、保元、平治の両乱に勝者側であったので、その対抗勢力である源氏が敗者として滅亡への道を歩んだため、平氏の頭領として、平氏をその才腕で隆盛へ導いた。

仁安二（一一六七）年には、内大臣から太政大臣へとすすんだ。治承二（一一七八）年十一月十二日、清盛の娘の徳子は、高倉帝の中宮として皇子を出産した。清盛は余りの嬉しさに声をあげて泣いた、と『平家』は伝えている。治承四年二月、この皇子はわずか三歳で即位して、天皇となった。すなわち安徳帝である。これによって清盛は待望の、天皇の外縁の祖父となり、その権勢はますます強大なものとなった。日本全土の半ばを越える知行国と、五百余ヵ所の荘園、そして、対宋貿易による莫大な利益をもとに六波羅政権を樹立し、一族の栄華栄達は思いのままであった。

一方、平家打倒の機運は高まっていた。治承元年には鹿谷の事件があった。この時嫡子重盛は、法皇をも鳥羽殿に幽閉しようとする父清盛に向かって、

悲しきかな、君の御為に奉公の忠を致んとすれば、迷盧(めいろ)八万の頂より猶高き父の恩忽に忘れんとす。痛ましきかな、不孝(ふきょう)の罪を遁れんとすれば、君の御為に已に不忠の逆臣と成ぬべし。進退惟谷(これきわま)れり。是非いかにも弁へ難し。申請る所詮は、唯重盛が頸を召され候へ。

平家物語巻第二　烽火之沙汰

と諫言した逸話は有名である。この時は幽閉を中止したが、しかし重盛の死後、治承三年には院の近臣三十九名の解官と、法皇を幽閉してその院政を停めたので天下の怒りを買った。

治承四年四月、以仁王の令旨が下り、頼政（巻三の注7を参照）は挙兵したが敗れた。六月三日騒然たる世相のうちにあって、清盛は都を福原へ強引に移した。八月には頼朝、九月には義仲が挙兵し、全く平家にとって四面楚歌の年の暮、十二月二日再び京へ都を戻して、十八日には法皇に院政を願った。治承五年閏二月四日、「頼朝の首を刎ねて、わが墓の前にかくべし」と遺言して、さしも権勢を振るった清盛も熱病のため六十四歳で死んだ。

（16）堅牢地神　地神盲僧の祭っていた神で、土地を守る神とされている。地神盲僧は地神経を読んで祈禱もするが、また、『義経記』や『曾我』のような物語も語ったと言われている。

『芳野本義経記』には、「堅牢地神」の語句がなく、このところが、

仏神三ほうもさこそにくしとおぼしめすらめ子どもに母をおもひかへてしのふべきにあらずとて三人の子ともを引ぐして六はらへまいりける

とある。

地神盲僧と『義経記』の関係については、角川源義博士の説（角川源義・高田実共著『源義経』）を参照されたい。

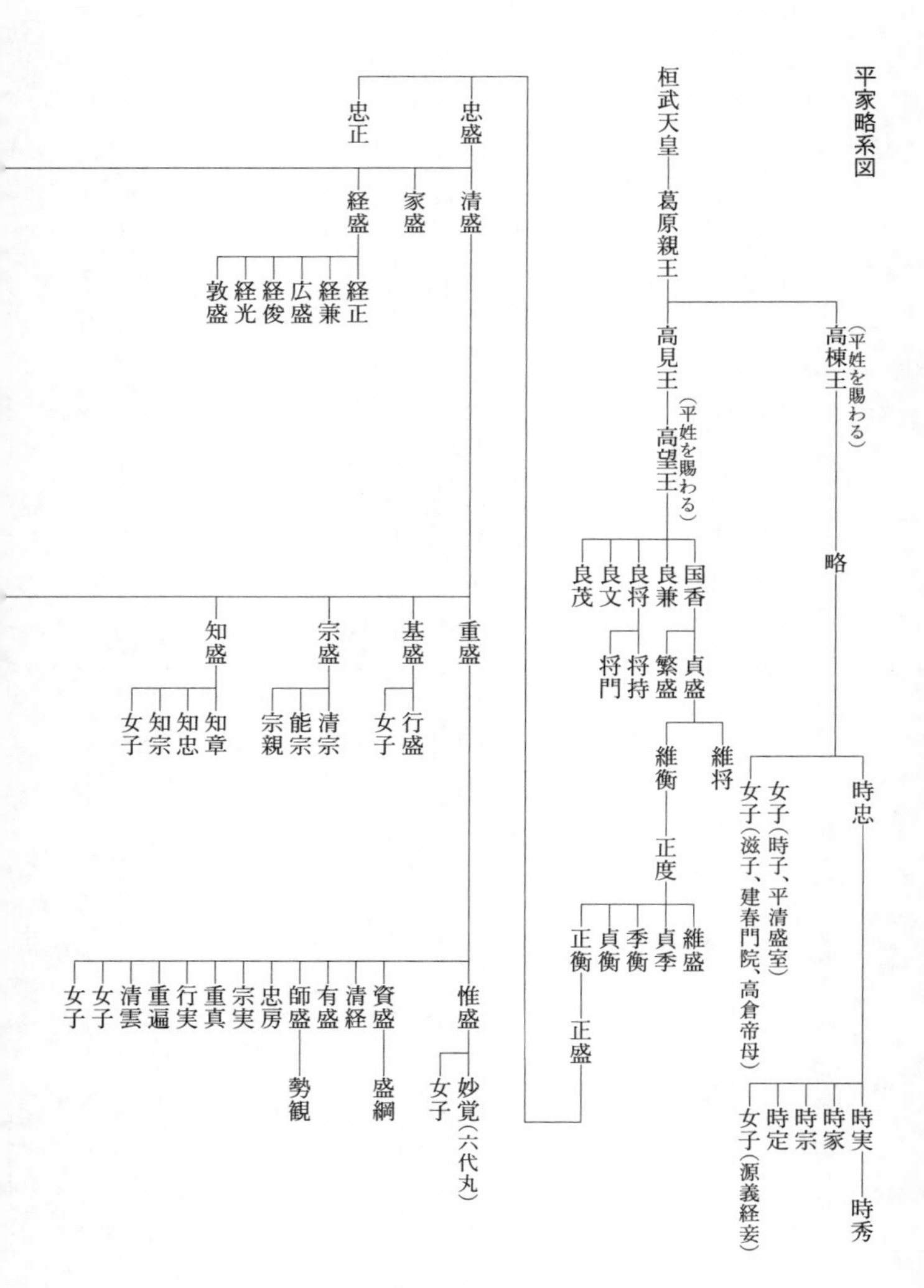
平家略系図
桓武天皇
葛原親王
高棟王（平姓を賜わる）
略
時忠
女子（時子、平清盛室）
女子（滋子、建春門院、高倉帝母）
時実
時秀
時家
時宗
時定
女子（源義経妾）
高見王
高望王（平姓を賜わる）
国香
良兼
良将
良文
良茂
貞盛
繁盛
将持
将門
維将
維衡
正度
維盛
貞季
季衡
貞衡
正衡
正盛
忠盛
忠正
清盛
家盛
経盛
経正
経兼
広盛
経俊
経光
敦盛
重盛
基盛
宗盛
知盛
行盛
女子
清宗
能宗
宗親
知章
知忠
知宗
女子
惟盛
資盛
清経
有盛
師盛
忠房
宗実
重真
行実
重遍
清雲
女子
女子
妙覚（六代丸）
女子
盛綱
勢観

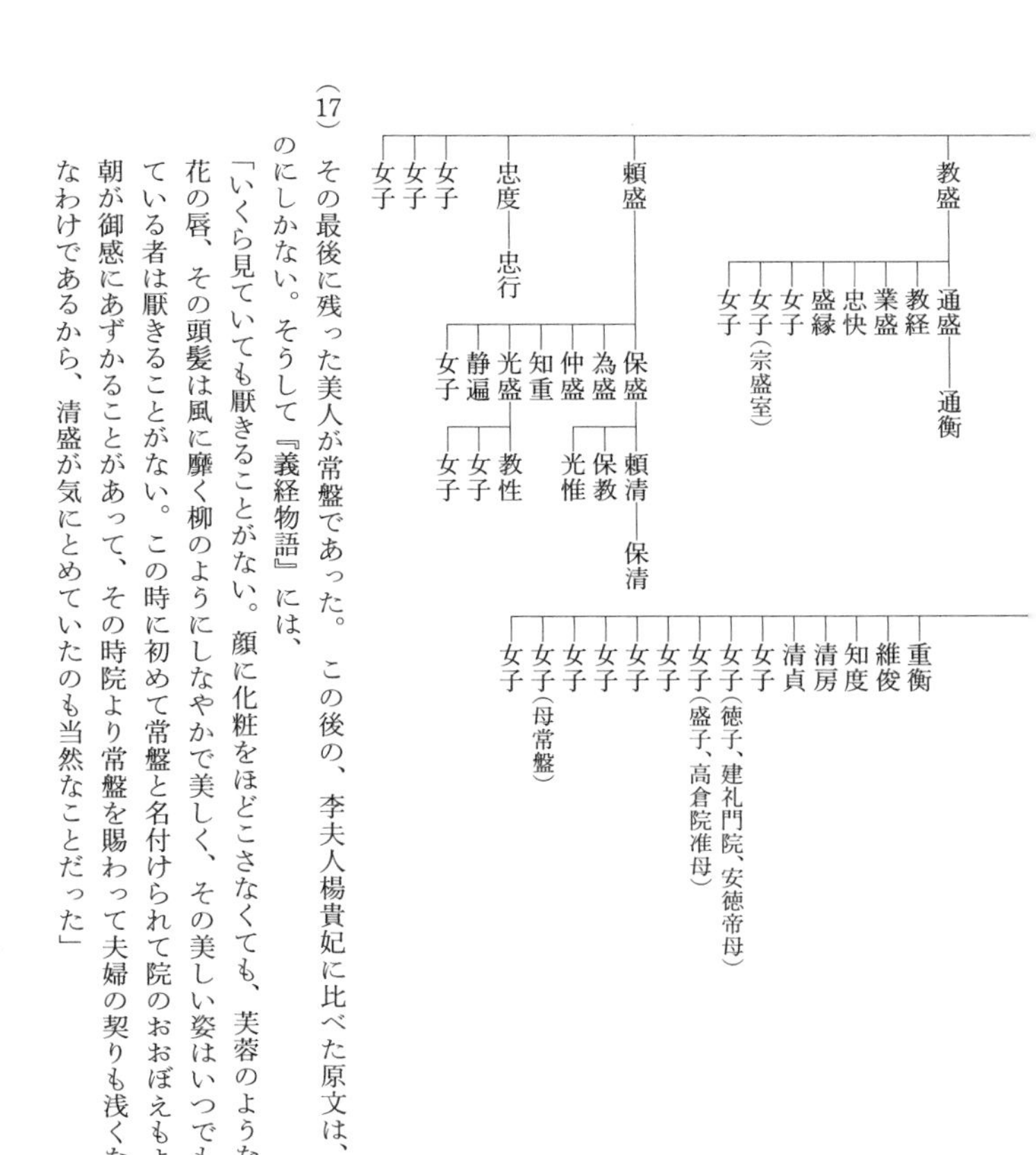

(17) その最後に残った美人が常盤であった。この後の、李夫人楊貴妃に比べた原文は、流布本系のものにしかない。そうして『義経物語』には、

「いくら見ていても厭きることがない。顔に化粧をほどこさなくても、芙蓉のようなまなじり、丹花の唇、その頭髪は風に靡く柳のようにしなやかで美しく、その美しい姿はいつでも変わらず、見ている者は厭きることがない。この時に初めて常盤と名付けられて院のおおぼえもよかったが、義朝が御感にあずかることがあって、その時院より常盤を賜わって夫婦の契りも浅くなかった。そんなわけであるから、清盛が気にとめていたのも当然なことだった」

という文がある。

(18) 新宮十郎義盛　保元の乱後、熊野新宮に潜んでこう称していたが、治承四（一一八〇）年行家と名を改め、以仁王の令旨を美濃から常陸へかけての源氏に触れ歩いた。合戦は得意でなかったのか、負け戦さが多く、頼朝、義仲、義経の間を上手に渡り歩いていたが、義経の都落ちに同行し、嵐に遭って和泉国八木小屋に隠れていたところを、関東の討手常陸房昌明に捕えられ、文治二（一一八六）年赤井河原で斬られた。

(19) 鞍馬寺と牛若丸　鞍馬寺は鞍馬山の中腹にあって、松尾山金剛寿院と号する。本尊は毘沙門天（多聞天）で、延暦寺に属した。延暦年間（七八二―八〇六）藤原伊勢人が堂宇を創建したとも、また、宝亀元（七七〇）年あるいは神護景雲三（七六九）年に鑑定（鑑禎）上人が創建したとも伝えられている。宮城の北方に位置し、国家鎮護の寺として栄えた。竹伐会式と、由岐社の鞍馬の火祭りは名高い。

『義経記』に、鞍馬の別当東方坊の阿闍梨が、義朝の祈りの師であった縁で牛若を頼んだとあるが、『平治物語』にも、東方坊の阿闍梨蓮忍の弟子、禅林坊の阿闍梨覚子の又弟子となったとある。また、『吾妻鏡』文治二年二月十八日の条に、彼の師壇鞍馬の東光坊の阿闍梨とあって、義経の祈りの師が東光坊の阿闍梨であったとしているが、実際に、義経は幼い時鞍馬の東光坊にいたのであろう。

この鞍馬寺が、「一芸あるものをば下部までもめしおきて」と『徒然草』にある慈鎮和尚の叡山に属していたのであるから、一説の『平家物語』は叡山で作られ、九郎判官のことは詳しく書いたという伝承と、叡山の末寺で育ち、没落してからは叡山の庇護を受け、死後ますます英雄化していった義経の伝承との間に、なんらの関連もなかったとは思われない。

(20) しょうもん坊　しょうもん坊こと鎌田三郎正近は、義朝の乳母子（めのとご）鎌田次郎正清の子であると『義経記』にあるが、『吾妻鏡』の建久五（一一九四）年十月二十五日の条を見ると、正清には男の子がないことになっている。また『尊卑分脈』にも、子は女子で男子ではない。

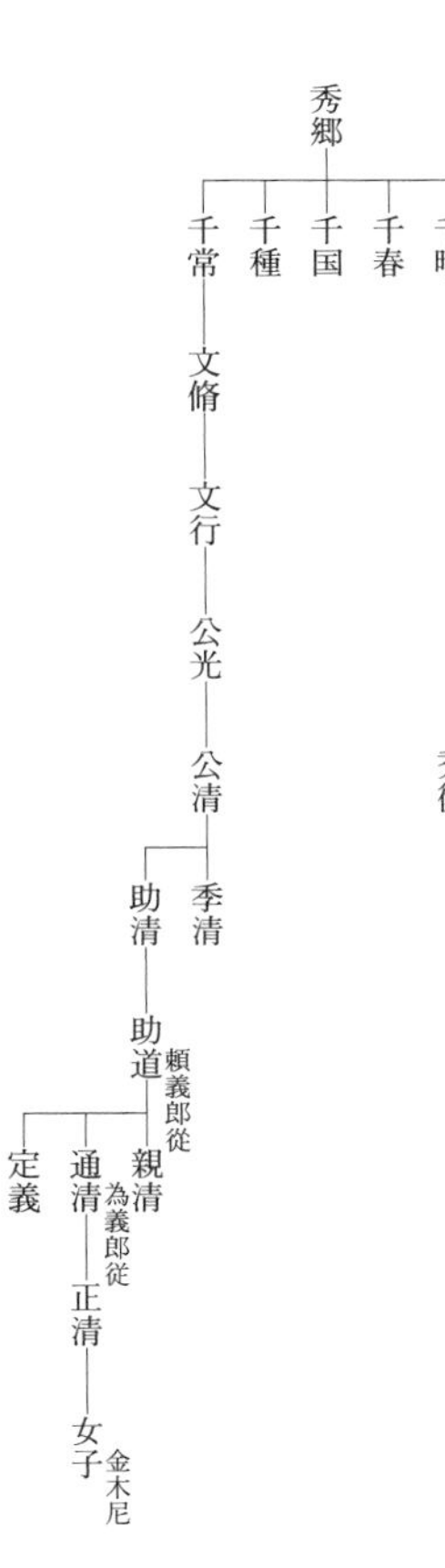

『異本義経記』に、この聖門房（しょうもんぼう）は鎌田政家の妾腹の嫡子で、月輪院で出家し、諸国を遊行して京に戻り、四条坊門に住んだとある。そして、治承年中に還俗し、鎌田藤太盛政と名乗り、その弟は藤次光政といったが、讃岐国で兄弟とも討死した（巻三の注8を参照）。また、末子は女で牛王女といったとある。

『平治物語』に、正清の舅の長田庄司忠致に湯殿で義朝が騙し討ちにあった時、この鎌田次郎正清も、忠致の子の先生景致によって討たれ、その時義朝も正清も同年の三十八であったとある。

しょうもん坊について、『異本義経記』の伝承が正しければ、判官四天王の一人である鎌田藤太盛政ということになるが、この説は『盛衰記』から取り入れたものではないかと思う。ともかく、『義経記』のしょうもん坊はここにしか登場してこないのである。

また、流布本には六波羅勢が捕えたとしかないが、『判官物語』には、

さても四条のしやう人はう六はらにてとかくきうもんせられけれともつゐにおちさりけれは六てう

かはらにてきられぬるこそふびんなれ

と、しょうもん坊が斬首されたとある。

(21) 源為義　義親の四男（異本に六男とある）でありながら、義家の嫡子として、十四歳で源氏の家督を継いだ（『尊卑分脈』、岡崎本と流布本の『保元物語』、そして『剣巻』は義家の四男としている）。保安四（一一二三）年左衛門尉を振出しに、久安二（一一四六）年検非違使となり、六条堀川に住んでいたので六条判官と呼ばれた。久寿元（一一五四）年、わが子為朝の罪によって解官され、源家の家督を嫡子義朝に譲った。保元の乱に崇徳上皇側について敗れ、叡山に登って仏門に入り、義法房と称した。その後義朝を信じて降ったが、勅命により七条西朱雀にて斬首された。

(22) 諸国の源氏　『義経記』では、しょうもん坊が反平家の旗上げを考えて、このように諸国の源氏を数えあげているが、『平家』では、

先京都には、出羽前司光信が子共、伊賀守光基、出羽判官光長、出羽蔵人光重、出羽冠者光能、熊野には、故六条判官為義が末子、十郎義盛とて隠て候。摂津国には多田蔵人行綱こそ候へども、新大納言成親卿の謀反の時、同心しながら返り忠したる不当人で候へば申に及ばず。さりながら、其弟多田次郎朝実、手島冠者高頼、太田太郎頼基、河内国には、武蔵権守入道義基、子息石河判官代義兼、大和国には、宇野七郎親治が子ども、太郎有治、次郎清治、三郎成治、四郎義治、近江国には、山本、柏木、錦古里（にしごり）、美濃、尾張には山田次郎重広、河辺太郎重直、泉太郎重光、浦野四郎重遠、安食（あじき）次郎重頼、其子太郎重資、木太三郎重長、開田判官代重国、矢島先生重高、其子の太郎重行、甲斐国には、逸見冠者義清、其子の太郎清光、武田太郎信義、加々美次郎遠光、同小次郎長清、一条次郎忠頼、板垣三郎兼信、逸見兵衛有義、武田五郎信光、安田三郎義定、信濃国には、大内太郎維義、岡田冠者親義、平賀冠者盛義、其子の四郎義信、故帯刀先生（たてわきのせんじょう）義方が次男、木曾冠者義仲、伊豆国には流人前右兵衛佐頼朝、常陸国には、信太（しだ）三郎先生義教、佐竹冠者正義、其子太郎

忠義、同三郎義宗、四郎高義、五郎義季、陸奥国には故左馬頭義朝が末子、九郎冠者義経、是皆六孫王の苗裔、多田新発意満仲が後胤也。巻第四　源氏揃と、諸国の源氏を数えあげて、以仁王（後白河院の第二皇子高倉宮）に、源三位頼政（巻三の注7を参照）が謀反をすすめている。

『曾我物語』に、大庭平太景信が、「われらは、昔は、源氏の郎等也」と言って、頼朝のつれづれを慰めようとしたところ、三浦、鎌倉、土肥二郎、岡崎、本間、渋谷、糟谷、松田、土屋曾我、大庭の舎弟三郎、俣野五郎、さこし（佐原か）の十郎、山内滝口太郎、同じく三郎、海老名源八、荻野五郎、竹下孫八、合沢弥五郎、吉川、船越、入江の人々、北条四郎、同じく三郎、天野藤内、狩野工藤五をはじめ、主だった人々五百人、上下二千四、五百人が聞き伝えて伊東にいる頼朝のもとに集まったとあり、また、伊東の娘との間に子供が生まれた時、頼朝は、この子が十五になったら、秩父・足利の人々、三浦・鎌倉・小山・宇都宮等の人々を語らって平家と戦わせて頼朝の運をためしてみようとさえ言っているのに、頼朝が兵を挙げた時集まった人々は、時政父子と佐々木四郎高綱、伊勢加藤次景廉、景信以下の郎従、それに三浦党だけであったことが書かれている。頼朝の軍勢が、それほどの軍勢でなかったことは、平家側の軍勢三千余騎に攻められてひとたまりもなかった石橋山の合戦からもわかる（巻三の注6を参照）。

軍記ものには、一見面白くもないこのような武士の名を並べたところがあるが、軍記ものの語りを聞いている人々にとっては、さあこれから戦いが始まるぞという興奮を覚えるとともに、語られる武士の名に身近なものを感じていたのではなかろうか。それは、遠い祖先、近い祖先、また血縁の人、あるいは自分の主家や家臣の類縁の人々、伝説で知っている人、そういった人々の名が語り手の口から出るのが、聞き手にとっては結構楽しい場面として受け取られていたのであろう。

（23）　尾張国には蒲冠者範頼　原文には「尾張国には」とあるが、これは注13でも述べたように明らかに遠江国の誤りである。

範頼は遠江国池田の宿の遊女と、義朝との間に生まれた（『尊卑分脈』）。戦術は不得意だったのか、平家追討ではその功をすべて義経に奪われてしまっている。そのためか、範頼も頼朝との初対面があったはずであるのに、義経のような劇的な対面は別として、『吾妻鏡』にすらその記録がない。

建久四（一一九三）年八月十七日に、範頼が配流同然で伊豆国へ向かったと『吾妻鏡』は書いている。それは曾我兄弟が仇討ちの際、頼朝の陣屋近くまで迫ったため、頼朝も殺されたという噂が伝わって、嘆き騒ぐ政子夫人に、「私がついているのですから、後のことは心配いりません（『保暦間記』）」と慰めた言葉が、頼朝に天下を狙っている者の言葉としてとられたことや、郎党の当麻太郎が主を思うのあまり、頼朝の寝所の床下に潜っていて捕えられたことなどが原因とされている。

『八坂本平家』によるとその最後は、梶原父子三人が五百余騎の軍勢で修善寺に攻め寄せたので、範頼は矢を射尽くした後、坊に火を放って自害したとあり、このように範頼を討つようになったのも、梶原が頼朝に進言したからだとしている。

(24) 兵衛佐　兵衛府の官で、督の下位。宣陽、陰明門以外を守衛し、行幸・行啓の際には供奉して雑役を勤める役で、左右に分かれていた。

頼朝は平治元（一一五九）年十二月二十八日解官されたが、右兵衛佐であったので、兵衛佐殿とか佐殿、またその中国名の武衛と呼ばれたのである。

(25) 夏安居　仏教習俗の一つで、夏・雨安居・夏籠・夏行・夏坐・坐夏などともいい、五月十六日より八月十五日に至る九十日間をいう。この期間は印度のいわゆる雨期で、降雨が激しいため、僧侶は一所に止まって静かに仏道を修行する。

(26) 牛若の復讐への動機と武術の習得　『義経記』には、牛若が謀反の心を抱いたのはしょうもん坊から、自分の身分と一族の源氏の現状を知らされたからとあるが、『平治物語』は、十一歳の頃、母の言ったことを思い出して諸家の系図を見た。そうして、自分が清和天皇十代の末、八幡太郎義家の孫に当たる、前左馬頭義朝の末子であることがわかったからだとしている。どちらも信じ難いが、牛若は鞍馬時代に自分が源家の頭領であった義朝の子であることを知ったのは事実であろう。

牛若の武術の習得については、自然を対手にして学んだ、天狗から教えを受けた、密かに師を求めてその師から学んだ、源氏の家臣から教えられたなど、いろいろあるが、今、軍記ものにある説と天狗に教えられたとするものを挙げてみると、

『平治物語』は、義朝の末子であることを知ってからは昼は終日学問をし、夜は終夜武芸の稽古をした。僧正ガ谷で天狗に夜な夜な兵法を習ったので、早足飛越は人間業とは思われなかったと伝えており、京師本の『平治』には、辻切りをし、追うのも逃げるのも人より早く、築地、塀など間違いなく飛び越え、僧正ガ谷という天狗化物のすむ所へ夜な夜な行って兵法を習ったとある。

『源平盛衰記』には、鞍馬寺に入ったが学問などしようともせず、ただ武勇を好み、弓箭、太刀、刀、飛越え、力わざなどして谷峰を走り廻っていて、師僧の出家のすすめなど笑って相手にしなかったとある。

『太平記』は、「鞍馬の奥僧正ヵ谷にて、愛宕高雄の天狗どもが、九郎判官義経に授けしところの兵法においては……」と書いており、「じぞり弁慶」にも、鞍馬の僧正ガ谷にて天狗どもを師として、とある。

『義経勲功記』は、独り稽古に励む牛若を見た同宿の僧は、大天狗が教授していると見誤って師に告げたとしている。『異本義経記』にも、師の禅林房と和泉の律師が僧正ガ谷まで遮那王をつけて行ったところ、十人ばかりの声が山上あるいは谷底から聞こえたり、管弦の音が聞こえるので驚いて寺に帰って、大天狗に兵法を習っていると寺中に告げたとある。

『義経記』には僧正ガ谷で独り稽古したとあるが、「舟端を走り給うこと鳥のごとし」、「此の殿（義

経）は打物取っては樊噲張良にも劣らぬ人ぞ」（義経記）と言われ、また『平家』の、弓流しの場面での奮戦や壇の浦での八艘飛びなど、考えることのできないほどの短い期日で義仲と平家とを追討してしまった事実を根底に、武略に長じた義経、勇敢な戦士義経を、超人的なものとしてみているうち、その武略や武術の師が明確でないため、天狗に対する概念が民衆の間に固定化していくに従って天狗説が誕生したのであろう。それだけに、牛若のもつ武力・智力は霊力に近いものとして表現されている。江戸時代の書物である『京童』『菟芸泥赴（つぎふね）』などは天狗から習ったとし、『都名所車』『山城名所社寺物語』では僧正坊とし、『都名所図会』では異人に習ったと書いている。

義経が武略に勝れていたことは、兼実も『玉葉』の中で述べているが、守覚法親王も『左記』の中で、思うところがあって密かに義経を招いて合戦の模様を聞いた。義経は真の勇士である。張良の三略、陳平の六奇を学んで武略の神髄を極め尽くしたものか、と称えている。

(27) 吉次信高　『義経記』に、三条の大福長者吉次信高とある吉次は、他の本には次のようになっている。

○奥州の金商人吉次といふ者（平治物語）
○五条の橘次の末春と云ける金商人（剣巻）
○三条の金あきんどの吉次殿（舞曲鞍馬出）
○吉次吉内吉六兄弟三人（舞曲烏帽子折）
○三条の吉次信高………弟にて候吉六（謡曲烏帽子折）
○金商人本ハ京家ノ青侍、身貧ニシテ為方ナサニ始テ商人ト成テケルカ、今度九郎冠者ニ附テ又侍ニ成レ、窪弥太郎トソ申ケル（京師本・学習院本平治物語）
○堀弥太郎ト云モノハ金商人也、信夫ヨリ平和泉ヘ御下向秀衡カシツキタテマツル也（松平文庫蔵　平治物語抜書）
○三条の橘次季春と云金人有。後堀弥太郎景光は此季春と云り。毎年奥州秀衡か方へも出入と也。

（異本義経記）

吉次とはないが『平家』には、越中次郎兵衛盛嗣の言葉に、

鞍馬の児にて、後には金商人の所従になり、粮料背負て奥州へ落惑ひし小冠者が事か。

巻十一　嗣信最後

とある。『盛衰記』では盛嗣の言葉が、武蔵三郎左衛門尉有国の言葉として、「金商人が従者して」とあり、巻第四十六「義経行家都を出づ竝義経始終の有様の事」にも、

此に御座せし遮那王殿こそ、男になりて金商人に具して奥の方へ下り給ひしか、

とある。吉次が金商人であったことは大体共通しているが、奥州の金商人ということや、大福長者であったということは共通していない。また『義経記』では、かどわかしていって秀衡から褒美の品々を貰おうとする積極的な吉次も、『平治物語』では反対に牛若に騙されたかたちであり、秀衡もまた、この源氏の御曹司をさほど歓迎していない。このようなことは、二つの物語のもつ性格差と伝承過程の違い、すなわち、流布した年代や地域とか階級差から生じたものであろう。

なお、堀弥太郎については巻六の注2を参照されたい。また金売り吉次については、柳田国男著の『海南小記』所収の、「炭焼小五郎が事」を参考にされるとよい。

（28）むかしむかし、この奥州一帯に覇を唱えていた大将を、『義経記』のこの部分の頼義と義家の話は、所謂前九年の役についてのことであるが、史実とは違いがあるので、今その概略を述べてみよう。

奥州地方は、平安中期には土豪が成長して強大となり、国司の命にも従わなくなっていたので、当時武勇の誉の高い源頼義を陸奥守に任じてこれを押えたが、婚姻の際の差別意識により、天喜四（一〇五六）年、土豪の首領安倍頼時は蹶起した。天喜五年十一月、頼義は攻撃に出て失敗し、味方はわずかの六騎に討ちなされてしまった。『今昔物語』巻第二十五「源頼義朝臣、安倍貞任等を討ちし語」は、その時のことを詳しく伝えている。

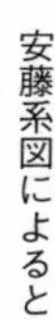
安藤系図によると

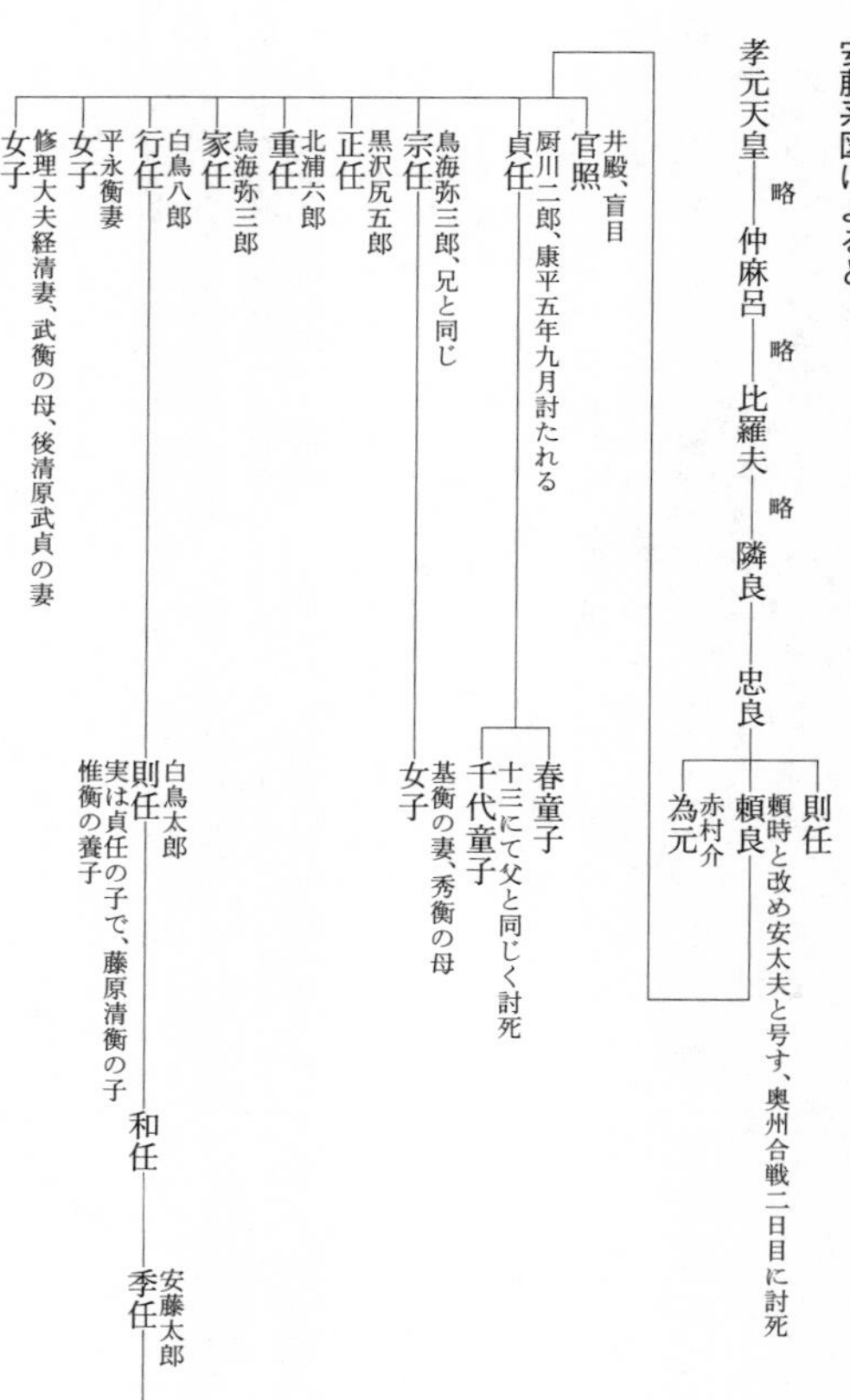

康平五（一〇六二）年七月、官軍は清原武則の協力によって攻撃軍を編成し、九月十一日には鳥海の柵を落として大勢を決した。鎮定後は当然武則が勢力を持ったが、その死後、一族の間に争いが起こった（初めは嫡子真衡対秀武・家衡・清衡であったが、終局には清衡対家衡・武衡となった）。そこへ義家が陸奥守として赴任（永保三〔一〇八三〕年）してきてこの争いに介入し、やがて清衡を援

けたため、所謂後三年の役へと発展してしまった。応徳三（一〇八六）年、義家は家衡を沼柵に攻めて数ヵ月を送るうち、大雪に遭い、飢寒のために敗北した。それを知った義光が、翌年の八月に京から下って来た。十一月十四日、金沢柵が陥落して清原氏は滅亡し、ここに奥州藤原四代が始まったのである。

この時の戦いに、衣川の舘から落ちて行く貞任を追った義家が、

衣のたてはほころびにけり

と言ったのに対して、

年をへし糸の乱れの苦しさに

と、見事に答えたので、義家はつがえた矢をはずしたという話や、大江匡房に師事したおかげで、乱れ飛ぶ雁を見て敵の伏兵を知ることができた、などという八幡太郎に関した逸話が多い。

なお、参考までに貞任・宗任の一族の系図を挙げておく。

（29）八幡太郎義家　『中右記』に「天下第一武勇之士」と称えられる義家は、武芸武略に通じ、源氏の武将の代表であり、また、英雄として神格化された。この義家は河内源氏の頼義の嫡子として、長暦二（一〇三八）年（異説がある）出生した。『尊卑分脈』に、頼義が八幡宮に参詣した時、霊夢のお告げによって一振りの宝剣を得た。そして、またその月に懐胎して生んだのが義家であったとあるが、義家の生涯を思えば、そのような出生に関する特異な伝説があっても不思議はない。

義家は幼名を不動丸または源太丸といい、七歳の時、石清水八幡宮の神前で元服したので、八幡太郎と称したと伝えられる。また『陸奥話記』には、前九年の役において、義家の馬上からの射術に驚嘆した賊が、義家を八幡太郎と呼んだとあり、『十訓抄』も、この話を八幡太郎の称号の由来として載せている。

前九年の役、後三年の役の武勇によって、八幡太郎義家の武威は広く轟き渡った。しかし、その晩

年は嫡子義親の反乱などがあって、中央での義家は窮境に立ち、嘉承元（一一〇六）年七月にこの世を去った。

義家の人間像は史料の上からはわずかにしか知ることができないが、伝説上では、武将の理想像となるような伝説が各地にたくさん存在する。

（30）木曾義仲　母は六条大夫重俊の女で、幼名を駒王丸といった。父義賢が義平に攻められて討たれた時、畠山重能は義平から駒王の探捜を命じられて探し出したが、二歳の駒王を哀れんで斎藤別当実盛（巻七の注3を参照）に託した。実盛は中三権守兼遠を頼って駒王を預けた。

木曾の兼遠のもとで成長した義仲は、以仁王の令旨によって治承四（一一八〇）年九月七日挙兵した。まず横田河原に城助長の軍を打ち破り、平維盛、通盛の従える平家の軍勢十万余騎を、寿永二（一一八三）年五月、倶利伽羅山で、牛の角に松明をつけて追い込むという奇策を用いて夜襲を敢行し、これを完全に撃破した。続く篠原合戦にも連勝し、寿永二年七月二十八日、都を捨てて西海に赴いた平家の後を、義仲は都に入った。

寿永二年八月十日、左馬頭兼越後守となり、元暦元（一一八四）年一月八日、征夷大将軍となった。元暦元年一月二十日、宇治から義経軍、瀬多から範頼軍に攻め込まれて敗れ、今は今井四郎兼平とただの二騎となって粟津まで落ちてきた時、新たな敵に遭遇し、兼平に自害をすすめられて松原へ向かう途中、泥田の中に馬を乗り入れてしまった。あおっても打っても動かないので、今井の方をふりあおいだところ、石田次郎為久という者に兜の内側を射られて死んだ。

木曾の四天王といって、今井兼平、樋口兼光、根井小弥太、楯六郎親忠の郎党と、美女でありながら武勇に勝れていた巴御前は名高い。

（31）承安二年二月二日　『平治』『異本義経記』は、承安四年三月三日としており、日本古典文学大系本の『義経記』には承安四年二月二日とある。

義経記　巻第二目録

義経記　巻第二

かゞ見の宿(しゅく)にて吉次宿にがうどう入事(1)

大体鏡の宿は、都に近い所なので、人目につくのを避けねばならなかった。そこで酒宴の席では、遮那王を、華やかな遊女達から程遠い末席に着座させた。それは吉次の配慮によるものであったが、吉次自身、そのことでいたく恐縮していた。

式三献(しきさんこん)（一献ごとに膳と銚子をかえて三度くり返すこと）があって、酒宴もいよいよたけなわとなった頃、長者は、吉次の袖を引いて、

「いったい、あなたは一年に一度か二年に一度は、必ずこの道をお通りです。それでありながら、こんな綺麗な子をお連れになったことは、今までに一度だってありはしません。あの子はあなたのお身内なの、それとも、まるで赤の他人なの」

と聞いた。

吉次は、身内でも他人でもないと、曖昧な返事であしらった。すると、長者は、急にはらはらと涙を流しながら話しだした。

「ああ、なんと悲しいことでしょう。なんのためにこれまで生き長らえてきて、今になってからこんなに辛い思いをしなければならないのでしょう。私には、ただただ昔のことが今さらのようになつかしく思われてなりません。あの子の動作や身体つきを見ていますと、左馬頭様のご次男朝長様に生き写しなんですもの。あなたは、どのようにうまくまるめ込んで若君をお連れして来ることができたのですか。保元、平治の乱以後は、源氏のご子孫は方々に押し込められていらっしゃるのですよ。この若君達が大人になって、源氏の再興を決意なされたならば、どうかうまく説得してお連れして来て下さいね。諺に、壁に耳、岩に口。紅は園に植えても隠れなしなどと言いますけれど、本当に血筋は争えませんのねえ」

「いや、決してそのような人ではない。この吉次の親しい子に過ぎないんだ」

と弁解したけれども、真相をすっかり見抜いた長者は、

「あなたはなんとでも勝手なことをおっしゃい」

と言い捨てて席を立つと、遮那王の袖を引いて、上座に坐り直させた。そうして、酒をすすめた。夜も更け渡ったので、長者は、遮那王を自分の部屋へ導き入れた。吉次もやがて酔って寝床に入った。

その夜、鏡の宿に意外な騒動が巻き起こった。この年は、飢饉が全国に波及していたので、出羽国で有名な盗賊の大将の由利太郎という者と、越後国で知られた頸城(くびき)郡の住人である藤沢入道というものが、ふたりで結託して、まず信州に入った。そうして、さん(佐久)の権守の息子の太郎を手始めに、遠江国の蒲与一、駿河国の興津十郎、上野国の豊岡源八等の、いずれも名高い

盗賊の主だった者二十五名と、その手下七十名を従えて、

「東海道筋は疲弊している。それより少しはましな山里の家々に押し込んで、身分は賤しくても資産のある者があれば、そいつらを襲って強奪し、一味の手下どもにうまい酒でも飲ましてやりながら都に上り、ひと夏を迎え、秋風が吹き始めたら、北国廻りで自分らの国へ戻ろう」

と言って決めると、途中の宿場や山里の家々に押し込み、掠奪をほしいままにしながら都へ向かった。

そうして、今夜はちょうど鏡の宿で吉次の泊まった遊女宿の長者の家と軒を並べた家に泊まり合わせた。

由利太郎が藤沢入道に、

「都で名高い吉次という黄金商人が、奥州へ行くため豪華な商品を満載して、今夜は長者の家に泊まっている。どうする」

と言ったところ、藤沢入道は、

「諺に、『順風の帆掛船、流れに棹』とあるように、なにより好都合。素早く襲い、奴の商品を奪って、野郎どもに酒でも飲ませてから通ってやろう」

と言って、早速襲撃の支度に取りかかった。腕力に勝れた足軽五、六人に腹巻を着けさせ、油を塗った車松明(くるまたいまつ)五、六本に火をつけて高々と差し上げたので、外は暗かったが、そこだけは白昼のようであった。由利太郎と藤沢入道とは、大将らしく八人の手下を連れて出かけた。由利は、唐(から)萌黄(もえぎ)の直垂に萌黄縅(もえぎおどし)の腹巻をし、折烏帽子(おりえぼし)の顎紐を掛け、三尺五寸の太刀を下げて現われ、藤沢

は、褐（かちん）の直垂に黒皮縅（くろかわおどし）の鎧を着て、兜の紐を締め、熊皮の尻鞘入（しりざやいれ）のついた黒塗りの太刀を下げ、大薙刀を杖に突いていた。

真夜中頃、賊は吉次の宿へ踏み込んだ。素早く入ってみたが、誰もいない。中央の部屋へ進んでみたがやはり人影がない。これはどうしたことかと、さらに奥深く突き進んで、障子を五、六間斬り倒した。

吉次は、その物音に驚いて飛び起きた。見ると、まるで鬼神のようなものが現われた。まさか自分の財宝を狙って、賊が闖入したとは知らない吉次は、てっきり源氏の若君を連れ出して奥州へ下ることが六波羅に知れて、その討手が来たものと思い込み、大あわてにあわてて、転がるようにして一目散に逃げ出した。

遮那王はその情景を見て、何事においても下郎というものは頼りにできないものだ。たとえ格好だけでも侍であったら、このようなことは決してないはずなのに。いずれにしても、都を出た日から覚悟はできている。命を宝のために捨て、[2]しかばねをこの鏡の宿にさらそう、そう決心した遮那王は、大口袴の上に腹巻を着け、太刀を取って小脇に掻い込み、唐綾の小袖を被りながら障子の外に素早く出た。一双の屏風を畳んで前面に立て、八人の賊の来るのを今か今かと待ち受けていた。

「吉次の奴から絶対に目を放すな」

と、賊どもは口々に喚きながら乱入してきた。

屏風の陰にいる人に気付かず、松明を振りかざしたところが、そこに、一とおりではない美しい姿が浮かび出た。

　奈良でも、比叡山でも、その美しさで知られた稚児が、鞍馬を出たそのままの姿なのだから、色はきわめて白く、鉄漿（かね）をつけ、眉を細く描き、被衣を被ったその姿を見れば、まるで、万葉集に歌われている松浦佐用姫（まつらさよひめ）が夫を見送って、山から領巾（ひれ）を振ったその美しい姿が、そのまま年を経てしまったのかと思われるし、その寝乱れて見える細い眉は、鶯の羽風にも傷むかと疑われるほどであった。あの玄宗皇帝の世ならば楊貴妃に、漢の武帝の代なら李夫人かと疑うことのできる美しさであった。

　盗賊どもは、遊女かと思って、その屏風を押し除けて通り過ぎた。

　盗賊どもに無視された遮那王は、このまま通して生き残ったとしても、なんの生甲斐があろう。もしも後の世に、義朝の子の牛若という者は、平家に反抗して奥州へ下る時、鏡の宿で盗賊に遭い、生甲斐もない命を生きのびたくせに、今度また、もったいなくも太政大臣の命を狙っているなどと言われるのは残念だ。どっちにしても遁れられぬところと覚悟して、太刀を抜き、大勢の敵に斬り込んでいった。八人の賊はさっと左右に飛び散った。由利太郎はそれを見て、

「遊女かと思ったら、驚くべき勇者だぞ」

と言って、激しく斬り合った。

　由利太郎は、一太刀にと思って、身をかわしざま力いっぱい打ち込んだ。しかし、大男である上に太刀の長さが長いから、その切っ先が天井のふちを深々と斬り込んでしまった。抜こうにも抜けずにいるところを、いったん小太刀でしっかりと受け止めた遮那王は、すかさず由利の左腕

を袖もろとも斬り落とし、返す刀でその首を刎ねた。

藤沢入道はそれを見て、

「あっ、斬ったな。そこを動くな」

と叫んで、大薙刀を振り回しながら突進してきた。遮那王は、今度はこの入道を相手にして存分に斬り合った。入道が大薙刀の柄の末を握って、さっと突き出すのを、勢いよく、とびかかるようにして斬った。太刀はその名も高い宝刀だったので、薙刀の柄の手元少しを残して切り落とした。入道が即座に太刀を抜こうとしたのを、抜くすきも与えず、遮那王は斬りつけ、兜の真っ正面からその顔面にかけて斬り下げた。

一部始終、物陰に隠れて見ていた吉次は、遮那王の驚くべき活躍振りに恐れを感じた。と同時に、このままだとどんなにか自分は卑怯だと思われるだろうということに気づくと、自分の寝ていた部屋に素早く駆け戻り、腹巻を着け、髻（もとどり）を切って髪を振り乱し、刀を抜き、賊の投げ捨てた松明を拾って振りかざしながら広庭に走り出た。

吉次は遮那王に協力して、賊を追いかけつつ存分に戦い、手強な敵五、六人をその場に斬り倒した。ふたりは傷を負って北へ逃げて行った。ひとりは追ったが逃がしてしまった。生き残った賊どももひとり残らず逃げてしまった。

夜が明けると、遮那王は、宿場の東の外れに盗賊の首五個を晒し、その傍に次のような木札を立てた。

噂に聞いているだろう。だが目の前で見よ。このとおり、出羽国の住人由利太郎、越後国の住人藤沢入道以下、五人の盗賊の首を斬って通る者を、誰だと思うか。京は三条、黄金商人吉次に縁故のある者である。これを十六歳の初手柄とする。詳しいことが知りたければ、鞍馬の東光坊のところで聞け。

承安四年二月四日

立札にはこう書いてあった。そうしたからこそ後の世になって、源氏再興の門出にふさわしい事をしたものだと、人々は皆舌を巻いて怖れあった。

その日、鏡の宿を出発した。吉次は以前にもまして丁重に仕えながら下って行った。近江国の小野の摺針(すりばり)峠を越え、番場(ばんば)の宿、醒井(さめがい)の宿を過ぎると、この日もやがて暮れた頃、美濃国の青墓の宿に到着した。この青墓の宿というのは、昔、義朝が愛情を傾けた長者のいた土地であった。また、兄朝長の死んだ土地でもあったので、その墓のあるところを尋ねて出かけた。そして、夜が更けゆくとともに、墓前で法華経(ほけきょう)を読み、夜が明けると卒塔婆(そとば)を作り、自らそれに梵字(ぼんじ)を書いて、追善供養をしてからこの地を出発した。

遠く子安森を望みながら、杭瀬川(くいぜ)を渡り、美濃と尾張の国境を流れる墨俣川を暁に眺めて通り過ぎ、都を出てから今日は三日になったので、尾張国の熱田神宮に到着した。

しやなわう殿げんぶくの事

熱田神宮の先代の大宮司藤原季範は、義朝の舅であった。今の大宮司の範忠も、義朝にとっては妻の兄であった。そして、兄頼朝の母も熱田の近くの、そとの浜という所にいた。

遮那王は、この人達は父の形見の人々だと思って、吉次を通じて熱田に来たことを告げると、大宮司は急いで出迎えの人を寄越して案内し、なにかと労って慰めてくれた。

そのまま次の日に出発しようとすると、大宮司家の人々は、いろいろと忠告や意見に来て、あれこれしているうちに三日間も熱田に逗留してしまった。

ある時、遮那王は吉次に向かって言った。

「稚児姿で奥州まで下るのは工合が悪い。せめて仮元服でも済ませ、一人前の男として烏帽子をつけて行きたいと思うのだが、どうだろう」

「どのようにでもなされて結構でございます」

と吉次は言った。

そこで、大宮司が烏帽子親となり、髪を取り上げ、初めて遮那王は烏帽子を被った。

「こうして下っていって、秀衡が、名前はなんと言うと聞いた時、遮那王と言ったのでは、折角一人前の男子に姿を変えた甲斐がない。ここで名を改めずに下り着いたならば、秀衡にきっと元服をしろと言って奨められるだろう。秀衡はわが源家にとって代々の家臣である。臣下である秀衡の奨めで元服しては、他の者達から侮蔑されるに違いない。ここは熱田神宮の神前ではあるし、その上、兵衛佐殿の母上もここにおられるしするので、この熱田で決めることに決心しよう」

そう言って、遮那王は精進潔斎（しょうじんけっさい）した上で、熱田神宮に参拝した。大宮司も吉次もお供した。遮那王はふたりに向かって、

「亡父左馬頭義朝殿の子供は、嫡子が悪源太義平、二男が朝長、三男が兵衛佐殿、四男が蒲殿、五男がげんじ（禅師）の君、六男が卿の君、七男が悪禅師の君、自分は本来左馬八郎と称するべきだが、保元の合戦に、叔父の鎮西八郎為朝殿(3)が勇名を天下に響かせたので、叔父の八郎という名の跡を継ぐのも自分は潔しとしない。末の数になってもかまわない、自分は、左馬九郎と言おう。そして実名は、祖父が為義、父が義朝、長兄は義平と言ったから、その義の字を頂戴して、義経と名乗ろう」

昨日までは遮那王、しかし、今日からは左馬九郎義経とその名を改めた。こうして熱田神宮を後にした。

鳴海の塩干潟とか、三河国の八橋を過ぎて、遠江国の浜名の橋を眺めて通った。普段この辺りは、在原業平(4)や山蔭（やまかげ）中納言などの和歌に詠み込まれてきた名所々々が多い所なのであるが、牛若は、心が楽しめる時なら面白いだろう。だが、秘めた思いのある時は、名所や旧蹟も見たとてなんの意味もないと言って、急いで通り過ぎた。

やがて、宇津の峠を越えて、駿河国の浮島ヵ原に到着した。

あの丶ぜんじに。御たいめんの事

義経はそこから兄の阿野禅師(あののぜんじ)のところへ使を遣った。禅師は非常に喜んで、すぐに義経を迎え入れた。

この思いがけない対面に、兄と弟は互いに目と目を見合わせて、過ぎ去った時代の数々のことを話し続けて、嬉し涙に咽(むせ)んだ。

「思えば不思議だ。別れた時お前は二歳であった。近年はどこにいるのかも知らなかった。それがこのように立派に成長して、しかも、源家の再興というような大仕事を決意したことは、兄としてこんな嬉しいことはない。自分もいっしょに出陣して運命をともにしたいのだが、たまたま釈迦の教えを学び、仏門に入ってからというものは僧衣を着たので、今さら鎧兜を身に着け、弓矢を取るということはどうかと思われる。そう思うと、いっしょには行けない。だがしかし、父上のご冥福を誰かが祈らなければならない。また一方では、源氏一門の人々が栄えるように、祈りを捧げようと自分は思っている。それにしても、ひと月さえもいっしょに過ごせず、すぐまた別れなくてはならないのはまことに悲しい。兵衛佐殿も伊豆の北条におられるが、警備の者達が厳重に監視しているということなので、手紙さえ差し上げられない始末なのだ。まあ、兄上が近い所に居るということが心頼みで、日頃の便りもない。お前も、今回訪ねたところでお会いできるかどうかわからないから、手紙を書いて置きなさい。なにかのついでに届けよう」

兄の禅師がそう言ったので、義経は頼朝に宛てた手紙を書いて後に残し、禅師のもとを辞去した。

その日、伊豆の国府の三島へ着いた。三島神社に参籠して、一晩中祈った。

「南無、三島大明神、伊豆山権現、吉祥駒形の権現、お願いのすじは、この義経を三十万騎の大将にしてください。さもなければ、もうこの箱根山より西へは越えさせないでください」

と、真心の限りを尽くして祈った。それは、十六歳という若さからいって、恐ろしいことに思われた。

足柄の宿を通り過ぎ、武蔵の名所、堀兼（ほりかね）の井をよそながら見て、その昔在原業平が眺めて歌に詠んだという由緒の深い土地を懐かしみ、下野（しもつけの）（下総（しもふさ））国の高野というところに着いた。

日数がたつに従って、都が遠のき、東国が近づいて来たように感じられ、その夜は都のことが頻りに思い出された。義経は宿の主人を呼んで、

「ここはなんという国だ」

と聞いたところ、

「下野国でございます」

「ここは郡か、それとも庄か」

「下野の庄[5]でございます」

と答えた。そこで、

「この庄の領主は、名をなんというのか」

「少納言信西という人の母方の伯父で、陵介(みささぎのすけ)という人の嫡子、陵兵衛(6)と申します」

と、主人は答えた。

義経(よしつね)みさゝきがたちをやき給事

下総国の下河辺の陵というその言葉に、義経は遠い記憶が急に甦った。

それは、まだ義経が鞍馬寺で東光坊の膝の上に寝ていた、九つの頃であった。ある日、東光坊を訪ねて来た人が、義経を見ながらこんなことを言った。

「ああ、この子は、目の様子がただ人でない。どういう方の若君ですか」

「この子こそ、左馬頭殿の若君です」

と東光坊が言うと、

「ああ、後世平家にとって必ず大事を招くこととなりましょう。このような源氏の若君達を助けて日本国に置くことは、まるで、獅子や虎を千里の野に放したようなものです。成人したならば、きっと平家に謀反を企てるに違いありません。若君、どうかよく聞いて置いてください。将来兵を挙げられた時には、きっとこの私を訪ねて来てください。下野国のしもさへ(下河辺)という所ですよ」

と言った相手のその言葉を、義経は思い出したのだった。

義経は、はるばる遠い奥州へ下るよりも、この陵の所へ行こうと思い、そこで吉次に向かって、

「吉次、お前は下野国の室八島（むろのやしま）で待っていろ。義経は子細あってこれから人を訪ねる。いずれ追いつくから」

義経はいきなりそう言って、陵の屋敷へ向かっていった。吉次は不本意なことながら、ひとり先に行っていましょうと、奥州を指して下ったのだった。

義経が陵の屋敷を訪れてみると、今の世に栄えている家とみえて、門には鞍を置いた馬がたくさん繋いであった。覗いてみると、侍の詰所には強そうな若者五十人余りが席を連ねて並んでいた。義経は人を招き寄せて、

「奥へご案内願いたい」

「どちらから来られました」

「京都からです。以前お目にかかった者です」

と義経は言った。家来が主君にそれを取り次ぐと、

「どんな人だ」

「そのお姿など、立派なご様子でございます」

「それなら、こちらへどうぞと言いなさい」

そう言って座敷へ通された。

「どなた様でしょうか」

と陵が言ったので、

「幼い頃、お目にかかりましたが、もうお忘れになりましたか。鞍馬の東光坊のもとにいた時、

なにか大事が起こった時には訪ねよといわれたので、何事もよろしくお頼みしようと思って、ここまで下って来ました」

こう義経が言ったので、それを聞いた陵は、これはとんでもないことになった。成人した子供は皆京都へ行って、小松殿こと平重盛に仕えている。自分が源氏の味方をしたら、ふたりの息子は殺されるであろう、と思って、悩んだ。そして、しばらく思案した後、陵はこう言った。

「お話をお聞きして、よくぞご決心されたと思います。お話はよくわかりましたが、しかし、平治の乱の時、あなた方兄弟は既に打首になる筈のところ、七条朱雀（しゅじゃく）の常盤御前に、清盛殿が近づかれ、そのために命が救われたのです。人間は、老若どちらが先に世を去るか一定していないことではありますが、ご謀反のことは、せめて清盛殿が亡くなって後に、どうかそれを思い立ってください」

義経はその言葉を聞いて、心中陵を、ああこいつは、日本一の卑怯者だった。こんな奴をとは思ったけれども、仕方がないので、その日はそこで過ごした。頼みにならない者には執着もないとばかりに、その夜の真夜中頃、陵の屋敷に火を放って悉く焼き払ってから、素早く姿を消した。

このまま進んでいくと、下野国のよこ山（横田）の原や、室八島や、しのの河関（せき）山（白河の関）に待伏せの者を置かれてはかなわないと思ったから、利根川沿いを馬に任せて行くうちに、馬の足が思ったより速かったので、二日の行程を一日で上野国の板鼻という所に着いた。

伊勢三郎義経の。臣下に。初て成事

日も既に暮れ方になっていた。貧しげな家々は軒を並べていたが、義経が一夜を過ごすような家は何処にも見当たらなかった。すると、少し奥へ入った所に、あずまや風の家が一軒あった。風情ある人の家とみえて、竹の透垣（すいがい）に檜の板戸が閉めてあった。庭には池を掘り、その水辺に群をつくって遊んでいる水鳥を見るにつけても、風情ある人の住まいと見えたので、庭にはいって縁先に近づき、

「ごめんください」

と声をかけたところが、十二、三歳位の小間使が出てきて、

「なにかご用でしょうか」

と言ったので、

「この家には、お前のほかに年を取った者はいないのか。いるならその人に出てもらいたい。話したいことがあるのだ」

と言って、義経は小間使を奥へ引き返させた。小間使は、主人にこのことを話した。しばらくして、年の頃十八、九ほどと思われる、若い優雅な女が部屋の障子の陰から、

「どんなご用でございますか」

と言ったので、義経は、

「自分は都に住む者ですが、この国の多胡(たこ)という所へ人を訪ねて来ましたけれど、この辺の地理をよく知りません。そのために迷って、とうとう日が暮れてしまいました。一夜の宿を貸してくれませんか」

「お泊めするのはおやすいことですが、只今主人が外出しておりまして、今夜遅くなってから帰って来るはずでございます。主人は余所の人と違って、人情など解さない者ですから、どのようなことを言い出すかわかりません。そうなっては、それこそあなた様にもお気の毒です。いかがなものでございましょう、余所へお泊りいただけませんでしょうか」

「ご主人が戻られて、もし不都合とあれば、その時は虎の寝る野へでも何処へでも出て行きましょう」

そう義経が言ったので、女は、どうしようかと思って迷っていた。義経はさらに、

「今宵一夜だけ、どうか泊めてください。色をも香をも知る人ぞ知ると古い歌にもあるように、私が何者であるかはわかる人にはわかっていただけましょう」

と言って、中門の脇の詰所へするりとはいってしまった。女はどうしようもなく、奥へ行って年配の人に、

「どういたしましょう」

と聞いたところが、

「一樹の陰に宿り、一河の流れを汲むといいます。こうなったのもすべて前世の因縁です。少しも困ることはありません。でも、侍どもの詰所ではよくないでしょう」

年配の人がそう言ったので、女はひと部屋へ案内したうえ、種々の木の実などを出して酒もすすめたが、義経は盃を手にしようとも、木の実を口にしようともしなかった。

女は念を押すように言った。

「この家の主人は、世間でも評判の根性曲りですから、くれぐれもお姿をお見せにならないでください。明りを消し、障子を閉めておやすみください。そうして、夜明けの鶏が鳴きましたら、ご用の方へ急いでお立ちになってください」

「承知しました」

義経は、あの女がどんな亭主を持ってこれほどまでに恐がるのだろうと、それが不思議でならなかった。自分は、この家の亭主などよりずっと格が上の、陵の家にさえも火を放ってすっかり焼き払ってここまで来たのだ。まして、あの女の好意で一夜の宿を得たのに、男が帰って来て憎らしいことなど言ったならば、なんのために持っている太刀なのか。こういう時にこそ太刀は使うものだと思って、鯉口を切って膝の下に敷き、直垂の袖を顔にかけて、寝た振りをして待ち構えていた。

閉めるようにと言われた障子をわざと広く開け、消すようにと言われた灯火も特に灯心を掻き立てて、夜が更けるにつれて今か今かと待っていた。

子の刻（今の零時。およびその前後二時間）あたりになると、主の男が帰って来た。檜の板戸を押し開けて入って来るのを見ると、男は年の頃二十四、五歳位で、葦の落葉の模様のついた浅黄(あさぎ)の直垂(ひたたれ)に、萌黄縅(もえぎおどし)の腹巻を着けて太刀を下げ、大きな手鉾(てぼこ)を杖にしていた。そうして、自分にも引けをとらないほどの若党四、五人を従えていた。彼等は、猪の目を彫った鉞、焼刃の薙鎌、薙刀、乳切り棒、筋金入りの打棒などを手に手に持って、たった今し方まで大暴れをしていたという様子で、ちょうど四天王のような格好で現われた。義経は、なるほど女が恐がるのも当然だ、実際、あいつは勇ましい奴だなあ、と見ていた。

男は、二間所（柱と柱の間の数が二つある部屋）に人がいるのに気づきながら、踏石に足を掛けて上がった。義経は、大きな眼を見開いて太刀を取り直し、

「こっちへ」

と言った。しかしその男は、けしからん奴だと思ってものも言わず、障子を荒々しく閉めて、大股に奥へ入っていった。

義経は、きっと女に向かって憎々しいことを言うのだろうと思ったので、壁に耳を当てて聞いていると、

「おい、お前お前」

と、寝ているのを無理に起こすと、少しの間は物音もしなかった。しばらくたってから、女は目覚めたといった感じで、

「なんでございます」

と言った。

「二間に寝ているのは誰だ」

「私も知らない人です」

と答えた。けれども、

「知りも知られもしない者を、主人のいない間に誰の取り計いで家の中に入れたのだ」

と、この上なく意地悪げに言ったので、義経はさあ始まったぞと聞いているうちに、女は、

「知らない人ではございますけれども、日が暮れたのに目的地は遠いと、途方にくれておいでのご様子、それでも主人の留守にお泊めしては、あなたがどのようにおっしゃるかわからないと思ったので、お泊めできませんとお断わりしたのでございます。するとあの方は、色をも香をも知る人ぞ知ると言われた、そのお言葉の奥ゆかしさを恥ずかしく思いまして、今夜お泊めすることにしたのでございます。どのような事情がありましても、今夜だけはどうか泊めてさしあげてください」

と言った。すると男は、

「そうであったか。お前を志賀の都の梟のように物事に暗い上、東国の奥地の者のように人情などわきまえていない女と思っていたのに、色をも香をも知る人ぞ知ると言われたその意を汲んで泊める決心をしたとは、心根の優しい女だ。どんなことがあっても構わない、今宵一夜は泊めてやりなさい」

と言った。義経は、ああ、きっと霊験あらたかな神仏のお恵みだ。罵りでもしたら大変な事になっていたろうにと思っていた。男はさらに続けて、

「どう見てもあの殿はただ人でないと思うのだ。近ければ三日、遠くても一週間以内に大事件に遭った人であろう。自分もあの人も日陰者であるから、危険な事件に遭いやすいものなのだ。

とにかく、一献差し上げよう」

と言って、種々の木の実などを取り揃え、召使いに徳利を持たせると、女を先に立てて義経のいる座敷へ来て酒をすすめた。しかし、義経はいっこうに飲もうとしなかった。

そこで、主の男は、

「盃を乾してください。きっとご用心されているのだと思います。姿こそ野卑な男に見えますが、私がここにおります限りはご警護いたしましょう。おい、誰かいないか」

と呼ぶと、例の四天王のような男どもが五、六人現われた。男は、

「この殿に、今夜お客人となっていただく。ご用心なされているので、お前達は今夜寝てはならない。ご警護に当たれ」

「承知いたしました」

家来達はそう返事をして、蟇目(ひきめ)の矢を射たり、弓に弦を張ったりなどして寝ずの番に当たった。主人自らも客間の板戸を上げ、燭台を二ヵ所に置き、腹巻を側に置いて弓の弦を張り、矢束の紐を解き広げ、太刀や刀を膝近くに引き寄せて置いた。近くで犬が吠えたり、風が梢を吹き鳴らしたりしても、

「誰かあれを斬れ」

と命じた。

こうしてその夜は一晩中寝ずに明かした。義経は、主人の男をなんと頼もしい男だろうと思った。

その翌日、出発しようとするのをいろいろと引き止められた。最初はほんの一夜だけの泊りだったのが、二日も三日も逗留してしまった。

主人の男は義経に向かって、

「あなたはいったい都ではどのようなお方なのでしょうか。私どもは都に知り合いがありませんので、もし都へ上った時は訪ねて行きます。ですから、もう一日二日お泊まりください」

と言ってから、

「東山道を通って行かれるのなら碓氷の峠まで、東海道*を通られるのなら足柄*の宿までお送りいたしましょう」

義経はそう言われて、自分は都にいないのだから、訪ねて来いと言っても仕様がない。だが、この男は見た感じ、敵に通じるようなことは決してなさそうだから教えてやろうと思い、

「自分は、奥州の方へ下る者だ。平治の乱に滅亡した下野守や左馬頭だった源義朝の末の子で、牛若といって鞍馬山で学問をしていたが、今度元服して左馬九郎義経という。奥州へは、藤原秀衡を頼って下る。今、自然に知り合いになれたことは嬉しく思う」

義経がそう言い切らないうち、男は素早く義経の前へ進み寄って、袂にしっかとすがりつき、なにも言わずにただ涙を流していた。しばらくして、

「ああ、お気の毒に。お聞きしなかったならば、どうして知り得たでしょう。あなた様は、私にとっては先祖代々のご主君であられます。こう申しますと、何者かとお思いでしょう。私の親は伊勢国の二見の者でございます。伊勢のかんらい義連と申しまして伊勢大神宮の神主でござい

ましたが、京都の清水観音に参詣したその帰り道、九条の上人という高僧の行列に出会い、その時乗物から降りないという無礼があったため、その罪で上野国のながしまという所へ流刑にされ、そこで年月を送っているうちに、故郷の伊勢を忘れたいために妻を娶りました。妻が懐妊して七ヵ月になった時、父はついに罪のお許しのないまま、この地で死んでしまいました。その後出産した時、母は、この子は胎内にいながら父に死に別れたという、前世の報いで運の悪い子なのだからと言って、面倒をみなかったのを、母方の伯父にあたる者が哀れに思って引き取って育て、成長して十三になった時、元服せよと言われました。その時に、『私の父はどういう人だったのですか』と聞きましたところ、母は涙に咽んでばかりいてなんの返事もしてくれません。しかしそのうちに、『お前の父は、伊勢国の二見ヵ浦の人ということだそうです。名は伊勢のかんらい義連といいました。左馬頭様から、大層目をかけられていましたところが、思いもよらぬ罪をきて、この上野国に流されて来たのです。そして、私がお前を身籠もって七ヵ月になった時、とうとう死んでしまったのです』と言いましたので、私は、父が伊勢のかんらいといったのだから、自分は伊勢三郎と名乗ろう。父が義連と名乗ったのだから、自分は義盛と名乗りました。近年は平家全盛の世となり、源氏は皆亡んでしまい、たまたま生き残っていても、寺や流罪地などに押し込められて、はなればなれになっておられると聞いていましたので、消息もわからないためお訪ねすることもできません。心の中ではあれこれ考えていたのに、たった今、ご主君にお会いできました事は、まことに主従は三世の契とはいうものの、ただひとえに八幡大菩薩のお引合せと思います」

と言った。そこでふたりは、今日までのこと、未来のことなどをいろいろと語り合った。

ただかりそめの縁のようであったけれども、この時義経に初めて対面してから、ふた心なく忠義一途に仕えて奥州までお供し、治承四（一一八〇）年、源平の争乱が起こった時には、身に添う影のように、いつも義経の側に付き添っていた。戦乱が治まり、義経が頼朝と仲違いした時も、再び奥州へお供して、その名を後世にまで残した、伊勢三郎義盛[7]とは、この時の宿の主人であった。

それから、義盛は奥へ入って女に向かい、

「どのような方かと思ったら、自分にとっては先祖代々のご主君であられた。それだから、これからお供して奥州へ行く。お前はこの家で明年の春まで待っていなさい。もし、その頃になっても私が戻らなかったならば、その時はじめて他の人に再婚しなさい。だが、たとえ再婚したとしても、この義盛のことは忘れないでほしい」

と言うと、女はただ泣くより外はなかった。

「ただほんの気まぐれの旅に出かけられた時でさえも、あなたのいないあとは辛うございましたのに、まして愛していながら、別れるのでは、その恋しい、懐かしい面影を私はいつになったら忘れることができましょう」

と、女は泣き口説いたが、どうにもならなかった。剛勇武士の性格としてただ一筋に思いを絶ち切って、そのまま義経のお供をして奥州へ向かった。

義経とその家来になったばかりの伊勢三郎とは、下野国の室八島を遥かに眺め、宇都宮の二荒山神社に参拝し、そして岩代国行方の原にさしかかった。その昔、実方中将(さねかた)(8)が、安達ヶ原の白真弓に、弦を押し張り空打ちして肩に掛け、馴れない間はなにも恐ろしくない。だが、馴れてから後恐ろしくなるのが残念だ、と詠んだという、その安達の野辺を見て通り、さらに浅香の沼のあやめとか、影さえみせる浅香山とか、信夫の摺衣とかの名所などを眺めて、伊達郡の阿津賀志山を越えた。まだ夜がほのぼのと明けようとする頃なのに、旅人の道を行くのを聞いて、さあ追いついて聞いてみよう。この山はこの国の名山であるのだからと言って追いついてみると、それは先に行った吉次の一行であった。吉次は商人の習慣で、あちらこちらで商売をして日を送っている間に、九日先に出立したが、義経は今追いついたのであった。

吉次は義経を見つけて、なんともいいようのないほど嬉しかった。義経もまた、吉次を見て喜んだ。

「陵のところはどうでしたか」

と、吉次が言ったので、

「頼りにならないので、家に火を放ってすっかり焼き払ってここまで来た」

と言ったので、吉次は今さらのように恐ろしく思った。

「お供の人はどなたですか」

「上野国足柄の者だ」

「今はもう、お供もいらないでしょう。殿が平泉へお着きになった後、訪ねて来させなさい。後に残された奥様の嘆かれるのも痛ましいことです。一大事が起こった時にこそ、お供させなさい」

吉次がそう言って、やっとのことで留めたので、義経は、伊勢三郎を上野国へ返した。この時から治承四年を待ったのだから、それは長い年月であった。

義経は、こうして昼夜の区別なく急いで下って行くうちに、武隈(たけくま)の松とか、阿武隈川という名所々を通って、宮城野の原、つつじヶ岡を眺めて千賀の浦に鎮座する奥州一の宮の、塩釜神社に参拝した。あたりの松、まがきの島を眺めて、見仏(けんぶつ)上人の旧蹟である松島を拝んで、松島明神の神前に参って祈願し、名木姉歯(あねは)の松を見て、陸前国の栗原に到着した。

吉次は、栗原寺の別当の宿坊に義経を案内した。そして自分は平泉へ向かった。

義経(よしつね)ひてひらに御対面(こたいめん)の事

吉次は、急いで平泉の藤原秀衡の屋敷に着くと、秀衡に会い、義経を連れて来たことを告げた。折柄、秀衡は風邪気味で床についていたが、嫡子本吉冠者泰衡(もとよしのかんじゃやすひら)、二男泉冠者(いずみのかんじゃ)もとひら[9]を呼び寄せて言った。

「やはりそうであったか。去る日、黄色い鳩が飛んで来て、秀衡の屋敷へ飛び込んだ夢を見た。きっと源氏から便りがもたらされる前兆だろうと思っていたところに、頭殿の若君が平泉へ下って来られたとは嬉しいことだ。さあ、わしを抱き起こせ」

そう秀衡は言って、人の肩に手を掛けて起き上がると、烏帽子を引っ被り、直垂を身に付けて、

「この源氏の若殿は、お若いながら、詩歌管絃の遊びも、仁義礼智信の道も、よくわきまえておられることであろう。近頃は、わしが病いの床についていたために、さぞかし屋敷内も見苦しくなってもいよう。庭の草を取らせるのだ。泰衡ともとひら（忠衡）は、ただちに出発して若君をお迎えに行け。但し、あまり仰々しくならぬようにして行け」

秀衡がそう言ったので、ふたりは慎んで命令を受けると、その勢三百五十余騎を率いて栗原寺へ馳せ向かった。そして、義経に対面した。

やがて、義経は泰衡忠衡以下三百五十余騎を従えると、栗原寺の衆徒五十人の見送りをうけて、平泉の秀衡の屋敷に着いた。秀衡は、

「ここまではるばるお越しくださいましたことは、まことに恐縮の限りでございます。陸奥、出羽の両国を統治してはおりますが、これまで思うように振舞うことができませんでした。しかし、今はもう誰になんの憚るところもございません」

そう言ってから泰衡を呼び寄せると、

「両国の大名三百六十人を選び、毎日丁重におもてなし申し上げ、また、殿を警護せよ」

と命令しておいて、再び義経に向かい、

「引出物としては、私が従える十八万騎の郎党のうち、十万騎は私のふたりの子に賜わりますよう。今、八万騎を殿に捧げます。殿のことはさておいて、吉次がお供をしなかったならば、この奥州まで決してお下りにならなかったに違いない。この秀衡を主と思ってくれる者は、吉次に引出物をしてもらいたい」

と言った。

すると、嫡子泰衡は、白の鞣革百枚、矢羽にする鷲の羽根百尻、それに、銀張りの鞍を置いた駿馬三十頭を引いて来て贈った。二男のもとひらも、兄に負けない贈物をした。そのほか一族や郎党までが、誰にも負けるものかとばかり、それぞれ立派な贈物をした。

秀衡はそれを見ていたが、

「鹿の皮も鷲の羽根も、今はもう、不足はまさかあるまい。お前が大好きな物だから」

と言って、奇麗に貝を塡め込んだ唐櫃の蓋にいっぱい砂金を盛って与えた。

吉次は、義経のお供をしたお陰で、道中のいろいろな災難から遁れられただけでなく、利益を受け、このような面目を施すことになった。それも皆、鞍馬の多聞天のご利益と思うのであった。このように商いをしなくても、その元手を充分に儲けた。もうなんの不足もないと思いながら、京都へ急いで帰って行った。

こうしてその年も過ぎ、義経は十七歳になった。そのまま年月を送っていたが、秀衡はなにごとも言い出さなかった。また、義経もどうしたらよいかとも言い出さなかった。だが、心中、都にさえいれば、学問もやり遂げることができるであろうし、また、天下の状勢などもこの眼で見ることができるのに、この奥州にいたのではそれもできない。一度都へ上ってみようと、秘かに思った。

このことを泰衡に相談したところで、かなえてくれまい。誰にも知らさずに行こうと思ったので、ちょっとした外出を装って京へ上ろうと、平泉の屋敷を出た。途中、伊勢三郎の所に立ち寄ってしばらく休養をとり、東山道を通って木曾義仲を訪ね、謀反の計画を打ち明けて相談した後、京へ入った。

都のはずれ、山科のさる人のもとに身を寄せて、京の平家の様子を窺うのであった。

鬼一法眼の事

さてここに、代々の天皇の宝として我国に秘蔵されている十六巻の書物(10)があった。中国人でも、日本人でも、この書物を読んだ者でひとりとして愚かだった者はいなかった。例えば中国では、太公望(11)がこの書物を読んで、八尺の壁に上り、天に上る力を会得した。張良は、「一巻の書」と名付けてそれを読み、三尺の竹に上って空を飛ぶ力を会得した。樊噲はこの書物を受け伝えて、甲冑を着け、弓矢を取り、敵に向かって怒った時には、敵の兜も貫くという力を会得した。

我国の武将では、坂上田村麻呂がこの本を読んで、あくじのたかまろ(12)という賊を討ち取り、また、藤原利仁もこれを読んで赤頭(あかがしら)の四郎将軍という賊を討ち取った。それから後、この本の伝授を得た者が長いこと絶えていたのを、下野国（下総）の住人の、相馬小次郎こと平将門が、これを受け伝えて読みながらも、将門はその性格の所為もあって、朝敵となった。このように、天皇の命令に背く者は、なにかにつけて、人々の上に立ち、世を治めることのできる者は少ない。下野国の住人俵藤太秀郷(13)は、勅命を奉じて、平将門追討のため東国へ下った。平将門は防戦につとめたが、その四年の間に味方は皆討たれてしまった。そのいよいよ最後に及んで、この書物を読んでいたため、一張の弓に八本の矢を一度につがえ、同時に放てば、八人の敵を同時に射殺すことができた。しかし、将門が滅んだ後は、また、全く長いことこの書物を読む人がいなかった。ただ無為に代々の天皇の宝物蔵に仕舞い込まれていたのだった。

その頃、一条堀川[14]に、陰陽道の法師で鬼一法眼という、文武両道を併せ備えた者がいた。天下人のご祈禱をする人であったが、この書物を頂戴して秘蔵していた。

義経は、それを知るとすぐ山科を出た。そして、法眼の屋敷の近くに立ってその様子を窺った。法眼の屋敷というのは、京の街の中であるのに厳重に造ってあり、四囲に掘った堀は水をたたえ、八つの物見櫓をこしらえてあった。夕方、申の刻（今の午後四時、およびその前後二時間）から酉の刻（午後六時）になると架橋（かけはし）を取りはずし、朝は巳の刻（午前十時）か午の刻（正午）頃までも門を開かなかった。人の言うことなど、よそ事のように聞き流していた、高慢無礼の者であった。

義経は、法眼の屋敷に入ってみると、中門の脇にある侍の詰所の縁に、十七、八位の少年がひとり立っていた。扇を差し上げて招くと、

「なんですか」

と言った。

「お前はこの屋敷の者か」

「そうです」

「法眼は今在宅か」

「おられます」

「では、お前に頼みたいことがある。法眼にこう伝えてもらいたい。門のところに見知らぬ若者が来て、主人に話があると言っていると、必ず取り次いでこい」

そう義経が言うと、少年は、

「法眼様の驕り高ぶっていることは並大抵でなく、相当なご身分の方々が見えた時でさえも子供を代理に出し、自分は会わないという一癖も二癖もある傲慢な方です。ましてあなたのような若い人の訪問を喜んで会われることはありません」

と言ったので、義経は、

「お前は余計なことを言うな。主人が言わないうちに人の返事をするというのはどういうわけだ。奥へ行ってこのことを伝えてこい」

「どう話したってお聞き届けはないと思いますが、まあ取り次いでみましょう」

少年はそう言い残して奥へ入り、主人の法眼の前にひざまずいて、

「こんなことがあろうかと、驚きました。門前に、年の頃十七、八かと思われます元服前の若い人がひとりたたずんでいましたが、『法眼はご在宅か』と聞きますので、『おいでになります』と答えましたところ、面会できるかと言うのです」

「この法眼を、都の中でそのように見下げて言う者がいようとは、とても考えることができない。誰かの使者か、それとも自分で言っている言葉なのか、よく聞き返してみろ」

法眼はそう言ったが、少年は、

「その若者の様子を見ると、主人など持っている人柄には思われません。また、誰かの郎党かと思ってみると、時節に合った直垂を着ておりますが、稚児かとも思われます。鉄漿(かね)をつけ、眉を引いておりますが、美事な腹巻に黄金作りの太刀を帯びています。ああ、この人は源氏の若大将でいらっしゃるのだな。近頃謀反を起こすという噂を聞いてますが、法眼様は世にも勝れたおひとでおいでだから、一方の大将としてお頼みするために訪ねて来たのでございましょう。ご対面になる時も、日陰者などといってしまって、相手にみね打ちにされたりしませんように」

と言った。

法眼はそれを聞いて、

「殊勝な心がけの者ならば、出て、会ってやろう」

と、立ち上がった。

法眼は、生絹(すずし)の直垂に緋縅(ひおどし)の腹巻を着け、草履を履き、頭巾を耳際まで深く被り、大きな手鉾を杖について、縁側をどんどんと踏み鳴らし、しばらくあたりをじっと睨み付けるようにして見ていたが、

「いったい、この法眼に話があるという者は、武士か、それとも名もなき者か」

と言った。

義経は、門の陰から素早く現われ出て、

「私が言ったのだ」

と言いざま、ひらりと縁側へ上がった。

法眼はそれを見て、義経が縁側の下の地面にひざまずいて畏まるものとばかり思っていたのに、思いがけないことには、自分にぐっと膝を突き合わせて坐ったのであった。

「あなたがこの法眼に、話があるという本人か」

「そうです」

「なにを言いたいのだ。弓の一張、矢の一すじでも欲しいのか」

「やい法眼。それぐらいのことなら、どうしてここまで来るだろうか。聞けばその方は、中国の書物で、平将門が受け継いだ六韜という兵法の書を、朝廷から賜わって秘蔵しているそうだが、本当か。その書物は、私有してはならないものだ。その方が持っていても、読めなくては、人に伝授することもできまい。どうあっても、私にその書物を見せてもらいたいのだ。一日のうちに読み終えて、その方にもわかるように教えてから、返そう」

義経がそう言ったので、法眼は歯ぎしりして悔しがりながら、

「京都に、こんな乱暴者がいようとは思われない。それを誰の取り計いで門の中へ入れたのだ」

と言った。

義経は、こう考えたのであった。憎い奴だ。望みをかけた六韜を見せようとしない。そればかりか、悪態を吐くとは意外千万。どんな時のために帯びている太刀なのだ。こいつを斬り捨ててやろうと思ったが、まあまあ、たとえ六韜の書の一字をも読んでいなくても、これを持つ法眼は師であり、自分は弟子なのだ。師弟の道を冒したら、堅牢地神の怒りにも触れるであろう。法眼を生かしておいてこそ、六韜の兵法書のありかもわかるというものだ。こう思い直して法眼を助

けてやった。それは、切れた首を繋いでやったということに等しかった。

義経は、そのままこっそり法眼の屋敷で毎日を暮らしていた。山科を出て法眼のところへ来てから、飯を食べなかったけれども、痩せ衰えることもなく、日毎々々に美しい衣服に着替えなどしていた。どこへ出かけて行くのだろうかと、人々は不思議に思っていた。実は、夜になると四条のしょうもん坊のところへ行くのであった。

このようにしている法眼の屋敷に、幸寿前（こうじゅのまえ）という女がいた。身分の低い者でありながらも人情味のある女で、始終義経を訪ねてその世話をやいていた。自然と親しくなったままに、ある時、義経は話のついでに、

「いったい法眼は、私のことをどう言っている」

「なんとも申しておりません」

「そうは言っても」

と重ねて聞くと、

「最初の頃は、いるならばいるでよい、いないならいないでよいから、誰も口など利くな、と言っておりました」

と答えた。義経は、

「やはり、私には心を許しておらぬのだな。ところで、法眼には子供が何人いる」

「男がふたりに、女が三人でございます」

「おとと（男）ふたりは、この屋敷にいるのか」

「いいえ、はやという所で、印地[15]の大将になっております」

「また、三人の娘はどこにいる」

「別々の所で幸せに、皆身分ある人を聟にしていらっしゃいます」

「その聟とは誰だ」

「一番上の方は、平宰相のぶなり様の奥方で、もうひとりの方は鳥飼中将様に嫁しております」

「なんだって鬼一法眼のような身分の者が、身分の高い人を聟にとるのだ。そんなことは分不相応だ。あの法眼は、世間を無視して、おろかしいことをする男だから、そのため他人から面を張られるようなことになった時、この聟達が味方して家の恥を雪ごうとは、決して思うまい。それよりも、我々のような者を聟にしたならば、舅の恥を雪いでやれるものを。主の法眼にそう言え」

と言ったところが、幸寿前はそれを聞いて、

「たとえ女の身でも、そのように申しましたならば、首を斬られてしまうに違いありません」

「こんなふうにお前と親しくなったのも、前世からの因縁であろう。隠しても仕方がない。人には漏らすなよ。自分は、左馬頭義朝の子で、源九郎という者だ。六韜という兵法の書物に望みをかけているそのため、法眼も快くは思っていないのだけれども、このようにしているのだ。その書物のありかを教えてくれ」

「どうして知っておりましょう。それは、法眼が非常に大事にしている宝物と聞いております」

「さて、それではどうしよう」

「それならば、手紙をお書きなさい。法眼が大そう可愛がっている姫君で、どなたにも会わせたことのないお方を、私がうまく言いくるめてご返事をもらって来てあげましょう。女の習慣で、殿方の方から近づこうとなされば、どうしてそのお手紙をご覧にならないことがございましょう」

そう幸寿前が言ったので、義経は、身分の低い女でありながら、こんなに人情のわかる者がいるのかと思い、手紙を書いて渡した。

幸寿前は、自分の主人である姫のところへ行き、やっとのことで言いくるめて、姫の返書を受け取って来た。

義経はそれからというものは、法眼の方へは行かなくなり、ただをかた（御方か。この場合は姫を指す）のところに入り浸っていた。法眼は、

「こんなに気持のよいことはない。目にも入らないし、音にも聞こえないところへ消え失せてしまえばいいと思っていたのに、いなくなったとは、嬉しいことだ」

と言った。

義経は、

「まったく人目を忍ぶほど、心苦しいものはない。いつまでもこうしているわけにはいかないから、法眼に我々の仲を知らせることにしよう」

と言った。姫は、義経の袂にすがり付いて泣き悲しんだけれども、

「私は、六韜の書を見たいという望みをもっている。それでは、その書物を見せてくださるか」

と義経が言ったので、姫は、明日にでも知れて、義経が父の法眼に殺されることを、どうすることもできないと思ったけれども、幸寿を連れ、父が大切にしている宝の蔵に入り、幾つもある巻物の中で、鉄板を張ってある唐櫃に入っていた六韜の兵法書、すなわち、一巻の書を取り出して来て、義経に渡した。

義経は喜んで、引き広げて見た。それからというものは、昼は終日書き写した。夜は終夜それを復習し、七月上旬頃からこれを読み始めて、十一月十日頃になると、十六巻を一字もあまさずに覚えてしまった。読み終わってからは、あちらこちらに姿を現わして、勝手に振舞ったので、法眼もいち早く知って、

「是非はともかく、あの男がどうして姫のところにいるのだ」

と怒った。そこで、あるひとりの家人が、

「姫君のところにいる人は、左馬頭義朝の若君と聞いております」

と、そのわけを話した。

法眼はそれを聞いて、落ちぶれ果てた源氏が自分の屋敷へ出入りしているということが、すべて六波羅の平家に聞こえたならば、絶対にろくなことはあるまい。あの末娘は、この世では我が子であるけれども、後の世では敵同士になるのではなかろうか。斬り棄ててしまいたいと思ったが、自分の子を殺すということは、五逆の罪を免れることが難しい。異姓は他人であるから、あの義朝の子を斬って、その首を平家のおめにかけ、その手柄の恩賞に与りたいものだと思って、こっそり機会を狙っていたが、自分は修行者であるから人を殺すということはできない。あっぱ

れ心も強い者がいないものか。その者に斬らせようと考えた。

その頃、北白川に世間でも有名な剛の者がいた。法眼にとっては妹聟であった。しかも弟子だった。その名を湛海坊といった。

鬼一法眼は、湛海の所へ使いをやって告げると、間もなく湛海がやって来た。法眼は、正殿の隣室に案内して、いろいろともてなした後、

「あなたを呼んだのは他でもない。去年の春頃から、法眼のもとになにかわけのありそうな様子をした若者がひとりで来ていて、下野守、左馬頭義朝の息子だなどといっている。生かしておいてよいことはない。お前より他に頼むべき男がいない。夜になったら五条の天神へ行ってほしい。その若者を騙して行かせるから、首を斬ってみせてもらいたい。そうしたら、五、六年前から望んでいた六韜の兵法書をお前にあげよう」

「承知しました。できるかできないかは、行って向かってみればわかりましょう。ですが、いったいどんな男なのですか」

と湛海が聞くと、

「まだ年も若く、十七、八歳かと思われる。立派な腹巻に、黄金作りの太刀のまことに美事なのを帯びている。油断するなよ」

湛海はそれを聞いて、

「どうしてそんな若造が身分不相応の太刀を帯びているからといって、どれほどのことがあるというのか。一刀にも及ぶまい。大袈裟な」

と、つぶやくように言って、法眼の屋敷を立ち去った。

法眼は、湛海を騙しおおせたと、非常に嬉しそうな様子で、日頃はそのもの音さえも聞きたくないと思っていた義経のところに人をやって、会いたい旨を伝えた。義経は、出かけて行ってもしようがないと思ったが、呼ぶのに出かけて行かなければ、おじ気づいたなと邪推するに違いないと思い、「すぐ参りましょう」と言って、使いを返した。

使いの者がその返事を伝えると、法眼は心から満足そうな様子であった。そして、普段面会に使う部屋へ通すことにした。またその時には、自分がさも尊い人のように見せようとして、素絹（そけん）の法衣に袈裟を掛け、机に法華経の一部を置いて第一巻を開き、妙法蓮華経（みょうほうれんげきょう）と読み上げているところへ、義経は遠慮なくすっと入って来た。法眼は片膝を立てて、

「こちらへこちらへ」

と言った。義経は法眼と向かい合って坐った。法眼は、

「昨年の春頃から、私の屋敷においでのことは承知しておりましたが、どのような流離の人でいらっしゃるのだろうと思っていたところが、もったいなくも左馬頭殿の若君であられるとは、畏れ多いことと思っております。私のような僧という身分の低い者と、親子の縁を結んだことを聞きました。とても本当のこととは思えませんが、本当に京都におられるのならば、何事につけてもお頼みしたいと思います。実は、北白川に湛海という奴がおりますが、別になんの理由もないのに、この法眼を目の敵にします。どうか、あいつをやっつけてください。今夜、五条の天神に参詣するとのことですから、若君もお籠もりに行かれて、奴を斬り、その首を取ってくだされ

ば、この世の面目これに過ぎるものがございません」

そう言った法眼の言葉に、義経は、ああ、人の心というものはわからないものだと、その心を読みかねたが、

「承知しました。私にはできそうにもありませんが、行って立ち向かってみましょう。たいしたこともないでしょう。奴も印地を習い覚えていようから、義経は先に天神へ参拝に行き、その帰りがけに奴の首を斬り取ることは、風が塵を払うように簡単なことでしょう」

と、思うままに言い放ったので、法眼は心中、どんなにお前が支度をしようとも、先に湛海をやって待たしてあるのだから、世にも馬鹿な奴だと思った。

「それでは、すぐ戻って来ます」

と言って、部屋を出た。そのまま天神へ行こうと思ったが、法眼の娘に深い愛情を寄せていたのでその部屋に立ち寄って、

「たった今から、天神へ参拝に行って来る」

「それはまたどうしてでございますか」

「お前の父法眼が、湛海を斬れと言ったからなのだ」

と言ったところが、姫は、それを聞き終えぬうちに、世にも悲しげに泣きながら、なんと悲しいことなのだろうか。父の本心を知っているので、この人の命はもう今が最後なのだ。それを教えようとすれば、親不孝の子になってしまう。しかし、また考えてみると、このままでは義経と契り交わした言葉が皆嘘となってしまって、夫婦の別れの恨みがあの世までも残るに違いない。そ

れをつくづく考えてみると、親子は一世だが、夫は二世の契りなのだ。とてもこの人に別れて、たとえ僅かでも生き長らえていられない。いっしょであってこそ、憂きことでも辛いことでも忍ぶことができるのだ。親を思い切って、真実をお知らせしよう、そう決心した。

「たった今、この場からどこへでもお逃げください。昨日の昼頃、父が湛海を呼んで酒をすすめていた時に、怪しい言葉がありました。父が、『なかなか強そうな若者だ』と言いました。すると湛海は、『一太刀どころかもっと簡単なものです』と言っていたのは、今思うと、あなた様のことでした。このように申しますと、女の私の心を、かえって色々ご想像なさって、お疑いなさるでしょうが、賢人は二君に仕えず、貞女は両夫にまみえずと申しますように、私はあなた様にお知らせするのでございます」

姫はそう言って、袖を顔に押し当てて堪えきれずに泣いていた。義経もこれを聞いて、

「初めから気を許して知らずにいたら、あるいはと迷って不覚をとったかも知れない。しかし、わかった以上は、奴などには斬られはしない。さっそく行ってこよう」

と言って、出て行った。

時は十二月二十七日、夜も更けてからのことなので、義経は、白の小袖ひとかさねに山藍摺りのかさね着をし、上等な厚絹の大口袴に唐織りの直垂を腹巻の上に着て、太刀を腰に差し、姫に別れを告げて出で立つと、姫はこれが今生の別れになるだろうと思うと悲しく、妻戸の脇に被衣(かづき)を被って泣き伏した。

義経は五条の天神に着くと、その社前にひざまずいて、

「南無、天満大自在の天神。ここは衆生にお恵みをお与えくださる霊地で、すなわち縁によって福を授けられ、礼拝する者はすべての願いが聞き届けられると承っています。ここに鎮座ましましてから天神と名乗られる、その天神よ、お願い申します。湛海をこの義経に必ず討たせてください」

と祈願した後、社前を離れて南に向かい、四、五段(一段を六間とする説と、九尺とする説がある。一間は一八一センチ八ミリ。一尺は三十センチ三ミリ)ほど歩くと大木が一本あった。その木の下の薄暗いところに、五、六人ほど隠れられる場所があるのを見つけて、ああこれはよい隠れ場所だ、ここで待っていて斬り棄ててやろうと思い、太刀を抜いて待ち構えているところに、湛海が現われた。

見るからに強そうな者五、六人に腹巻を着けさせて自分の前後を歩かせ、自分は評判の印地の大将だとばかりに、手下達とは一風変わった服装をしていた。褐(かちん)の直垂に節縄目(ふしなわめ)の腹巻、赤銅作(しゃくどう)りの太刀を帯び、一尺三寸ある刀を御免革(ごめんがわ)風の鞣革で表鞘を包んで無造作に差し、抜き身の大薙刀を杖に突き、法師ではあるけれども常に頭を剃らないので、つかめるほどのびた頭の上に出張(しゅっちょう)頭巾(ときん)という法師頭巾を被ったその姿は、鬼のように見えた。

義経は中腰になって見ると、湛海の首の周囲には邪魔になるものもなく、実に斬りよさそうであった。どうして斬り損うことがあろうかとばかり、待ち伏せされているとも知らない湛海は、義経のいる方に向かって、

「我が信心する慈悲深い天神。どうか、評判の男を湛海に討たせてください」

と祈った。義経はそれを見て、どんな剛の者でも、たった今死のうとしていることはわからないものか。すぐにも斬ってしまおうと思ったが、しばらく待て、この義経の信心する天神に、慈悲深いと祈っているが、自分にはお礼参りの道だし、あいつにとってはお参りの道なのだ。まだ参拝も済まさないのに、斬って社殿に血を流すのも、神のみ心に対して畏れ多いことだ。帰り道にと思って、目前の敵をやり過ごし、その帰りを待つことにした。摂津国の、二葉の松苗が根をおろしてから、千年の大木になるのを待つよりもなおいっそう長い時間だった。

湛海は天神に来てみたけれども、人ひとりいない。社僧に会って何気ない振りで、

「このような若者が、参拝に来てはいなかったか」

と聞いたところ、

「そのような人は、とっくに参拝を済ませて帰りました」

と言った。湛海は腹を立てた面持ちで、

「もっと早く来れば逃しはしなかったものを。今頃は、きっと法眼の屋敷にいることだろう。これから行って、なんだかんだと責めて連れ出し、斬り棄てよう」

と言って、七人は連れだって社前を離れた。義経は、あっ来たな、と思い、さっきの場所で待ち伏せていた。その間が二段くらいに近づいた時、湛海の弟子で、禅師という法師が、

「左馬頭殿の息子で、鞍馬にいた牛若、元服して源九郎という者は、法眼殿の娘と親しくなったゆえに、女は男に靡くとその本性を失ってしまうものだ。だから、もしこのことを少しでも聞

いて、男にこうと知らせたならば、こんな木陰で待ち伏せるだろう。皆、あたりから目を放すな」

と言った。湛海は、

「騒ぐな」

と言った。だが、

「さあ、そいつを呼んでみよう。剛の者ならば、まさか隠れたりしないだろう。臆病者ならば、我々の様子に恐れて出て来ないだろう」

と言った。

義経は、ただ飛び出すよりも、いるか、という呼び声に応じて飛び出してみたいものだと思っているところへ、憎々しげな声で、

「今出川の辺りから、落ちぶれ源氏が来ているか」

という呼び声も終わらないうちに、義経は太刀を振りかざし、わっと叫びながら飛び出した。

「湛海と見たが間違いか。我こそ義経だ」

と言って追い迫った。湛海達は、今まではこうも戦い、ああも戦おうと言っていたけれども、いざその時になると、三方へさっと逃げ散った。湛海もいっしょに、二段ほど逃げてしまった。しかし、生きていても死んでしまっても、弓矢取りと生まれたからには、臆病に勝る恥はないと思って、薙刀を持ち直し、引き返して来て斬りかかった。

義経は小太刀を持って走り向かい、激しく斬り結んだ。最初から湛海など義経の敵ではないの

だから、斬り立てられて、今はもうかなわないと思ったのだろう。薙刀を持ち直して激しく斬り合ったが、湛海がちょっと気おくれしたその隙に、薙刀の柄を打った。薙刀をがらりと取り落とした時、義経は小太刀を振りかぶって飛び込み、気合鋭く斬ると、小太刀の先が頸筋に触れたと思ったら、湛海の首は前に落ちていた。年三十八で死んだのであった。

酒好きの猩々(しょうじょう)は酒樽の側に繋がれるというが、悪事を好む湛海は、詰まらない者に加担して死んだ。一味の五人の者達はそれを見て、あれほど強い湛海でさえもこのように討たれてしまった。ましで我々ではかなわないと思って、皆ちりぢりに逃げてしまった。義経はそれを見て、

「憎い奴等だ、ひとりも生かしておくものか。湛海といっしょに出た時は、生死をともにと言ったのだろう。卑怯だぞ、引っ返して勝負しろ」

と叫んだが、なおいっそう足早に逃げて行った。それを、あっちに追いつめてはえいっと斬り、こっちに追いつめてはやっと斬って、同じ場所にふたりを斬り倒した。残りの者は、あちらこちらへと逃げてしまった。

義経は、三つの首を集めて、天神の社前にある杉の木の下に置いて念仏を唱えていたが、さて、この首を棄てて行こうか、それとも持って行こうかと考えたすえ、法眼がぜひとも首を取って見せてもらいたいと頼んだのだから、持ち帰ってやってびっくりさせてやれと思い、三つの首を太刀の先に刺し貫いて帰った。

法眼の屋敷に戻ってみると、門を閉じ、橋をはずしてあった。今、門を叩いて義経だと言ったならば、まさか開けてはくれないだろう。これくらいのところは飛び越して入ってやろうと思っ

て、巾一丈の堀を飛び越して八尺の築地の上に飛び上がった。まるで鳥が梢を渡るようであった。中に入ってみると、非番の者も当番の者も、皆横になっていた。縁側に上ってみると、法眼は灯火をぼんやりとつけて、法華経の二巻目の中ほどを読んでいたが、何気なく天井を見上げて、世の無常を感じていた。

「六韜の兵法書を読もうと志を立てて、まだその一字さえも読まないうちに、今頃は湛海に殺されていることだろう。南無阿弥陀仏」

と、独り言を言った。

義経は、なんと憎らしい面つきだろう。太刀の峰で打ってやりたいものだと思ったが、娘の姫が嘆くであろうそのことが可哀そうで、法眼の命を助けてやった。

そのまま部屋に入ろうと思ったが、武士たる者が、立ち聞きなどしたかと思われるだろうと思って、湛海らの首をまた下げたまま門の方へ出て行った。門の横に花の咲いている木があって、その下の薄暗い所に立ち、

「中に誰かいないか」

と呼ぶと、中から、

「誰だ」

「義経だ。ここを開けてくれ」

と言うと、その言葉を聞いて、

「湛海殿を待っているところへ、義経殿が来たとは、きっといいことではない。開けて入れよう

か、どうしよう」

と言ったが、門を開けようとする者もあり、橋を渡そうとする者もあって、皆があわただしく走り廻っているところへ、どこから飛び越えたのだろうか、築地の上に首を三つ下げて現われた。人々が胆を潰して見ているうちに、義経は誰よりも先に家の中へ入って、

「おそらく私にはできそうにもないことでありましたが、必ず首を取って見せてくれとのお言葉であったので、こうして湛海の首を取って来ました」

と言って、法眼の膝の上に投げ出した。法眼は非常に不愉快に思ったが、挨拶しなくてはならないと思ったのだろう、平静を装って、

「それは有難い」

とは言ったものの、非常ににがにがしい顔つきをしていた。そして、

「嬉しく思う」

と言い残して、奥へ逃げるように入って行った。

義経は、今夜はこの屋敷に留まるつもりであったが、姫に暇乞いをした後、山科へ行こうと立った。尽きない名残りが後に残って、義経は涙で袖を濡らした。

法眼の娘は、義経の去った後にひれ伏して泣き悲しんだが、どうにもならなかった。義経のことを忘れようとしても忘れられず、眠れば夢に現われ、覚めれば面影が浮かんだ。恋しいと思えば思うほどその恋心が激しく燃えて、想いを晴らすすべもなかった。

冬も終りに近づいた頃、募る想いがいっそう積もり積もったためであろう。屋敷の者達は、物(もの)

怪（のけ）に憑かれたなどと言って、祈禱したけれどもその甲斐もなく、また、薬も効かず、十六歳という年で姫はとうとう嘆き死にしてしまった。

鬼一法眼は、以前よりなおものおもいにふけるようになった。どのような世になろうとも、生きていてもらいたいと大事にしていた娘には死別れ、頼りにしていた弟子は斬られ、万一のことがあった場合、一方の大将にもなれるはずの義経とは仲違いしてしまった。あれと言いこれと言い、非常に深い嘆きのためのものおもいであった。

後悔先に立たずとは、まことにこのことである。人間たるものは、人情を欠いてはならないということ、それが浮世というものなのだ。

注

（1）鏡の宿で、義経と吉次を襲った賊将　父のあだの平家を討って、源氏を再び隆盛にしようと心に誓い、吉次とともに奥州の秀衡のもとへはるばる下る少年義経のために、吉次の財宝に目がくらんで命を落とした由利太郎と藤沢入道という二人の盗賊は、『義経記』以外では盗賊として名高い熊坂長範としている。

この二人の賊将を斬った義経は、その容顔が美しいばかりではなく、既に源家の御曹司として恥ずかしくないだけの勇気と、勝れた武芸の持主であり、しかも名を惜しむ立派な武将としての片鱗を見せている。また、『義経記』が賊将を二人としているのは、『京師本平治』の伝えるところと関係があろう。参考までにこの伝説の異なるものを挙げてみる。

種別＼項目別		賊名	日時	年齢	場所
京師本平治物語		深栖のもとにいた時、六尺もある大男の馬盗人を捕える。また近くに入った六人の盗人の中四人を斬り、二人に傷を負わした。	鞍馬を出てから一年ばかり後		下総国の深栖三郎光重の子の陵助重頼の家の近辺
謡曲	熊坂	熊坂長範		十六、七歳	美濃国赤坂宿
	烏帽子折	熊坂長範		十二、三歳	赤坂宿
舞曲烏帽子折		越後の熊坂長範		十六、七歳	青墓宿
曾我物語		熊坂長範		十三歳	美濃国垂井宿
異本義経記		熊坂張樊（賀加（ママ）国熊坂の者）			美濃国赤坂宿
義経記		藤沢入道・由利太郎	承安二年二月三日の夜	十六歳	近江国鏡の宿

この伝説が、『舞曲』の「山中常盤」や『御伽草子』の「天狗の内裏」だと、その場所も美濃国不破の山中の宿となり、東国へ下る牛若を追って来た常盤が長範に殺害され、そのあだを牛若が討つという筋に変わっている。

美濃国の青野ヶ原には、長範塚や長範物見の松とかが残っているが、それは、昔、この地方に強盗が横行していて、その強盗に関した伝説の代表的なものが熊坂長範伝説であったのであろう。それがいつの間にか義経伝説に結びついたものと思われるが、熊坂長範という名高い大泥棒（袴垂、石川五衛門と並ぶ）であったほうが、語り手も聞き手も、若き日の義経の武勇伝をいっそう強く感じたことであろう。

（2）命を宝のために捨て　ここのところの原文は、
都を出し日よりして。いのちをばたからゆへにすて。かばねをばかゞ見のしゆくにさらすべしとて。
とあるが、『田中本義経記』には、
みやこを出し日よりして、いのちはからの殿にたてまつり、かばねはかゞみの宿にてさらすべしとて、
とあって、『義経物語』とともに「たから」という語句が、「頭殿」となっている。遮那王が鞍馬を出るまでの決意や行動、そしてまた、後の文章から考えると、「たから」とあるより、命は亡き父義朝に捧げている、とある田中本などの方が順当であろう。

（3）鎮西八郎為朝　母は江口の遊女。通称を八郎といい、豪放な性格で、七尺余りの体軀の偉丈夫であった。左手が右手に比べて四寸も長く、八尺五寸の弓に十五束の、三年竹に鉄を入れて補強した矢を射るという、強弓の射手であったと伝えられている。十三歳の時、父為義の不興を買って九州に下り、鎮西八郎の勇名を轟かせた。保元の乱には父とともに崇徳上皇側にあって、ひとり奮戦した。
「我は親にもつれまじ、兄にも具すまじ。高名不覚もまぎれぬやうに、只一人いかにも強からん方へさしむけ給へ。たとひ千騎もあれ、万騎もあれ、一方は射はらはんずる也。」
保元物語　巻上　新院御所各門々固めの事
付けたり軍評定の事
こう言ったので、西川原面の門を固めさせたとあり、これは「武勇天下にゆるされし故」だと『保元』作者は言っている。
皇居高松殿の夜襲を献策したが入れられず、反対に夜襲を受けると、その士気を鼓舞するための除目があって、為朝は蔵人に任じられた。すると感激するどころか、「ものさわがしき除目かな」と言ったとあるから、当時の武士としては変わっていた。やがて攻め寄せた清盛は、為朝の矢一筋を受け

ると、

「必ず清盛が此門を承って向ふたるにもあらず、何となく押よせたるにてこそあれ。いづ方へもよせよかし。さらば東の門か。」　保元物語　巻中　白河殿へ義朝夜討ちに寄せらるる事

と、退却している。だが、戦さに敗れたため、近江国に隠れていた。そうして、やがては九州の勢を催して攻め上ろうと考えていた矢先に、病にかかり、そのため立居振舞いが思うにまかせないので、湯療治していたところを捕えられてしまった。死罪は免れたが、腕を二度と弓の引けぬようにされて、大島へ流された。しかし島中を征服し、やがて近くの島々まで討ち従えて、伊豆諸島にその勢力を振るうようになった。

治承元（一一七七）年三月、狩野茂光の追討軍に攻められて自害して果てた。しかし、その時死なずに琉球へ遁れたという伝えもあり、沖縄にはかなり古くから為朝渡来の伝説が残っている。『大日本史』は、為朝の琉球入りの説を肯認しており、馬琴の『椿説弓張月』は、為朝に関する巷間の伝説を集大成したものである。

（4）在原業平　在五中将ともいう。平安初期の歌人で、六歌仙の一人。『古今集』以下の勅撰集に多くの歌が収められ、『在原業平朝臣集』がある。『伊勢物語』は、この業平の和歌と人間性とを主題にして作られたものである。

（5）下野の庄　原文には「下野の庄」とあるが、『田中本義経記』には「しもかはへのしやう」とあり、日本古典文学大系の『義経記』の注で岡見氏も、「下河辺庄（八条御領）」と『東鑑』文治二年三月十二日の条にみえる荘園で、下河辺の庄が正しいと言っている。

（6）鞍馬脱出の助力者　遮那王こと義経の鞍馬脱出を、吉次の助けによるとする『義経記』に対して、『平治』は、頼政と親しい下総国の深栖三郎光重の子、陵助重頼に頼んで脱出したとしている。なお、奥州へ行く前に頼朝に対面して、信夫（しのぶ）の小大夫（こだいふ）の妻（上野国大窪太郎の娘で、継信忠信の母）宛の手

紙をもらい、その尼に会ってその二人の兄弟を家臣とした後、多賀の国府（原文は多賀郡とある）で吉次を尋ね、「秀衡がもとへ具してゆけ」、と言って秀衡のもとへ下ったとあって、『義経記』の伝えとは全く異なっている。

このように、『平治』の伝えと『義経記』の伝えが全く逆の立場に立って鞍馬脱出の模様を伝えているが、義経伝説には、そのような伝えが多い。

（7）伊勢三郎義盛　『源平盛衰記』に、「義盛一の郎党たり、理なり。」「義盛は究竟の山賊海賊、古盗人の謀賢き男なり」とあるこの伊勢三郎は、『玉葉』『吾妻鏡』といった記録や、『愚管抄』などにもその名がみえるし、『平家』『盛衰記』では、戦場において活躍したことが伝えられており、それらを考え合わせて、実在した人物と思われる。

『平治』には、義経が奥州へ下る途中、上野国松井田という所で一泊したその家の主人で、伊勢国の目代といっしょに上野国まで下って来たが、その土地の女と結婚して留まった者とあり、大剛の者とみたので話をして家来にし、「わが烏帽子子の始なれば、義の子をさかりにせん。」と言って、義盛とつけたとある。

『盛衰記』には、伊勢三郎は上野国荒蒔（まき）郷に住んでいたとあって、義経は奥州へ下っていない。そうして、この伊勢三郎のもとで頼朝の挙兵を知り、さっそく伊勢の下人に手紙を持たせて頼朝のもとへ遣わした。そのために義経の素姓が知れ、主従の約束を交わし、二人で鎌倉へ駆けつけたとある。その最後も、義経の北国落ちに加わらず、いずれ奥州での再会を約して伊勢国へ帰った。そして、守護首藤四郎を討ったため、国中の武士に攻められ、鈴鹿山へ逃げ籠もって戦ったが、敵は大勢であるから矢種を射尽くして自害して果てたとある。（『玉葉』の文治二年七月二十五日の条に、義行（義経）の郎従の伊勢三郎をさらし首にしたとある。）

『異本義経記』には、父は勢州三重郡河島を領して河島二郎盛俊といい、生国は伊勢で、鈴鹿山にいたところ山賊として捕われ（十七歳）、この地、上野の松井田に流されて六年たつと義経に語り、名も武盛といったが、義の字を賜わって義盛と改めたとある。

義経の奥州下りには、秀衡のもとまで行ったとする『義経記』や『平治』の伝承と、『盛衰記』のような、上野国までしか来なかったとする伝承とがある。この奥州下りによって出会う伊勢三郎は、『平家』に越中次郎兵衛盛次の、「伊勢の鈴鹿山にて山賊して、妻子をも養い」（『長門本平家』には、伊勢三郎について「日光そだちの児なりければ」とあり、また、「高瀬両村の辺にて、山賊して妻子を養ひ」とある）という言葉にもあるように、山賊であったとする伝承は共通している。しかし、板鼻か松井田、あるいは荒蒔郷かは別として、保護者的立場・案内役的立場に立つ金商人（吉次）と下っておきながら、一度別れて回り道までする不自然さを冒さなくては臣下とすることができなかったとするのは、弁慶が『義経記』以後の成長であるように、また源平合戦に活躍した義経の郎党として、義経伝説の成長に伴って別個に成長したものであろう。

（8）藤原実方　平安時代前期の歌人。左近衛中将を経て陸奥守となり、長徳四（九九八）年十一月十三日任所で薨じた。

『古事談』に、一条院の時、藤原行成と口論した末、行成の冠をとって投げつけたので、歌枕を見てまいれと主上に命じられ、陸奥守に任じられて下ったとあり、同型の説話が『今昔物語』にもある。そうして、この説話の続きが『古事談』『十訓抄』にある。

実方の歌は、『新古今和歌集』『拾遺和歌集』に収められており、別に『実方朝臣集』と題する家集がある。

なお、熊野別当は実方の子孫という伝えがあるが、それについては巻五の注3を参照。

（9）藤原秀衡の家系について　原文に、「嫡子本吉冠者泰衡、二男泉冠者もとひら」とあるが、『尊卑分脈』をみると、本吉冠者は高衡であり、泉冠者は忠衡で、もとひらは秀衡の父に当たっている。

なお、原文はこの後も秀衡の子の名を間違って書いているので、参考までに『尊卑分脈』所収の藤原家の系図を示しておく。

（10） 十六巻の書物『六韜』を指しているのだが、現行のものは文、武、竜、虎、豹、犬の六韜よりなっていて、六十篇に分かれている。三略（黄石〔巻三の注3を参照〕が張良に授けたといわれている）とともに尊ばれた兵書。

（11） 太公望　姓は姜（きょう）、氏を呂、名は尚という。一説に、年老いて貧窮し、渭水で釣をしていたところ、

藤原鎌足—不二等—房前—魚名—藤成（魚名五男）—豊沢—村雄—秀郷—千晴（鎮守府将軍）—千清—正頼—頼遠—経清（亘権守 亘理権大夫）

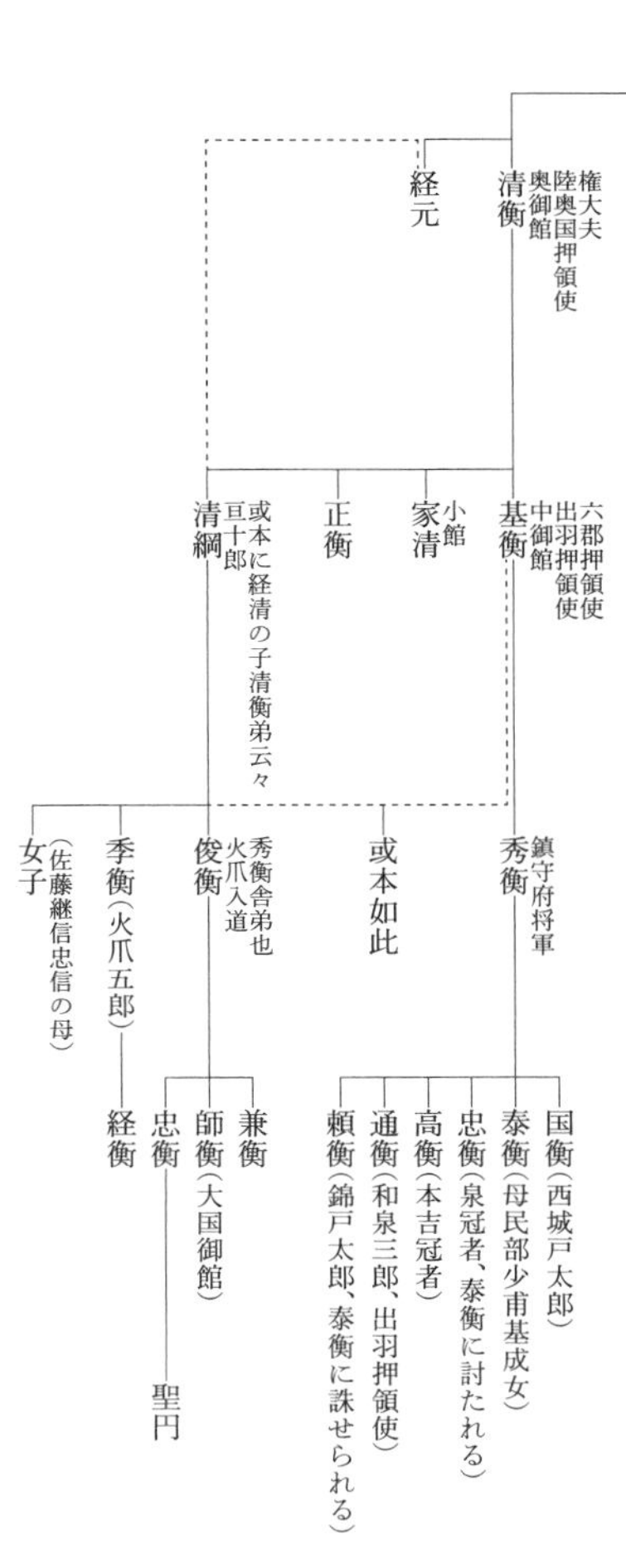

狩に来た周の文王に会った。文王は先君太公より周に聖人の来ることを聞いていたので、「我太公子を望むこと久し」と、連れて戻って師と仰いだ。それゆえ号を太公望といったという。また、貧しかった時に去った妻が、復縁を求めて来たので言ったという、「覆水盆に返らず」の語句は有名である。六韜六巻を著わしたと伝えられているが、太公望の伝記は伝説的であるから、果して事実かどうかはわからない。

(12) あくじのたかまろ　陸奥蝦夷の酋長で、坂上田村麻呂に討たれたという、このあくじのたかまろ(亜路王)は、実在の人物とも、また伝説上の人物ともいわれている。『続日本紀』『日本後紀』にその名は見えないが、『吾妻鏡』文治五(一一八九)年九月二十八日の条に、

是田村麿利仁等将軍。奉二綸命一征レ夷之時。賊主悪路王幷赤頭等構レ塞之岩屋也。

と、その追討されたことが載っている。また、『元亨釈書』巻九には、奥州の逆賊高丸を田村麻呂が討ったとあり、『神道集』にも、「奥州に悪事の高丸と言う者の有り」とある。

(13) 俵藤太秀郷　鎮守府将軍藤原秀郷をいう。武勇に勝れ、智略に長じていた。朱雀院の時、近江国勢多の橋の上に横たわっている大蛇(実は竜女が化けたもの)の背を踏んで通った。竜女は秀郷のその勇気に感じて三上山の百足退治を頼んだところ、秀郷がこれを弓で退治してくれたので、その礼に、使ってもなくならない巻絹、米俵、それに好きな食物の出る鍋を贈った。そしてさらに、竜宮に招かれ、鎧、太刀、赤銅の釣鐘を土産にもらったという。その後、平将門が関東で反乱を起こした時、平貞盛とともにこれを攻めて倒した。

将門は常に六人の影武者を使ったが、将門自身にだけ影法師があり、また、こめかみだけが不死身でないことを知って、秀郷は討つことができたと伝えられている。将門は、秀郷の訪問を受けた時髪を解かしていたが、あわてて出て来ていろいろ饗応のことを言ったので、秀郷はそのあまりの軽々し

さに、初対面で心変りをした。そして、飯を食う時にぼろぼろと飯をこぼし、それを払い除けている様子を見て、これはとても天下に号令を下すような器ではないと見て取り、貞盛側についたという伝えがある。百足退治の話は、『古事談』『今昔物語』に同型の説話があり、『太平記』や『謡曲』の「百足」「引鐘」には百足退治と釣鐘の説話がある。

(14) 一条堀川　一条堀川には戻橋があって、陰陽師が橋占いをした所である。だから陰陽師の鬼一法眼が、この一条堀川に住んでいたというのは、『義経記』作者のたんなる思いつきとは思われない。有名な陰陽師安倍晴明に関した伝説が多い。羅生門の伝説も、この戻橋で渡辺綱が鬼に会い、その斬った腕を晴明が占ったのである。

(15) 印地　印地とは石合戦のことで、『義経記』成立の頃、白河には「印地もの」というあぶれ者の徒党がいたといわれている。合戦は武士同士の間で行われるのが本来であるが、京にあっては、叡山や三井寺などの悪僧も戦闘力であった。木曾義仲を追討しようとして、法皇側が集めた勢力を『平家』は、

公卿殿上人の召されける勢と申は、向へ礫、印地、言甲斐なき辻冠者原、乞食法師どもなりけり。
巻八　皷判官

と書いている。京では争いごとというと、この「印地もの」が加わっていたものと思われる。印地については、岡見正雄氏の論文、白河印地と兵法—義経記覚書—(『国語国文』第二十七巻十一号)を参考にされるとよい。

義経記　巻第三目録

くまの丶別当（へつたう）らんぎやうの事
弁慶生る丶事
弁慶山門（べんけいさんもん）を出る事
しよしやさんゐんしやうの事
弁慶洛（らく）中にて人の太刀（たち）を取事
よしつね弁慶と君臣（くんし）のけい（ママ）やくの事
よりともむほんの事
頼朝（よりとも）むほんにより義経奥州より出給ふ事

義経記　巻第三

くまの丶別当らんきやうの事

義経の家来に、名高い一人当千の勇者がいた。その素姓を調べてみると、天児屋命(あめのこやねのみこと)の子孫、中の関白といわれた藤原道隆の後裔、熊野の別当弁しょうの嫡男、西塔の武蔵坊弁慶(1)という者であった。

この弁慶の出生の由来を調べてみると、その昔、二位の大納言という人がいて、若君をたくさん持っていたけれど、親に先立って皆死んでしまった。二位の大納言が老齢になって、一人の姫君が生まれた。

この姫は、天下に比べもののないほどの美人だったので、公卿や殿上人が我も我もと求婚したが、いっこうに取り合わなかった。ところが、大臣の師長(もろなが)が丁重に、しかも熱意をもって申し込んだので、大納言もその申し込みを承諾したけれども、今年は忌みごとがあって、東の方に住む師長とは方位が悪いから、来年の春に差し上げましょう、と約束したのであった。

姫が十五歳の夏、どんな宿願をもったのか、五条の天神にお参りをして、一夜籠もって祈りを捧げていた時に、東南の方角から突然風が吹き出して、それが身体にあたったと思ったとたん、気が狂れて病気になってしまった。

父の大納言と大臣師長は、ともに熊野権現を信仰していたので、

「姫を、どうか今度の病からお救いください。この願いがかないましたら、来年の春には必ず参詣して、熊野街道の九十九王子社にいちいち詣でて、宿願成就の願ほどきを致します」

と、祈ったところが、間もなく全快した。

そこで翌年の春、宿願成就のお礼参りをするために、姫は参詣することとなった。そして、師長と大納言から、熊野道者百人を供人としてつけてもらい、熊野三山の参詣を無事にすました。姫が、熊野本宮の証誠殿に夜籠りした時に、別当も御堂に入って来たのであった。既に夜も更けているのに、内陣でひそひそとささやく声がするので、なにごとかと、姫がその方へ目を向けると、

「別当がおいでになりました」

という、誰かの声がした。

別当は、かすかな灯火の中にこの姫君を見いだした。別当になるほど、徳の高い立派な修行者ではあったが、まだ罪障を懺悔する阿弥陀経さえも読み終えないうちに、急いで戻ってくると、衆徒を呼び集めて、

「あの美しい女はどういう人だ」

と聞いた。

「あれは二位の大納言の姫君で、右大臣殿の奥方です」

と答えた。すると別当は、

「それは口約束だけのことである。まだ、婚礼はすんでいないと聞いている。以前、お前ら衆徒は、どうか熊野に何なりと大事が起これぼいいのだが、その時こそ、お前らも、このわしも、互いにその忠誠や誠意を見せよう、と言っていたが、今こそその時なのだ。身支度をして行き、働きやすい場所で付添いの道者どもを追い散らして、あの姫を捉えてくれ。このわしが、稚児にして可愛がってやろう」

と言った。衆徒らはそれを聞いて、

「そのようなことをしては、仏法の敵にも王法の敵にもなってしまうことでしょう」

と言うと、

「そう思うのは臆病者の考えなのだ。このようなことを企てた以上、大納言も師長も、院の御所へ行って訴えるだろう。そうすれば、大納言を大将に五畿内（山城・大和・河内・和泉・摂津の五ヵ国）の兵士が向かってくることだろう。そんなことは初めからわかっているのだ。新宮や熊野本宮の神領には決して敵を踏み込ませてはならないぞ」

と言った。

熊野には、前々から悪い風習があった。というのは、衆徒らの考えや意見を別当が鎮める時でさえ、ともすれば衆徒は勇みがちであった。まして今度は、別当自ら捲き起こしたことだから、衆徒は勇んで武器をとった。我れも我れもと鎧兜を身につけ、我れ先に山を下って、姫が供の道者を待っているところへ、その後から大勢の衆徒が鬨の声をあげながら追いかけた。すると、卑怯な振舞いを恥とするはずの侍どもが、皆逃げてしまった。衆徒らは姫の輿を奪って戻り、別当に渡した。

別当は、自分の所は貴賤様々の人々が念仏読経をする所であるから、もしかすると京都の者が入り込んでいるかもしれないと、姫を寺の事務所に移し、自分と二人きりで昼夜引き籠もっていた。万一にも、京都から奪回に引き返して来ることがあるかもしれないと、警戒を厳重にしていた。けれども姫の供侍達は、自分達だけの考えで取り計らうわけにもいかないので、急ぎ京都に駆けもどってこの事件を報告した。

右大臣は大いに怒り、院の御所へ訴え出たからすぐに院宣が下り、和泉、河内、伊賀、伊勢の武士どもを召集して、師長、大納言の二人を大将に七千余騎で、

「熊野の今の別当を追い出して、他の者を直ちに別当にせよ」

と、熊野に押し寄せて攻撃すると、衆徒側は命がけで防戦した。京都勢はかなわないと思ったか、切部の王子(2)に陣取って、京都へ急使を送って合戦の様子を報告した。すると、

「この戦いが遅々として進まないのには理由がある。それは、平宰相信業殿の娘があまりにも美人であったため、我々公卿の会議によって内裏へ召し出したのが事の起りである。今そのことが原因で、熊野三山を滅ぼそうとするのは、我が国にとって一大事である。右大臣殿にはこの姫を宮中からお返しして頂いたならば、なんの怒りもないであろう。また二位の大納言は、娘の婿に熊野別当がなったからといってなんの不服もあるはずがない。別当弁しょうは年こそとってい

るが、天児屋命の後裔、中の関白藤原道隆の子孫である。そう考えるといっこうに差し支えないはずである」

と評議が決まって、切部の王子に陣取る京都勢に急使をやってそのことを伝えたから、右大臣も公卿の会議で決まったうえはなんの異議もないと、熊野攻めを中止して、京都に戻ることにした。二位の大納言もまた、自分ひとりだけ怒ってもしょうがないと、右大臣といっしょに京都へ戻ったから、熊野も都も平穏になったけれども、どうかすると熊野の僧兵は、われらは宣旨や院宣にも従うものかと増長して、ますます天皇の御代をないがしろにするようになった。

さて、姫君は、弁しょうに従って年月を送るうちに、別当六十一歳の時、姫君との間に子が生まれることになった。別当は大いに喜んで、男の子ならば仏の道を継がせ、ゆくゆくは熊野も譲ろうと言って、生まれる月日を楽しみにして待っていたのであったが、予定の月になっても生まれず、十八ヵ月目になって生まれた。

弁慶生るゝ事

別当は、我が子が遅く生まれたことを奇異に思ったので、産所に使いをやってどんな子か、その様子を尋ねさせると、生まれてきた子は不思議なことに、身体は普通の子の二、三歳ほどもあり、髪は肩をおおうほど伸び、奥歯や前歯は格別大きなのが生えて生まれた、という使いの者の報告であった。

「さては、鬼神に違いない。そんな奴を生かしておいては、仏教の敵となるに違いない。水底に簀巻きにして沈めるか、山奥で磔にでもせよ」

と言った。

母の姫はそれを聞いて、

「それはごもっともなことではございますが、親となり子となることも、この世だけの縁ではないと聞いております。今すぐどうして殺すことができましょう」

と、嘆き悲しんでいるところへ、たまたまそこに来ていた山の井の三位という人の奥方は、別当の妹であったが、別当に、生まれた赤子がどうして不思議なのかと尋ねると、

「人間が生まれるのは、九ヵ月か十ヵ月に決っている。それなのにあの子供は、十八ヵ月もたって生まれたのだから、生かしておいては親の敵にもなりかねないので、生かしておかないつもりだ」

と言った。

妹の山の井の三位夫人は、それを聞いて、

「母のおなかに長く宿っていて生まれた子が、親のために悪いとは決まっておりません。昔、中国の黄石(3)の子は、＊その母の腹に二百年宿っていました。我が国の武内宿禰＊は母のおなかで八十年の歳月を経て、白髪になって生まれました。齢は二百八十歳まで生き、背は低く色は黒く、世間の人とは違っていました。けれども、八幡大菩薩(4)の御使者、生き神様として尊ばれ、祭られています。どうか私にあの子をください。京都へ連れて行って、優れた子でしたら元服させて夫の

三位に差し上げ、悪い子だったら法師にでもしてお経の一巻も習わせたならば、僧侶となって、かえって親をも導くに違いありません」

と、別当を口説いたので、それならばと、子供を三位夫人にやった。

三位夫人は、産所に行って産湯をつかわせ、鬼若と名付けた。五十一日過ぎた時、京都へ連れて行き、乳母をつけて大事に育てた。

鬼若は、五歳で世間の子供の十二、三歳位に見えた。六歳の時疱瘡（ほうそう）に罹ってますます色黒になり、頭髪は生まれた時のままなので肩の下まで伸び下り、その髪の様子からも、元服させてもしょうがない、法師にしようと、三位夫人は思った。そこで、比叡山の学頭、西塔桜本の僧正のところへ行って、

「夫三位の養子でございます。学問をさせるために入塔させたいと思います。顔かたちは、差し上げるについてお恥ずかしくはありますが、心ばえは非常に優れた子でございます。どうか、書物の一巻でも教えてやって下さいませ。心持の定まらない時は直して頂いて、どのようにでもお考えのとおりお任せいたします」

と頼んで、入塔させた。

こうして鬼若は、桜本で学問を修めていたが、月日を経るにしたがって、人にぬきん出て進歩が早く、学問の才能が世間並み以上に優れていた。それだから衆徒も、

「顔かたちはどう見ても悪い。だが、そんなことより学問が大事だ」

と言って、ますます指導した。

鬼若は、このように学問にだけ心を入れてさえいればよかったのに、力も強く骨も太くがっしりとしており、成長するにつれて師僧の言うことを聞かず、稚児や法師達を誘って、人の行かない御堂の後の山奥などへいっしょに行き、腕押し、頸引き、相撲など力の業(わざ)比べを好んでした。衆徒はそれを聞いて、

「自分だけが物の役に立たぬ者になるのならともかく、この比叡山で学問しようとする者までも誘惑して、役立たずにするとはけしからん」

と、僧正のところへ訴えの絶え間がなかった。すると鬼若は、このように僧正のもとに訴え出る者を敵のように思って、その人のところへ駆け込んで蔀戸や妻戸をさんざんに打ち壊したりしたが、その悪事や乱暴も、誰ひとり押えようがなかった。

その理由は、父が熊野別当、養父が山の井の三位、祖父が二位の大納言、その上師匠が三千坊の学頭であり、その桜本の僧正の稚児であるから下手に手出しをしてはろくなことがない、とただ乱暴に任せて暴れさせておいた。そのため、相手は変わっても鬼若は変わらず、喧嘩の絶え間がなかった。拳を握って人を殴りつけるので、人々は道をそのまま通ることができず、偶然路上で出会った人が道をよけたりなどすると、その時は黙って通すが、後で会った時につかまえて、

「おい、この間出会った時に道をよけたのは、この鬼若になにか恨みでもあってのことか」

と言う。その恐ろしさに膝頭の震えている相手を、腕を捩じあげ拳で押し倒したりするので、出会った人こそ不運であった。

衆徒は、鬼若のこの暴状にたまりかねて会議を開き、たとえ僧正の稚児であろうと、比叡山の

一大事であると言って、衆徒三百人が山を下り、院の御所へ押し掛けて訴え出たところが、

「そのような悪行をはたらく者は、早く追い払え」

と院宣が下ったから、衆徒は喜んで比叡山の本尊を祭ってある所へ帰った。御所では公卿の会議が開かれ、古い日記が調べられた。それを見ると、六十一年目に、比叡山にそのような不思議な人物が出てくるので、朝廷も祈禱されることがある。院宣でこれを取り鎮めると、一日の中に天下無双の勅願寺五十四ヵ所が滅びる、ということが書いてあった。

「今年はその六十一年目に当たる。ただそのままにしておく方がよかろう」

と、ひとりが言ったので、そのように決まった。衆徒は、この処置に憤慨して、

「鬼若ひとりに、三千人の衆徒が見返られたとは遺憾至極である。こうなった以上は、日吉神社の御神輿を担いで強訴しよう」

と言った。けれども、日吉神社には朝廷から御供物料を差し上げたので、衆徒はこの上騒ぎ立てることはできないと言って、おとなしくなった。

それらのことを鬼若に聞かせないようにと隠していたところ、どんな馬鹿者が話して聞かせたのだろうか、鬼若は、

「この恨みは忘れないぞ」

と、なおいっそう乱暴の度を加えていった。

桜本の僧正も持て余して、いるのならいる、いないならいないで気にかけるな、と言っただけで、とがめもしなかった。

弁慶山門を出る事

鬼若は、桜本の僧正に憎まれていることを知って、頼りの師僧からさえもそう思われるのでは、この比叡山にいてもしようがない。どこか、誰にもわからないところへ行こうと思い立って出たが、このままの姿ではどこへ行っても、比叡山の鬼若と言われるだろう。学問には不足があるわけではなし、法師姿になって出立しよう、と思ったので、かみそりと僧衣を用意すると、美作の治部卿という人の家の湯殿に走り込んで、盥の水で自ら髪を洗い、頭全体をかみそりで剃ってしまった。盥の水に写してみると、頭は丸く見えた。

鬼若は、このままではいけないと思い、僧名をなんとしようかと考えたが、昔この比叡山に無法者がいて、西塔の武蔵坊といった。二十一歳の時から無法なことをしはじめて、六十一歳で死んだが、正坐合掌したまま大往生を遂げたと聞いている。自分もその名をついで武蔵坊と名乗ったら、きっと強くなるだろう。あやかって、西塔の武蔵坊と名乗ろう。実名は、父の別当が弁しょうと名乗り、その師僧がかん慶であるから、弁しょうの弁とかん慶の慶をとって、弁慶と名乗ることにした。昨日までの鬼若は、今日人知れず武蔵坊弁慶となった。

比叡山を出て、その麓の大原の別所というところにある、延暦寺の法師によって住み荒らされた庵室で、べつに誰から引き止められたというわけでもないのに、しばらくの間は尊げな様子をして暮らしていた。けれども、稚児であった時でさえも容貌が悪く、性質も変わっていたため、

人から相手にされず、まして訪れて来る人もなかったので、この大原の別所での暮しも、まだいくらもたたないのに落ち着くことができず、ふらふらと庵室を出て諸国修行に行こうと、また飛び出した。

まず、摂津国を流れる神崎川の川口の河尻というところに出て、難波潟を眺め、兵庫の島などを通って明石の浦から舟で阿波国へ渡ると、焼山やつるが峰（剣山）を拝んだ後、讃岐国の志度の修験道場や伊予国の菅生（すがう）に行って、土佐の泰村にある泰泉寺にも参詣した。

こうして正月も末になったので、弁慶はまた、阿波国へ戻った。

しよしやさんゐんしやうの事

弁慶は、船で阿波国から播磨国へ渡って書写山へ行き、性空上人（しょうくう）の絵姿を拝んで既に帰ろうとしたが、同じことなら、一夏（いちげ）をこの山に籠もろうと思いついた。

この書写山における夏の期間というのは、諸国の修行者が大勢参籠して、一心に仏道の修行をするのであった。この山の衆徒は学頭の坊に集まり、他からの修行者は勤行場所に集まる。「夏」に入る僧は、虚空蔵菩薩（こくうぞうぼさつ）を祭る堂で、指導僧から夏の期間の心得を聞いてから、学頭の坊へ入った。

それなのに、弁慶は自分勝手にそこへ押しかけ、敷居の上に立って、ふてぶてしい態度で学頭の座敷をしばらく睨んでいた。学頭や他の人達はそれを見て、

「一昨日も昨日も座敷で見かけなかった法師がここに来ているが、どこから来た修行者か」

と尋ねた。

「比叡山の者です」

「比叡山はどちらから」

「桜本からです」

「僧正のお弟子ですか」

「そうです」

「ご俗姓は」

そう聞かれた弁慶は、もったいをつけた声で、

「天児屋命の子孫、中の関白藤原道隆の後裔、熊野別当の子です」

と答えた。

弁慶は、一夏の間まったく真剣に修行し、怠ることなく仏前の勤めを続けていた。衆徒も、「初めの様子と、今の様子とでは違っているように思われる。それだから、人々にも馴れ親しんだように見受けられる。元来穏やかな性格の者らしい」

と誉めた。

弁慶は心の中で、「こうして夏の期間が過ぎて秋の初めにでもなったら、また諸国を修行して歩こう」と思った。しかし、名残りが惜しまれるままにぐずぐずしていた。そのままいるわけにもいかないので、七月下旬、学頭に暇乞いに行くと、稚児や衆徒が酒盛りをしていた。弁慶は、

これでは挨拶にいってもしょうがないと思って引き返したが、新しい障子を一間たてたところがあった。ここで昼寝をしようと思って、しばらく横になっていた。

その頃書写山に、相手かまわぬ喧嘩好きの者がいた。その名を信濃坊戒円（かいえん）といった。戒円は、弁慶が寝ているのを見て、これまで大勢の修行者を見たが、こいつぐらい高言を吐いて憎々しい奴はいない。こいつに恥をかかせて、寺から追い出してやろうと思ったから、硯に墨をたっぷりすり、弁慶の顔に文字を二行書いた。顔の片側に「足駄」、他の片側には「書写法師の足駄に履く」と書き、そして、

弁慶は平足駄とぞなりにけり面を踏めども起きもあがらず

と書き付けてから、小坊主どもを二、三十人集めると、板壁を叩きながら声を合わせて、どっと笑わせた。

弁慶は、悪い所に来たものだと思って、僧衣の袂を整えながら、衆徒達の中へ出て行った。衆徒はそれを見て、声をたてずに目顔でうなずき合って笑った。衆徒はがまんできずに笑うが、弁慶はわからないからおかしくはない。けれども、人が笑っているのに笑わなかったら、弁慶という奴は偏屈な奴だと思われるに違いないと思い、いっしょになって笑顔をつくった。それにしては、座敷の様子がどうも変なので、さては自分のことだとわかった。弁慶はそこで、拳を握り膝を立てて、

「何がおかしいのだ」

と、眼に角を立てて睨みまわした。学頭はそれを見て、ああこいつ、機嫌を悪くしたようだ。ひょっとすると、実際にこの寺の大事件となるかもしれない、と悟り、

「なんでもないことです。あなたのことではないのだ。ほかのことで笑っているのです。ごくつまらないことなのだ」

と言った。

弁慶は座敷を出て行った。但馬の阿闍梨という者の坊が、そこから一町ばかり先にあった。そこも修行者の集まる所であったから、そこへ行った。しかし、そこで行き会う人々も、弁慶を見て笑わない人はなかった。

弁慶は怪しいと思ったので、水に顔を写してみると顔に字が書かれていた。やはりそうだったのか、こんな恥を掻かされては、たとえ少しの間でもここにいてもしょうがない、どこかへ行ってしまおう、と思った。しかしよく考えてみると、自分ひとりのために、比叡山の名を汚すこととなり、それはいかにも心苦しい。そうだ、彼ら衆徒をさんざんに罵って、それに文句をつけてくる奴がいたら、そいつをひどい目にあわせて、この恥をすすいでから出発しようと決心した。そこで人々の坊をめぐって、さんざんに悪口を言い歩いた。学頭はそれをきき、

「どうあろうとも、これでは書写法師の顔を張られたようで、面目が立たない。この件で会議を開き、書写法師の中に悪いことをした者がいたら、その者を弁慶という修行者に渡して大事を防ぎ止めよう」

と言って、全衆徒を集め、事情を調べるために講堂で学頭が自ら会議を開いた。しかし、弁慶はその会議に出なかった。学頭は使いの者を出した。けれども、老僧の使いが来たのにもかかわらず、やはり弁慶は会議の場所へ行かなかった。再び使いが来たので、弁慶は東坂の上から様子を窺いながらその後方を見ると、二十二、三歳ぐらいの法師で、僧衣の下に伏縄目(ふしなわめ)の鎧腹巻を着込んだのが現われた。弁慶はそれを見て、これはなんということだ、今日は穏やかな会議と聞いていたが、あいつの様子は怪しい。聞くところによると書写山の掟には、衆徒が悪事をはたらいた時には自ら刑罰を願い出、よそから来た修行者に悪行があったら、小法師の仲間へ追放せよということであったが、このまま出かけて行って、大勢の衆徒に取り囲まれてはかなわない。自分もそれなら行って支度をしてやろう。こう思ったので、学頭の坊に走り込んだ。

どうしたのだ、という人に返事もせず、誰からも許しを得ていないのに、いっこうに勝手もわからない納戸に素早く走り込んで、唐櫃を一つ取り出し、褐(かちん)の直垂に黒糸縅の腹巻をつけ、九十日間剃らなかった頭に揉(もみ)烏帽子を鉢巻で締め、石櫧(いちいがし)の木を八角に削り、手元一尺ほどを丸くした打棒を引杖にして、高足駄を履いてお堂の前へ出て来た。衆徒はそれを見て、

「そこへ来たのは何者だ」

と言うと、

「我こそ評判の修行者だ」

「あいつは、なんとけしからん恰好をしているのだろう。こっちへ呼んだ方がいいだろうか。それとも、ほうっておいた方がいいだろうか」

「捨てておいても、よくはあるまい」

「そんならそっちを見るな」

などと言い合った。

弁愛は、それを見て、なんとか文句をつけてくることだろうと思っていたのに、衆徒が伏し目勝ちになったのは、合点がいかない。よそであれこれ聞いたところでは、よほどの大事に相違ないのだ。近づいて聞いてみようと思って走り寄って見ると、講堂の中には老僧稚児などが入り交じって、三百人ばかり居並んでいた。縁の上には、中居の者や小坊主などまでが一人残らず集まっていた。寺中が、挙って大騒ぎして出て来たことなので、およそ千人もいた。

弁慶はそのまっただ中を、「ごめん」とも言わず、足駄を踏み鳴らして人の肩でも膝でも踏んづけて通った。少しでもなんとか言ったならば、きっと事件が起こるだろうと思って、皆肩を踏まれても黙って通した。

弁慶は、階段の下に行ってみると、小袖[5]が隙なく脱いであった。自分も脱いでおこうと思ったが、災難除けにもなると思ったので、足駄を履いたまま、音高く階段を登っていった。衆徒も、とがめだてすればごたごたが起こるだろう、とどのつまり相手になってもつまらないと、皆小門の方へ避けた。

弁慶は敷居に沿って、足駄のままあちらこちらへと歩いた。学頭は、

「見苦しいぞ。なんといってもこの書写山は、性空上人が建てられた寺である。身分の高い方がおられるのに、稚児のすぐ傍を足駄を履いて通るとはけしからん」

とがめた。弁慶はちょっと引き下がってから言った。

「学頭のお言葉はまことにご尤もです。このように、縁の上を足駄履きで歩くのさえも乱暴無礼だととがめられるほどなのに、この山の衆徒は、なんの罪で修行者の顔を足駄にして履いたのだ」

ものの道理であるから、衆徒はそれには一言もなかった。

もしも、弁慶と信濃坊とを離しておいたならば、学頭の計らいでどのようにでも弁慶をなだめることができたであろう。ところが事件になった。信濃坊がこの弁慶の言葉を聞いて、

「この修行法師奴の面は、まことに珍しい」

と、いきりたって言った。その上、

「この山の衆徒は、余りにも仏道の修行ができ過ぎているから、修行者の奴をひどい目にあわせたことを、既に後悔している。それなのにまだとやかく言うのなら、この信濃坊がこらしめてやろう」

と言って、威勢よく立ち上がった。さて一大事、と人々は騒ぎ立てた。弁慶はそれを見て、

「面白い。こいつこそ、相手かまわずの大馬鹿者だ。お前の腕が抜けるか、それともこの弁慶の脳天が砕けるか、勝負だ。思えばこの弁慶の顔に落書きをした奴、憎っくい奴め」

と、打棒を取り直して待ち構えた。信濃坊と同じ坊の法師五、六人が座敷にいたが、それを見ると、

「みっともないぞ。たかがあれくらいの法師、縁から下へ蹴落として、首の骨を踏み折って投

げ捨ててやろう」

と言って、僧衣の袖を結んで肩に掛け、喚きながら向かって来たのを見た弁慶は、勢いよく立ち上がり、棒を持ち直して横薙ぎに払い、一度に縁の下へ払い落とした。

信濃坊は、それを見て威勢よく立ち上がって周囲を見回したが、打つべき棒がない。末座を見ると、切った櫟（くぬぎ）の木の燃えさしがあったので、それをひっつかんで炭櫃でこすり消し、

「覚悟しろ、この坊主め」

と、叫んで飛びかかった。弁慶は大いに怒り、一歩下がって棒を振り上げると打った。信濃坊も弁慶と交叉しながら強く打った。すると、弁慶はそれをがちっと受け止め、もぐり込むと左腕を伸ばして首をつかんで掛け声を掛けて引き寄せ、右腕で信濃坊の股をつかむと頭上高く差し上げて、講堂の大庭の方へ歩き出した。衆徒はそれを見て、

「修行者殿、許してやってください。そいつは元来酒癖の悪い男なのだから」

と言ったが、弁慶は、

「見苦しいぞ。常日頃の決まりで、修行者の酒乱は衆徒が取り鎮め、衆徒の酒乱は修行者が取り鎮める、ということになっていると聞いているから、命まで取ろうとはしない」

と言って、一度振ってから掛け声もろとも、高さ一丈一尺ある講堂の軒の上に投げ上げると、ひとたまりもなくころころと転がって、雨だれ受けの石の上にどさりと落ちた。それを取り押えて、骨も砕けよ、脛も押しつぶせとばかりに強く踏みつけた。左腕と右の肋骨二枚が折れた。

なんとも言葉では表現しようのないことだとしか言いようがなかった。

信濃坊は、自分がつかんでいた燃えさしをそうなっても捨てずに、持ったまま投げ上げられたから、燃えさしが講堂の軒先に挟まった。ちょうどその時、風が谷から吹き上げて来て講堂の軒先を吹きつけたから、火は燃え上がっていった。

九間の大講堂、七間の大廊下、多宝塔、文殊堂、五重塔にも燃えひろがって、一堂も残さず、性空上人の御影堂をはじめ、堂社や社殿など五十四ヵ所が焼失してしまった。

弁慶はそれを見て、現世で自分は仏教の敵となるに違いない。もうこれだけの罪悪を犯した以上は、今さら衆徒の多くの坊などは、助けて置いたところで何になろうと思ったから、書写山の麓の西坂本に駆け下って松明に火をつけ、軒並みの坊ひとつひとつに火をつけた。谷から峰へと燃えひろがった。山を切り崩した崖造りの坊ばかりなので、何ひとつ残さずに焼け、どうやら残ったのは土台石だけだった。

二十一日巳の刻（午前十時頃）頃、弁慶は書写山を下って京都へ向かった。その日、昼も夜も歩き通して、二十二日の朝京都へ着いた。都はその日暴風雨で、人の往来が全然なかった。それなのに、弁慶は身支度をした。長直垂に赤い袴という姿で、どうやって登ったのだろう。夜が更け、人々が寝静まってから、院の御所の築地に上り、手のひらでかこんで火をつけ、大声でわっと叫ぶと東の方へ走り去った。またそのうち引き返して来て門の上に突っ立つと、今度は恐ろしい声で、

「ああなんと嘆かわしいことなのだ。なんと不思議なことなのだろう。性空上人が自ら建立された書写山円教寺の建物いっさいが、昨日の朝、衆徒と修行者の口論から、堂塔五十四ヵ所と三

百の坊が同時に焼け尽きてしまった」

と叫ぶと、掻き消すようにいなくなった。

院の御所では、それを聞いて何故書写山の建物が焼けたのかと、急使を遣わしてその原因を尋ねる一方、

「本当に焼失したのなら、学頭以下衆徒に至るまで追放せよ」

という院宣を下した。

急使が書写山に行ってみると、一棟も残らず焼け落ちていたので、すぐに院へ報告しようと駆けもどり、院の御所へ参内してその様子を伝えると、

「それでは、罪人の名を申せ」

との仰せがあった。

「修行者は武蔵坊弁慶、衆徒では信濃坊戒円でございます」

と言った。公卿達はそれを聞いて、

「さては、比叡山にいた鬼若のことなのだな。鬼若の悪行は、書写山の一大事が起こる前に、取り鎮めるのが君主である。信濃坊の悪事は是非の外である。つまり、事件の中心の信濃坊を呼び出すべきだ。信濃坊こそ、仏法王法ともの大敵なのだ。あいつを捕えて、その罪状を糾明せよ」

と評議した。やがて、摂津国の武士の昆陽野(こやの)太郎が命令を受け、その勢百騎で書写山に駆け向かい、信濃坊を捕えて御所に引き立てて来た。

「お前ひとりのやったことか。それとも一味の者があったのか」

と尋ねた。

その取調べがあまりにも厳しかったので、信濃坊は、どうせ生きて帰ることができないのなら、日頃仲の悪い者達を同罪に引き込んでやろうと思い、一味同心の者だと、十一人の衆徒の名を白状した。

そこでまた、昆陽野太郎が書写山へ駆け向かったところ、もうそのことが前もって伝わっていたので、早くも出発してこちらへ来る十一人に行き合った。この人たちは罪がないけれども、信濃坊の申し出た罪の個条を書いた書状に、その名前がのっているからといって、留置された。

弁明の余地なしと、信濃坊戒円は、ついに刑罰を受けて死んだ。死にぎわにも、

「自分ひとりだけの罪ではないのだから、一味の者を助けたならば、死んでも悪霊となって祟ってやる」

と言った。信濃坊がそう言わなくても、もちろん罪になるはずであったが、それなら斬り捨てろと、十一人は皆斬られた。

弁慶は、この時都にいたが、この事件の結末を聞いて、

「こんな気持ちのいいことはない。じっとしていながら、敵がこちらの思うようになったことなどはない。弁慶の悪行によって書写山の悪僧を一掃できたことは、国の望むところであり、それゆえ、弁慶の悪事は朝廷が祈願しなくてはならなくなった」

こう言って、ますます悪行をはたらいた。

弁慶洛中にて人の太刀を取し事

弁慶はこう思った。人が本当に宝とするには、それを千組そろえて持つことだ。例えば、奥州の藤原秀衡は名馬千頭、鎧千領。松浦太夫は矢入れ千腰、弓千張と、このように宝を千組そろえて持っているが、自分達はその財力がないから買って持つということはできない。所詮、夜になって京都の街に立ち、人の帯びている太刀千本を奪い取り、それを自分の宝にしよう、と思った。そこで弁慶は、夜ごとに人の太刀を強奪しはじめた。しばらくの間は何事もなかったが、やがて世間で、近頃都に背丈一丈もある天狗法師がさ迷い出て、人の太刀を強奪する、という噂が立った。

とかくするうちにその年も暮れ、翌年の五月末から六月初めにかけて、弁慶はたくさんの太刀を奪った。樋口烏丸にあるお堂の天井にその太刀を隠して置いたが、数えてみると、九百九十九本も奪っていた。

六月十七日、弁慶は五条の天神に参詣し、夜になると祈願した。

「今夜のご利益に、どうか立派な太刀をお与えください」

と祈り、夜が更けると天神の社前から南へ行き、とある屋敷の築地の辺にたたずんで、天神参りの人の中に、よい太刀を持った人はいないかと、待ち構えていた。

夜明け方、堀川の通りを南へ行くと、妙なる笛の音が聞こえてきた。弁慶はそれを聞いて、風流なことだ。だが、夜更けに天神参りをする者の吹く笛は、果して法師だろうか、それとも武士だろうか。どっちにしても、立派な太刀を持っていたら奪ってやろう、と思った。笛の音が近づいて来たので、身をかがめて見透すと、まだ若い男が白い直垂に銀張りの腹巻を着け、黄金作りのまことに立派な太刀を帯びていた。

弁慶はそれを見て、まことに立派な太刀だ、どうあっても奪ってやろうと思い、待ち構えた。ところが後で名を聞けば、源氏の御曹司で、九郎義経というものすごい人であったのだが、この時の弁慶がどうして知っていようか。

義経は気配を感じて、周囲には目もくれずに木の下を見ると、異様な風体の法師が太刀を差して立っているのが見えたから、この法師ただ者ではあるまい、近頃都で人の太刀を強奪する者はこやつに違いない、と思ったが、少しも臆せず向かっていった。

弁慶は、これまでに相当な武芸自慢の者の太刀さえ奪ってきたので、ましてこんな優男なら、側へよって寄こせと言えば、姿や声に恐れをなして太刀を差し出すだろう。もしそれでも寄こさなかったら、突き倒して奪い取ってやろうと心に決めて、姿を現わすと言った。

「今は物音も静まったので、敵の現われるのを待っているところへ、疑わしげな者が、武装して通るとは怪しいぞ。そう簡単には通しはせぬ。それがいやならその太刀をこちらへ渡してから通れ」

義経はそれを聞いて、

「近頃、そのような大馬鹿者がいることは聞いていた。そう簡単にこの太刀は渡せない。それほど欲しければ、近寄って奪ってみよ」

と言った。

「よし、それではお相手いたそう」

と言って、弁慶は太刀を抜いて飛びかかった。義経も小太刀を抜いて、築地の方へ走り寄った。

弁慶はそれを見て、

「鬼神でも、今時この弁慶の相手になる奴などいないのだ」

と言って構えると、斬りかかった。義経は、こいつはなかなか頼もしい腕の持主だと、稲妻のように素早く左脇に飛び込めば、弁慶は振りかぶった太刀の切先を築地に打ち込んでしまい、それを抜こうとする隙に、義経は走り寄って左足で、弁慶の胸元を強く蹴ったから、弁慶は持った太刀を落としてしまった。義経はその太刀を拾って、えいっと一声掛け声を掛けると、九尺もある築地の上へ、ひらりと飛び上がった。

弁慶は胸を強く蹴られ、鬼神に出会って太刀を奪われたような気持で、ぼう然と突っ立っていた。義経は、

「これから後、このような無法なことはするな。このような馬鹿者のいることは前から聞いていた。お前の太刀をもらっていこうと思ったが、太刀を欲しさに奪ったと思われたくないから、返してやる」

と言って、弁慶の太刀を築地の屋根に押しつけ、踏み曲げてから投げてやった。弁慶は、その太刀を拾って曲ったのを押し直し、義経の方をくやしそうに見ながら、

「意外にも、お前はなかなかの腕前だな。いつもこの辺りにいる者と見受けた。今宵は仕損じたが、今度出会った時には油断しないぞ」

と、つぶやきながら行きかけた。義経はそれを見て、いずれにしてもあいつは比叡山の法師であろう、と思ったので、

「山法師人の器量に似ざりけり」

と言ってからかった。けれども、弁慶は返事もしなかった。だが、なにがなんでも築地の上から降りるところを斬ってやろうと思って、待ち構えた。義経が築地からひらりと飛び降りると、弁慶は太刀を振りかぶって、素早く迫った。ところが、九尺の築地から飛び降りると思ったのに、地上三尺ばかりを残したその途中から、再びもとの築地の上へ飛び上がった。

周の穆(ぼく)王が六韜を読んで、八尺の壁を踏んで天に上ったということは、昔の不思議であるが、今末代ながら、九郎義経は六韜を読んで、九尺の築地からひと飛びに飛び降りる時、その空中から再び築地の上に飛び返ったのであった。

弁慶は、その夜はむなしく引きあげた。

よしつね弁慶と君臣(くんし)のけ(ママ)いやくの事

時は六月十八日、この日は清水観音の縁日なので、貴賤の別なく大勢の人がお籠もりしていた。弁慶は、ともかく昨夜出会った男もきっと清水に来ているだろうから、行ってみようと、出かけ

た。ちょっと清水寺の正門に立って待ったけれども、義経の姿は見えなかった。

今夜もこうして会えないまま帰ろうとしたところ、義経のいつもの癖であるから、夜が更けて、清水坂の辺に、義経の吹くあの笛の音が聞こえてきた。弁慶はそれを聞くと、

「ああ、なんと趣きある笛の音だろう。俺はあれを待っていたのだ。この清水観音は、坂上田村麻呂の建立したお堂の本尊である。この仏は、三十三べん自分の姿を変えても、なお大勢の人々の願いをかなえられなかったならば、仏の世界にいながら、自分は永遠に真の悟りを得た身にはなるまいと誓い、この清水寺の境内に入る者には福徳を授けよう、と誓った仏である。けれども、今の俺にはその福徳は欲しくない。ただ、あの笛を吹いている男の持つ太刀を取らせてください」

と祈願して、清水寺の門前で待ち構えていた。

義経は、ややもすると気が滅入りがちなので、坂の上を見上げると、あの法師が昨夜とはうって変わって、腹巻をつけ、太刀を帯び、薙刀を杖のように突いて待ち受けていた。

義経はそれを見て、曲者め、また今夜もここに現われたな、と思いながら、少しも臆することなく正門に向かって登って行った。すると、弁慶は義経に向かって言った。

「こっちへ来るのは、昨夜天神で会った者か」

「そんなこともあったかね」

「さあ、帯びている太刀を渡してもらえないか」

「何度でも来い。だが、ただは渡せない。欲しいなら側へ来て取れ」

「いつも強気な文句には変わりがない」

弁慶はそう言うや、薙刀を振りかざし、坂の上からまっしぐらに駆け下り、大声で叫びながらかかっていった。義経も太刀を抜き合わせて相手になった。そして、弁慶の大薙刀を軽く受け流したので、その腕前の程度を知って弁慶は思わず、肝を冷やした。ともかく手に負えない相手だと思った。義経は、

「夜通しこうして楽しんでいたいが、あいにく観音にかねてからの願いがある」

と言い残して、行ってしまった。

弁慶は、

「まるで、手に取ったものを失ったような気持がする」

と、ひとりつぶやいた。

一方義経は、なんと言ってもあいつは勇ましい奴だ。どうか明け方までいてくれよ。その時には、手にした太刀や薙刀を叩き落とし、軽傷を負わせて生捕りにし、ひとり歩きはなにかと退屈だから、郎党にして召し使ってやろうと思った。

弁慶は、義経のその企みも知らず、太刀に目をつけて、その後からついていった。清水寺の正面にいき、お堂の中を拝んだ。人々の勤行の声は、およそいろいろであると言われているが、特に正面の堂の格子の側で、法華経の第一巻の初めを尊げに読んでいる声を聞くと、弁慶は心中、これは不思議だ、この経を読む声は、例の男の「憎い奴」と言った声に、そっくりだ。側へ寄って見てみようと思い、持っていた薙刀を正面の長押の上へあげて、下げた太刀だけを腰にしたま

ま、大勢いる中を、

「御堂の役人です。通してください」

と言って、人の肩もかまわず押えて通った。そうして、義経の読経している後に足を広げて立った。御灯明の光りの中で、人々は弁慶を見て、

「あっ、凄い坊さんだ。なんと背の高いことだ」

と言い合った。どうやってここを知って来たのだろうと、義経は見ていたけれど、弁慶は義経をまだ見つけていなかった。たった今まで男姿でいたのに、今は女姿で衣を被っていたのだった。

弁慶は少し躊躇した、が、いっそのこと無理に押しかけようと思って、こじりで義経の脇の下を強くこづきながら、

「稚児か、それとも女か。こちらも参拝に来たのだ。そっちへ寄ってくれ」

と言ったが、返事もしなかった。弁慶は、さてはやっぱりただ者ではない。さっきの奴だ、と思って、再び強くこづいた。すると義経は、

「おかしな奴だ。お前のような乞食は、木の下か萱の下で祈願しても、仏は変通自在の力を持っているから、聞き入れてくださるであろう。大勢の人々のいる所では無礼である。そこをどけ」

と言った。けれども弁慶は、

「そっけなくも言ったものだ。昨夜から知り合いになった甲斐もない。そっちへ行くぞ」

と、言い終わらぬうちに、畳二畳を一気に飛び越えて側へ来た。居合わせた人々は皆その無礼な

振舞いを憎んだ。弁慶はその間に、義経の持っていた経本を奪い取り、さっとひろげて、

「ああこれは立派な経だ。お前のか、他の人の経本か」

と言った。しかし、義経は返事もしなかった。そして、

「お前も読みなさい。私も読もう」

と言って、読経を続けた。

弁慶は西塔で評判の経読みであった。義経も、鞍馬の稚児であった頃習っていたから、弁慶が甲の声、義経が乙の声と、甲乙二つの声が唱和して第二巻を半巻ほど読み進んだ。参詣の群衆の押し合うざわめきもばったり静まり、勤行僧も鈴の音を止めて、この読経に聞き入った。あらゆる世間の雑音は止み、その読経の響きの尊さはこの上もなかった。しばらくして、

「知り合いがあるので立ち寄るから、またいつか会おう」

と言って、義経は立ち上がった。弁慶はそれを聞いて、

「現在目の前にいる時でさえどうすることもできない人を、いつの日を待つことができよう。外へいっしょに来い」

と、義経の手を取って引っぱり、南正面の扉のところまでいくと言った。

「持っている太刀がどうしても欲しいのだ。それを頂戴したい」

「これは、先祖伝来の太刀だから駄目だ」

「それなら、さあやろう。武力にかけて、勝負次第でもらうぞ」

「それなら相手になってやろう」

弁慶はすぐ太刀を抜いた。義経も抜き合わせて、激しく斬り結んだ。人々はそれを見て、

「これはいったいどうしたことだ。坊さんがこんな狭い場所で、しかも稚児さん相手にふざけるとは何事だ。その太刀を納めなさい」

と言ったが、聞き入れなかった。

義経は被衣を脱ぎ捨てると、その下には直垂と腹巻をしていた。この稚児もただ人ではないと、人々は驚きの目をみはった。

女や尼や子供達はあわてふためいて、縁の下に落ちる者もあれば、お堂の扉を閉めて中に入れまいとするものもあった。けれども、ふたりはそのうち、清水の広い板敷の舞台へ続いて下りて斬り合った。

退いたり進んだりして斬り結ぶうちに、初めは人々も恐がって近寄らなかったが、後になると、その面白さに縁行道(えんぎょうどう)の僧のようについて廻って、二人の斬り合いを見物した。

見ている人々が、

「いったい稚児が優勢か、それとも法師が強いかな」

「いや稚児の方が強いぞ。法師は問題ではない。もう弱ってきたらしい」

と話し合った。弁慶はそれを聞いて、それじゃあもう俺は負けかけているのだな、と心細く思った。

義経も思い切って戦う。弁慶も一所懸命に斬り合った。弁慶がわずかに斬りはずすところを、逃さず義経が飛びかかって斬りつけると、弁慶は左の脇の下にその切先を受けて、ひるんだとこ

ろを刀の峰でさんざんに打ちのめされ、うつ伏せに倒れた上に義経はまたがって、

「どうだ降参するか、それともいやか」

と言うと、

「これも前世からの因縁でしょう。それだからもう降参します」

と言ったので、義経は弁慶のつけていた腹巻を重ねてつけ、ふた振りの太刀も取りあげ、弁慶を先に立たせて、その夜のうちに山科へ連れ帰った。そうして、その傷を治させた後、従えて都に行き、弁慶と二人で平家を狙った。


弁慶は、その時出会って家来となってから、忠義一途、身に添う影のように義経の側に付き従って、義経が、寿永三（一一八四）年木曾義仲を討ってから、元暦二（一一八五）年三月壇の浦に平家を攻め滅ぼした三年間にも、幾度か最高の高名手柄を立てた。そして、奥州衣川の館での最後の合戦まで義経に従って、とうとう討死してしまった、武蔵坊弁慶というのは、この法師であった。

それから間もなく京都には、九郎義経が武蔵坊弁慶という家来と相談して、平家を狙っているという噂が広まった。義経達の居所は四条の上人の所だということを、六波羅へ訴えた者があった。そこで、六波羅から平家の軍兵が大勢押し寄せて、しょうもん坊を捕えた。

その時、義経もその場に居合わせたが、六波羅勢などの手におえるものでないから、行くえを見失ってしまった。義経は、この大事が漏れないうちに、さあ奥州へ下ろうと都を立ち、東山道を通って、木曾義仲を訪ね、

「都に住めなくなったので、奥州へ下ります。こうして義仲殿がこの地におられることは、なにかにつけて頼もしく思います。旗上げの時は、東国北国の兵を集めてください。義経も奥州から来て合流し、本望を遂げたいと思います。ここは伊豆国も近いことですから、たえず兵衛佐殿の方へも連絡をとってください」

と頼み、義経は、木曾義仲のもとから護衛の者に送られて、上野国の伊勢三郎のところまで来た。そこからは伊勢三郎がお供して、平泉へ下って行った。

よりともむほんの事

治承四(一一八〇)年八月十七日、源頼朝は兵を挙げた。(6) まず血祭りに、山木判官平兼隆(かねたか)を夜討ちにしたが、明けて十九日には相模国の早川の合戦に敗れ、土肥の杉山に遁れて籠もった。大庭三郎とその弟の股野五郎が、土肥の杉山を攻めた。頼朝はそこを落ちて、二十六日の未明、伊豆国真鶴岬から舟に乗り、三浦を目指して出航した。折から風が激しく、三浦岬に舟を着けることがむつかしいので、二十八日の夕方、安房国の洲崎(すのさき)というところへ舟を乗り着けて、その夜は滝口大明神に籠もり、夜を籠めて祈願していると、明神のお告げらしく神殿の扉を美しい手が押し開き、一首の和歌が示された。

源は同じ流れぞ石清水(いわしみず)たれせきあげよ雲の上まで

頼朝は夢から醒めると、明神に三度礼拝して、

源は同じ流れぞ石清水せき上げてたべ雲の上まで

と、返歌を奉った。

夜が明けると、洲崎を出発して、坂東（安東）、坂西（安西）を通り、真野(まの)の館(たち)を出て小湊へ渡り、那古(なご)の観音を拝み、雀島(すずめしま)の大明神の神前でしきたりどおりの神楽を奉納して、竜島(りようしま)に到着した。

家来の加藤次景廉は、

「悲しいことです。保元の乱に為義殿が斬首されました。平治の乱に義朝殿が討たれました。その後源氏の子孫は皆身を隠して、その武名も埋もれたまま長い年月を過ごしました。先頃、たまたま源三位頼政殿(7)が平家追討の兵を挙げれば、ご不運な宮以仁王に味方して、源氏の世に出る好機を潰してしまわれたことはまことに残念です」

すると頼朝は、

「そのように弱気になるな。八幡大菩薩がどうして我々をお見捨てになろうか」

と諌めたのは、まことに頼もしく思われた。

そうこうするうちに、三浦党の和田小太郎義盛、佐原十郎義連が、久里浜から小舟に乗り、一

門の主だった者三百余人を引き連れて、竜島の陣へ来て源氏の味方についた。続いて、安房国の丸太郎とあんないの太夫（安西太夫）、この二人を大将に五百余騎が駆けつけて源氏についた。

このため源氏は八百余騎となり、非常に力を得て、馬に鞭をくれて進んでいくうち、安房と上総の国境のつくしうみ（造海）を通って、上総国さぬきの枝浜を急ぎ、いそが崎を通り、篠部を経て、いかいしりというところ（川尻）に着いた。すると、上総国の武士、伊北、伊南、庁北、庁南、うさ（武射）、山辺、あひか（畔蒜）、くはのかみの諸軍勢、都合一千余騎が周淮川という所へ駆けつけて、源氏の勢に加わった。

ところが、上総介八郎広常は、まだ頼朝の陣に来ていなかった。その頃、内々で広常が、

「大体、兵衛佐殿が安房上総を越えて、この二ヵ国の軍兵を集めているのに、今になってもまだ、この広常のもとへ使者をよこさないとは納得がいかない。今日一日待って、なお参陣せよとの命令がなければ、千葉と葛西の勢を集めて、きさうと（木更津）の浜に押し寄せ、源氏勢を牽制しよう」

と言って、家来達と評議しているところへ、安達藤九郎盛長が、褐の直垂に黒革縅の腹巻をつけ、黒い鷲の羽の矢を背負って、塗籠籐の弓を持ち、上総介八郎広常のもとにやって来た。

「上総介殿にお目にかかりたい」

と言って、頼朝の使者であることを告げると、広常は嬉しく思って急いで出迎え、安達藤九郎と対面した。頼朝からの書状を受け取り、開いてみると、一族郎党を差し遣わせよ、という言葉を予想していたのに、今まで広常が遅参しているとは不届きである、と書いてあった。それを見て、

「立派だ。さすがは源氏の頭領頼朝殿の御書状だ。まことにこうありたいものだ」

広常はそう言って、その書状を千葉介常胤の所へ送った。すると、葛西、豊田、うらの守等の武士も上総介のもとに駆け集まって、千葉介、上総介を大将に、三千余騎がかいほつ（貝渕）の浜に駆けつけて、源氏の味方についた。兵衛佐は、総勢四万余騎となって上総のやかた（八幡(やはた)）に着いた。こうしている間も長かった。だがその間にも、関東八ヵ国はもともと源氏に好意のある国々だったので、われもわれもと味方に駆けつけたのであった。

常陸国からは、しらと（宍戸(ししど)）、行方(なめかた)、信太(しだ)、東条、佐竹別当秀義(ひでよし)、高市(たけち)の平武者(へいむしゃの)太郎、しほぢみちつな（小野寺禅師太郎道綱）。上野国からは、大胡(おおごの)太郎、*山上左衛門のぶたか、武蔵国からは川越太郎重頼*、同じく小太郎重房、同じく三郎重義、党として、武蔵七党の、丹(たん)、横山が駆けつけた。

畠山重忠、稲毛三郎重成はまだ来なかった。畠山庄司重能と小山田別当有重は、在京中なので来なかった。相模国では、本間と渋谷が駆けつけた。大庭、俣野、山内(やまのうち)は来なかった。

治承四年九月十一日、頼朝は武蔵と下野の国境、松戸の庄の市川という所へ着いた。その時には、頼朝旗下の勢力は八万九千と噂された。

さてここに、関東で有名な大河がひとつあった。この河の水源は、上野国利根の庄の藤原という所から流れ落ちてくるのだから、その水上は遠い。下流は、在原業平が墨田川と名付けたのであった。この大河は、海が上げ潮になって上流に雨が降ると、下流の地一帯は大洪水となり、両岸を溢れ出して流れるのであった。それは全く海を眺めているようであったが、頼朝の軍勢は、この濁流に足留めをくい、市川に五日間も止められてしまった。この墨田の渡しのあたり二ヵ所に陣を張り、物見櫓を作り、その櫓の柱に馬を繋いで、源氏を迎え討つ様子の軍勢があった。頼朝はこれを見て、

「あの者の首を取れ」

と命じた。

するとそれを知った相手方は、大急ぎで櫓の柱を切り倒して筏を組み、市川に来て葛西兵衛を頼んで、頼朝にお目通りしたいと願い出たが、許されなかった。重ねて願い出ると、

「どうみても、この頼朝を憎んでいるとしか思えない。伊勢加藤次、油断するな」

頼朝の言ったその言葉に、江戸太郎は顔色を失った。その時千葉介が、お互いに近くにおりながら知らぬ顔をしているのも工合が悪いし、どうしたらいいだろう。このなりたね（常胤）が取りなしの言葉を申してみようと言って、頼朝の前に畏まり、江戸太郎が困惑していて不憫であることを申し上げると、頼朝は、

「江戸太郎は関東八ヵ国きっての富豪と聞いているが、頼朝の大軍勢がこの二、三日、洪水にせき止められて渡れないでいるから、川の渡しに舟を並べた橋を作り、この頼朝に加勢した軍勢を助けて、武蔵国の王子、板橋へ渡せ」

と言った。

江戸太郎は、

「たとえこの首を取ると言われても、どうして渡すことができましょう」

と言った。千葉介は、葛西兵衛を招き寄せて、

「さあ、江戸太郎を助けてやろうではないか」

と言って、二人の領地である今井、くり川、亀無(現在の亀有)、うしま(牛島)という所から漁師の釣舟数千艘を集めた。石浜という所は、江戸太郎の領地であった。そこへちょうどよいことに、西国から大型船が数千艘着いたのでその船をも集め、わずか三日の間に、川面に舟を並べ、江戸太郎に協力して浮橋を作りあげた。

頼朝はそれを見て、神妙である、とそのはたらきを誉めた。

こうして、太日川、墨田川を渡って板橋に着いた。

よりともむほんにより義経奥州より出給ふ事

そうしているうちに、頼朝挙兵の報が奥州まで伝わってきたので、弟の九郎義経は本吉冠者泰衡を呼んで、

「兵衛佐殿が、この度謀反の旗上げをして、関東八ヵ国をその勢力下に納め、平家討伐のため都へ上ると聞いた。義経は、自分だけがこうしているのは心苦しいので、兄に追いつき、一方の大将を希望しようと思う」

と、秀衡に伝えさせた。すると秀衡は、

「今日まで、ご主君が旗上げを決心なされなかったことの方が、よほど変でございます」

と言った。そして、泉冠者を呼んで、

「関東に戦さが起こり、源氏の殿が出陣することになった。陸奥、出羽両国の兵士らを集めよ」

と命令した。

しかし義経は、

「千騎も万騎も率いて行きたいが、出発が遅れてはならない」

と言って、出陣した。秀衡はあまり急なので、まずさしあたって三百騎をつけた。

その時の、義経の郎党[8]としては、武蔵坊弁慶、三井寺の法師で、奥州まで義経を慕って来た常陸坊海尊（かいぞん）、伊勢三郎義盛、それに、佐藤三郎継信、同じく四郎忠信の兄弟であった。これらの家来を先頭とする三百余騎は、馬の腹筋の切れるのも、脛が砕けるのもかまわず、互いに入り乱れながら全速力で駆け上った。

阿津賀志山を越え、あだちの大き（伊達の大木戸。伊達関）を通った。そして、行方（ゆきがた）の原やししち（白河の関）が見えるところまで来た時、義経は後に続く者どもをかえり見て、

「軍勢がまばらになったぞ」

と言ったので、

「それは馬を駆けさせ過ぎたため、爪が欠けたり、また脛をくじいたりして、途中で止まった者も出たからでございます。ここまでお供できたのは、ざっと百五十騎でございます」

と答えたところ、義経は、

「たとえ百騎が十騎になろうともかまわぬ。鞭打って進むのだ。後ろを振り向くな」

と、馬の足音高く響かせて進んだ。

きずかわを過ぎ、下橋（きげはし）の宿に着いて馬を休めてから、鬼怒川を渡り、宇都宮の二荒山神社を拝み、室八島（むろやしま）を遠くに見て、武蔵国足立郡のこかは口（現在の川口）に着いた。この時、義経の軍勢は八十五騎になっていた。

やがて板橋に着いて、

「兵衛佐殿は何処だ」

と尋ねると、

「一昨日、ここを出発されました」

と言う。武蔵国の国府、六所（りくしょ）の町（現在の府中市）へ着いて、

「兵衛佐殿は」

と問うと、

「一昨日お通りになりました。相模国の平塚へ向かわれました」

と言った。平塚に着いて尋ねた。

「もう、足柄山を越えられました」

義経は、頼りない返事ばかり聞かされて非常に心細い気持ちになったが、馬を急がせて行くうちに、足柄山を越えて、伊豆国の国府、三島に到着した。

「兵衛佐殿は昨日ここを出発されて、駿河国の千本の松原から、浮島ヶ原に向かわれました」

ここでそう言われて、それではもう近いと、馬を急がせた。

注

（1）　武蔵坊弁慶　歴史の上において、ほとんど認められない物語上の人物である。義経伝説によって誕生したと思われるこの荒法師は、今日まで義経とともに国民の間で絶大な人気を持ち続けている。

弁慶を描いた物語類からその姿を想像してみると、背丈の高い、頑丈な身体で、色は黒く、つねに黒装束を好んで着けていた。その武器は、三日月のように反った刃の薙刀か角だてた棒で、薙ぎ払う得物を好んで用いている。そのようなことからも腕力のあった人と想像できる。そして、それは主君義経とまことに対照的である。

今、容易に見ることのできる物語類に書かれている弁慶を、『義経記』の弁慶と比較できるように表（一五八〜一六一頁）にしてみた。

この表によってもわかるように、弁慶に関する伝承はいろいろであって一定していないが、母の胎内に長い年月いたことや、比叡山にいたが乱暴をはたらいて、師匠や衆徒から見放されたので、自ら頭を丸めて武蔵坊弁慶といったこと、そして、腕力が自慢で薙刀を得意としたことは大体一致している。有名な「太刀の千本集め」や「五条の橋の上での一騎打ち」も、古い書物の伝承と、今日我々の知る伝説との間に差異があるが、義経の郎党となってからの弁慶は、主君に忠節な荒法師であったことには変わりない。

弁慶がだんだんに伝説的成長を遂げたことは、たとえば、義経が栗原寺から平泉へ遣わした使いを、『義経記』諸本の多くは「亀井六郎と伊勢三郎」のふたりとしているのに、『芳野本義経記』は「それよりしてむさしを御使にて平いづみへぞ遣されける」として、弁慶の役柄を拡大している（巻五の注5を参照）。

『弁慶物語』と『義経記』の前後関係については、『義経伝説と文学』（島津久基著）の中で著者が、『弁慶物語』は『義経記』の影響下にあると言っておられるのに対して、市古貞次博士は、『弁慶物語』は『義経記』以前になっていたと、『中世小説の研究』で述べていられるが、やはり「五条の橋」「太刀集め」の伝説を考えた時、『義経記』の伝承が『弁慶物語』のように発展したと考える方が穏当と思われる。

弁慶にしろ、義経にしろ、この民衆に愛された人物は、その地域やその階級に応じて、好きに語られた時代があったのであろう。

（2）切部の王子　熊野九十九王子中の、五躰王子の中の一社。大阪から熊野へ詣でる沿道の要所（現在の和歌山県日高郡印南町大字西ノ地字東風早）にあって、王子社中主要なものとしてその格の高い社であった。

（3）黄石と八十歳になってから生まれたという人　黄石は漢の高祖の臣で、張良に道で会い、兵書を授けたといわれている。そして、その最後は黄色い石になったと伝えられている。また、母の胎内に八十年いて生まれたのは、孔子の師といわれる老子であろう。老子は、『史記正義』にひかれた「珠韜（しゅとう）玉機（ぎょくき）」「神僊伝（しんせんでん）」「玄妙内篇」などによると、「李母は懐胎八十一載（ねん）」で老子を生んだとある。『弁慶物語』にも七十年とあり、『盛衰記』は八十年、『塵添壒囊鈔（じんてんあいのうしょう）』は八十一年としている。

（4）八幡大菩薩　神仏習合の風が盛んになり、八幡神が国家鎮護以上に、衆生を導化する力のあるのを知って奉った称号。すなわち、仏教化された八幡神の称号である。

（5）小袖　原文には「小袖」とあるが、『田中本義経記』には「はきもの」、『判官物語』は「はき物」とあり、また後文から考えても「小袖」は誤りで、「履物」とあるべきである。

（6）頼朝の挙兵の動機　『平家』や『盛衰記』によると、文覚（遠藤武者盛遠の出家後の称）が、義朝のどくろをみせて平家への謀反をすすめたとある。しかし、『平家』巻十二に、文治元（一一八五）

書名	事項 弁慶の父母	事項 弁慶の養父	事項 弁慶の幼名	事項 母の胎内にいた年月	事項 弁慶の師匠	事項 弁慶誕生の様子
杵田大明神の弁慶願書	父は天狗で、母は紀伊国田辺の誕象の娘。名を弁吉といった。			十三ヵ月。仁平元年辛未（一一五一）三月三日島根郡枕木山の麓の長海村で生まれた。		髪は長く、歯は二重に生えていた。右肩
武蔵坊弁慶物語絵巻	父はべんしん別当。	大納言。	わか一。		比叡山の律師きょうしん坊。	
じぞり弁慶	父は中の関白の後胤で、熊野別当。六十才。母は二条の大納言の娘で、十六才。	山の井の三位。	若一（にゃくいち）。	三年三月。	桜本の僧正寛慶。	三才児ほどの大きさで誕生し、髪は頸の
橋弁慶	父は熊野別当たんぞう。	五条のべんしん大納言。	にやく一。	三十三ヵ月	比叡山のけいしん法印。	生まれるとすぐ池のほとりへ行って身を
弁慶物語	父は紀州熊野の別当弁心。	五条大納言。	にやく一。	三年三ヵ月。	比叡山西塔のははきの律師慶心。	髪は生え下がり、眼は虎のようで、歯も出揃って
謡曲拾葉抄の船弁慶に「異本義経記に云う」とあるもの	父は紀州の住人、岩田入道寂昌。		異名を鬼若丸。	仁平元年四月八日に生まれた。	比叡山西塔桜本坊弁長僧都。	

	事項 武蔵坊弁慶の名乗りについて	事項 比叡山を下山した事情とその時の様子	事項 弁慶が武器を調達した方法
に摩利支天、左肩に大天狗という文字があり、顔の色黒く、身体は鉄で、咽喉ぶえのところ四寸四方だけが人間の肌であった。	生まれた時、母が弁慶とつけた。武士になったら田辺、法師になったら武蔵坊と名乗れとの遺言をうけた。		十五の時、長海新庄小谷村の成相鍛冶に、三年三ヵ月がかりで
	自剃りして、武蔵坊弁慶と名乗った。	乱暴なので師にも親にも見捨てられてしまい、讃岐のちうきしゅんかいという六十ほどの僧から衣を奪って、喧嘩の修行に京へ行った。	三条小鍛冶の流れを汲む鍛冶に宗盛の使と偽って、四尺六寸の太刀、
周囲まであり、歯は揃っていた。生まれるとすぐ肘をついて起き直り、四方を見渡して「あらあかや」と言ってからからと笑った。別当が殺そうとするのを、母が止めて山中に捨てた。	自剃りして、西塔の武蔵坊弁慶と名乗った。	乱暴なので、衆徒に憎まれ師からも勘当され、伯耆のちうきしゅんかいの衣を奪って山を下った。	
清め、母に礼を言った。深山に捨てられた。	自剃して、弁慶と名乗った。	乱暴をはたらいた結果、下山した。	衆徒のかみそり七駄を盗み、三条小鍛冶宗近に七尺五寸の薙
生まれ、すぐに肘をついて起き直ると、東西を見てからからと笑った。見目形は悪いが、目元は正しかった。野山に捨てた。	自剃して武蔵坊弁慶と名乗った。	一尺二寸の金棒を持って乱暴をはたらき、六十あまりの老僧、はほきのちゅぎしゅん海の衣を奪い、喧嘩修行に北陸道を越前の平泉寺へ行く。後、中国播磨の書写山へ行った。	宗盛の使いと偽って、四尺六寸の太刀、三尺九寸の打刀、一尺八寸の刀を
	西塔北谷定泉ずきの武蔵坊という明き房に入って自剃し、武蔵坊弁慶と名乗った。		

書名		弁慶と義経の出会い、及び郎党となること
杵田大明神の弁慶願書	薙刀を作らせた。そして、このように切れるものを作る者は、生かしておいてはよくないと斬り殺した。	
武蔵坊弁慶物語絵巻	九寸五分の刀、一尺六寸の打刀を作らせ、五条の吉内左衛門のぶざねという黄金細工師には重盛の使いといって刀を飾らせ、七条堀川の三郎左衛門よしつぐという具束細工師に、頼政の使いといって具束を作らせて、それぞれ騙し取った。	夜毎五条の橋に辻斬りが出ると聞き、弁慶は行って戦ったが、捕えようとしても、右へ左へ飛び、蝶やとんぼのようで勝てなかった。ただ人ではないと思い、自分から名乗ったところ、牛若丸と名乗ったので家来となった。
じぞり弁慶		出雲国にいた弁慶に、京から下って来た者が、都で十六、七の者が小太刀を使って蝶や鳥のようにふるまい、往来の人々を悩ましていると告げたので、三条小鍛冶宗近の鍛えた五尺八寸の薙刀を持って五条の橋に待った。やがて、秘術をつくして戦ったが、薙刀を打ち落とされてしま
橋弁慶	刀を打たせた。	義経は、父の十三回忌の孝養に平家の者の千人斬りを企て、三日三晩に七百余人、七日七晩で九百九十九人を五条の橋で斬った。それを聞いて出かけていった弁慶はたくさんの死骸に驚いて逃げたが、戻って戦う。十四、五の小人は化性のようにふるまい、弁慶は薙刀を打ち落とされ
弁慶物語	三条小鍛冶から、重盛の使いと言って、五条の吉内左衛門のぶさたにその飾りをつけさせ、七条堀川の四郎左衛門吉次に、頼政の使いと偽って鎧腹巻などを、騙し取った。	弁慶は、書写の寺を焼いたのでその釘の代にと、都で越中前司や悪七兵衛景清などの刀を奪う。六月十五日夜北野の社壇で千本目の刀を持った者に出会ったが、斬ることも組むこともできなかった。七月十五日笛の音とともに現われたが駄目で、八月十七日の夜清水で戦って敗れた時、鞍馬法師が義経であることを告げた。今度戦って負けた方が郎
謡曲拾葉抄の船弁慶に「異本義経記に云う」とあるもの		安元二年（一一七六）六月十二日の夜、五条の天神で、十八才の義経と二十六才の弁慶は、口論の末勝負を争ったが、弁慶はかなわず、帰った。十七日の夜、負けた方が家来になる約束で戦った。

事項						
			った。九郎義経とその名を聞いて、主君と仰ぐことに決め、供をして山科へ行った。	た。どなたかと聞いたところ牛若丸と答えたので、東光坊へ送った。	党になる約束をかわして、五条で戦い、蝶や鳥のような義経に敗れて家来になった。義経十九、弁慶は二十六であった。	
義経の郎党となってからの弁慶		源九郎と名を改め、平家を追討した。しかし梶原の讒言にあって奥州へ下った。その時も供をし、衣川で奮戦して、川の真中で、「立ちすくみにぞなりにける」と、その最後は立往生であった。	主従の礼を重んじた。	嵯峨野に行ないすましていた。	ふたりで平家を滅ぼそうと洛中を廻る。それを知った清盛は、弁慶の師を捕えた。弁慶は師を助けるために、自ら捕われの身となり、六条河原で既に打ち首という時逃げて、義経の供をして奥州へ下った。	
その他	弁慶の母は、誕象夫婦が熊野権現に祈願して得た子供で、醜女であった。仁安二年丁亥（一一六七）五月十五日に死んだが、その遺言で紀伊国に行き、それから諸国修行に出た。十五になるまで枕木山、清水寺、鰐淵寺で学問した。	京の分限者渡辺むまのじょうゆきはるから、武器武具の礼をするため、上品の織物を三十人で持つ分をおどし取った。そして熊野へ向かう途中、盗賊が襲うのを知って、渡辺の家に戻って助け、礼を返した。			渡辺げんば行春という長者のもとに行き、織物の小袖を三十人で持つだけ貰い、三条小鍛治等三人の職人に送り届けた。盗賊が行春の家を襲うことを知り、これを助けて恩を返した。また、平泉で悪口雑言を重ねてあばれようとしたが、対手にしてもらえなかった。	叡山文庫蔵の『異本義経記』に、「弁慶ハ、山門西塔桜本房弁長僧都ノ弟子、西塔北谷定泉坊附ノ中房ト云々。」とある。

年八月二十二日のこととして、このどくろは偽物だと書いている。

一方、治承四（一一八〇）年五月十日、行家が北条に来て令旨を奉ったとある。しかし『吾妻鏡』には、令旨を受けたのは四月二十七日とあり、そして六月十九日、三善康信の使者が北条に来て頼朝に対面し、以仁王の令旨を受けた源氏をみんな追討することになったということを伝え、あなたは源氏の正統だから、ことさら危険ゆえ早く奥州へお逃げなさいと、勧告している。そのような状況にもかかわらず、八月十七日、わずかな味方で頼朝は兵を挙げた。これほど短期日に、劣勢を承知で決意したということは、謀反の準備がととのい、その好機が到来したために蹶起したというのではなく、むしろ、危険が迫って挙兵せねばならなくなっての行動であり、いわば頼朝にとっては、死中に活を求めたのであった。平治の乱に敗れた時のこと、流人であったために受けた伊東でのこと、やはり勝算を考えるよりも、まず行動を起こすより仕方がなかったのであり、成功して将軍と呼ばれる身になるとは夢にも思わなかったろう。『曾我』にも、伊東から北条へ遁れた時、「せめて当国伊豆国の匹夫と成し、長く本望を遂げしめ給へ」と、夜中祈誓したということからもそれは推察できよう。

（7） 源頼政　長治元（一一〇四）年と二年誕生説とがある。弓術と和歌に勝れており、検非違使庁の判官代をふり出しに、蔵人、兵庫頭となり、保元平治の合戦に参加して勝者側にあったが、その恩賞については記録がない。仁安元（一一六六）年六十三歳で兵庫頭を辞任、同時に正五位、翌年従四位下に叙されて昇殿を許された。嘉応元（一一六九）年右京権大夫、承安元（一一七一）年正四位、同三年備後守、治承二（一一七八）年十二月、七十五歳の時その昇進を和歌（のぼるべきたより無き身は木の下に、しいをひろいて世を渡るかな）に託し、平清盛の奏請によって三位に叙せられて、源三位と呼ばれた。
わが子仲綱と平宗盛との間で、「木の下」と呼ぶ馬のことから発した争いは、以仁王から平家追討の令旨を頂くまでに進展し、やがて、頼政は兵を挙げた。だが戦いに敗れ、宇治平等院で自害して果てた。しかし、頼政の挙兵は平家追討の第一矢として、諸国の源氏を蜂起させ、ついに平家を滅亡させたのだった。

頼政の作品は、『詞歌集』、『千載集』、『新古今集』、『風雅集』などに数十首が載せられており、また、『源三位頼政卿集』一巻がある。『平家』や『盛衰記』にある、頼政の鵼(ぬえ)退治（頭は猿、体は狸、尾は蛇、手足は虎で、鳴き声は鵼に似ていたという怪獣）は有名である。

（8）義経の郎党　源氏も平氏も、武士の頭領としてそれぞれ武士団を統括していた。この武士団は必ずしも血縁や同姓という同族関係によるものではなく、主従関係によって属していたことは、流人でありながら挙兵し、やがて幕府創設という大事業をなしとげた頼朝旗下の武士団が、平氏の血を引いた者の多いことからも知ることができる。そして、主従の中でも乳母子はより強固な連繫を持っていた。

義経は他の武将とは違った郎党を抱えていたが、今その中で四天王と呼ばれる代表的な家臣について調べてみると、『盛衰記』に、

判官には多くの中に四天王とて、殊に身近くたのみ給へる者は四人あり。鎌田兵衛政清が子に、鎌田藤太盛政、同藤次光政、佐藤三郎兵衛継信、弟に四郎兵衛忠信也。藤太盛政は、一谷にて討れぬ、

巻第四十二　源平侍共軍附継信盛政孝養事

とあり、『平家』では、継信のために名馬大夫黒を僧に贈って頓写（多人数で、一部の経を一日で書き写すこと）を頼んだとあるが、『盛衰記』は継信盛政両名のためとしている。

武将と剛勇な四人の郎党で特に名高いのは頼光の四天王であるが、木曾四天王もまた知られている。義経の場合も、『盛衰記』とは別に、亀井、片岡、伊勢、駿河といって、これを四天王としているが、果して何を根拠に、またいつの時代からいったのかはっきりしていない。

義経記　巻第四目録

義経記　巻第四

よりともよしつねに対面(1)の事

九郎義経は浮島ヶ原に着くと、頼朝の陣から三町ほど引きさがった場所に陣を張り、しばらく休息した。

頼朝はその陣を見て、

「あそこに源氏の白旗を掲げ、白印をつけた爽やかな武者が五、六十騎ほど現われたが、誰なのか考えつかない。信濃国の源氏武者は木曾義仲に従ってまだ出陣していない。甲斐国の源氏武者は第二陣である。いったいどこのなんという者か、通称本名とも聞いて来い」

と、堀弥太郎を使者に遣わした。弥太郎は、一族郎党を大勢引き連れて出かけた。その陣の手前まで来ると、弥太郎一騎だけが進み出て叫んだ。

「そこに白印を用いておられるのはどなたですか。通称と本名とを確かに承るようにとの、鎌倉殿のお言葉でございます」

すると、陣中から二十四、五歳ほどの、色白の立派な男が、赤地(あかぢ)の錦の直垂に、紫裾濃(むらさきすそご)の裾金(すそがな)

物で飾った鎧を着、白星の鍬形打った五枚兜を少しあみだに被り、大中黒の矢を背負い、重籐の弓を持ち、黒くたくましい駿馬にまたがって出て来た。そして、

「鎌倉殿もご存知のはずです。幼名を牛若といい、近年は奥州へ下っておりましたが、ご謀反の事を知り、夜昼の区別なく大急ぎで駆けつけました。お目通りさせてください」

と言った。

堀弥太郎は、それではご兄弟であったかと、馬から飛び降り、義経の乳母子の佐藤三郎継信を呼び出して挨拶をした。弥太郎は、一町ばかり手綱を部下に引かせた。

そうして、頼朝の前にいき、そのことを報告すると、頼朝という人は、めったに感情を面に出さない冷静な人であったが、今度ばかりは喜びを隠しきれない面持で、

「それならここへ案内せよ。対面しよう」

と言ったので、弥太郎はそのまま引き返し、義経に頼朝の言葉を伝えた。義経は大いに喜び、頼朝の陣へ急いだ。佐藤三郎、同じく四郎、伊勢三郎、この三騎を引き連れて行った。

頼朝の陣は、大幕が百八十町も引き回してあるので、その中には関東八ヵ国の大名小名が居並び、それぞれ熊や鹿の皮を敷いていた。頼朝の居所には畳が一枚敷いてあったが、頼朝も、敷皮に坐っていた。義経は、兜を脱いで兜持ちの少年に持たせ、弓を持ち直し、陣幕のわきに畏まっていた。その時、頼朝は敷皮から立って、畳へ坐り直した。そうして、

「さあ、それへ」

と言った。義経は、少し遠慮してから敷皮に坐った。

頼朝は、義経をつくづくと見て、まず涙に咽んだ。義経も、その心中はわからないながらも、いっしょに涙に咽んだ。そうして二人とも心ゆくまで泣いた後、頼朝は涙をおさえて、

「ところで、頭殿（こうのとの）に死におくれてから後は、そなたの行くえも聞かなかった。幼少の頃見ただけであった。この頼朝は、池の禅尼(2)の助命の嘆願によって助けられたが、伊東祐親（すけちか）や北条時政に警護され、思うようにならない境遇であったため、お前が奥州に下ることはかすかに聞いたけれども、手紙さえ出せなかった。兄弟のあることを忘れずにいて、大急ぎで駆けつけてくれたことは、言葉に言い尽くせないほど嬉しく思う。ここに居並ぶ人々を見てごらんなさい。このような旗上げという大事を企てると、八ヵ国の武士が真っ先に駆けつけてくれたけれども、皆他人なので、自分にとって一番大事な相談をもちかけられる人はいない。皆この時まで平家に従っていた人々であると思うと、自分の弱気を見詰められているような気がして、終夜、平家のことばかりを考える。またある時は、平家追討の軍勢を京都へ差し向けようと思ったけれども、自分の身体はひとつである。頼朝自ら軍勢を率いて進めば、関東のことが不安だ。代官を上らせようとしても親しい兄弟がいない。他人を上らせれば、平家と同盟して、逆に関東を攻撃するかも知れないと思うから、それもできない。今お前を迎えることができたので、まるで亡き父左馬頭殿が甦えって来られたように思う。我々の先祖、八幡太郎義家殿が、後三年の合戦にむのうの城を攻撃された時であった。大勢の味方が皆討たれて、残り僅かになって厨川の水際へ下りた。そして、供え物をして宮城の方を伏し拝み、『南無八幡大菩薩、どうかご加護をお改めになることなく、今度も我らの命を助けて、本願を遂げさせてください』と祈願すると、本当に、

八幡大菩薩に願いが通じたのであろう、都にいた弟の新羅（しんら）三郎義光（よしみつ）[3]殿は、御所に刑部丞（ぎょうぶのじょう）として仕えておられたが、突然御所を人目につかないように抜け出し、奥州のことが気がかりだと、二百余騎で下った。途中味方の勢が加わり、三千余騎になって厨川に駆けつけ、八幡殿を助けてとうとう奥州を平定された。八幡殿のその時のご心中が、今、お前が駆けつけてくれて会うことのできた、この頼朝の心と比べて、どうして勝ると言えようか。今日から後は、魚と水のように親密な間柄で、先祖の恥をすすぎ、この世に恨みを残す人々の霊を慰めよう」

と、言い終わらないうちに、また新たな涙を流した。

　義経は返す言葉もなく、ただ涙にくれた。これを見て大小名達も、兄弟の心中を察して皆涙を流した。しばらくして義経は、

「おっしゃるとおり、幼少の時お目にかかったかも知れません。兄上が伊豆の蛭ヶ島の流罪地に行かれた後、義経は山科におりましたが、七歳の時鞍馬寺に入り、十六歳まではしきたりどおり学問を習い、その後は京都におりました。ところが、平家がひそかに私を討つ策略を巡らしているということを聞きましたので、奥州へ下り、藤原秀衡を頼っておりましたが、お旗上げのことを聞いて、すぐさま駆けつけました。今、兄上を見ますことは、私にとって亡き頭殿にお会いするような心地がいたします。命は亡き父上に捧げておりますが、この身体は兄上に捧げます。この上は、どのようなお言葉にも絶対服従いたします」

と言いながら、またも涙に咽んだのは、まことに哀れなことであった。

　このような次第で、頼朝は、義経を大将として京都へ上らせたのだった。

義経平家の討手（うって）に上り給ふ事

寿永三（一一八四）年、源九郎義経は京都に上って平家を都から追い払った。さらに、一の谷、屋島、壇の浦と、各地の合戦に忠義を尽くし、戦場においてはまっ先を進み、非常な苦労の末、ついに平家を攻め滅ぼした。

平家の総大将、前（さき）の内大臣平宗盛（むねもり）父子を初め、生捕り三十人を連れて京都に凱旋し、後白河上皇と後鳥羽天皇の拝謁を済ました。[4] そうして、既に元暦元（一一八四）年に検非違使（けびいし）の五位尉（ごいのじょう）に任官していたので、大夫判官である源義経は、宗盛親子を引き連れて、相模国腰越（こしごえ）に到着した。

その時、梶原景時が言った。

「判官殿が平宗盛親子を引き連れて腰越に到着いたしました。わが殿は、どのようにお考えになりますか。判官殿は心に野心を抱いております。何故かと申しますと、一の谷の合戦で、庄三郎高家が本三位中将平重衡以下を生捕りにして、三河守範頼殿の軍に渡したところ、判官殿は非常にお怒りになり、三河守殿は通り一遍のことをしたに過ぎないのだから、捕虜は当然義経の軍に渡すべきであるのに、庄三郎高家の行動は実にけしからん、と言って、攻め寄せて討とうとしたのを、この景時の計らいで、土肥次郎の手に渡したので、判官の怒りはようやく治まりました。そればかりか、平家追討を果した時、逢坂の関から西は義経が頂戴する、天に二つの日はなく、国に二人の王はないというが、これから後は二人の将軍がいることになるだろう、と言われたのです。それから、武略に秀れた人で、一度の経験もない海戦においても、風波の危険を恐れず、舟べりを走る様子は、まるで鳥のようです。一の谷の合戦の時にも、平家の城は堅固無双の城でした。しかも、平家は十万余騎で、味方は六万五千余騎しかありません。城方の軍勢が少なく、攻め手の軍勢が多勢であって初めて戦さの勝敗が決するのに、城方は多勢の上、地理にも明るく、攻め手の源氏は土地不案内の者達です。簡単に落城するとは思えなかったのを、鵯越え[5]といって、鳥や獣も通らないような険しい崖を少ない軍勢で駆け下って、平家をとうとう討ち払われたことは、とうてい凡人のしわざではありません。ついで、屋島の合戦[6]にも、大風が吹き、波が荒れて、とても航行できる状態ではなかったのを、たった五艘の舟で急行し、僅か五十余騎でたやすく屋島の城に攻め寄せて、平家の数万余騎を追い払い、壇の浦[7]に、逃げ道なきまでに平家を追いつめた最後の合戦まで、とうとう弱気を見せませんでした。中国にも日本にも、これほど立派な大将は絶対にいないと言って、東国や西国の武士どもは、そろって判官殿を尊敬しました。野心を抱いている人でありますから、誰にでも情をかけ、侍にまでも心を配られるので、侍どもも、ああ、信頼のおけるご主君だ、この殿のために命を投げ出すのなら、自分の命を塵より軽くみても惜しくはない、と言って心服しております。それなのに、軽々しく鎌倉に入れてしまうことは、なんとなく不安です。ご一生の間は殿のご運によって、まさかということもないとは思います。けれどもご子孫の時代になったら、果してどうでございましょうか。そのご一生とて、いつまで続きますことでございましょうか」

頼朝は、この梶原の進言を聞いて、

「梶原の言うことに嘘偽りはないだろう。けれども、一方の言い分だけを聞いて取り決めるのは、政治が汚れる所以(ゆえん)である。九郎が到着したのだから、明日この場所で、梶原と対決させよう」

と言った。

大名や小名はそれを聞いて、今の言葉にもあるように、判官殿はもともとあやまちを犯したわけではないのだから、あるいは助かるかもしれない。けれども、景時が逆櫓(さかろ)(8)をつけようと主張した、その論争も解決しないうちに、壇の浦の合戦では、互いにその先陣を争って、弓を張り、同志討ちをしそうになったその時の遺恨からこのように讒言したのだから、結局はどうなることだろうと、互いに言い合った。

義経と対決させようと言われた梶原景時(9)は、その時甘縄(あまなわ)という所にある自分の宿所へ帰って、自分の言葉が嘘偽りでない、ということを起請文にして提出したので、頼朝も、もうこれ以上は対決させる必要もないと言って、捕虜の宗盛を腰越から鎌倉に受けとり、義経をそのまま腰越に止めて置いた。

義経は、先祖の恥をすすぎ、亡き人々の怨念を晴らすことが目的ではあったが、極力兄頼朝に喜ばれようとして、身を粉にして働いてきたのだった。それだけに、恩賞にあずかれるのではないかと期待していたのに、対面さえもできないとなると、今までの忠義もすべて徒労であった。ああこれは、梶原めが讒言したに違いない。西国で斬り捨てるべき奴だったのを、あわれみをかけて助けてやったばっかりに、敵となってしまった、と後悔したがどうにもならなかった。

鎌倉では、頼朝が河越太郎重頼を呼び寄せて、

「九郎が、後白河院のお覚えがめでたいのをいいことに、謀反をひそかに企てている。西国の侍どもが味方に付かないうちに、早く腰越に駆け向かえ」

と命じたところが、河越太郎は、

「たとえどのようなことでも、ご主君のお言葉に背くべきではございませんが、一方ご存知のように、娘が判官殿に特別かわいがられておりますので、自分には、娘が可哀そうでできかねます。どうか他の人にご命令なさってください」

と言い捨てて、立ち去った。道理なので、それ以上命じなかった。

頼朝は、また畠山重忠を呼び寄せて言った。

「河越太郎に命じたところ、親戚関係だからできないと言う。かと言って、反乱を起こそうとする九郎を、そのまま放っておくことはできない。お前が討ちに向かってくれないか。源氏は、畠山一族の先陣が吉例なのだ。それもそうだが、恩賞として、伊豆駿河の両国を与えよう」

畠山重忠は、万事遠慮のない性格の人であったから、

「お言葉に背きたくはございませんけれども、八幡大菩薩のおさとしに、他国よりも自国を、他人よりも自分の肉親を守れというお言葉があったと聞いております。他人と近親者とでは、とても比較になりません。梶原という人間は、一時的な便宜から召し使っている者です。梶原の讒言によって、数年来の忠節や、ご兄弟の間柄がこわされてはなりません。たとえ、お恨みをもたれたとしても、判官殿に九州地方なりとお授けになり、このたびのご対面の折には、この重忠に

くださるという、伊豆駿河の両国を功労の引出物に贈られ、そして、京都の守護職のためにお置きになって、殿のご背後を守らせられるとしたら、これほどご安心できることが他にありましょうか」

と、遠慮なく述べて座を立った。頼朝も、至極もっともと思ったのか、その後は何も言い出さなかった。

腰越にいてこのことを聞いた義経は、自分が野心など毛頭持っていないという趣意を、数通の起請文に書いて差し出したが、それでも、なお聞きとどけられなかったので、引き続いて申状を差し出した。

腰越の申状の事(10)

源義経、恐れながら申し上げる趣旨は、鎌倉殿の代官の一人に選ばれ、勅宣の御使いとして朝敵を滅ぼし、会稽の恥をすすぎました。当然恩賞があるべきはずのところ、意外にも恐ろしい讒言によって、莫大な勲功を黙殺されたばかりか、義経は犯した罪もないのにおとがめを受け、過ちもないのに、功があってご勘気を蒙りましたので、ただなすことなく血の涙を流しております。讒言者に対して、その事実をも正されず、鎌倉の中へさえ入れられませんので、私の思うところを申し上げることもできず、むなしく数日を送りました。このような事態に至った今、長く兄頼朝殿の顔を見る事もできないのならば、骨肉を分けた兄弟の関係が既に絶え、前世からの運命も極めてはかなく、なんの役にも立たないのでありましょうか。あるいはまた、前世の業を感じるべきなのでしょうか。悲しいことであります。この度のことは、亡き父の霊が再びこの世に生まれかわってでもこられない限り、誰が私の悲しい嘆きを申し開いてくれましょう。誰があわれみをかけてくれましょうか。

今さら改まってこの申状を差し上げることは、まるで胸中の思いを述べることに似ていますけれども、義経は、身体髪膚を父母から受け、この世に生まれてから幾月もたたないうちに、亡き頭殿のご他界にあって孤児となり、母の懐に抱かれて、大和国宇多郡竜門の牧に逃れてからこの方、一日片時といえども、心の安まる思いで暮らしたことがありません。生甲斐のない命をながらえましたけれども、京都を往来することも困難になったので、身をあちこちに隠し、田舎や遠国をすみかとして、土民や百姓らに奉仕されてきました。

しかしながら、幸運な機会がいよいよ熟して、平家一族を追討のため、京都に上ることになりました。まず木曾義仲をその罪によって討ち取った後、平家を攻め滅ぼすために、ある時は、険しい絶壁の岩石に駿馬を鞭打ち、敵のために命を失うことをも顧みず、またある時は、広い大海に風波の難を乗り越えて、身を海底に沈めることも苦痛としないで、その死体を雄雌の鯨に食われそうな目にも遭いました。そればかりか、鎧や兜を枕とし、弓矢の道を業とした本来の心は、すべて亡き人々の魂の憤りを休め、長年の宿望を遂げようとする思い以外には全然ありませんでした。その上、私が五位尉に任ぜられましたことは、当源家にとっては重職であり、なにがこれに勝りましょう。とは言っても、今は悲しみが深く、嘆きでいっぱいです。仏神のお助けによる以外はどうしてこの悲しい訴えを聞き届けていただけましょう。そこで、諸寺諸社の牛王宝印(ごおうほういん)の裏に、全く野心を抱いていない旨、日本国中の大小の天地の神、冥界の仏を勧請申し上げて、数通の起請文を書いて差し出しましたが、いまもってお許しがありません。

大体、わが国は神国であります。神は非礼をお受けになりません。頼むところはほかにありません。ただただ貴殿の大きなご慈悲を仰ぎ、よい折をみて、鎌倉殿のお耳に入れてくださって、間に入ってうまく取りなして頂き、誤りのない旨おなだめ頂いてお許しに預れば、善行を積んだその報いとして、必ず幸福が一門に及び、栄華を長く子孫に伝え、それゆえ多年の憂えも晴れて、一生の安心を得ることができます。私の思いは、とても文書では言い尽くせません。しかしながら、他は省略させていただきました。義経誠恐謹言。

元暦二年六月五日　　　　　　　　　源　義経

進上　因幡守殿

と書いてあった。

これを聞いて、頼朝をはじめ、側に仕えている女達に至るまで涙を流した。

頼朝は、それゆえ義経をしばらくそのままにしておいたのだった。義経は都で、後白河院のお覚えもよくて、京都の警備には義経以上の者はないとまでいうような有様であった。

こうしている間に秋も過ぎ、冬の初めになったが、梶原景時の義経に対する怨みは依然おさまらず、ひっきりなしに讒言を続けたので、頼朝も、やはりそうか、と思うようになった。

土佐房よしつねの討手に上る事(11)

二階堂の土佐房昌俊（とさぼうしょうしゅん）を呼び出せということになった。頼朝は正殿の隣りの部屋にいたが、土佐房はそこへ呼ばれてやって来た。梶原景時が、

「土佐房が参りました」

と言うと、頼朝は、

「ここへ」

と招いた。土佐房は頼朝の前へ畏まって坐った。頼朝は、景時の長男、源太景季を呼んで、

「土佐房に酒を飲ませてやれ」

と言ったので、梶原は格別丁重にもてなした。

頼朝が言った。

「和田義盛や、畠山重忠に命じたが、いっこうにこの役を引き受けようとしない。九郎が京都にいて、院のお気に入りをよいことに謀反を企てているので、河越太郎に命じたけれども、親戚だからと言って引き受けない。土佐、お前より外に頼む者がない。しかもお前は、京都の様子もよく知っていることだし、京都に上って九郎を討ってもらいたいのだ。その褒美としては、安房上総の両国を与えるぞ」

土佐房は、

「慎んでご命令をお受けいたします。が、ご一門を討ち滅ぼせとおっしゃるお言葉をお受けいたすことは、悲しく思います」

と言った。すると、頼朝の顔色が激しく変わって、不機嫌らしく見えたので、土佐房は恐縮していた。頼朝は重ねて、

「それでは、九郎に味方するのだろう」

そう言われたので、結局、親の首を斬るのも君命ならばしかたない。身分ある人同士の合戦では、侍は命を捨てずに討つことはできない、と思って、

「それほどまでにおっしゃいますならば、お言葉に従いましょう。畏れ多いので、ご挨拶にちょっとご辞退いたしたに過ぎません」

と言った。

「案の定、土佐房より外に誰も向かうべき者がないと思っていたが、少しも思い違いではなかった。源太ここへ参れ」

と言うと、景季は畏まって頼朝の前に坐った。

「先ほど申した物はどうした」

頼朝のその言葉に、景季は、納戸の方から刃わたり一尺二寸の手鉾(てぼこ)で、その柄を銀で巻き、細貝で目貫の部分を被ったのを持って来た。

頼朝は、

「土佐房の膝の上に置け」

そして、

「これは、大和国の鍛冶千手院(せんじゅいん)に作らせて大事にしていたものだが、頼朝の敵を討つためには、柄(つか)の長い武器をまず第一とする。和泉判官を、山木の館に討った時、やすやすとその首を取ることができたのだ。これを持って京都へ行き、九郎の首を刺し貫いて来い」

と言った。しかし、その言葉があさましく聞こえた。

頼朝は、梶原に言った。

「安房上総の者どもに、土佐房の供をさせよ」

それを聞いた土佐房は、心の中で、大勢連れて行ってもしようがない。自分は、それほど大勢で押し寄せて、互いに激突し、楯を突き合わせるような戦いはしない。隙を狙って近づき、夜討ちにしようと思ったので、

「大勢では手段がありません。私の手勢だけで上京いたします」

と言った。

「手勢はどのくらいある」

「百人ほどおります」

「それだけあれば不足はないだろう」

と、頼朝は言った。

土佐房は、大勢連れて行ったならば、万一仕遂げた時、その恩賞を配分してやらないのも工合

が悪い。しかし、分けてやろうとするには、安房上総とも、畠が主で田が少ないから、利益が少なくて不満だ、と酒を飲みながら一方ではそんなことを考えていた。

やがて引出物を頂戴して、二階堂の住まいへ帰り、一族郎党を呼び集めて言った。

「鎌倉殿から恩賞を頂戴した。急いで都へ上ってから領地に入国する。早々に戻って用意しろ」

「その恩賞というのは、日頃の忠勤からなのですか。それとも何によっての恩賞です」

そう聞かれた土佐房は、

「九郎判官殿を討って来いというご命令を受けたのだ」

と、言ったところ、物のよくわかっている者は、安房上総の両国も、命があってこそもらえるので、生きて再び帰ってからの事なのだ、と言う。また、主君が出世するのに、我々家来もどうして出世して悪いことがあろう、と勇む者もあった。さてさて、人の心というものは様々なものである。

土佐房は、もともと利口者であるから、普通の上京姿ではうまくいくまいと考え、白布で全員に浄衣(じょうえ)を作り、烏帽子に四手(しめなわなどにつけてさげる浄めの木綿や紙)をつけさせ、法師体の者には頭巾に四手をつけ、引いていく馬のたてがみと尾にも四手をつけて、神馬と呼んで引いた。鎧腹巻を入れた唐櫃をむしろで包み、これにしめ縄を張って、熊野権現に捧げる御初穂という札をつけた。

頼朝には吉日、義経には凶の日を選び、土佐房昌俊は、九十三騎で鎌倉を出発し、その日は相模国酒匂(さかわ)の宿場に到着した。その国の一の宮、寒川神社は梶原景時の知行地にあった。景時は、嫡子の源太景季をやって、白栗毛と白葦毛の馬二頭に、銀張りの鞍を置いて連れて来た。土佐房はその馬にも四手をつけて、神馬と呼んだ。

昼夜兼行で急いだから、九日目だというのに京都へ着いた。まだ日中だからといって、四の宮河原などで時を過ごし、九十三騎を三手に分けると、突然の京入りのような様子で、土佐房は五十六騎とともに京都へ入った。残りの家来達は、後から離れて京入りした。

土佐房の一行は、祇園大路を通り、四条河原（加茂川の異称）を渡って、東洞院（ひがしのとういん）通りを南へ馬で進んで行った。

義経の家来に、信濃国の住人で江田源三という者がいた。三条京極の女の所へ通っていたが、六条堀川にある義経の屋敷を出て歩いて行くうちに、五条の東洞院通りで、土佐房の一行にばったりと出会った。

江田源三は、人家の陰のうす暗い所から見たので、てっきり熊野詣と思って、はて、いずこから来た参詣者だろうと、先頭から後方にかけて、ずうっと見渡すと、二階堂の土佐房らしいのがいた。土佐房が今頃大勢で、熊野詣をまさかするはずがないと思って、よく考えてみると、わが殿と鎌倉殿とは仲が悪くなっているので、何気なく近寄って尋ねてみようかと思ったけれども、ありのままには決して言うまいから、むしろ、知らぬ振りをして土佐房の下っぱの家来をだまして聞き出してやろう、と思って待ち受けているところへ、予期したとおり、遅れて急ぎ足の者どもが、

「六条坊門の油小路へはどう行くのか」

と尋ねてきたので、これこれと教えた。そして江田は、相手の袖を引き止めて、

「これはいったい、どこの国のなんというお大名です」

と聞いた。

「相模国二階堂の土佐殿」

と答えた。その時、後から来た者達が、

「どうあろうと、一生に一度は見物すべき京都だというのに、なぜ、昼日中に京入りをしないで、途中時間をつぶしたりしたのだろう。特別重い荷物は持っているし、夜道は暗いし」

とつぶやくと、もうひとりの男が、

「せっかちな言いようだなあ。一日逗留したら、見物できるだろう」

と言った。するとまたひとりの男が、

「あなた達も今夜だけは静かだろう。だが、明日都は例のことで大混乱を起こすであろう。そうすれば、我々までもどうなるか知れない。そう思うと恐ろしいことだ」

源三はその言葉を聞いたので、彼等の後について行って話しかけた。

「私は、もともと相模国の者だが、主人について京都に来ています。同郷の人と聞くと、非常になつかしく思います」

などという源三の言葉にだまされて、

「同郷の人と聞いたからこそ言うのだが、実は鎌倉殿が、御弟九郎判官殿を討ち取って来いという、討手の使者を命じられたので、上京したのです。くれぐれも他言を憚かりますよ」

と言った。

江田源三はそれを聞くと、自分の宿所へ帰るどころか、堀川の屋敷へ走って事の次第を告げた。

義経は少しも驚かず、

「そのようなこともあるだろう。しかしながら、その方出向いて土佐に言え。義経がここから関東へ遣わした者は、京都の事情をまず鎌倉殿へ申し上げねばならない。また関東から来た者は、まず第一に義経の所へ来て、その事情を申すべきであるのに、今になるまで音沙汰がないとは、無礼である。必ず参れ。そう言って即刻呼んで来い」

と命じた。

江田は命令を受けて、土佐房の宿の油小路へ行ってみると、馬は全部鞍をはずし、湯洗いなどしていた。そしてその側には、強そうな侍五、六十人が居並んで、なにやら相談している。土佐房は、脇息に寄りかかっていた。そこへ江田源三が素早く行って、義経の趣意を告げると、土佐房は弁解して、

「まずは珍しいことです、江田殿。さて、自分が京都に来たのは、別にこれという事情があっての事ではないのです。鎌倉殿が熊野三山へ宿願があったので、そのご名代として熊野へ参詣いたします。鎌倉には、これという変わった事もありません。まっ先にお伺いいたそうと随分思ったのですが、道中から風邪のため、気分が悪いので、今夜は休養して明日参上してお目通りいたす旨を言い含め、たった今、子供を参上させようと思ったちょうどその時、お使いを頂き、恐れいっています。そのことを申し伝えてください」

と言ったので、江田は戻ってそのことを報告した。

義経は、つね日ごろ侍達に対して言葉を荒げたことはないのだが、この時だけは大いに怒った。

「土佐のような法師に異議を言わせたのは、ただお前が臆病だったからだ。今から後、この義経の前に出ることは無用である」

と、非常に怒ったので、江田は義経の前を引き退って、すぐに宿所へ帰ろうとしたが、臆病者めと叱責を受けておきながら、遠い自分の宿所へ帰っては本当に臆したことになってしまうと思ったので、近い所に泊まって様子をみていた。*

武蔵坊弁慶は、酒宴が終わって自分の宿所へ帰っていたが、義経の屋敷に誰もいないということに気づくと、やって来た。

義経は弁慶を見て、

「折よく参った。たった今このような思いがけないことがあった。土佐房をすぐに引き立てて来い、と江田源三を遣わしたところが、土佐の返事のままに引っ返して来たのだ。お前が出向いて、土佐を呼んで来い」

と言った。

「かしこまりました」

弁慶は義経の前を立って、十分に支度を調えてから出発した。黒皮縅(くろかわおどし)の鎧を着て、五枚兜(かぶと)の緒を締め、四尺五寸の太刀を下げ、義経秘蔵の大黒(おおぐろ)という名馬に鞍も置かずにまたがった。

大勢で行ってはうまくいくまいと思ったので、召使いひとりを連れて、土佐房の宿に威勢よく入って行った。土佐房のいる座敷の縁の上にひらりと上がり、御簾を素早く上げて座敷の様子を見ると、郎党七、八十人ほどが並んで夜襲の相談をしていた。もちろん恐れをしらぬ弁慶のことだから、郎党どもを鋭く睨みつけ、

「家来どもごめん」

と言いながら、銚子や盃を蹴散らし、土佐房が坐っている横隣りへ、勢いよく、鎧の草摺をおおいかけるようにしながら坐って、座敷の様子を睨み回し、それから、土佐房を鋭く睨みつけて、

「たとえ、その方がどのようなご名代であろうとも、京都に来たならばまず第一に、堀川の屋敷へお伺いして、関東の詳しい様子を申し上げるべきであるのに、今まで遅参しているとは無礼なしわざである」

と、ことさら荒々しく言った。土佐房が、詳しく事情を述べようとすると、弁慶は終りまで言わさず、

「言うことがあるならば、殿の御前で精いっぱい釈明しろ。さあ出ろ」

と、手を取って引き立てた。侍達はそれを見て顔色を変え、土佐房が決心したならば戦おうとする態度であったけれども、さすがは思慮深い土佐房なので、知らぬ振りをして、

「すぐ帰ってくる」

と言ったので、侍達も仕方なく、

「しばらくお待ちください。馬に鞍を置かせますから」

と言うのを、

「弁慶の馬がある以上、ただこの馬に乗れ」

と、土佐房の腕を強くつかんで引き立てた。土佐房も評判の大力であったけれども、弁慶に引き立てられて縁側の端まで出て来た。弁慶の召使いが心得たと、縁先まで馬を引き寄せたので、弁慶は土佐房の弱腰を強く抱き、鞍の上に投げ上げるようにして乗せ、自分もその後に飛び乗り、手綱を土佐に取られてはならないと思って、後ろから自分が取り、鞭を入れ、同時に鐙（あぶみ）で馬腹を蹴って六条堀川に駆けつけた。そうして、土佐房を連行して来たことを報告した。

義経は、南向きの広縁まで出て、土佐房を間近に呼び寄せ、事の次第を尋ねた。土佐房は弁解して言った。

「鎌倉殿のご名代として、熊野参詣に参りました。江田殿に申し上げたように、早く参上して、鎌倉の様子をも申し上げようと思ってはおりましたが、道中から風邪気味でしたので、少し治療してから参上しようと思っていた所へ、重ねてお使いを受けましたので、恐縮に思って参上いたしました」

義経はそれを聞いて、

「お前は、義経追討の使者として都に上ったと聞く。軍勢はどれぐらい連れてきたのだ」

この言葉に、土佐房は畏まりながら言った。

「そのようなことは、思いもかけないことです。誰かの讒言でございましょう。鎌倉殿も判官殿も、どちらがご主君でないことがございましょう。熊野権現もきっとよくご存知です」

「西国で平家との合戦に戦傷を負い、未だその負傷が治らない者どもが、生傷のある身で熊野参詣をするとは、心苦しいと思わないのか」

「そのような者はひとりも連れて来ていません。熊野三社のお山には、山賊が大勢いると聞いておりますので、若いやつらを少し連れて来ています。そのことを人が言うのでしょう」

「お前の供の者どもが、明日京都に大きな戦さがあるのだぞ、と言ったのだ。それでもまだ言いのがれようとするのか」

と義経に言われて、土佐房は、

「それほどまでに人の無実を疑われて言うのでは、私には申し開きができません。お許しを頂いて、起請文を書きましょう」

と言ったので、

「神は非礼を受け給わず、と言うから、念をいれて起請文を書け。許そう」

この義経の言葉に、熊野の牛王七枚に書かせて、

「三枚は八幡宮に収め、一枚は熊野に収め、残りの三枚は、土佐の身体の中に収めよ」

という判官の言いつけで、焼いて灰にした上で土佐房は呑み下した。もうこの上は、と許された。土佐房は許されて出て行きながら、時刻を移しては仏罰も神罰も受けるだろう、今夜を過ごしてなるものか、と思った。

土佐房は宿所へ帰ると、

「今夜攻め寄せなくては成功しないぞ」

と言ったから、一同はその支度に騒ぎたった。

一方、義経の前では、弁慶をはじめ侍達が、

「起請文というものは、小さな事がらについてのみ書かせるべきものです。こんな重大な事に、起請文を書いたからといっても、今宵はご用心なさらなければなりません」

と言っていた。すると義経は、

「どれほどの事があろう」

と言った。

「しかしながら、今夜は気を許してはなりません」

と言うと、

「今夜何事かが起ったならば、ただ義経に任せておけ。侍達は皆自分の宿所に帰れ」

義経がそう言ったので、それぞれ自分の宿所へ帰って行った。

義経は一日中の酒盛りに酔って、前後不覚に眠った。その頃義経は、静という遊び女を側に置いていた。なかなかの利口者で、これほどの重大事を聞きながら、このように気を許しておられるのもご運の終りなのだろう、と思って、小間使いの女をひとり、土佐房の宿所に行かして、様子を見てくるようにと言いつけた。

小間使いは行ってみると、ちょうど兜の緒を締め、馬を引き立ててたった今出発しようとしていた。なおいっそう立ち入って、奥の方まで見届けてから報告しようと、震えながら入って行くうちに、土佐房の家来達がこれを見つけて、

「この女、ただ者ではないぞ」

「いかにもそうだ。捕えろ」

と言って、小間使いを捕え、なだめたりおどしたりしながら拷問を加えた。しばらくは白状しなかったが、あまりにもきびしい拷問に有りのままを白状した。この様な者を許しては工合が悪いと、やがて斬り殺して捨ててしまった。

土佐房の軍勢は、白川の印地五十人を味方に引き入れて京都の案内役とし、十月十七日丑の刻(午前二時)頃、六条堀川に攻め寄せた。

堀川の義経の屋敷では、今宵は夜も更けたし、もう何事もあるまいと、家来達はそれぞれの宿所に帰った。弁慶と片岡の二人は、六条に住む女の所へ行ったのでいない。佐藤四郎と伊勢三郎は、室町の女の所へ行っていていなかった。根尾や鷲尾は堀川の自分の宿所へ帰っていなかった。その夜は、下男の喜三太という者だけがいた。

義経も、その夜遅くまで酒を飲んだので、前後不覚に寝ていた。そのような所へ土佐房ら大勢が攻め寄せて、鬨の声を一度にあげたのだった。静はその鬨の声に驚き、義経を揺り動かして、

「敵が攻めて来ました」

と言ったけれども、正体なく寝入っていた。そこで、唐櫃のふたを開けて大鎧を取り出し、寝ている義経のからだに投げかけると、義経は飛び起きて、

「何事だ」

と言った。

「敵が攻めて来ました」

と言うと、

「ああ、女の心ほど殊勝なものはない。思うに、土佐めが攻めて来たのだろう。家来達はいないのか。敵を追い払え」

と言った。

「侍は一人もおりません。宵にお暇を頂いて、皆宿所へ帰りました」

「そうであったか。それにしても男はいないのか」

と言ったから、女達は走り回ってみたが、いるのは下男の喜三太だけだった。

「喜三太を呼んで来い」

喜三太は呼ばれて、南側の沓脱ぎの所へ畏まっていた。

「もっと側へ来い」

と義経は言ったが、しかし、喜三太には主君のお側になぞ、日頃近づくことのできない所なので、たやすく行くことができない。

「あいつはどうして来ない」

と言うと、ようやく蔀戸（しとみど）の側まで来た。

「義経が行くまでお前は鎧をつけて敵に向かい、義経を待つのだ」

と言うと、

「承知いたしました」

喜三太は、大引両の直垂に逆沢瀉（さかおもだか）の腹巻をつけ、薙刀だけをつかんで、縁側から下へ飛び降りたが、

「あっそうだ、客間の方に弓がございましょう」

「入ってみるがよい」

そこで駆け込んでみると、白箆（焦がしも塗りもしない矢竹）に鵠の羽根をつけて十四束に作った矢と、白木の弓で握りの太いのとがいっしょに置いてあった。ああ見事なものだ、と思いながら、客間の柱に押し当てて、掛け声もろとも弓弦を張り、まるで鐘でも撞くように幾度も弓を素引きしてから大庭の方へ走って行った。

身分こそ卑しいが、弓を射ることにかけては純友や将門、また中国で弓の達人といわれた養由にも劣らないほどの上手であった。四人張りの強弓に十四束の大矢を射る腕前をもっていた。自分にとってまたとない得物と喜び、門外の敵に向かうため門をはずし、扉を片方だけ押し開いて眺めると、耿々と照らす月の光に、兜の星金具がきらきら光り、そればかりか、兜の内側までも透いて見え、射るのに都合よく見えたのであった。片膝をついて続けざまに矢をつがえ、弓を引きしぼっては放ち、引きしぼっては放って、激しく射た。

土佐房の軍勢の、先頭を進んできた郎党五、六騎を射落としたが、その場で二人は死んだ。土佐房は、不利と思ったのか素早く退いた。

「土佐卑怯だぞ。そんなことで鎌倉殿のご代官が勤まるか」

と、叫んで扉の陰にいた。

土佐房はその声を聞いて、

「そのように言うのは誰だ。名乗られよ。こう言う自分は、鈴木党の土佐房昌俊、鎌倉殿のご代官である」

と、名乗りをあげたけれども、しかし喜三太は、自分は名もなき下郎だから敵が嫌うかもしれないと思って、音も立てずにいた。

こうしているうちに義経は、大黒という馬に金覆輪（きんぷくりん）の鞍を置かせて、赤地の錦の直垂に緋縅（ひおどし）の鎧をつけ、鍬形打った白星（しらぼし）の兜の緒を締め、黄金作りの太刀を下げ、切り斑（う）の征矢を背に、滋籐の弓のまん中を握り、馬を引き寄せて乗ると、大庭の蹴鞠をする樹木の所へ出て、

「喜三太」

と声をかけた。

すると、喜三太が叫んだ。

「名もなき下郎が今夜の合戦の先陣を承っている。当年二十三歳、我こそと思う者は、寄ってきて組め」

土佐房はそれを聞いて心外に思ったので、扉の隙間から狙いながら近づき、十三束の矢を十分に引きしぼって、鋭く射た。矢は、喜三太の左の太刀打ちを矢羽の元まで射通した。喜三太は、刺さった矢を乱暴に抜き捨て、自分の弓も勢いよく投げ捨てて、大薙刀のまん中をつかむと扉を左右に押し開いて、

「お前たち、さあかかって来い」

と待ち構えている所へ、敵は轡（くつわ）を一斉にそろえて喚きながら駆け込んで来た。喜三太は身を開きながら、大薙刀で存分に斬りまくった。馬の平首や胸板、前足の膝を思うままに斬られて、馬が

倒れると同時に乗手がまっさかさまに落ちる、そこを、薙刀を構えて力いっぱい斬った。その他、手向かって来る者は重傷を受けて引き下がった。しかし、大勢で攻めて来るので、駆け戻って義経の馬の轡に取りすがった。

義経が覗いて見ると、鎧の胸板から下は血に染まっていた。

「お前は傷を受けたのか」

「はい」

「重傷なら引き退るがよい」

と言った。

すると、

「戦場に出て死ぬのは武道の名誉です」

と喜三太が言ったので、

「お前は勇敢な奴だ。ともかく、お前とこの義経がいれば大丈夫だ」

と言った。

しかし、義経も打って出ないし、土佐房もそう簡単に攻め込むこともしないから、両方ともしばらく休止の状態であった。

その頃、武蔵坊弁慶は、六条の宿所に寝ていたが、今宵はなんとなく夜になっても眠れない。さては、土佐が京都にいるからだな、殿のことが心配だ。ひと回りしてから戻ろうと思ったので、着馴れて草摺の乱れた兵士鎧の、札(さね)のよいものを着て太刀を下げ、棒を杖に高足駄を履き、義経

の屋敷へ足駄の音を立てながらやって来た。表門は門が差してあると思ったので、小門から入り、馬屋の後まで来て聞くと、広庭に馬の足音がして、そのため激しい地響きが聞こえた。

ああ心配だ、もう敵が攻め寄せたのかと思って馬屋に入ってみると、大黒がいない。今夜の戦さに使ったのだなと思って、東の中門に急いで登って見ると、主君義経が喜三太だけを従えてただ一騎で待ち構えていた。弁慶はそれを見て、ああ安心した。しかし憎いことも憎い。あれほどひとが言ったのに聞き入れもしないで胆を潰したことだろう、とつぶやくと、縁の板を強く踏み鳴らしながら、西に向かって急いで行った。

義経はそれに気づき、敵かと思って覗いてみると、鎧を着た大きな法師であった。土佐が後方から忍び込んで来たかと思い、弓に矢をつがえて馬を乗り寄せ、

「そこを通る法師は誰だ。名乗れ、名乗らずに怪我をするな」

と言った。けれども弁慶は、札のよい鎧なのでたやすく矢が通るまいと思い、黙っていた。義経は、射損じることもあると思ったので、矢を箙に戻し、太刀の柄に手をかけると一気に抜いて、

「誰だ。名乗らないで斬られるな」

と言って、近づいて行った。

弁慶は、義経が太刀を取っては樊噲や張良にもひけをとらない人なのだ、と知っているので、

「遠くの者は音にも聞け、しかし今は近い、だから目で見よ。天児屋根命の子孫、熊野別当弁しょうの嫡子、西塔の武蔵坊弁慶といって、判官のご家中で一人当千の者である」

と言った。

「面白い法師の冗談。だが、それも時によりけりだ」

と義経が言った。すると、

「それはそうですが、名乗れとのお言葉なのでここで名乗りましょう」

と、弁慶はなおも冗談を続けた。

「ところで、土佐から攻められたぞ」

「あれほど申し上げたのに、お聞き入れもなく、ご用心もなされず、やすやすとあのようなやつらに門の外近くまで馬蹄にかけさせたことは心外です」

と弁慶が言うと、

「なんとしても、やつめを生け捕ってやる」

「まあお止めなさい。やつのいる所へ弁慶が行って、ひっつかんで来てお目に入れましょう」

「いろいろの人間を見てきたけれども、お前のような者は初めてだ。喜三太に戦さをさせたことはなかったけれども、戦さをさせてみると、誰にも劣らない。大将はお前に譲る。戦さは喜三太に任せるがよい」

と言った。

喜三太は櫓に上り、大音声をあげて、

「六条堀川のお屋敷が夜討ちを受けたぞ。ご家来衆はいないか。在京の者はいないのか。ただ今駆けつけない者は、明日は謀反の仲間とみなすぞ」

と叫んだ。すると、方々からこれを聞きつけて、堀川から白川一帯にかけて大騒ぎとなった。義経の家来の侍どもをはじめ、あちらからもこちらからも駆けつけて来たのであった。

そして、土佐房の手勢を中に取り囲んで激しく攻めたてた。片岡八郎は、土佐勢の中に走り込んで、首二つと生捕り三人とを持ち帰って義経に見せた。伊勢三郎は生捕り二人、首三つを取って来た。亀井六郎と備前平四郎は、二人を討ち取って来た。

これらの人をはじめとして、生捕りや分捕りを恣（ほしいまま）にした。

ただその中で、戦さの悲しい犠牲となったのは、江田源三であった。宵に勘気を受けて京極にいたが、堀川の屋敷に戦さがあると聞いて駆けつけ、敵二人の首を討ち取って、

「武蔵坊、ご主君に明日この首をお目にかけてほしい」

と言って、再び戦場に出て行ったが、土佐房が放った矢に、首の骨を矢の中ほどまでも射込まれた。つがえた矢を上にあげて、引こう引こうとするが、ただもう身体が弱っていった。太刀を抜いて杖につき、ようやく這うようにして来て、縁に上ろうとしたけれども上ることができないで、

「誰かいらっしゃいませんか」

と言った。侍女達が出て来て、

「何事です」

と答えると、

「江田源三です。重傷を受けて、今が最後と思います。お目通りさせてください」

義経はそれを聞いてあきれてしまい、ともし火を掲げてよく見ると、源三が、黒羽の矢の非常に大きいのを射込まれて伏していた。

「どうしたのだ」

と義経が言うと、源三は息も絶え絶えに、

「ご勘気を受けましたが、今が最後です。お許しを頂き、冥途へ心安らかに参りたいと思います」

と言った。

「もともとお前をいつまでも勘当しておくつもりはなかった。ただ一時のつもりで言っただけなのだ」

義経がそう言って涙ぐむと、源三はこの上なく嬉しそうに頷いた。鷲尾七郎が近くにいて、

「どうした源三。武士たる者が、たった矢一本で死ぬとはこの上もなく不運なことだ。故郷へ何か伝えることはないか」

と言ったが、源三は返事もできなかった。

「お前の枕もとにいらっしゃるのは殿であるぞ」

と言うと、源三は苦しい息の下から、

「たしかに殿のお膝もとで死ぬことができれば、生涯の名誉です。今は何事も思い残すことがありません。ただ、去る春の頃、親が信濃国へ下る時、きっとお暇をお願いして、冬には帰って来るようにと言い、自分も承知したと言ったのに、下男が死んだ私の骨を持って帰って母に見せたならば、母はさぞ悲しむことでしょう。つくづくそれが不憫でなりません。殿が都にいらっしゃる間は、絶えずお言葉をかけてやってください」

と言った。

「そのことは安心せよ。絶えず消息を出そう」

源三はこの言葉を聞いて、非常に嬉しそうに涙を流した。もう最後と見えたので、鷲尾七郎が側へ寄って念仏をすすめると、大声に唱え、主君の膝の上で、生年二十五歳で死んだ。

義経は、弁慶と喜三太を呼んで、

「戦いはどうした」

と尋ねると、

「土佐の手勢は二、三十騎ほどになりました」

と答えたので、

「江田を討たせたのは残念だ。土佐めの一類は、ひとりとして命を取るな。全部生け捕ってこい」

喜三太が、

「敵を射殺すことは簡単だ。しかし、生きたまま捕えよと言われると、これは意外に困難なことだ。とは言うものの」

と言って、大薙刀を持って走り出すと、弁慶も、

「あっ、やつに先を越されてはかなわない」

と、鉞を引っ下げて飛び出した。

喜三太は、卯の花の垣根の先をちょっと通って、泉殿の縁の端から西へ向かって出て行った。

そこに黄色味を帯びた月毛の馬に乗った者が、馬に一息入れさせ、自分は弓を杖に寄りかかっていた。喜三太は走り寄って、

「そこに控えているのは誰だ」

と尋ねると、

「土佐房昌俊の嫡子、土佐太郎。生年十九歳」

と、名乗って近づいて来た。

「この俺が、喜三太だ」

と言って、素早く走り寄った。かなわないと思ったのか、馬の向きを変えて逃げようとするのを、逃がすものかと追いかけた。長い道中を急いで駆けさせた馬を、夜通しの戦いに乗り回したのだから、いくら鞭を打って駆けさせようとしても一ヵ所を動かず、まるで踊っているようだった。喜三太は、大薙刀を構えて、身を開きざま気合もろとも鋭く斬りつけると、左右の後脚の曲がるところを二本とも斬った。馬は逆さまに倒れたので、乗手は馬の下敷になった。取り押えて鎧の上帯を解き、傷ひとつつけずに縛って来たのを、下男に命じて、馬屋の柱に立ったまま縛りつけさせた。

弁慶は、喜三太に先を越されて気が気でなく、走り回っていると、南の縁に節縄目（ふしなわめ）の鎧を着た武者が一騎いた。弁慶は走り寄って聞いた。

「誰だ」

「土佐房の従兄弟、伊北（いほう）五郎盛直」

と言った。

「我こそは弁慶だぞ」

と言って、素早く迫った。相手はかなわないと思ったのだろう、鞭を当てて逃げ出した。

「卑怯だぞ。逃がすものか」

と追いかけ、大鉞を構えて身を開きざまに打ち込んだ。馬の尻の上を、大鉞の頭の猪の目の彫り物のところが見えなくなるほど深く打ち込み、掛け声もろとも引っぱった。馬は堪えきれずに凄じい勢いで倒れた。弁慶は五郎を取り押え、鎧の上帯で縛って帰って来た。そして、土佐太郎と同じ所に縛って置いた。

土佐房昌俊は、味方が討れたり、あるいは逃げて行くのを見て、自分は、太郎や五郎を捕えられてしまって、世の中に生きていてなにになろうか、なんにもならない。そう思ったのだろう、残りの手勢十七騎で、思い切って戦った。しかし、勝目がないと見ると、徒歩武者を蹴散らして六条河原まで行ったが、十七騎のうち十騎はいなくなって、七騎になった。加茂川を上って、鞍馬を目指して逃げて行った。

鞍馬寺の別当は義経の師匠であり、そして、衆徒は義経とも縁が深かったので、後の世のことはどうなるかわからないにしても、ともかく、判官殿のお考えになっていることだといって、鞍馬全山、百坊の僧が出動して追手といっしょに探索した。

義経は、

「話にもならない奴ばかりだ。土佐のような者を逃がしてしまったことは情けない。あいつを逃がすな」

と言ったので、主君義経を在京の武士どもに守護させて、義経の身内の侍はひとり残らず追いかけた。

土佐房は、鞍馬からも追い出されて僧正ヶ谷へ逃げ籠もった。大勢が引き続いて攻めたので、鎧を貴船明神の神前に脱いで献上し、自分は大木の洞穴の中へ逃げ込んだ。

弁慶と片岡は土佐房を見失って、

「いずれにしても、土佐めを逃がしたとあっては、殿のご気嫌もどうあろうか」

と言って、あちらこちらを探して歩くうちに、喜三太が向い側の倒れた木の上に登って立った。

「鷲尾殿が立っておられる後ろの大木の洞穴の中に、何か物が動いているようですが、怪しいと思います」

と、喜三太が言った。そこで太刀を振りかざして見たので、土佐房は見つけられたと思ったのだろう、その洞穴から出るが早いかまっすぐ下に下った。

弁慶はそれを見て、手を大きく左右に広げて、

「どうだ土佐。どこまで逃げる気だ」

と言って、追いかけた。

土佐房は、足の早いことでも知られた者だから、弁慶より三段ほど先を走った。その時、遥かな谷底から、

「片岡経春がここで待っているぞ。ただ追い下せ」

と言った。その声を聞いて土佐房は、もう駄目だ、と思ったのだろう。険しい崖を回りながら登って来たのを、佐藤忠信が大雁股の矢をつがえて、逃がしてなるものかとばかり、矢を下げ気味に弓を弱く引いて射当てた。すると、土佐房は腹も切らずに、弁慶にあっけなく捕えられた。そのまま鞍馬寺へ連れて行き、東光坊から衆徒五十人をつけて護送した。

「土佐を生け捕って参りました」

と言うと、土佐房を大庭に坐らせて置いて、義経は縁側に出て来ると、

「どうだ昌俊。起請文は書くとすぐ霊力を発するものを、なんのために書いたのだ。生きて帰りたければ帰してやろう、どうだ」

土佐房は頭を地面まで下げて、

「猩々（しょうじょう）は血を惜み、犀は角を惜しみ、日本の武士は名を惜しむ、といいます。生きて戻って、侍どもに二度と顔を合わせようとは思いません。ただ恩情として、今すぐ首をお刎（は）ねください」

と言った。義経は、

「土佐は剛の者だ。それだからこそ鎌倉殿が頼みにしたのだ。大事な囚人を斬るべきであろうか、斬らずに置くべきであろうか。武蔵坊、よいように計らえ」

と言ったので、

「大力の者を牢獄に入れて置いて、踏み破って逃げられなどしては、捕えた甲斐がない。即座に斬りましょう」

そこで、喜三太に縛った縄を取らせて六条河原に引っぱり出し、駿河次郎を首斬り役として斬

らせた。土佐房は四十三歳、同じく太郎は十九歳、伊北五郎は三十三歳で斬られた。

討死や生捕りを免れた者どもは、鎌倉に下って頼朝のもとに行き、

「土佐房は失敗して、判官殿に斬られてしまいました」

と言うと、

「頼朝が代官として上京させた者を、捕えて斬るとは遺憾である」

と言ったが、侍どもは、

「斬るのが当然だ。実際に討ちにいった本人なのだから」

と言い合った。

よしつね都落の事

ともかく討手を出せというので、北条四郎時政が大将となって、京へ上った。畠山重忠は辞退したが、再び命令されると、これも、武蔵七党(12)を引き連れて、尾張国の熱田神宮に向かった。後陣(ごじん)は、山田(小山)四郎朝政(ともまさ)が一千余騎で関東を出発するという噂であった。

十一月一日、大夫判官義経は三位を通して(13)、院に奏上した。それは、

「義経が命がけで朝敵を攻め滅ぼしたのは、先祖の恥を雪(すす)ぐためではありましたが、また一方では天皇のお怒りをしずめんとしたためでもありました。それゆえ、朝廷から褒賞を受けるものとばかり思っていました。しかるに鎌倉の源二位は、この義経に野心があるからとして、追討の

官軍を派遣するということを聞きました。究極にはこの義経に、逢坂関から西を賜わりたいと思っておりますが、この度は四国九州だけを頂戴して下りたいと思います」

ということだった。

これに対し、朝廷としても筋の通った回答をしなければならないので、公卿が会議を開いた。皆の言うところはこうであった。

「義経の言うところも、聞けば不憫ではあるが、その願いのままに宣旨を下せば、源二位の怒りが大きいであろう。また宣旨を下さなければ、かつて木曾義仲が都でふるまったように、もしまた義経がふるまうことになったならば、天下は安穏の御代でなくなるにちがいない。結局どうあろうとも、源二位が追手を京都に向けて来た以上は、義経に宣旨を下しておき、その上で近国の源氏どもに命じて、大物浦で討ち取らせるべきであろう」

やがて宣旨が下った。そこで義経は、西国へ下るための準備に取りかかった。ちょうどその時、西国の兵士が大勢上京して来たが、その中から緒方三郎維義を呼んで、

「九州を賜わって下ることになった。お前、味方になってくれるか」

と聞いた。維義は、菊池次郎がちょうど上京しているので、きっと招かれるでしょうが、その菊池を討ってくれれば義経の言葉に従う、というようなことを言った。

義経は、弁慶と伊勢三郎を呼んで、

「菊池と緒方とでは、どちらがよかろう」

と言ったので、

「それぞれ取柄がありますが、菊池の方がいっそう頼み甲斐のある者です。しかし、多勢なことでは緒方の方が勝っております」

そこで義経は、

「菊池、味方をしてくれ」

と言ったところ、菊池次郎が、

「全くそのお言葉に従いたいところではありますが、子供を関東へ行かせてありますので、父と子が別れて両方に付くことはどうかと思われます」

と言ったので、

「それでは討ってしまえ」

と、武蔵坊弁慶と伊勢三郎を大将にして、菊池の宿所へ攻め寄せた。菊池は、ある限りの矢を射尽くして、家に火を放って自害した。そうしたからこそ、緒方三郎(14)は味方をしにやって来た。

義経は、叔父の備前守源行家を伴って、十一月三日に都を立った。

「義経が最初の領地入りだから、衣服を整えよ」

と言って、立派な服装で出発した。

その頃、世間でもてはやされていた磯の禅師の娘静という白拍子(15)に、狩装束をさせて連れて行った。

義経は、赤地の錦の直垂に小具足だけで、黒い馬の強くたくましく、たてがみや尻尾のふさふさしているのに、白覆輪の鞍を置いて乗った。従う者は、黒糸縅の鎧を着て、黒い馬に白覆輪の鞍を置いて乗った武者が五十騎、萌黄縅の鎧に、鹿毛の馬に乗った武者が五十騎、それぞれ馬の毛色で色分けして歩ませていた。その後は、馬の毛色もとりどりに百騎、二百騎と続いた。総勢一万五千余騎であった。

西国で有名な、月丸という大船に五百人の家来と財宝、それに二十五頭の馬とを乗せて、四国を目ざした。

船の中、そして波の上での生活は、悲しいものである。古歌に、伊勢の漁師の濡れ衣は干す暇があるけれども、自分の涙で濡れる衣はかわく時もないとあるが、船旅とはそんな悲しいものであった。入江入江の葦の葉陰に繋いで置く藻苅舟も、荒磯目がけて漕ぎ出す時は、浜辺に鳴く千鳥も悲しい別れを知っているかのように聞こえたというが、霞を隔てて漕ぐ時は、沖で鳴く鷗の声も敵の鬨の声かと思った。風に任せ、潮の流れに従って漕いで行くうちに、左手に住吉明神が見えて来たので、有難いことと伏し拝んで右手を見ると、摂津国の西宮神社、芦屋の里、生田の森なども見えて来た。それをよそ目に見て、和田の岬を漕ぎ過ぎると、淡路海峡も近くなった。歌枕で知られた絵島の磯を右に見ながら漕ぎ進んで行くうちに、時雨の合い間に高い山がぼんやり見えたので、船の中から、

「あの山はどこの国のなんという山だ」

と尋ねると、「あれはどこどこの国のなんとか山」などと言うけれども、詳しく知った者はなかった。

弁慶は船べりを枕にして寝ていたが、勢いよく起き上がると、船の舳に突っ立って、一目見て

言った。

「遠くもないものを遠いように見たのでしょう。あれは播磨国の書写山が見えるのです」

「山は書写山であるが、義経の気がかりなのは、あの山の西方から黒雲が突然山上へ切れかかってきたことだ。夕方になると、きっと大風が吹くと思う。万一風が吹き始めたら、どんな島陰や荒磯にでも船を乗り着けて、人の命を助けなければいけない」

と言った。

「あの雲の様子を見ていますと、まさか風雲ではないでしょう。殿にはいつからあれをお忘れになったのですか。平家を攻撃した時に、平家一門の子弟が大勢波の底に死体を沈め、苔の下に骨を埋めた時におっしゃったことが、つい今しがたのことのように思われます。源氏は八幡大菩薩のご加護があるから、事につけ、日につれて無事になるであろう。そう仰せられましたが、どうみても、この雲は殿にとって悪風だと思います。あの雲が砕けてこの船にかかったなら、殿もご無事では済みません。我々も二度と故郷へ帰ることができなくなるでしょう」

義経は、弁慶のこの言葉を聞いて、

「どうしてそのようなことがあろう」

と言った。

「殿はいつも弁慶が申し上げることをお聞き入れにならないで、後悔なさるのです。それならばお目にかけましょう」

弁慶は、そう言ったかと思うと、揉烏帽子を被って、太刀や薙刀は持たなかったが、白箆に白鳥の羽根をつけた矢に白木の弓を添えて持ち、船の舳に突っ立って、まるで人に向かってものを言うように掻き口説いた。

「天神七代、地神五代[16]は神の御世、神武天皇から起算して四十一代目の天皇以降、保元平治の乱という二度の合戦の他は知らない。この二度の合戦に、鎮西八郎為朝という御曹子が、五人張りの弓で十五束の矢を射て名を上げられたが、その後跡絶えて長い歳月が過ぎた。さて、源氏の郎党の中でもこの弁慶は、形のごとく弓矢を取る身として、弓矢とりの数に数えられている。これより風雲に向かって防ぎ矢を放ってみるが、あれがまことの風雲ならば、射たとて消えてなくならない。それは天の支配するところであるから。だが、平家の悪霊ならば、どうしてこらえることができよう。それで霊験がなければ、神を崇めることも仏を尊ぶことも、また、祈りや祭りなども恐らく無意味であろう。源氏の郎党ではあるが、俗姓正しい武士である、天津児屋根命の子孫、熊野別当弁しょうの子、西塔の武蔵坊弁慶」

弁慶はこう名乗って、矢を素早くつがえて存分に射ると、冬空の夕日の輝きで、海の水も輝き、その中差しの矢はどこへ落ちていったかは見えなかったけれども、黒雲は死霊だったので、掻き消すようになくなってしまった。

船の中の人々はそれを見て、

「ああ恐ろしいことだ。もしも武蔵坊がいなかったならば、今頃一大事が起こっていたことだろう」

と言い合った。

「水夫ども、さあ漕ぐのだ」

と命じて、淡路国の水島の東方をぼんやり見ながら漕いで行くと、さっきの山の北側の中腹に、また車輪のような形の黒雲が現われた。義経が、

「あれはどうなのだ」

と言うと、弁慶が、

「あれこそ風雲です」

と答え終わらないうちに、大風が吹いて来た。季節が十一月上旬のことなので、霰交りに降ってきたから東西の磯の見分けもつかなくなった。麓は風が激しく、摂津国の武庫山から吹き下ろす風は、日が暮れるにしたがって一段と激しくなっていった。義経は舵取りの水夫に、

「風が強いから、帆を気長に引け」

と命じた。が、帆を下ろそうとしても、滑車が雨に濡れて軋むのでなかなか下りない。弁慶は片岡に向かって、

「西国の合戦の時、いく度も大風に会ったものだ。引綱を下げて引かせろ。苫を捲きつけるのだ」

と、指図したのであったが、綱を下げ、苫を捲きつけても少しもその効果がなかった。川尻を出た時、西国船ゆえに石をたくさん積み込んでいたので、葛(かずら)でその石のまん中を縛って投げ入れたが、綱も石も海底まで届かず、むしろ上に引っぱられるほどの大風であった。

船腹を打つ波の音に驚いて、多くの馬のいななくのが物凄かった。今朝までは、たとえどのよ

うなことがあっても大丈夫だと思っていた人も、船底に倒れて、へどを吐いているのがあわれだった。義経が、

「帆のまん中を破って風を通せ」

と言ったので、薙鎌で帆をずたずたに破って風を通したけれども、船首には白波が襲いかかって、まるで一度に、千本もの鉾で突いてくるようであった。

そうしているうちに日が暮れた。前を走る船もないので篝火（かがりび）も焚かなかった。後に続く船もないから、船人の焚く火も見えなかった。空も曇っているので北斗七星も見えず、ただ長い夜の闇の中をさ迷っているだけであった。

義経は、せめて自分ひとりだけのことであったらどうにかなるのに、と思った。都にいた時、あまり表には現わさないで情の深い人だったので、ひそかに通った女性が二十四人あるという噂であった。わけても愛情の深かったのは、平大納言時忠の娘、久我大臣の姫君、*唐橋大納言と鳥養中納言の娘で、この人達は皆やはりなんといっても優美なことであった。この他に、静をはじめとする白拍子五人を含めて、全部で十一人の女が同じ船に乗っていた。都では、みんな別々の心を持っていたはずなのに、こうしてひとつ所に寄り集まってみると、いっそのこと都でどうにかなってしまっていたらよかったものをと、互いに悲しみ合った。義経は、不安なままに立って外へ出て、

「何時になった」

と言ったので、誰かが、

「子の刻（午前零時）をまわる時分でしょう」

と答えると、

「ああ早く夜が明けてほしい。雲の様子を一目見たその上で、何とか考えよう」

などと義経は言った。そしてさらに、

「大体、侍でも召使いでも、物の役に立つ者はいないのか。帆柱に登って薙鎌で滑車の綱を切れ」

と命じた。弁慶が、

「人は運命が窮まる時になると、普段なかったような臆病心がおつきになるものだ」

とつぶやくと、義経は、

「それは、必ずしもお前に帆柱へ登れという意味ではない。お前は比叡の山育ちだからできまい。常陸坊は琵琶湖で、小舟などを操ったであろうが、大船ではできまい。伊勢三郎は上野国の者、四郎兵衛は奥州の者だ。そこへいくと片岡は、常陸国の鹿島行方という荒磯で生まれて育った者だ。志田三郎先生義広が浮島にいた時も、いつも遊びに行っては、源平の乱が起こったならば葦の葉を舟にしたって、外国へでもどこへでも渡ってやろうと、嘆息していたという。片岡登れ」

と命じると、

「承知しました」

片岡は、そのまま義経の前を立って、小袖直垂を脱ぎ、二本の手綱を縒り合わせて胴に巻き、髻を解きほぐして盆の窪に押し込み、烏帽子に鉢巻を締め、鋭い刃の薙鎌を取って手綱に差し、大勢の人々の中を掻き分けて、柱寄せに上って帆柱に手をかけてみたが、大の男が両腕で抱えても指が合わないほどだった。帆柱の高さは四、五丈もあろうかと思うほどだった。雪と雨とが、武庫山おろしに吹き固められて、凍りついた氷はまるで銀箔を張りつけたようであった。到底登れるとは思えなかった。

「あっ、やった、片岡」

と、義経から声援を受けながら、片岡は掛け声をかけて登るが、するりと滑り落ち、そんなことを二、三度繰り返していたが、それでも命がけで登っていった。

二丈ほど登った所で、船内に物音が反響して地震のように鳴るのが聞こえたので、ああ大変だ、なんだろうと聞いていると、それは海辺から吹き寄せる風が、時雨とひとつになって襲うからであった。

「そら聞こえるか舵取り、後ろから風が来るぞ。波をよく見ろ、風をそらせ」

そう言い終わらないうちに、風雨は吹き寄せて来て、帆に強く当たるかと思うと、風に吹かれて波音を立てながら走ったが、どこからとも知れず、二ヵ所から物音が鳴り響いたので、船の中でも声をそろえてわっと叫んだ。

帆柱は、滑車のついた先端から二丈ぐらい下が勢いよく折れた。帆柱が海の中へ落ちると、船は浮いて先方にすうっと進んだ。

片岡は素早く下りて船梁を強く踏まえ、薙鎌を八本のもやい綱に引っかけて勢いよく払い落とした。船は折れ残った柱を風に吹かせながら、一晩中波に揺られていた。

夜が明けると、昨夜の風は静まったものの、また別の風が吹いて来た。弁慶が、

「これはどっちから吹いて来る風だろう」

と言うと、五十ぐらいの舵取りが前に出て、

「この風もまた昨日の風だ」

と言った。すると片岡が言った。

「おい舵取り、よく見てから言え。昨日は北の風、これは吹きそらす風だから東南か、南であろう。風下は、摂津国に違いない」

すると義経が言った。

「お前達はこの辺の地理を知らないのだ。彼等はよく知っているのだから、ただ帆を張って風に吹かせればよい」

そこで、二番目の帆柱を立てて、それに帆を張って走らせた。そうして明け方に、どこともわからない、干潮の海岸に船を走りつけた。

「潮はあげてくるのか、それとも引潮か」

「引いております」

「では潮が満ちてくるのを待て」

と命じて、船端を波に打たせながら、夜の明けきるのを待っていると、陸の方から、大鐘の音が聞こえて来た。義経が、

「鐘の音が聞こえるのは、浜辺が近いからだと思われる。誰かいないか、舟で行って見て来い」

と言うと、誰が引き受けるのかと、皆がその成り行きに固唾を呑んでいたところ、

「何度でも役立つ者を行かせる。片岡、行って見て来い」

と命じた。

片岡は承知して、逆沢瀉(さかおもだか)の腹巻に太刀だけを下げ、熟練した船乗りなので、小舟を操って簡単に海岸に漕ぎ着けた。上陸してみると、漁師の粗末な塩焼き小屋が軒を並べていた。片岡は側へ行って聞いてみようと思ったが、相手にとって自分は親しめる人間ではないことに気付くと、その貧しい家並みの前を通り過ぎて、一町ばかり奥へ行った。見るとそこに大きな鳥居があった。

鳥居をくぐって進んで行くと、古い神殿があった。

片岡が近づいて拝むと、年が八十以上と思われる老人が、ただひとりぼんやり立っていた。

「ここは、どこの国のなんという所ですか」

と尋ねた。

「ここで迷っているのはよくあることだ。だが、国もわからないとは怪しい。そうでなくてさえ、この辺ではこの二、三日大騒ぎすることがあったのに。判官が昨日ここを出発して四国へ向かって行ったが、夜のうちに風向きが変わった。たぶんこの海岸に着くことだろうと、この国の住人である豊島蔵人、上野判官、小溝太郎が命令を受けて、陸の上には五百頭の駿馬に鞍を置き、海岸には三十艘の杉舟に楯板を並べて判官を待ち受けている。もしも判官方の人ならば、ここを大急ぎで一応離れてお逃げなさい」

と言った。

片岡はそしらぬ態度で、

「私は淡路国の者ですが、一昨日釣に出かけたところ、大風に吹きつけられ、たった今ここに着いたのです。実際のことを教えてください」

と言うと、老人はただ古い和歌を詠んだ。


漁り火の昔の光仄(ほの)見えて芦屋の里に飛ぶ蛍かな

そして、掻き消すようにいなくなった。後で聞いたところによれば、そこは住吉明神が祭ってある所であった。老人の言動は、こちらを深く察して、あわれみをかけてくれたものと思われた。片岡はただちに戻って来て、そのことを報告した。

「それでは船を押し出せ」

と言ったが、干潮のため船を出すことができないで、不本意ながらもそのまま夜を明した。

すみよし大物二か所かつせん[17]の事

「天に口なし、人をもって言わしむ」と諺にあるが、この時、大物浦(だいもつのうら)も騒然としていた。昨夜見えなかった船が夜の間に着いて、船の屋根の覆いを取ったまま碇泊しているが、これはまことに怪しい。どういう船か引き寄せてみようと、五百余騎が、三十艘の舟に乗り込んで出かけた。干潮ではあったが、小舟なので舟足は早く、熟練した舵取りを乗せたので、自由自在に漕ぎ進み、大船を取り囲んで、

「討ち漏らすな」

などと、大声でどなっていた。

義経はその様子を見て、

「敵が進んで来たからといって、こちらはあわてるな。義経の船と知れば、まさかそう簡単には近寄るまい。乱暴をしてきても侍を相手にするな。柄の長い熊手で、大将らしいやつを生捕りにするのだ」

と命令した。弁慶は、

「ご命令はごもっともですが、船の中の戦さは、特に容易ではありません。今日の開戦の矢合わせは、他の誰でもなく、この弁慶が勤めましょう」

と言った。すると、片岡がそれを聞いて、

「仏道の掟で、無縁の人を弔い、因縁のある人を導く、これが法師というものだ。然るに合戦といえば、お前がまっ先きに乗り出すとはどういうことだ。さあ、そこをどいてくれ、この経春が矢を一本射よう」

と言った。弁慶はそれを聞いて、

「この殿の家来には、片岡より他に弓矢を取る者がないのか」

と言った。

佐藤四郎兵衛は弁慶のその言葉を聞いて、義経の前に畏まって言った。

「こんな馬鹿げたことがありましょうか。この人達が先陣を言い争っている間に、敵は近づきました。どうかご命令を頂戴して、この忠信が先陣を勤めたいものです」

「よく言ってくれた。お前が望んでくれることを待っていたのだ」

と言って、義経はその場で忠信の先陣を許した。

忠信は、三滋目結（みつしげめゆい）の直垂に、萌黄縅（もえぎおどし）の鎧に三枚兜（さんまいかぶと）の緒を締め、いかもの作りの太刀を下げ、尾白鷺の羽根のついた矢二十四本入った箙を高めに背負って、上矢には大鏑矢を二本差していた。藤の弓を持って舳へ行き、敵に向かった。

敵は、豊島冠者、上野判官の二人を大将として、楯板を立て並べた小舟に乗り、射程距離まで漕ぎ寄せて来て言った。

「大体その船は、判官殿の船と見受けた。こういう我々は、豊島冠者と上野判官という者だ。鎌倉殿のご命令を受けているところへたやすく落人に入られて、討ち漏らしなどしては武士の恥と思うのでこうしてやって来た」

忠信は、

「四郎兵衛忠信という者である」

と言いながら、素早く立ち上がった。

豊島冠者は、

「代官とは、すなわち鎌倉殿も同然」

と言って、大鏑矢をつがえて十分に引きしぼり、鋭く射た。鏑は遠くまで鳴り響きながら、船端に音を立てて突き刺さった。四郎兵衛はそれを見て、

「弓矢の的とその日の敵とは、その真中を射ちぎってこそ味わいがあるのだ。忠信ほどの源氏の郎党を嘲笑するほどの武士とは思われない。我が腕前を見よ」

と言って、三人張りの弓に十三束三伏の矢を取ってつがえ、十分に引きしぼって鋭く放った。鏑は遥か遠くまで鳴り響いて、大雁股の矢の先が兜の内側に入ったかに見えたが、首の骨を射ちぎって雁股の鏃（やじり）は鉢付板に突き刺さった。首は兜の鉢金もろとも海へざんぶと落ち込んだ。

上野判官はそれを見て、

「そうは言わせないぞ」

と言って、わざとその順序を違えて箙から中差しの矢を取ると、十分に引きしぼってから、鋭く放った。矢をつがえて立っていた忠信の左側の兜の鉢金を薄く削り取って、鏑は海へ落ちた。これを見た忠信は、

「大体この国の住人は、敵を射る矢を知らない。あいつに腕前のほどを見せてやろう」

と言って、尖り矢をつがえて軽く引いて待っていた。敵は、一の矢を射損って残念に思ったのだろう、二番目の矢を取ってつがえ、弓を引こうと上にあげるところを、忠信は十分に引きしぼって鋭く射た。矢は上野判官の、左脇の下から右脇にかけて射通し、矢先きが五寸ばかりとび出た。即座に海へ落ちた。

忠信は、次の矢を弦に当てながら義経の前へやって来た。失敗とか高名とか、その論議をするまでもない大手柄だと言って、軍功帳の第一番目に記入された。豊島冠者と上野判官が討たれたので、その家来達は射程距離を遠く漕ぎ退いていった。

「戦さはどうでした、四郎兵衛殿」

と片岡が言うと、

「腕前のほどを見せてやった」

「退ってくれ。では経春も、一矢射てみよう」

と言ったから、忠信はそれではと引き退った。

片岡は、白の直垂に黄白地(きしらぢ)の鎧を着て、わざと兜は被らなかった。折烏帽子の紐を顎に結び、白木の弓を小脇に抱え、矢櫃一箱を船板の上に置いて蓋を取ると、矢竹の反りを直さないまま節だけを削って、矢羽の上下を檀(まゆみ)の甘皮で巻いて石櫧(いちい)と黒樫(くろがし)で頑丈にこしらえ、回りが四寸、長さが六寸の大鏑矢を作り、矢の先には鹿の角でこしらえた五、六寸もあるものを鏃としてつけたのが入っていた。

「なにがなんでも、この矢で敵将を射てば、鎧の裏まで射通せるはずがないと言われるだろう。だが、四国辺りの杉舟は舟べりが薄板である上、大勢乗っていて吃水が深い。水際から五寸ばかり下を的に狙って鋭く射込んだならば、のみで板を割るようなものだろう。浸水したなら、右往左往して自ら踏み沈めて皆死んでしまうに違いない。助け舟が近寄ったら精兵であろうとなかろうと、相手かまわずつるべ打ちに矢を放ってほしいのだ」

この片岡の言葉に、兵士達は、

「承知しました」

と言った。片岡は船べりの板に片膝をついて、つがえては引きしぼり、引きしぼっては放ち、存分に射た。舟や楯を割り破るのに使う、石櫧で頑丈に作った矢を十四、五本も射立てたので、水がいっぱい入った。敵はあわてふためいて足踏みし、目の前で杉舟三艘が沈没した。

豊島冠者も戦死してしまったことなので、大物浦に舟を漕ぎつけて、その遺体を担いで泣き悲しみながら、宿所へ帰って行った。

弁慶は常陸坊を呼んで、

「まったく面白くないことだ。戦さをするはずのところをこうして日を暮らしてしまうとは、宝の山に入って手を空しくして帰るのと同じようなものだ」

弁慶がそう言って悔しがっていたところへ、小溝太郎は、大物浦に合戦があったと聞いて、百騎を連れて大物浦へ駆けつけ、陸に上げてあった舟を五艘海に押し出し、百騎を五手に分けて、我がちに漕ぎ出した。

それを見て、弁慶は黒革縅の鎧を着、海尊は黒糸縅の鎧をつけた。常陸坊はもともと舟の扱いに熟練しているので小舟に乗り込んだ。武蔵坊はわざと弓矢を持たないで、四尺二寸ある鶴の飾りのついた太刀を帯び、岩透（いわどうし）という刀を差し、そして、猪の目を彫った鉞、薙鎌、熊手を舟の中に投げ入れた。石櫧でできた一丈二尺の打棒の、筋金を入れ、その上を蛭巻きにし、棒の先を金具で包んだものを小脇に掻い込んで、小舟の舳へ飛び乗った。

「わけもないことだ。まずこの舟を敵の舟の中へ早く漕ぎ入れろ。そうしたら、熊手を取って敵の舟べりへ引っかけて、素早く引き寄せて乗り移り、兜の真っ向、腕の関節、膝頭、腰骨を薙打ちに存分打ってやろう。兜の鉢金さえ割ればそいつの頭もたまったものではあるまい。ただ追いかけて見ていてくれ」

とつぶやくや、まるで疫病神が海を渡る時のように、ものすごい様子で漕ぎ出した。味方は注視していた。

小溝太郎が、

「いったいこんな大勢の中へ、たった二人で乗り込んで来るのは何者だろう」

と言うと、ある家来がそれを見て、

「ひとりは武蔵坊、もひとりは常陸坊です」

と言った。小溝はそれを聞くと、

「それではとても手に負えない」

と言って、舟を大物浦へ向け変えさせた。それを見た弁慶は、大声で、

「卑怯だぞ。小溝太郎と見受けた。引っ返して勝負しろ」

と言ったが、聞こうともしないで逃げて行くから、弁慶は言った。

「漕げ、海尊」

常陸坊海尊は、舟端を踏みしめ、ぎしぎし艪音も高く漕いだ。

五艘のまっただ中に素早く漕ぎ入れると、熊手を敵の舟に強く打ちかけ、引き寄せるやひらり

と乗り移り、艫から舳に向かって薙打ちに振り回しつつ、踏み潰すように通り抜けた。その打棒に当たった者はいうまでもなく、当たらない者もわれ知らず海へ飛び込んで死んだ。

義経はそれを見て、

「片岡、あれを止めよ。あのようにむやみに罪を作らせるな」

片岡は、

「ご命令だぞ。そうむやみに罪つくりなことをするな」

それを聞くと弁慶は、

「何を言うか。今さら慈悲心を起こすのは無益だ。末も通らぬ青道心とは、そのことだ。ご命令を耳に入れるな。八方攻めろ」

と言って、なおいっそう激しく攻めたてた。杉舟二艘は沈み、三艘は助かって大物浦へ逃げ帰った。この日は、義経方の勝利に終わった。しかし、義経方の舟にも負傷者が十六人、死者が八人あった。戦死者は、敵に首を渡さないために、大物浦の沖へ沈めた。

その日は船で過ごした。夜になって皆上陸した。本当はそうするに忍びなかったけれども、このままではどうしようもないと言って、女達をそれぞれの所へ送り帰した。二位（平）大納言の姫君は駿河次郎が命令を受けて送った。久我大臣殿の姫君は喜三太が送った。その他の残りの女達も、皆その縁故先に送り帰した。

静だけは、愛情がひとしお深かったのだろう、連れて大物浦を出立し、摂津の渡辺に着いた。夜が明けると、住吉神社の神主、津守長盛のもとへ行って一夜を明かし、大和国宇陀郡岸岡という所へ着いて、そこに住む母方の親類の親しい人のもとにしばらく滞在した。

ちょうどその頃、北条四郎時政が伊賀、伊勢を越えて、宇陀へ攻めて来るという噂が聞こえてきたので、義経は自分のため他の人に迷惑をかけまいと、文治元（一一八五）年十二月十四日の明け方、麓に馬を乗り捨てて、春は花の名所として名高い吉野山へ、ひそかに身を隠した。

注

（1）頼朝と義経の初対面　奥州から馬を飛ばし、兄頼朝のもとへ駆けつけた九郎義経は、黄瀬川において、劇的な初の対面をしたと『義経記』にあるが、ほかの物語は、その時のことを次のように伝えている。

種別＼内容別	頼朝の軍勢	初対面の場所	義経の年齢	義経の部下の数	義経の名	対面の年月	その他
平家物語	二十万騎	浮島ガ原					義経参陣の記述はない。延慶本・長門本に「義経奥州より来て加われば」とあり、場所は木（黄）瀬川としている。
源平闘諍録		浮島ガ原	年二十	二十騎ばかり	九郎冠者義経		
源平盛衰記	二十万六千余騎	浮島ガ原	二十余歳	二十余騎	九郎冠者義経		
平治物語	十万騎	大庭野		百騎	源九郎義経		

吾妻鏡	二十万騎	黄瀬川				治承四年十月二十一日	頼朝が「年齢のほどを思うに、奥州の九郎か」と言う。
異本義経記		黄瀬川	二十二歳			治承四年十月二十一日	

治承四（一一八〇）年十月十八日、頼朝が晩になって黄瀬川に着き、二十日には駿河国賀島に到った。そして再び黄瀬川に宿を移した二十一日、「今日弱冠一人佇二御旅舘之砌一」と義経の到着を告げ、秀衡が佐藤兄弟をつけてよこしたことまで、『吾妻鏡』は記載している。しかし、前掲の諸本の記述のうち、果してどれが歴史の真実を伝えているのかわからないが、関東で旗上げした頼朝の軍に、義経がこの辺りから加わったことは、事実と思われる。

また、この時の劇的な初対面があったからこそ、頼朝は義経を大将軍として都へ上らせたと『義経記』にあるが、『盛衰記』には、

鎌倉殿仰せけるは、九郎が心金は怖しき者なり、西国討手の大将軍に誰をか立つ可きと思ひしかば、両三人を呼び、心根見んとて、提紘（ひさげのつる）を焼きて、手水（ちょうず）かけて進せよと言ひしかば、始は蒲冠者参りて手を焼き、あと言ひて退きぬ、二番に小野冠者来りて、是も手あつしとて除きぬ、三番に九郎冠者、白直垂に袖の露結び肩に懸けて、焼きたる提紘を取りて、顔も損ぜず声も出さず、始めより終りまで、手水を懸け通したる者なり、あはれ是を今度の大将と思ひて都へ上せ、

巻第四十六　頼朝義経中違の事

と、義経のその不敵な心根を買って木曾や平家追討の大将にしたとある。

（2）池の禅尼　修理大夫藤原宗兼の娘で、平忠盛の後室となって次男家盛と五男頼盛を生んだ。清盛には継母に当たり、忠盛の死後、六波羅の池殿に住んだので、池の禅尼とか池の尼といわれた。

頼朝が捕えられて死罪と決まった時、池の禅尼は頼朝が死んだ自分の子の家盛にそっくりだということを理由に、清盛に助命の嘆願を繰り返してその命を助けてくれたので、平家滅亡後、頼朝はその恩を子の頼盛に報いた。

（3）新羅三郎義光　源頼義の三男。新羅明神の社前で元服したので新羅三郎と称した。また、舘三郎ともいった。後三年の役が起きると、京都にあってそれを知った義光は、兄八幡太郎を助けるため白河上皇に下向することを願い出たが許されず、仕方なくそのまま奥州へ赴いた。そのため、兵衛尉であったが解官された。この時の逸話は有名で、『続教訓鈔』に、豊原時忠から名器交丸という笙を受継いでいた義光は、兄のいる戦場に駆けつけようと逢坂山まで来たが、時忠も従って帰ろうとしないので、名器を戦場で失うことを恐れて時忠に渡して帰したとある。また、『古今著聞集』には、豊原時元は弟子の義光に、太食調、入調曲を伝えて死んだ。義光が奥州へ下向のため近江国鏡の宿まで来た時、時元の子の時秋が追って来ていっしょに足柄山まで来た。義光はその時、時秋の心中を知って馬から下りると、人を遠ざけ、柴を切り払い、楯二枚を敷いて互いに坐り、時元自筆の譜で入調曲を時秋に伝授して帰したとある。この伝説は、『時秋物語』や『時秋絵巻』として、『古今著聞集』以前に成立して流布していた。

（4）大夫判官　ただ「判官」とだけ言う時は、検非違使の大少尉を言った。大尉は、坂上、中原両家の者が任じられ、法律に照らして罪人を処刑することを司った。少尉は、源平以下の武士がなり、犯人などを追捕するのが専務であった。検非違使尉の本官である衛門尉は、六位相当官であるが、義経の場合には五位尉であるから、大夫判官・大夫尉とも言ったのであり、それが後世義経の代名詞や固有名詞のようにもなったのである。また、検非違使の佐、尉を廷尉と言うのは、中国の官名をとって言ったのである。

（5）鵯鳥越えの逆落し伝説　元暦元（一一八四）年正月二十九日、範頼と義経は院の御所へ参って、平家追討のため西国へ出発する旨を申し上げて京都を出発した。まず、義経は三草山の平家を夜襲で破ると、一万余騎の味方を二手に分け、自らその三千余騎を引き連れて一の谷の背後、鵯越えへ向かった。古来有名な「鵯越えの逆落し」はこうして始まったのである。

この鵯越えへの道は従う武士どもが、我々は敵と戦って死ぬのなら本望だが悪所に落ちて死にたくない、と言ったほどの険しい道であった。道がわからなくなると、別府小太郎の献策により、老馬を追い立てて先へ先へと進んだ。そのうち、日が暮れてしまったので、野営することに決めた。その時、ひとりの老猟師を弁慶が連れて来た。そこで、義経はその猟師に一の谷の様子を尋ねた。すると猟師は、「三十丈の谷、十五丈の岩崎（岩の突き出たところ）などという所は、人の通れる所ではありません。まして馬など、とても考えられません。」こう答えたので義経が、「鹿は通るか」と聞くと、「通る」というので、「鹿の通る所をどうして馬の通れぬことがあろう」、そう言って、その老猟師の子の、十八になる熊王という者に、鷲尾三郎義久と名乗らせて案内者にした。（『盛衰記』は、「名乗は我片名に、父が片名を取って経春と附くべし、片岡と同名なれ共、多き人なれば事かけじ、只今烏帽子親の引出物とて、花憐木の管に白金筒の金入りたる刀に、鹿毛の馬に鞍置いて、赤革縅の甲冑小具足附けて給ひたりけり、……判官奥州へ落下り給ひし時、十二人の虚山伏の其一也。」とある。また、「異説に言く」として、三草山夜討ちの時の生捕りで、播磨国安田の庄の下司、多賀菅六久利という者がこの鷲尾だと書いている。『長門本平家』には、この鷲尾の事がない。）

この坂落しが、難所をいかに凄じい勢いで落としたかは、「義経を手本にせよ」とまっ先をかけて落としたので、大勢皆続いて落としたその様子を、

後陣に落す人々の鐙の鼻は先陣の鎧甲に当る程なり。小石交りの砂なれば、流れ落しに、二町許さと落いて、壇なる所に引へたり。夫より下を見くだせば、大磐石の苔むしたるが、釣瓶落しに、十四五丈ぞ下たる。兵どもうしろへとてかへすべきやうもなし、又さきへおとすべしとも見えず。

「爰ぞ最後。」と申て、あきれて引へたる所に、

今度は佐原十郎義連が、これくらいの所は、三浦の方の馬場だと言って先頭を落としたので、それに兵士達も続いた。

えい／＼声を忍びにして、馬に力を附て落す。余りのいぶせさに目を塞いでぞ落しける。おほかた人の為態とは見えず、唯鬼神の所為とぞ見えたりける。　巻九　坂落

とある『平家』の本文からも、その凄じさが知れよう。

この一の谷の戦が、義経の「逆落し」という奇襲戦法によって勝利を得たことは、

か丶りしかども、源氏大手ばかりでは叶ふべし共見えざりしに、九郎御曹司搦手に回て七日の日の明ぼのに、一の谷の後、鵯越に打上り……　巻九　坂落

とある一文や、梶原が、

一谷を上の山より落さずは、東西の木戸口破れ難し　巻十一　腰越

と言って、義経がその功を誇ったと、頼朝に告げた梶原の讒言をしたその言葉からも想像できる。また、『吾妻鏡』の元暦元（一一八四）年二月七日の条に、白旗赤旗が入り乱れる乱戦の最中、義経以下が鵯越えから攻め込んだので平家が敗走したとその効果のほどを述べている。

当時京都における観測は、『玉葉』の寿永三（一一八四）年二月二日、四日、六日の条からも、源氏は劣勢で勝利は平家の得るものと、朝廷も京人も等しく抱いていたことがわかる。それが八日の条では、源氏の大勝利と越中前司盛俊、薩摩守忠度、無官大夫敦盛、武蔵守知章、備中守師盛、越前三位通盛、尾張守清定、淡路守清房、皇后宮経正、若狭守経俊以下の首と、本三位中将重衡の生捕りという、義経の大活躍とをしるしている。

この坂落しには、その様子を見るため、『平家』には、鞍置馬を追い落としたと書いてあるが、『盛衰記』では、ひとつには馬の落としざまを見、もうひとつには源平の占いとして、源氏と平氏と名づ

けた馬を追い落とした、と書いている。『盛衰記』はそのほか、城に火を放ったのは弁慶としており（他本は村上判官代康国）、また、畠山重忠が三日月という栗毛（長門本は黒馬）を、今日は馬を労ってやろうというと、馬を背負って杖を突きながら、しずしずと下ったという伝説を載せている。この畠山が馬を背負ったという伝説などは、坂東武士の戦闘力が馬によっていたこと、そして、そのために馬を非常に大切にしたということを物語っているものである。

この鵯越えの坂落しは、『吾妻鏡』『平家』『盛衰記』ともその内容が類似していて、果してどれがその源なのかわからない。しかし、義経伝説の発展に伴なって、歴史的事実から分離して伝説的な方面へいっそう大きく展開していったところに、この坂落しが「逆落し」のようにより険しい所を落としたとなり、その成功と勝利のすべてが名将義経の勇敢な行為がもとであったとして、いっそう義経を賛美することとなったのである。

（6）屋島の合戦での、弓流し伝説　屋島の内裏を、またも義経は急襲して火を放った。平家は不意を突かれていったんは海上へあわてて逃げたが、源氏の七、八十騎という寡勢を見てとると、能登守教経（のとのかみのりつね）を大将に、浜辺まで引き返してきて激しく戦った。

義経はこの戦いで、大事な郎党佐藤三郎兵衛継信を、敵将能登守の矢によって失ってしまった。義経は自分の身代りに死んだ継信の死を非常に悲しみ、供養のため愛馬大夫黒を僧に贈って供養を頼んだ（巻三の注8を参照）。この部下を思う心の厚さに接した武士どもは、

此君の御為に命を失はん事、全く露塵程も、惜からず。　平家物語　巻十一　継信最後

と言い合うのであった。『平家』は引き続いて那須与一宗高の扇の的を射る有名な話へとその物語は進展し、そして、武士は名こそ惜しけれとする、我が国に並びなき名将軍義経を伝える「弓流し」伝説へと展開する。

浜辺に上がって来て戦う平家の徒歩武者は、所詮馬に乗った源氏の武者にはかなうはずはなく、退

いて舟に乗った。勝に乗じた源氏勢は、馬の太腹のあたりまで海中に乗り入れて戦った。平家の兵士どもは、深追いしてきた義経の兜の錣に舟の上から熊手をかけようとするのを、義経は刀で払いのけながら戦っているうち、小脇に挟み持っていた弓を海中に落としてしまった（『盛衰記』には、越中次郎兵衛盛嗣が、熊手で判官をかけようとしたとある）。なおも熊手にかけようとするのを払いのけながら、鞭で弓を掻き寄せて拾おうとしているのを見た味方の将士は、その危険な様子に、「唯捨てさせ給え」と、口々に叫んだが義経は聞き入れず、とうとう拾って笑いながら戻って来た。味方の将士たちは、「たとえどのように大事な弓であっても、お命には替えられません。」こう言ったところ、義経は、「弓が惜しかったのではない。この義経の弓が、二人張り三人張りもあるような弓なら、まして叔父為朝のような強弓ならば、わざとでも落として敵に拾わせよう。こんな弱い弓を敵が拾い上げて、これが源氏の大将九郎義経の弓なのだ、と言って嘲弄されるのが悔しいから、命にかえて拾ったのだ」と言った。それを聞いて感動した将士の様子を、『平家物語』諸本は次のように伝えている。

○皆人是を感じける。　　流布本　平家物語

○人々此御詞をぞ・感じ申ける。　　八坂本　平家物語

○人々是を聞て穴怖の御心中やと申て舌を振て感しあへり、　　延慶本　平家物語

○実の大将なりと、兵舌を振ひけり、　　源平盛衰記

剛勇な武士は、強弓の射手であることが条件の時代にあって、武将が、しかも武士の頭領の家に生まれたものが、尫弱な弓の持主であることを敵に知られるということは、最大の恥辱であり、その上、それを大勢の中で見せられて嘲弄されることはなによりも堪え難いことであったのであろう。

『大日本史』の編者が、この伝承を史実として収めることを不可としたように、明確な資料はないが、その史的事実は別として、真の大将としての義経の人物、性行を、武勇の誉れを第一とする坂東武士の誉め称えるところとして語り、また、それを聞くということが、判官贔屓の人々にとってどれほど

楽しいことであったかということは、今日の我々にも想像することができよう。

（7）　壇の浦での義経八艘飛び伝説　一の谷といい、屋島といい、疾風迅雷の騎馬による奇襲戦法、それが義経の今までとってきた戦法であった。しかし、この壇の浦の戦にはそれが許されないのみか、平家に止めを刺すには、どうしても白昼の正攻法による海戦しかなかった。だが、平家は海戦に熟練しているうえ、今度の総指揮官は未だかつて敗れたことのない新中納言知盛卿。しかも、「戦さは今日が限りだぞ。退くなどということは考えず勇敢に戦え。本朝はおろか天竺震旦にもならびなき名将勇士といえども、運命が尽きればどうすることもできないのだ。武門は名こそ惜しけれと言う。東国の者どもに少しの弱気も見せるな。もう今ここに到っては、命を惜しむ場合ではない。知盛が言いたいのはただそれだけだ」と、全軍に檄をとばし、これまでにない戦意をもって戦うこの平家の攻め鼓の前に、一時は源氏も屈するかとさえ思われたのであった。

元暦二年三月二十四日、この源平の国争いに最後の決着をつける合戦が、壇の浦の海上で行なわれたのだった。この日の義経は、赤地(あかぢ)の錦(にしき)の直垂に紫裾濃(むらさきすそご)の鎧を着て、黄金作りの太刀を佩き、薙刀を小脇にかい込んだ、まるで絵から抜け出たように美しい青年武将であった。この義経を、「凡そ能登守教経の矢先に廻る者こそ無りけれ」と『平家』にあるように、最後までただひとり奮戦していたが、もはやこれまで、敵将義経と組んで死のうと覚悟した平家随一の猛将能登守教経が、一騎討ちと乗り込んで来たのを見て、かなわないと思ったのか、燕のような早業をもって舟から舟へ飛び移ったという、所謂「義経八艘飛び」を生んだのはこの時の戦いである。

しかし、この八艘飛びは、決して八艘の舟を次から次へと飛び移ったのではない。それは、

○御方の舟の二丈ばかりのいたりけるに、ゆらりと飛乗り給ひぬ。

覚一別本・八坂本　平家物語（東寺執行本・延慶本も二丈としている）

○御方ノ船ノ一丈斗延タルニユラト飛乗テ延給フ

屋代本　平家物語（平松家本も同じ）

○そばなる船の八尺余り一丈ばかりのきたるに、ゆらと飛び給ふ。能登守早わざや劣り給ひけん、続いて飛び給はず。かゝること二度ありけり。

長門本　平家物語

○弓長二つばかりなる隣の船へ、つと飛移り、長刀取直して舷に莞爾と笑ひて立ちたり、

源平盛衰記

以上の諸本の本文からもわかるように、その飛んだ距離は異なるが、どれも皆一艘飛びである。ただ、その距離が八尺から二丈（一尺は三十センチ三ミリ、一丈は一尺の十倍）離れていた船に飛び移ったとしていて、『長門本平家』のみ、それが二度あったとしているが、八艘飛びの記述はない。もちろん八艘飛びという語の解釈のしかたにもよるが、八艘飛びの伝説は、後世のものである。江戸時代になると、『那須与市西海硯』や『義経千本桜』で、八艘飛びという語が使われている。

能登守教経については解説でもふれるが、一の谷での戦死説がある。この壇の浦で義経に逃げられた平家きっての剛の者は、『平家』や『盛衰記』によると、強弓の射手であり、船いくさにも熟練した戦士であったことがわかる。そして、『平家』には「能登殿最期」の項まで設けられているのに、『吾妻鏡』には、義経の壇の浦の合戦の注進状にその名がない。そのような点からも、一説に、屋島から壇の浦にかけての教経の奮戦は、『平家』作者の創作であるといわれている。

ともかく、追ってくる能登守をしり目に、次から次へと飛び移る義経の様子には、もうかなわないと思って逃げ回る姿ではなく、五条の橋の上でちょうど弁慶を、「ここと思えばまたあちら」と燕のような早業できりきり舞いをさせたように、武勇の士教経も、単なるあばれ者の教経に変わって、その悔しがる目の前で八艘飛びをしたかのように語り変えていくことは、判官贔屓の人々にとってまことに痛快極まりない話であったろう。判官贔屓にはそんな他愛ないところがあったのである。しかし、いつ頃から「八艘飛び」になったのかはわからない。

（8） 逆櫓伝説 『平家物語』によると、元暦二年二月十六日、摂津の渡辺、神崎から船出して、屋島の平家を攻めようとしたところ、急に北風が強く吹いて大波のため船が破損し、船出することができなくなった。そこで、源氏の大名小名は渡辺に集まり、初めての船いくさゆえどうすべきかと、その軍議を開いた。その時梶原は、舳にも艫にも櫓をつけて、進退の自由な逆櫓をつけたらよいと進言した。しかし、義経はそのような逃げ支度をした戦いは、自分の好むところではないと言って、簡単にその案を蹴った。その場に居合わせた武将達は、義経の心情を潔いものとして梶原をあざ笑った。嘲笑を受けた梶原は、義経に向かって「猪武者」と叫んで、今にも争いの起こるような険悪な事態となったが、どうやらことなきを得た。

その夜、義経は強風の中を船頭や船方を脅迫して、わずか五艘で短時間のうちに阿波へ渡ってしまった。そして、戦いの終わった二十二日の午前八時頃、梶原などの残りの軍が到着したので、『平家』作者は嘲笑したのだった。

三月二十四日に交される門司赤間関での最後の合戦を前にして、今度は、義経と梶原は先陣競いをしている。逆櫓の時と違って、この時には梶原が、「天性この殿は侍の主にはなれない人だ」とつぶやいたから、「日本一の大馬鹿者めが」と叫んで、義経が太刀の柄に手をかけたところ、梶原も「鎌倉殿のほかに主は持ち申さぬ」と言って同じく刀の柄に手をかけた。ご主君の一大事とばかり、佐藤忠信、伊勢三郎、源八広綱、江田源三、熊井太郎、武蔵坊弁慶などの一人当千の者が梶原を討とうとすれば、一方、父を討たすものかと、源太景季、平次景高、三郎景家が一ヵ所に寄り集まった。驚いた三浦介と土肥次郎は、義経と梶原にそれぞれが取り付いて、どうにかなだめて静めることができたと『平家』は書いている。しかし『盛衰記』はこの事件をのせていない。このようなことは範頼にもあったが（『吾妻鏡』元暦元〔一一八四〕年二月一日の条に、範頼が、木曾追討のため上洛した時、尾張国墨俣の渡しで、御家人と先陣を争って乱闘があったため、頼朝の勘気を蒙ったとある）、それは頼朝の厳しく取り締まったことでもあり、また当時の武将は、その家臣に手柄を立てさせるのが常識でもあったのである。

この逆櫓伝説は、負けまいとする強い心の持主であり、なにがなんでも平家は自分が滅ぼすのだという、執念の持主としての武将義経と、人間義経の気質をよく表わしており、また、大将軍としてのあるべき姿を義経の口から言わせているのだから、判官贔屓の者にとってはますます贔屓したくなる伝説である。しかし、『平家』も『盛衰記』も、梶原が逆櫓や先陣争いを恨みに思って義経を憎み、讒言を重ねて、とうとう死に追いやったと伝えている。

判官義経が得意の絶頂にありながらも、やがて失脚して、不遇となるその第一の源を知らされる最初のものである。

（9）梶原景時　義経を悲しい運命へ、次から次へ讒言を重ねて、とうとう自害にまで追いやったという景時とは、いったいどういう武士であったのか、今、軍記や記録で見てみよう。

頼朝が、反平家の挙兵をして石橋山の合戦に敗れた時、平家方にあった梶原は、土肥の杉山の洞窟に隠れていた頼朝を助けたその功により、源氏に仕えてから重く用いられた武士である。

『吾妻鏡』も、頼朝のもとに初めて来た時の梶原の様子を、文筆の士ではないが巧言の士で、頼朝にとって重宝な人物であると述べている。そして、それからの梶原は、鎌倉の重臣達と公式の席で常に同列であり、やがて関東八ヵ国の侍所の所司として、大いに権勢を振るった。

平家追討にあっては軍監として出陣し、戦場からの報告書は、ほかのどの武将のものより詳細で、頼朝の意にかなうものであった。それは何事にも万事行き届いていて、その抜目のない才智が鎌倉に留まっている頼朝を喜ばし、大いに認められるところとなったのである。また、戦場における武技一点ばりの坂東武者の中にあって、和歌のたしなみのあったのも梶原であり（『吾妻鏡』文治五〔一一八九〕年十二月二十八日と建久元〔一一九〇〕年十月十八日の条、また、『盛衰記』巻三十八景高景時城に入る竝景時秀句の事に、梶原の歌が載っている)、生田森での二度の駆けには、咲き乱れる梅の一枝を胡籙に差し添えて、平家の公達を感心させたのも梶原である。

しかし、梶原の讒言によって被害を蒙った者の多いことは、『吾妻鏡』によって知ることができるが、『曾我物語』には、

今度佐殿、御代に出でさせ給ひて後、御敵になって誅せらるる侍は、相模国には大庭三郎景親・海老名源八季貞。駿河国には岡部の五郎・荻野五郎。奥州には舘小次郎泰衡・錦戸太郎・栗屋河五郎、此等を始として、国々の侍共五十六人なり。平家には、内大臣宗盛の御子右衛門督清宗・本三位中将重衡・越中次郎兵衛盛次・悪七兵衛景清、宗徒の人々卅八人、或は海底に沈み、或は自害し給ふ類、此等を加へて数を知らず。源氏には御舎弟三河守範頼・九郎判官義経・御伯父三郎先生義憲・十郎蔵人行家。御一門には木曾冠者義仲・清水冠者義衡・一条次郎忠頼・安田三郎義定・常陸国佐竹の人々を始めとして、源平両家の間に、一百四十余人なり。此内源氏に於ては、皆梶原が中状とぞ聞えし。其中に猶情なく聞えしは、上総介広常を討たれしこそ、梶原が申状とはいひ乍ら、無下にうたてくぞ覚ゆる。………。其故に鎌倉殿も、折々は、頼朝が殺生の罪業は三人なり、其外は皆自業自得果なり。其三人と宣ふは、一条次郎忠頼・三河守範頼・上総介広常なり。

大石寺本　巻三

とあって、梶原の讒言による義経の死、またその外の人々の討たれたことを、自業自得だと書いている。

やがて、この讒言者景時を糾明するために、御家人は結束した。そのために景時は、一族を率いて相州一の宮の所領に引き上げた。

正治二(一二〇〇)年正月二十日、駿河国狐ヵ崎で梶原一門は悉く討たれた(『北条九代記』に、梶原は一族郎党三十余人と九州へ下って、平家の生残りとひとつになって天下をくつがえす考えでい

たとある)。

　このような景時を『曾我』は、情を知り、和歌の道に勝れ、武勇抜群の鬼神のごとき武士として描いていて、およそ『義経記』とは反対の描き方をしている。梶原景時という人物は、義経伝説が成長していくに従って、判官贔屓の人達の手によってだんだんと佞人化されていき、判官贔屓の人々は、義経への深い同情と愛情とに対比させて、景時を憎悪するという現象に進んでいったものと思われる。すなわち、義経伝説の景時は、史実や物語以上に義経と対抗して、互いに背を向けながらも、関連を保って成長していったのであるから、義経に対する同情が強まれば強まるほど、梶原は狡猾な人間となっていった。そのため、梶原と聞けば、讒言によって身を興し、讒言によって身を滅ぼしたかのようにのみ受け取られる人間像ができあがってしまったのである。

(10)　腰越の申状　この腰越状は、義経の同情すべき心情と立場を述べたものであり、反対に、頼朝の冷酷な性情と、梶原に対する憎悪を頂点にまで到達させている。本文は史実的成分から成っていて、『平家』や『吾妻鏡』にもあるが、その内容には大差がない。今その記載の形態を表にしてみる。

　これをみると、大江広元に送ったことは共通しているが、いろいろな点で異なっている。『義経記』には、

　是を聞食して、二位殿を始め奉りて御前の女房達に至るまで涙を流されける。

とあるが、この文は他書にはない。また『盛衰記』は腰越状を載せぬばかりか、

　同十七日、九郎判官義経、平氏の虜(いけどり)共相具して関東に下著したりければ、源二位対面有りけれども、最言(いとことば)すくなにて打解けたる気色なし、義経も思ひの外に事違ひて、合戦の事申し出すに及ばざりけり、　　巻第四十五　女院御徒然附大臣頼朝問答の事

とある。また、『舞曲』の「こしごえ」では、弁慶が下書きもせず、一気に書きあげたことになっているが、木曾義仲に大夫房覚明という手書き(書記役)がいたように、義経にも武蔵坊弁慶という手

	文体	筆者	月日	宛先	申状を送ったことによる反応の有無	起請文のこと	場所	その他
義経記	仮名交り文	なし	六月五日 判官物語は、五月日	因幡前司殿 芳野本は因幡守義経物語・田中本・判官物語は大膳大夫となっている。	有	数通の起請文を提出した。	腰越	
吾妻鏡	漢文	なし	五月	因幡前司殿	なし	亀井六郎を使者に起請文を献じた。	酒匂の宿で前内府を引き渡し、腰越の駅に逗留。	自分を左衛門少尉源義経と書いている。
舞曲	仮名交り文	弁慶	六月五日	因幡のかうのとの	なし	伊勢三郎を使者に出す。起請文を送る。	酒匂の宿にて大臣を土肥実平に渡す。	梶原の処罰を希望する文がある。本文も異なり、弁慶の筆勢をほめぬ人なしとある。
平家物語	仮名交り文だが、下村時房本、長門本のように漢文のものも一部ある。又、延慶本には腰越状がない。	義経	六月五日 長門本は五月とし、百二十句本は六月としているが鎌倉本は月日がない。	因幡守殿 長門、鎌倉、百二十句本は大膳大夫殿としている。	なし	本状以前にもたびたび起請文を送った。	金洗沢に関をつくって大臣父子を受け取ると腰越へ追い返す。屋代本剣巻は、腰越に関をすえて鎌倉へは入れられず、とある。	長門本は一度対面した後、追い返す。
源平盛衰記	腰越状をのせていない。							

書きがいて、すべてに大活躍したとしても、『義経記』以降の弁慶ファンの多い世にあっては、少しも不思議ではない。そして、『平家』や『義経記』に所載のものよりは後出のものであり、それは腰越伝説の成長発展した現象の一つである。

（11）堀川夜討ち　頼朝と義経の仲違いは、『平家』や『義経記』によると、梶原の讒言によるものであり、それは逆櫓に原因すると述べている（『盛衰記』は特に詳述している）。

『百錬抄』の文治元（一一八五）年十月十七日の条に、今夜子刻頃、六条堀川の義経の屋敷に軍兵が四方から攻め寄せた。その張本人は土佐房である、とあり、『玉葉』の同日の条には、……頼朝の郎従の小玉党武蔵国住人が、三十騎ばかりで院の御所の近辺にある、義経の屋敷に攻め寄せた。ほとんど勝利を得たところへ、行家がそれを聞いて駆けつけ、この小玉党を追い散らした、とある。また『吾妻鏡』文治元年正月十七日の条に、土佐房昌俊が先日関東の厳命により、水尾谷十郎以下六十余騎の軍士を率いて、伊予大夫判官義経を六条室町にある義経の屋敷に襲ったとある。これらの諸記録から考えて、土佐房が首領となって義経をその屋敷に襲ったのは事実であろう。

『義経記』や『平家』では、土佐房を義経のもとへ連れて来たのは弁慶としているが、『盛衰記』では、「同日に伊予守、土佐房を召す。召に随ひて昌俊参る」と、義経の呼び出しに応じて来たことになっている。

この戦いで大活躍するのは、「下なき下郎」でありながら、義経をして、「何ともあれ、おのれと義経とだにあらば」と言わせた喜三太であるが、『義経記』以外には喜三太の名はない。また、土佐房の襲撃を予想して、策をとったり、敵の襲ってきたのを知っては着背長（『長門本平家』は鎧とある）を投げかけるという、思慮と沈着さを示した静は、『謡曲』「正俊」や『舞曲』の「堀河夜討」では判官とともに奮戦する勇婦となっている（『舞曲』では、江田源三の役が伊勢三郎となっている）。

襲撃の首領である土佐房については、『義経記』も『平家』も、立派な武人であったと述べているが、頼朝に対しての批判などは二様であって、二つの軍記の違いを示している。また、『延慶本平家』の第一本「土佐房昌春之事」には、大和国の住人であることと、六条河原で斬首されたのは春日大明神の罰によるとある。『異本義経記』には、昌俊が義朝の小舎人童であったこと、昌俊が梶原父子と仲が悪かったので、仕損じると思って頼朝に言い出して討手に向けた（或曰、とあって、土佐房が望んだ）とある。

この戦いで活躍する義経の郎党たちは一定していないが、やはりいくつかの伝承があったのであろう。

義経記		喜三太、弁慶、片岡、伊勢、亀井、備前、江田、鷲尾、佐藤、駿河
異本義経記		佐藤忠信、弁慶法師、伊勢三郎
吾妻鏡		佐藤等
平家物語	覚一別本（岩波文庫）	江田、熊井、武蔵坊
	八坂本（国民文庫）	江田、熊井、武蔵坊
	屋代本	佐々木三郎、亀井、佐藤、伊勢、源太兵衛弘綱、熊井、江田
	延慶本	熊井太郎、源八兵衛弘綱（長門本は、隅井太郎、江田源三、源八兵衛広継を昌俊にそえて遣わしたとあって義経方の個人名はない）
源平盛衰記		源八兵衛広綱、熊井太郎

（12）　武蔵七党　嵯峨源氏や桓武平氏に続いて、武蔵国で勢力を振るい、この地の住人となったものに、横山、猪俣、児玉、丹、西の五党があった。それに、上総介忠常の二子千葉胤宗の子孫は、野与庄に居住して野与党と言った。また、忠常の孫、村上貫主頼任の子孫は、村山党を称した。以上を武蔵七党と言った。しかし、児玉、横山、猪俣、綴、西、丹、私とも、また、横山、猪俣、綴、私市、丹、

児玉、野与を、武蔵七党と言ったという説もある。武蔵七党については、渡辺世祐・八代国治共著の『武蔵武士』という名著があるから参照されたい。

(13) 三位を通して『平家』では、十一月二日（屋代本は一日）とし、大蔵卿高階泰経朝臣となっている。また、『吾妻鏡』や『玉葉』は、この頼朝追討の院宣を請うたのは文治元年十月十一日と十三日の両日としている。

なお、この都落ちに際しての義経の軍勢は次のとおりである。

書名		人数
吾妻鏡		三百騎
平家物語	流布本	五百騎
	屋代本	三百騎
源平盛衰記		三百騎

(14) 緒方三郎　『平家』に、緒方三郎維義は、豊後と日向の国境にある姥ヵ嶽の麓の岩屋に住んでいた、首から尾まで十四、五丈もある大蛇（実は高知尾の明神のご神体）を父とする者だとある。この維義は平家が九州に入った時、追い出してしまったほど勢力のある者だから、義経は頼むことにした。そのために、義経は維義に菊池の身柄を引き渡したので、六条河原で斬り捨てたと、『義経記』とは異なる菊池次郎高直の最後を伝えている。

(15) 白拍子　『平家物語』によると、

そも〳〵我が朝に白拍子のはじまりける事は、昔鳥羽の院の御宇に島の千歳和歌の前とてこれら二人が舞ひ出したりけるなり。始めは水干に立烏帽子、白鞘巻をさいて、舞ひければ、男舞とぞ申ける。然るを中比より烏帽子、刀をのけられ、水干ばかりをもちゐたり、さてこそ白拍子とは名付けれ。

また、『徒然草』第二百二十五段には、

多久助が申しけるは、通憲入道、舞の手の中に、興有る事どもをえらびて、いその禅師といひける女に教へて舞はせけり。白き水干に、鞘巻をさゝせ、烏帽子をひき入れたりければ、男舞ひとぞいひける。禅師が娘しづかと云ひける、此の芸をつげり。是れ白拍子の根元なり。仏神の本縁をうたふ。

とある。白拍子の起りについては両書が別々のことを述べていて、どちらを信じてよいのかわからぬが、どちらもあまり信用できないのではなかろうか。しかし、水干に烏帽子、そして鞘巻をさした姿で舞うことと、それを男舞と言ったことは共通しているから、『平家』や『徒然草』の書かれた時代には、きっとそうであったのであろう。

白拍子は女だけが舞ったものではないのだが、舞女のものが広く行なわれたので、白拍子といえば舞女をいうようになったのであり、また、白拍子は立って舞うばかりではなく、坐ったまま歌だけも歌ったのであった。岩橋小弥太著『日本芸能史』を参照。

(16) 天神七代地神五代　1 国常立尊、2 国狭槌尊、3 豊斟渟尊、4 埿土煑尊・沙土煑尊、5 大戸之道尊・大苫辺尊、6 面足尊・惶根尊、7 伊弉諾尊・伊弉冉尊を天神・神世七代といい、これに対して、天照大神、正哉吾勝勝速日天忍穂耳尊、天津彦彦火瓊瓊杵尊、彦火火出見尊（神武天皇）、彦波瀲武鸕鷀草葺不合尊を地神五代という。

(17) 住吉大物二ヵ所合戦　この『義経記』の「住吉大物二ヵ所合戦」を、『平家』では大物の浦へ着く前のこととして、摂津源氏の太田太郎頼基と戦っており、また、ちょうど西風が激しく吹いたので（この風は平家の怨霊とある）、義経の船は住吉の浦にうち上げられたとしている。『盛衰記』は、都を落ちると聞いて在京の武士が弓を射て来たので、これを蹴破って西へ向かった。そして、途中、中小溝という所に陣取る多田蔵人行綱、太田太郎、豊島冠者ら千騎をも追い散らして、大物の浦から船をたびたび出したが、平家の怨霊のためか、波風が荒れて、大物の浦や住吉の浜にうち上げられ、今はもう船を出すことができなくなってしまったうえ、敵が追い迫って来たので遁れようがなくなり、三百余騎は思い思いに落ちたと、それぞれ『義経記』の記述とは異なっており、その上簡潔である。

『玉葉』は『平家』と同じく、三日に太田頼基が襲ったとし、『吾妻鏡』は五日に多田、豊島が要撃したと記載している。

義経記　巻第五目録

義経記　巻第五

判官よし野山に入給ふ事

都には春が来たのに、吉野山はまだ冬であった。まして師走のことなので、谷の小川も氷にとざされていて、それに、なかなかの険しい山であったが、義経は、尽きせぬ名残りを捨てかねて、静をここまで連れて来ていた。いろいろの難所を通って、一二の迫(はざま)、三四の峠、杉の壇(だん)という所まで奥深く分け入った。

弁慶は、

「この殿のお供をして、何不足なくお世話することは面倒だ。四国へお供した時にも、同じ船に十余人もの女性を乗せて心配だったのに、今またこの深山まで連れてくるとは理解できない。こんなふうにお供して歩いていて、麓の里へでも知れたならば、卑しい奴らの手にかかり、射殺されて名を広めたりすることになるのが残念だ。どうする、片岡。さあ、一応われわれは落ちのびて助かろうではないか」

と言ったところ、

「それもそうだが、しかしどうかな。ただ知らぬふりをして放っておこう」

と言った。

義経はそれを聞いて、心苦しく思った。静との別れを惜しめば、彼等と仲たがいになる。また彼等と仲たがいすまいとすれば、静との名残りが捨てきれず、いろいろと気をつかって涙に咽んだ。

義経は、弁慶を呼び寄せて言った。

「一同の心中を義経は知らないわけではないけれども、僅かの縁が捨てられずに、ここまで女を連れて来たことは、実際自分ながら自分の心が理解できないのだ。ここから静を都へ帰そうと思うが、どうだろう」

弁慶は畏まって、

「それは大変結構なお考えです。弁慶も、そのように申し上げたいと思っていたのですけれども、ご遠慮しておりました。そのようにお考えになられたのなら、日の暮れないうちに少しも早くお急ぎください」

と言ったので、義経は、いったん帰すと言っておきながらそれを翻したなら、いったい家来たちがどう思うだろうかと考えると、今は仕方なく、

「静を京へ帰したい」

と言ったところが、侍ふたりと雑役の下男三人が静のお供をしたいと申し出たので、

「全くこの義経に命をくれたものと思うぞ。道中十分に労って京都へ戻り、お前たちはそれか

ら後、どこへでも自分の思うままに行くがいい」

と言っておいてから、静を側へ呼んで、

「愛情がなくなって都へ帰すのではない。ここまで引き連れて来たのも、愛する心がいいかげんなものではなかったからだ。辛い旅に人目も考えずに連れて来たが、よく聞けば、この山は役の行者(1)が、最初に踏み開いた菩提の峰（金峰山の異称）なので、精進潔斎をしなくてはどうしても入山できないのだ。それを、自分の煩悩に引かれてここまで連れて来たが、神の御心を恐れねばならない。ここから帰って磯の禅師の許に隠れて、来年の春を待ってもらいたい。義経も来年の春、本当にどうにもならなかったら、出家するつもりだ。それだから、お前もその志があるならば、いっしょに出家して、経を読み、念仏を唱えよう。この世でもあの世でも、どうしていっしょにいられないことがあろう」

と言ったところが、静は聞き終わらないうちに、着物の袖を顔にあてて、泣くよりほかはなかった。

「ご寵愛の衰えなかった間は、四国への波の上までもお連れくださいました。ふたりの縁が終わったのであればいたし方ありません。ただ女のつらく悲しい身の上が思い知られて悲しいのでございます。お話し申し上げますのもどうかとは思いますが、去る夏の頃から、ただならぬ身になったと申し上げましたのは、実は出産することが、もう確定したことなのです。判官様と私のことは、世間周知のことですので、六波羅の役所へも、鎌倉へも知れるでしょう。東国の人は人情がないものと聞いていますから、すぐ鎌倉へ護送され、どのような辛い目をみることかわかりません。ただもう、思い切ってこの場でどのようにでもしてください。判官様のためにも、また私自身のためにも、なまじ生きながらえて、いろいろと思い悩むよりは」

とくどくど言うので、

「とにかく都へ戻りなさい」

と言った。けれども、静は義経の膝の上に顔をのせて、大声に泣き伏した。侍たちもそれを見て、皆貰い泣きをした。

義経は、鬢の乱れを直すのに使う小さな手鏡を取り出して、

「これは、朝夕顔を映してきたものだ。見る度に、義経を見ると思って見なさい」

と言って、渡した。

静はそれを受け取って、今はなき人の形見のように胸に抱いて恋い慕った。そして、涙の間に、こう詠んだ。

見るとても嬉しくもなし増鏡（ますかがみ）恋しき人の影を止めねば

そこで、義経は枕を取り出し、これを身から放さずにいてくれと言いながら、こう詠んだ。

急げども行きもやられず草枕静に馴れしこころならひに

その他、財宝をたくさん取り出して与えた。中でも、格別大事にしていた紫檀の胴に羊の皮を張った、啄木組みの美しい調べの緒のついた鼓を与えて言った。

「この鼓は、義経が秘蔵のものだ。白河院の御時に、法住寺の長老が唐に渡って、二つの宝物を持ち帰った。それは、めいきょくという琵琶と初音(はつね)という鼓だった。めいきょくは宮中にあったが、保元の乱に崇徳上皇のもとで焼けてしまった。初音は、讃岐守正盛が頂戴して秘蔵し、正盛の死後その子平忠盛が持ち伝え、またその子清盛に伝わったが、その後は誰が持っていたか分らない。屋島の合戦の時、わざと海に投げ入れたか、また取り落としたのか、波間に浮いていたのを、伊勢三郎が熊手に引っ掛けて拾い上げたのを見て、あの有名な初音という鼓であると、畠山重忠が言ったので鎌倉殿へ差し上げたところ、大切に持っておれよ、と言って義経にくださったのだ。決しておろそかにするなよ」

静は泣く泣くその鼓を受け取った。

今はどう考えても、ここに留まってはいられないと、別れる分別をつけた。しかし、義経が思い切るときは静が思い切れず、静が思い切る時は義経が思い切れず、互いに去ることもできず、行きつ戻りつするばかりだった。やがて峰に上り、谷に下り、お互いの姿の見える間は静は遠く隔たるまで見送った。そして、姿が見えなくなるほど遠ざかると、山彦の響くほど大声で叫んだ。

五人の従者は、静をどうにか慰めながら、三四の峠まで下って来た。ふたりの侍は三人の下男を呼んで話した。

「お前たちはどう思うか。判官殿は深く愛情を注がれていたものの、自分自身、身の置き所もないと思うと、行くえ知れずになられた。自分にしても、麓に下って落人の供をして歩いていたのでは、とてもこの難所を無事に通り過ぎることはできない。ここは麓に近いのだから、捨てて置いてもなんとか麓に帰り着けないということはまさかあるまい。さあひとまず落ちのびて、自分々々の命を助かろう」

恥を恥とし、また情けを捨ててはならない侍でさえもこのように言うのだから、まして身分の低い者たちは、

「どのようにでも取り計らってください」

と言った。

そこで、枯れ木の根元に敷皮を敷いて、

「ここでしばらくお休みください」

と静に向かって言ってから、

「この山の麓に、十一面観音の祭ってある所があります。親しくしている者が別当なので、探しに行ってあなたのことを相談し、差し支えがなければ、そこへご案内してしばらく休養していただき、それから山伝いに都へお送りしたいと思います」

と言うので、

「ともかくよいように皆さん方で計らってください」

と答えた。

しつかよし野山に捨らるゝ事

供の者たちは、義経が与えた財宝を横取りして、さっと姿を消した。

静は、日の暮れるにつれて、今か今かと待ったが、戻って来てものをいう人もなかった。どうにも途方にくれて、泣く泣く枯れ木の根元から立ち上がって、足の向くままに歩きだした。

耳に聞こえるものといえば杉の枯れ葉を吹き渡る風、眼に見えるものといえば小枝をまばらに照らす月ばかりで、ただなんとなく悲しくなって足の続く限り歩いていった。高い峰に登って大声で叫ぶと、谷底からこだまが響いてきたので、自分を呼ぶのかと思って泣きながら谷へ下ってみると、雪の深い道なので誰の足跡もなかった。また、谷底で誰かの泣く声が、嵐に混じって聞こえて来るので、じいっと耳を澄ましてみると、その幽かな声は雪の下を流れる谷川の水の音であった。聞いていると、辛さが以前にも増していった。泣きながら峰に引っ返してみると、自分の足跡以外に雪を踏み分けた人もいなかった。こうして谷へ下ったり峰へ登ったりしている間に、履いていた沓も雪に取られ、被っていた笠も風に吹き飛ばされてしまった。歩き馴れないから足を踏み損じ、流れる血は紅を流したように、吉野山の白雪を紅色に染めないところがなかった。袖は涙で濡れ、袂にはつららができた。裾は凍りついて、まるで鏡のようであった。そのため、身体もだるくて思うように動けず、その夜は、一晩中山道をさまよいながら歩き明かした。

十六日の昼頃義経に別れ、今日十七日の日暮れまで、ひとり山道をさまよった。心中実に悲しいものであった。雪を踏んである道を見て、義経が近くにいるのではないか、また、自分を見捨てた者たちがこの辺にいるのではないかと思いながら、足の続く限り歩いていくうちに、やっとのことで大きな道に出ることができた。この道はどこへ行く道だろうと思って、しばらくの間立ったまま休んだが、後で聞くと、宇陀へ行く道であった。

西を目指して行くうちに、遥かな深い谷間に灯火がぼんやりと見えた。どういう村里だろう、炭焼きの老人も通らないから、炭を焼くかまの火でもないし、秋の夕暮れならば、谷川の辺りを飛ぶ蛍かとも思える火であった。こうしてようやく近づいて見ると、蔵王権現の社前にある灯籠の火であった。

入ってみると、寺中には団体の参詣人が正門の中に満ち溢れていた。静はそれを見て、どのようなところだろうかと思って、ひとつの堂の脇でしばらく休んでから、

「ここはどこなのです」

と人に尋ねたところが、

「吉野の御嶽（金峰山）です」

と言った。

静はこの上なく嬉しかった。月日も多い中で、今日は十七日、この蔵王堂のご縁日である。有難いことと思ったので、参詣人に紛れ込み、社殿の正面に近づいて礼拝した。本尊の金剛蔵王権現の祭ってある内陣も、参詣人が坐る外陣も、貴賤上下、大勢でとても数えられない。静は、衆徒の勤行の間は疲労のあまり、被衣を被って倒れ伏すようにして坐っていた。勤行が終わると、

静も起きて念仏を唱えた。神前での芸が進むに従って、思い思いの馴子舞(なれこまい)が始まった。その中で特に面白かったのは、近江国(おうみの)からやって来た近江猿楽(さるがく)と、伊勢国からやって来た白拍子で、その白拍子もひとさし舞って退いた。静はそれを見て、

「ああ、自分も気を許せる身であったならば、真心を尽くして祈り、そして、真心を込めて舞うことであろう。どうかお願いです、権現様。このたびは無事に都へ帰してください。また、別れたくなくて別れた判官様に、無事にもう一度引き会わせてください。そうしたならば、母の禅師と改めてお礼参りに参ります」

と祈った。

参詣の道者たちが皆帰った後、静は正面へいって仏の加護を祈願していた。それを見て若い衆徒が、

「ああ、なんと美しい姿の女だろうか。ただ人とは思われない。が、どういう人だろう。ああいう人こそ、面白い芸があるものだ。どれすすめてみよう」

と正面へ近づいた時に、白無地の絹の衣を着た老僧で、水晶と瑪瑙(めのう)を半々に交じえた数珠(じゅず)を持って立っていたのが、

「尊い権現様の前で、どんな芸能でもよいからおやりなさい。権現様にお楽しみいただくように」

と言ったので、それを聞いて静は言った。

「どんな芸でもとおっしゃられても、心当りの芸がございません。この近所に住む者です。毎

月お籠もりしています。が、これといった芸を身につけてはおりません」

「尊いこの権現様は、並ぶもののないご利益があるばかりでなく、また、懺悔も聞き届けてくださる。権現様は、仮に神の姿となってこの世におられるのです。それなのに、芸のある人がその前で真心を込めた芸を捧げないと、非常に残念な思いをなさいます。未熟であろうとも、自分でできる限りの真心をもって捧げたならば、大層喜ばれる権現様でいらっしゃいます。これは私が勝手に言っているのではなく、まったく権現様のお告げなのです」

静はこれを聞いて恐ろしいことだと思った。自分は白拍子としてこの世に名を知られた者である。ところが、神様は正直な者に味方をされるのだから、こうして何もしないということは、神に対して畏れ多い。舞わないまでも神を喜ばせることは差し支えないだろう。自分を知っている人はまさかあるまい、こう思ったので、静は、数多く習って知っている芸のうち、特別白拍子が得意であったからそれを歌った。節まわし、歌詞の続け方、謡い方は、形容する言葉もないほど素晴しいものであった。聞く人は、流す涙で衣の袖を濡らさない人はなかった。そうして終りを、こう歌いおさめた。

ありのすさみの憎きだに
ありきのあとは恋しきに
あかで離れし面影を
いつの世にかは忘るべき

別れの殊に悲しきは
親の別れ子の別れ
すぐれてげに悲しきは
夫妻の別れなりけり

静もまた、涙がとめどもなく流れ出てくるので、衣を引き被るとうつぶしてしまった。人々はそれを聞いて、

「声といい、歌詞といい、なんと美しいことか。まったくただ人ではあるまい。特に、夫を恋い慕う人と思える。いったいどんな男がこの女の夫となって、これほどまでに焦がれさせるのだろう」

と言い合った。その時、治部（じぶ）の法眼（ほうげん）という者が、

「優美なのも当然のこと。誰かと思っていたら、この人こそ評判の静御前だ」

と言うと、同じ坊に住む僧たちがそれを聞いて言った。

「どうして知っているのだ」

「先年都に百日も日照りが続いた時、後白河法皇の御幸があって、百人の白拍子に雨乞いの舞を舞わせたことがあった。その百人の白拍子の中でも、特に静の舞にその感応があったからこそ、三日も大雨が降り続いた。だから『日本一』という宣旨を頂戴したのだが、その時見たのだ」

と言ったところが、若い衆徒どもが言い出した。

「それでは、判官殿のお行くえをこの女がきっと知っているだろう。さあ、引き止めて聞いてみよう」

一同は一致して、そのとおりだ、そうしようと、修行（執行）の宿坊の前に関所をつくって、参詣人の帰りを待ち構えているところへ、静もその人混みに紛れ込んで帰ろうとしたのを、衆徒は押し止めて、

「静御前とお見受けする。判官はどこにおられますか」

と尋ねたところ、

「お行くえは知りません」

静はそう答えた。すると、小法師らは声を荒げて、

「女だからといって情容赦するな。かまわぬ、手荒にやれ」

と大声で騒ぎ立てた。静は、どのようにしてでも隠したいものだと思ったが、女心のはかなさに、自分がひどい目に遭うことが恐ろしくなって、泣きながらありのままを話した。それでこそ情のある人だと言って、執行の宿坊の中に案内し、いろいろと労り、その日は一日引き止めて、夜が明けると馬に乗せ、従者をつけて北白川へ送りとどけた。そうして、これは衆徒の情けなのだ、と言った。

義経よし野山を落給ふ事

一方、夜が明けると、衆徒は講堂の庭に集まって評議した。

「九郎判官殿は、蔵王堂の奥の中院(ちゅういん)の谷にいる。さあ、攻め寄せて討ち取り、鎌倉殿のお目に入れよう」

それを聞いて、老僧が諫めて言った。

「ああ、なんと意味のない評議だろう。自分の敵でもない、といって朝敵でもない。たんに兵衛佐殿と仲たがいをしたというだけのこと。仏門に入って墨染めの衣を着る身でありながら、鎧兜を着け、弓矢をとって戦さの場に出るということは、どう考えても穏やかでない」

すると、それを聞いて若い衆徒は言った。

「それはもっともですが、その昔、治承の時のことを思い出してください。高倉宮以仁王のご謀反に、三井寺などは味方したが、比叡山延暦寺は心変りして従わなかった。三井寺の法師は忠義を尽くしたが、奈良の興福寺の法師は、まだ宮の陣に駆けつけていなかった。そのうちに、敗れた宮は奈良へ遁れられたが、山城国光明山(やましろのこうみょうせん)の鳥居の前で、流れ矢に当たって命を落とされてしまった。その時、興福寺はまだ陣に来なかったというのに、宮に味方をしたという罪で、太政大臣平清盛殿によって滅ぼされた。それを他人事と思ってはなりません。判官がこの吉野山にいることが関東に伝わったら、東国の武士どもが、鎌倉殿のご命令を受けてこの山に押し寄せ、欽明(きんめい)

天皇が自ら末代までもとご建立なされたこの蔵王堂を、あっという間に焼き払うでしょう。こんな残念なことがありましょうか」

それで老僧たちも、

「そうまで言うのならば、いたしかたない」

と言ったので、その日一日を待ち、明けて二十日の早朝、衆徒の会議の集りを告げる大鐘を撞き鳴らした。

義経は、中院の谷というところにいたが、雪が全山に降り積もって、谷の小川の流れる音さえしなかった。馬の通れないところなので馬具をつけた馬もなく、召使いどもも連れてないから兵糧米の用意もなかった。一同疲れ果てて、前後不覚に眠っていた。まだ夜が明けきる前なのに、遥か麓の方から鐘の音が聞こえてきたので、義経は不思議に思い、侍どもを呼び集めて言った。

「明けの鐘が鳴り終わった後で、また鐘が鳴るとは変だ。この山の麓にあるのは、欽明天皇が建てられた吉野の御嶽、蔵王権現という霊験無双の霊社*である。そして、吉祥（きちじょう）、駒形の八大金剛童子*、勝手（かって）明神、そのほか、ひめぐり、しき王子、そうげやこそうげの明神などの小社が社殿を並べている山なのだ。そのためだろうか、執行をはじめ衆徒までがおごり高ぶっていて、公家にも武家にも従わない。だからきっと、宣旨や院宣がなくても関東へ忠義だてのため、鎧兜を身につけて、衆徒の評議をするのではなかろうか」

備前平四郎が、

「万一のことが起こった場合、ひとまず遁れるべきか、または引き返して戦って討死すべきか、それとも腹を切るべきか。その時になって慌ててもどうしようもない。おのおの方でよろしくお決めください」

と言うと、伊勢三郎が、

「こう言うと、臆病者の考えのようだが、はっきりした根拠もなく自害するのはつまらない。また、衆徒と戦って討死しても、そのかいがない。だから何度でも足場のいい方へ、一応落ちのびていただくべきだろう」

そう言うと常陸坊が、

「よくぞ言われた。誰もがそう思っている。もっともなことだ」

と言った。すると弁慶が、

「けしからんことを言うものだ。寺の近くにいて、麓から鐘の音が聞こえるのを、敵が攻めて来たといって落ちのびるのなら、恐らく敵の攻め寄せない山はあるまい。どうか、我が君はしばらくここにお待ちください。弁慶が麓まで行って、寺の騒動を見とどけて参ります」

と言った。

「もっともなことでそうしたいが、お前は比叡山で育った者だ。吉野や十津川(とつがわ)の者どもにも顔を知られているだろう」

と義経が言ったところ、弁慶は畏まって、

「桜本の坊に永い間おりましたけれども、あの奴らには顔を知られている筈はありません」

そう言い終わると、すぐ義経の前を立って、褐(かちん)の直垂に黒糸威の鎧を着て、法師ではあるが、日頃頭を剃らないので三寸ほど伸びている頭に、揉烏帽子を被って鉢巻を締め、四尺二寸ある黒漆の太刀を鞘尻が反り上がるように下げた。三日月形に反った薙刀を杖に突き、熊の皮の貫（軍陣や狩の時に履いたくつ）を履いて、昨日降って積もった雪を落花のように蹴散らしながら、麓を目指して下っていった。

弥勒堂の東にある大日堂の上から見渡すと、寺中大騒ぎで、衆徒は南大門で評議のため、上を下への大混乱であった。老僧は講堂にいたが、小法師たちは評議の中から抜け出して勇み立っていた。

若い衆徒の鉄漿をつけた者が、腹巻に射向の袖をつけて、兜の緒を締め、尻籠（箙の一種、矢を盛る具）を横ざまに低く背負って弓を杖に突き、薙刀を手に手にひっさげて、年長の僧から先に立って百人ほどが山の登り口にさしかかっていた。

弁慶はそれを見ると、さあ大変とばかり、急いで中院の谷へ引き返し、

「騒動は容易なことではありません。既に敵は近辺に迫っています」

と報告した。

義経はそれを聞いて、尋ねた。

「東国の武士か、吉野の法師か」

「麓の衆徒です」

と弁慶が答えたので、

「それではかなわない。彼等は土地に明るい者だ。健脚者を先頭に立てて、難所の方へ追いた

てられてはかなわない。誰かこの山の地形に詳しい者がいたら、それを先頭にして、ひとまず落ちのびよう」

と言った。

そこで、弁慶がこう言った。

「この山の地理に明るい者はめったにいません。中国に、育王山（いおうせん）、こうふ山、嵩高山（しゅこうせん）という三つの山があります。ちょうどそのようなもので、一乗の峰とは葛城山をいい、菩提の峰とはこの山のことです。役の行者という貴い僧が精進潔斎された山で、元来修験道の修行者だったのですが、宮の移り変りまでも見ながら、多年修行を続けていました。ある時、鳥が激しく鳴き声を立てたので、川の瀬音に驚いたのかと思ったら、妙智劔（みょうちけん）と崇めた生身の不動明王が、忿怒の形で立っていました。それが蔵王権現なのです。そのためこの山は、汚れた身ではかりそめにも入山できませんので、私も、立ち入ってみたことはありませんが、大体のことは聞いています。三方は難所です。一方は敵の進路です。西は鳥の鳴き声も幽かなほどの深い谷です。北は竜返しといって渓流が激しく逆巻いて流れています。東は、大和国宇陀郡へ続いています。ですから、その方へお遁れいただきたいと思います」

たゝのふよし野にとゝまる事

義経の一行十六人が、思い思いに落ちのびて行くなかに、名高い勇者がいた。

その先祖を詳しく調べると、内大臣藤原鎌足の末裔、藤原不比等の子孫、佐藤のりたか(2)の孫、信夫(しのぶ)の佐藤庄司の次男、四郎兵衛藤原忠信という武士であった。大勢の家来の中から義経の前に進み出て、雪の上にひざまずいてこう言った。

「殿や我々の様子をよくよく物に譬えてみますと、屠所へ引かれる羊の、その一歩一歩を歩む*思いさえもこれほどではないといった有様です。殿にはご心配なくお遁れください。忠信はここに踏み留まって、麓の衆徒を待ち受け、この方面から襲ってくる敵を防いで、ひとまず殿を遁れさせたいものです」

「その志はまことに嬉しい。だが、お前の兄の継信は、屋島の合戦において能登守教経(のとのかみのりつね)の矢に当たって義経のために命を捨ててくれたが、これまではお前がついていてくれたので、継信も兄弟であるからまだ生きているような気持がしていた。考えれば、今年ももういくらもない。お前も命があって私も生きながらえていたならば、来年の正月(むつき)の末か二月(きさらぎ)の初めには陸奥(みちのく)へ下るのだから、お前も下って秀衡にも対面するがいい。また信夫の里に残してきた妻や子にも、もう一度会うがいい」

そう義経が言うと、

「お言葉はよくわかりました。しかし、治承二(一一七八)年(四年とあるべきである)の秋の頃、陸奥を出発した時にも、秀衡公より、『今日からは義経の殿に命を捧げて、名を後の世までも揚げよ。お前が矢に当たって死んだと聞いたら、追善供養は秀衡が真心を尽くして執り行なおう。また、高名手柄をたびたびたてたなら、その恩賞はご主君によって行なわれる』と言い含められましたが、命をながらえて故郷へ帰れとは言われませんでした。また、信夫にひとり母を残して来ましたが、その時の別れが最後だと言い切って来ました。武士の習いで、今日は人の身の上でも、明日はご自身の身の上となり、それは誰でも同じことでしょう。殿はお心弱くなっておられますが、ご一同からも、どうかわが意中を殿によろしく申し上げてください」

弁慶はそれを聞いて、

「武士の言葉は詔りと同じです。一度口にしたことを翻すことはありません。なんのご心配もなくお暇をおつかわしになってください」

と嘆願した。

義経は、しばらくの間何も言わなかったが、やがて、

「別れを惜しんでも聞いてはくれまい。それでは、思うようにしなさい」

忠信は、その言葉を聞くや喜んで、ただひとり、吉野の山奥に踏み留まることにした。考えてみれば、夜は月や星の光りをいただき、朝は夜明けの霧を払い、雪の降る厳しい冬の夜も、暑さの厳しい夏の朝も、日夜、明け暮れ瞬時も離れず仕えてきた主君と、今が最後の別れだと思えば、いつもは坂上田村麻呂や藤原利仁にも劣らないと思っていたが、さすがに今は心細かった。忠信は、十六人の人々にもひとりひとり別れの挨拶をしたが、悲しみで前後もわからなくなってしまった。

義経は、再び忠信を身近に呼んで、

「お前が差している太刀は刀身が長いから、疲れた*（原文、ながれにのぞんては）時は工合が悪かろう。身体の疲れた時は、太刀の長いのは都合の悪いものだ。これを使って最後の戦さをする

がいい」

と言って、二尺七寸の黄金作りの太刀を取り出して与えた。峰に沿って細い溝があり、その色艶はなんとも表現のできぬほどすばらしかった。

「この太刀は長さこそ短いが、義経の持物の中でも逸物(いちもつ)で、我が命に代えてもと思うほど大事な太刀なのだ。そのわけは、平家追討のため九州へ向かおうとして、渡辺*で兵船を集めていた時、熊野別当が熊野権現*の宝剣(3)を祈願して頂戴してきてくれたものだからなのだ。この義経も熊野を信仰していたせいか、三年の間に朝敵を平らげて、父義朝の受けた恥をも雪(そそ)ぐことができた。だから、命に代えてもと思うのだが、お前は義経の身代りとなってくれるのだからこれを与えよう。義経といっしょだと思ってくれ」

忠信は、義経から太刀を受け取って大事に捧げながら、

「ああ、なんと見事な御佩刀(みはかし)か。おのおの方、さあごらんください。兄の継信は屋島の合戦の時、殿のお命の身代りになったので、奥州のもとひら（秀衡）が献上した、太夫黒という馬(4)を頂戴して冥途まで乗っていった。忠信は今、忠義を尽くそうとして、ご秘蔵の御佩刀を頂戴した。これを他人事と思ってはいけない、誰だってこのようになれるのだ」

そう言ったので、人々は皆涙を流した。

「なにか思い残すことはないのか」

こう義経は言った。すると忠信は、

「お暇を頂戴いたしました。もうこの上は、なにも思い残すことはありません。ただ、末の世

まで武士として恥辱になりますので、一言申し上げておきたいことがございますが、畏れ多いので申し上げられません」

「最後であるから、遠慮なくなんでも申せ」

その言葉を聞いて、平伏したまま言った。

「殿が大勢で行かれた後、忠信はここにひとりで留まります。間もなく吉野の執行が攻め寄せて来て、『そこに九郎判官殿がおられるか』と言った時、『忠信だ』と名乗ったならば、衆徒らは非常に気位の高い者どもですから、『大将もいないところで、無意味な私闘をしてもつまらない』と言って、ひっ返してしまうでしょう。そういうことにでもなれば、忠信にとっては末代までの恥となります。どうか、今日だけは清和天皇の御号をお貸しください」

と言った。

「それはもっともだが、純友や将門も天命にそむいたため、ついに滅びた。言うまでもなく、この義経は、院宣にも添い奉ることができず、普段好意を寄せていてくれた人々にもそむかれて、もうどうしようもなく、その上、これから先の長い月日を安穏に送る身でもないので、遁れることができなくなったものだから、ついに清和天皇の御名を許したのだ、と言われることになれば、他からの、その非難をどうしよう」

「それは場合によることと思います。衆徒が押し寄せて来たら、箙の矢を思う存分に射、矢がなくなったら、太刀を抜いて大勢の中に飛び込んで戦い、最後に刀を抜いて腹を切るその時、『実は、九郎判官と思わせるためだったのだ。本当は、家来の佐藤四郎兵衛という者だ。主君の御名を借りて、忠義の戦さをしたのだ。首を取って鎌倉殿のお目にかけろ』と言って、切腹して死んだなら、殿の御名をお借りしても、なんのさしさわりがございましょう」

「もっとも最期の時、そのようにさえ釈明してから腹を切るのならば、義経としてもなんのさしさわりがあろう。皆の者どうだ」

こうして、忠信は清和天皇の御号を名乗ることを許された。忠信は心の中で、これこそこの世で最高の名誉であり、また、死後の世界においても吹聴できることと思った。

「その方が着ている鎧は、どういう鎧だ」

「これは兄継信が、最期の時着ておりました」

「その鎧は、能登守教経の矢を防ぎきれなかった鎧だから、頼りにならない。衆徒の中には強弓で知られた者がいるぞ。これを着よ」

と、緋威(ひおどし)の鎧に、白星(しらぼし)の兜を添えて与えた。

忠信は、着ていた鎧を脱いで雪の上に置き、

「下男どもにお与えください」

と言うと、義経は、

「義経も着換える鎧がないから」

と言って、自分が着た。このようなことは、まことに例のないことであった。

「さて、故郷に心残りなことはないか」

「私も他の人と同じく人の世に生きる者の習いで、どうして故郷のことを思わないことがござ

いましょう。国を出た時、三歳になる子をひとり残してきました。その子にやがて物心がついて、父は何処だろうと聞くでしょうが、その声を聞きたいものです。平泉を出た時、殿は既にご出発なされた後でしたので、鳥の鳴いて通るように信夫の里を通過した時に、私は母の所に寄って別れの挨拶をしましたところ、母は年をとって弱っており、ふたりの子供、兄継信と私の袖にすがって悲しんだことも、たった今のことのように思い出されます。母は、『年老いた今になって、ただひとりもの思いに沈むばかりの、子供に縁の薄い身となりました。夫の信夫の庄司とも死に別れ、たまたま知り合って面倒をみてくれた伊達(だて)の里の娘にも死に別れて、ひととおりの嘆きではなかったけれども、お前たちを成人させ、いっしょには暮らせないまでも、せめて同じ国の中にいると思えばたのもしかった。それなのに秀衡公はどうお考えになったのか、ふたりの子供をふたりとも、義経殿のお供をさせてしまったので、一時は恨めしいと思ったけれども、子供を成人させて役に立つ者の数に思われるのは嬉しかった。絶え間ない戦さにも、臆病な振舞をして、父の名を辱しめるようなことのないように。四国や九州の果てにいようとも、立派な手柄を立てて、一年か二年に一度でも、命のある間は信夫の里まで来て、お互いが顔を見せ合えるようにしておくれ。ひとりが残って、ひとりが死んでさえ悲しいのに、ふたりとも遠くへ別れて行ってしまうのだもの、どうしましょう』と、声も惜しまず泣いていたのを振りきって、『はい、わかりました』とだけ言って家を出ました。その時以来、三、四年ついに便りもしないできました。去年の春、わざわざ使いの者をやって、『兄継信が討死しました』と伝えたところ、母は今にも死んでしまうばかりに悲しみましたが、『継信のことはもうしかたない。来年の春にでもなったら、忠信が来てくれるという、それが楽しみです。早く今年の月日が過ぎてしまえばいい』などと言って待っているのに、殿が平泉へお下りになれば、母は急いでやって来て、忠信はどこにいますか、と尋ねるでしょう。その時、継信は屋島で、忠信は吉野で討死したと聞いたら、どんなに嘆くことでしょう。それが罪深いことに思われます。殿が奥州へお下りになって、なんの心配もなく月日をお過ごしなされるようになったら、継信や忠信の追善供養はしていただかなくとも、母ひとりだけには、不憫に思うと、お言葉をかけてやっていただきたいのです」

そう言い終わらないうちに、袖に顔を押し当てて泣いたので、義経も涙を流した。十六人の家来も皆涙で鎧の袖を濡らした。義経は、

「ところで、ひとりで留まるのか」

と言うと、

「奥州から連れて来た家来が五十人余りいましたが、ある者は戦死し、ある者は故郷へ帰しました。今、五、六人の者が、いっしょに討死しようという決意をみせております」

「それでは、義経の家来は留まらないのか」

「備前と鷲尾のふたりが留まりたいと言いましたが、殿をお守りせよと言って、残しませんでした。ただ、ご家来の雑色二名が、『どんなことがあってもいっしょにいます』と言っていますので、この両名は留まると思います」

義経はそれを聞いて、

「けなげな心がけの奴らだ」

と言った。

忠信よし野山の合戦の事

元来命を捨てて師の身代りになったのは、ないこうちせう（内供の智興）の弟子の証空阿闍梨であり、夫の身代りになったのは、中国のとうふがぜんぢよ（董豊の妻の節女）であった。現世で、命を捨て、身を捨てて主君の命に代わり、名を後世に留めた者としては、源氏の郎党に匹敵する者がない。上古はいざ知らず、後世にもその例がない。

忠信は、ご主君も今は遠くまで落ちのびたであろうと思うと、三滋目結の直垂に緋威の鎧を着け、白星の兜の緒を締め、淡海公（藤原不比等）伝来の「つゝらゐ」という三尺五寸の太刀を下げ、義経から拝領した黄金作りの太刀を佩き添え、二十四本の大中黒の矢を差した箙の上矢には、青保呂のついた矢羽の、蟇目の下六寸ほどもあるのに大雁股をつけ、佐藤家代々差すことになっている蜂熊鷹の羽根をつけた一つ中差しの矢をどの矢よりも一寸ばかり矢筈を出して差したのを高目に背負い、節の多い弓の、幹の短く射やすそうなのを持ち、部下の兵士とも七人、中院の東谷に踏み留まって、雪の山を高く築き、譲葉や榊葉をたくさん切って挿し、前方の大木五、六本を楯にして、麓の衆徒二、三百人を今か今かと待ち構えていたが、敵は押し寄せて来なかった。

このようにして日を暮らしても仕方がないので、

「それではこれから追いついて、殿のお供をしよう」

と陣を出て二町ほど探していったが、風が激しく吹き、雪も降ったため、足跡も消えて白一色になってしまっているので、仕方なくもとの陣へ引き返した。

酉の刻（午後六時ごろ）頃になって、衆徒三百人ほどが谷の向う側へ押し寄せて、いっせいに鬨の声をあげた。忠信ら七人も、反対側の杉山の中から、か細い鬨の声をそれに合わせた。さては敵はあすこにいるぞと、敵方に知れた。

その日は、修（執）行の代官として、川くらの法師という、力の強い乱暴な僧が寄手の先陣をつとめていた。法師ではあるが、立派な武装をしていた。萌黄の直垂に紫糸の鎧を着、三枚兜の緒を締め、当世風の太刀を下げ、石打の征矢二十四本を差した矢入れを高々と背負い、二ヵ所を籐巻にした弓の真中を摑み、本人と比べて見劣りのしない力の強そうな法師五、六人を前後に歩かせていた。

先頭に立った四十がらみの法師は、褐色の直垂に黒皮威の腹巻を着け、黒漆の太刀を下げていた。椎の木の板を四枚つぎ合わせて作った楯を立てさせて、射程距離まで押し寄せた。川くらの法眼は、楯の前に進み出ると、大声をあげて言った。

「大体この山に鎌倉殿の御弟、判官殿がおられると聞いて、吉野の執行がやって来た。我我は判官殿になんの遺恨もない。一応落ちのびられるか、それとも討死されるか、誰か側にいる者がよろしく取り次がれよ」

その小ざかしげな言い方を聞いた忠信は、さっそく言い返した。

「なんと愚かな奴だ。ここに、清和天皇の御子孫、九郎判官殿がおられることを、今までお前たちは知らなかったのか。日頃縁のある者なら、ご機嫌を伺いに来てもいっこうに差し支えないぞ。目下のところ、判官殿は人の讒言によって鎌倉殿と不和であられるが、もともと無実なのだから、やがて鎌倉殿もどうして思い直さないことがあろうか。可哀そうに、お前たちは将来きっと後悔することになるぞ。行ってそのわけを教えてやれと、命じられた者を誰だと思う。内大臣藤原鎌足の子孫、淡海公の後裔、佐藤左衛門のりたかの孫、信夫の庄司の次男、四郎兵衛尉藤原忠信という者だ。後でとやかく言わぬよう、しっかり聞いておけ。吉野の小法師ども」

それを聞いた川くらの法眼は、小法師などと蔑(さげす)んだ言い方をされたので、難所もかまわず、谷越しにわめきながら向かってきた。忠信はそれを見て、六人の部下のところへ戻ると言った。

「彼らを近づけては工合が悪い。お前たちはここで敵方と言い合いをしてくれ。忠信はその間に中差しの矢二、三本と弓とを持って細谷川(ほそたにがわ)の上流を渡り、敵の後ろから狙いながら近づく。そして、鏑矢(かぶらや)を一本最後に射よう。楯を立て並べた中にいる強そうな法師の首の骨か、鎧の押付板かを射て他の奴らを追い払い、楯を奪って被りながら、中院の峰に上る。そこでいっしょになり、敵に矢を射尽くさせよう。こちらも矢が尽きたら、小太刀を抜いて大勢の敵中に斬り込んで、斬りまくってから討死するのだ」

大将が立派なのだから、従う家来もひとりとして不出来な者はいない。残る家来たちが、

「敵は大勢ですから、失敗なさらぬように」

と言うと、

「黙って俺の戦さぶりを見ていろ」

忠信はこう言うと、中差しの矢と鏑矢一本を一緒に摑んで、弓を杖に、一番の谷を駆け上り、細谷川の上流を渡り、敵の後ろの薄暗い所から窺いながら近寄ってみると、枝がまるで夜叉の頭髪のような倒れた木があった。さっと上がって見てみると、左手に敵を引きつけて戦えば、弓の狙いがつけやすそうに思われた。三人張りの弓に、十三束三伏の矢をつがえ、十分に引きしぼって鏑もとへからりと引き掛けると、しばらく狙いを定めてから、鋭く放った。

鏑矢は、敵に届くまで遠鳴りしていたが、楯を立てた強そうな法師の左の小腕を、楯板もろとも射千切った。雁股が、さらに手楯に突き刺さったかと思うと、その法師は矢の下にばたりと倒れた。衆徒が大層驚いているところに、忠信は弓の下端を叩きながら、

「それ者ども、勝ちに乗じて大手は進め。搦手は後ろへまわれ。伊勢三郎、熊井太郎、鷲尾、備前はいるか。片岡八郎、西塔の武蔵坊もいるか。奴らを逃がすな」

などと、影もない人々の名を大声で呼んだところ、聞いた川くらの法眼は、

「まったく、判官の家来の中でも、あいつらは手に負えない奴らなのだ。射程内に近づいてはかなわないぞ」

と言って、三方へ素早く逃げ散った。その様子といったら、まるで、龍田（たつた）の川や初瀬（はつせ）の山のもみじ葉が嵐に散るのに、少しも異ならなかった。

敵を追い散らして奪った楯を被りながら陣地に戻り、そこで敵を迎えた。七人は手楯の陰に並んでいて、敵に矢を射尽くさせた。衆徒は、手楯を奪われてがまんできず、強弓の射手を選んで正面に立たせ、存分に射てきた。

弓の弦音が杉山におびただしく響き渡った。楯の前面に当たる矢の音は、まるで、板屋根の上に降る霰か、あるいは小石を撒き散らすようだった。こうして衆徒は、半時ほど射続けたが、こちらからは射返さなかった。

六人の家来たちは、覚悟のうえのことだから、

「この先いつのために命を惜しもう。さあ、戦おう」

と言った。忠信はそれを聞いて、

「このまま放っておいて、あるだけの矢を射尽くさせるのだ。吉野法師は、今日がはじめての戦さなのだろう。だから、そのうちに矢もない弓を持って、弟子同士がもみあって混乱するだろうからその隙をのがさず、存分に射放って追い払い、矢種が尽きたら、今度は太刀や薙刀の鞘を払って、敵中に乱入して討死するのだ」

忠信がそう言い終わらないうちに、衆徒は矢が尽き、あちこちになにもしないで立っていた。

「この隙だ。さあ、戦おう」

鎧の左の袖を楯代りに思う存分射た。しばらくして、後ろへぱっと退ってみると、六人の郎党のうち四人までが討死して、ふたりになっていた。そのふたりも既に覚悟したことなので、ただ忠信を敵に射させまいと思ったのであろう、敵の矢面に立って忠信を守った。そして、ひとりはいおう禅師の矢に首の骨を射られて死んだ。もうひとりは治部の法眼の射た矢に脇の下を射られて死んだ。

六人の郎党が皆討たれて、忠信はひとりになると、

「役に立たない味方がいるのは、かえって足手まといだ」

こう強がりを言いながら箙を探ってみると、尖矢(とがりや)一本と雁股の矢一本が射残してあった。どうかよい敵が現われてもらいたい。見事な矢を一本射て、それから腹を切ろう、と思った。

川くらの法眼がこの日の矢合わせに失敗したため、なんの役にも立たなかった三十人ほどの門弟が、あちらこちらに渦巻いたかたちで立っていた。その後に、その身長六尺ばかりもある法師で、非常に色が黒く、服装も黒ずくめなのがいた。褐色の直垂に、黒皮の小札を二寸幅に切り、一寸だけ重ねて糸毛を通した鎧に五枚兜を高角に*（原本、ためしたるを）深々とかぶって、三尺九寸ある黒漆の太刀を、熊皮の尻鞘に入れて下げていた。逆毛を張った箙の矢配りも立派なのに、塗りものの竹に黒い鷲の羽根をつけた矢の、太さは笛竹ほどもあり、矢先きの糸を巻いたところから十四束ほどの長さをたっぷり取って切ったものを無造作に差して、それを高めに背負い、糸(いと)包(づつみ)の弓の九尺ほどもある四人張りのものを杖に突いて、倒れている木に上って言った。

「大体、このたびの衆徒の戦さぶりを見ていると、まことに不甲斐ない。源氏を小勢だからと侮って失敗したのだろう。九郎判官という人は、非常に勝れた大将である。だから、家来たちも一人当千でない者はない。もう源氏の郎党どもも皆討死してしまったし、味方の衆徒も大勢死んだ。そこで、源氏の大将と衆徒の大将とでどちらに武運があるか、一騎打ちをしようではないか。こう言う自分を何者と思われるか。紀伊国の住人の鈴木党の中に、相当な者がいることは、前々から聞き及んでおられよう。先程の川くらの法眼という馬鹿者とは違う。子供の頃から根性曲りの乱暴者と言われ、紀伊国を追い出されて奈良の東大寺にいたが、悪僧の名を売る不敵な者として東大寺からも追い出され、比叡山の横川谷というところにいたが、そこもまた追い出されたので、この二年は川くらの法眼を頼って吉野にいる。横川からやって来た故、またの名を横川の前司（禅師）覚範（かくはん）という。この覚範が今、中差しの矢を一本お見舞いして、この世の名誉な手柄とする。また誤って判官殿の矢を頂戴したら、冥土で閻魔に披露しようと思っている」

そう言って、四人張りの弓に十四束の矢をつがえ、乱暴に引きしぼって鋭く放った。矢は、忠信が弓を突いて立っていたその左の太刀打をかすり、後の椎の木に、沓巻（くつまき）（鏃を差して糸で巻いたところ）の見えなくなるほど深く突き刺さった。

四郎兵衛忠信はそれを見て、はしたない矢を射たものだと思った。保元の合戦に、鎮西八郎為朝の御曹司は、七人張りの弓で十五束の矢を射たところ、鎧を着た人間を射貫いたが、それはもう昔のこと、今の世にどうしてそれほどの強弓の者がいようか。一の矢を射損った上は、二の矢で真中を射ようと思うだろう。胴中を射られてはたまらない。そう思ったので忠信は、尖矢をつがえて、二、三度引いたりゆるめたりして狙ったが、射るには少し遠いし、風が谷から吹き上げてくるので、狙ったところへきっといくまい。たとえ命中したとしても、相手は大力の持主だから、恐らく鎧の下に丈夫な札（さね）の腹巻などを着ているだろう。命中した矢が裏まで通らなかったら、弓矢の恥になるのだ。そこで、覚範を狙えば射損うかも知れないから、覚範の弓を狙おうと考えた。

唐の養由（ようゆう）は、柳の葉を百歩先に立てて置き、百本の矢を射て百本の矢とも命中させたというが、わが国の佐藤忠信は、五段先に置いた笄（こうがい）を射外さなかった。まして、的は左手に持つ大弓だ。距離は少し遠いが、忠信は絶対に射損うはずはないと思った。一度つがえた尖矢を雪の上に突き立て、小雁股の矢をつがえ直して少し引いて待ち構えているところへ、覚範は一の矢を射損って無念に思い、二の矢をつがえ、何気なく引こうとしたところを、忠信は十分に引きしぼって鋭く放った。

覚範は、弓の上部を射切られたので、それを左の方へ投げ捨て、腰の箙もかなぐり捨てて、

「自分も敵も、運不運は前世の罪業によって決まる。さあ、一騎打ちだ」

と言うと、三尺九寸の太刀を抜き、稲妻のようにひらめかして、真正面に振りかざし、大声をあげながらかかってきた。忠信も最初から覚悟していたことなので、弓と箙を投げ捨てて、三尺五寸の、「つゝらゐ」という太刀を抜いて待ち構えた。

覚範は、象が牙を磨ぐような恰好で、喚きながらかかって来た。忠信は獅子が怒ったような物凄い形相で、それを待ち受けた。接近するや、覚範は逸りきった太刀を、左からも右からも、かまわず薙ぎ払うようにして激しく打ちかかってきた。忠信も交差しながらそれに応戦した。ふたりの太刀の打ち合うその響きは、まるでお神楽の銅拍子を打つ音のようであった。

覚範は太刀を持ち直して退いて構えた。するとその脇の下へ、忠信は素早く寄ると、ちょうど鷹が鳥小屋の入口をくぐる時のように、錣を傾けて飛び込むと斬った。大男の法師覚範は、斬りたてられて額に汗を流し、今が最期かと思われた。だが、忠信は酒も飯も食わずに、今日で三日間にもなるので、打ち込む太刀も弱っていった。衆徒はそれを見ていて、

「いいぞ覚範、勝ちに乗じろ。源氏は受太刀と見えたぞ、隙が出たぞ」

と斬合いを声援した。覚範はしばらくの間は優勢を保っていたが、どうしたことか、今度は受太

刀にまわった。衆徒はそれを見ると、

「覚範の方が受太刀になった。さあ、降りて行って助けよう」

と言うと、

「そうだ、そうしよう」

と言って、降りて加勢に行った。その衆徒の名は、いおう禅師、常陸の禅師、主殿助（とのものすけ）、やくいのかみ、かへりさかの小聖（こひじり）、治部の法眼、山科の法眼という豪の者七人であった。そうして、大声をあげながら忠信にかかってきた。

忠信はそれを見て、まるで夢を見る思いでいると、覚範が大声で、

「これはいったいどうしたことだ。衆徒たち、無法なことをするな。大将同志の戦いは、黙って見物するものだ。助太刀して、末代までの恥を与えるつもりか。それなら、あの世において敵と思うぞ」

と咎めたので、

「加勢しても有難いと言わないのだから、ただ黙って見物しよう」

と言って、誰ひとり助太刀しなかった。忠信は、心憎い奴だ、今はひとつ引き退ってみようと思った。そこで、持った太刀を振りかざすや、覚範の兜の鉢金の上に投げつけ、ちょっと怯（ひる）んだところを、差し添えの太刀を抜いて飛びかかって力強く斬りつけた。兜の内側へ切先が入った。あっ、やった、と思われたそこを、忠信は低い姿勢から鋭く突いた。覚範は、兜の鉢付の板を強く突かれたけれども、首に別条なかった。忠信は三、四段ほど引き退った。

そこに倒れた大木があった。忠信は、ためらわずにひらりと飛び越えた。覚範は追いかけていって強く斬り下ろした。斬り損った太刀を倒れた木に斬り込んでしまい、一所懸命抜こうとするその隙に、忠信はまた三段ほど素早く逃げた。そうして、そこから下を覗いて見ると、下は四十丈ほどもある大岩の崖であった。これが竜返しといって、人の近づかない難所であった。左も右も急傾斜の深い谷で、顔を出して覗きたくても、恐ろしくて覗けなかった。敵は後ろから雲霞(うんか)のように大勢続いている。もしここで斬られたなら、なんと簡単に討たれたものだ、と言われるだろう。あすこへ飛んで死んだなら、自害したと言うだろうと思い、鎧の草摺を摑んで、えいっと掛け声をかけて大岩に飛び降りた。

二丈ほど飛び降りた場所で、岩の間に足がかりを得たので足場を整えて立ち、兜の錏を押しのけて見上げると、覚範も谷を覗きながら立っていた。

「卑怯なふるまいだぞ。戻って来て戦え。判官殿のお供だと思えば、たとえ西は九州博多の港、北は北山(ほくさん)（金北山）のある佐度ヶ島、東は蝦夷の千島までもついて行くぞ」

と言うが早いか、覚範も掛け声をかけて飛び降りた。ところがどうしたことだろう。運命の極まる時の悲しさで、鎧の草摺が突き出ている枝に引っかかって、まっさかさまに勢いよく転び、ちょうど忠信が太刀を下げて待ち構えているところへ、いかにものんびりした様子でごろごろ転がって来た。

忠信は、覚範が起き上がるところを、身をひらきざまに鋭く斬りつけた。太刀は名高い熊野の宝剣であり、人一倍勝れた腕前なのだから、兜の真正面を両断して、憎げな顔半分ほどを斬り下げた。太刀を抜き取ると、覚範は、ばたっと倒れた。しきりに起きようとしたが、ただ力が弱っていくだけで、膝を押えてたった一声、「ううん」と言ったのを最後に、四十一歳で死んだ。覚範を都合のよい所で斬り倒した忠信は、しばらく休んでから、押えて首を斬り落とし、太刀の先に突き刺し、中院の峰に上って大声で、

「衆徒の中にこの首を見知った者はいないか。噂に高い覚範の首を義経が討ち取ったぞ。弟子がいるなら引き取って供養せよ。くれてやろう」

と言って、雪の中に投げ捨てた。衆徒はそれを見て、

「覚範さえかなわなかったのだ。ましてわれわれには、彼ほどの武勇はないのだ。さあ、麓へ戻って、後日の相談をしよう」

と言うと、それは卑怯だとか、覚範といっしょに討死しようとか言う者もなく、

「その意見に賛成」

と言って、衆徒は麓へ帰って行った。忠信ひとりが吉野山中に取り残されて、あたりの様子に耳を澄ますと、死に損って、

「助けてくれ」

と言っている者もあれば、既に死んでしまった者もあった。忠信は、自分の郎党を見たが、ひとりとして息のある者はいなかった。

十二月も二十日のことなので、夜明けにかけて出る月はあっても、宵はまだ暗かった。忠信は、きっと討死すると思っていた命が助かったからといって、今死のうとするのも意味がないと思っ

たので、衆徒と同じように寺の方へ行ってみようと考えた。

忠信は、兜を脱いで高紐に掛け、乱れた髪を束ねて結び、血のついた太刀を拭って担ぎ、衆徒より先に寺の方へ行った。衆徒はそれを見ると、ひとりひとりが大声で、

「寺の者たち聞いてくれ。九郎判官殿が山の戦いに負けて、寺の方へ逃げていくぞ。それ判官を逃がすな」

と叫んだ。

風は吹くし、雪は降る。寺の者たちにはその叫び声が聞こえなかった。忠信は大門を入って本尊の方を拝むと、南大門を真直ぐに下って行った。すると、左側に大きな家があった。それは山科の法眼の坊であった。入ってみると、住職の法眼の部屋には誰もいなかったが、台所の側にふたりの法師と三人の稚児がいた。そして、いろいろの菓子や果物を盛り、祝いのしるしをつけた徳利が並べてあった。

四郎兵衛忠信はそれを見て、

「よいところへ来合わせた。なにはおいても、お前たちが用意した酒盛りの銚子は、よそへいってしまうのだ」

と太刀を担いだまま、縁の板を荒々しく踏んで、素早く中へ入った。稚児も法師も、どうして驚かないでいられようか。腰を抜かしたのだろう、それでも慌てふためきながら、四つんばいになって三方へ逃げ散った。忠信は、願ったりかなったりで座敷にどっかと坐り込み、菓子などを引き寄せ、思う存分食べて疲れを休めているところへ、近づいた衆徒はめいめい勝手に喚いていた。

忠信はその声を聞くと、いちいち徳利や盃を取り揃えていたのでは時間がかかってたまらないと思い、酒は飲み慣れている男だから、徳利の首に手をかけると、あたりへこぼしながらぐい飲みをした。兜を膝の上に置き、少しもあわてず、火で額を暖めていたが、重い鎧は着ているし、深い雪の中を歩いたし、戦さ疲れに酒は飲むし、火には当たるしで、とうとう、敵の攻め寄せて喚いているのを少しも知らずに、眠っていたのだった。

衆徒は山科の法眼の坊に押し寄せて、

「九郎判官はそこにいるか。出て来い」

忠信はその声に驚いて眼をさまし、兜を着け、火を消して、

「なにを遠慮しているのか。来たい者はこっちへ入って来い」

と言ったが、衆徒は命が二つあるわけではないから、そう簡単に入れず、ただ外でがやがやと騒ぎながら押し合っていた。

山科の法眼が、

「落武者を坊に入れたまま夜を明かすわけにもいかない。われわれが世に栄えてさえいれば、こんな家は一日に一軒ずつでも作れる。構わぬ、火をつけて、焼き出して射殺せ」

と言った。忠信は、中でそれを聞いていて、敵に焼き殺されたと言われるのは残念だ。自分から焼け死んだと言われようと思い、一双の屏風に火をつけて天井へ投げ上げた。すると、衆徒はその火を見て、

「あっ、家の中から火が出たぞ。出て来るところを射殺せ」

と言って、矢をつがえ、太刀や長刀を構えて待ち受けた。

忠信は、燃え上がらせておいて広縁に立つと、

「衆徒ども、万事を静めてよく聞け。この俺を本当に判官殿と思っているのか。ご主君はいつお遁れになったのか知らぬが、自分は九郎判官ではないぞ。家来の佐藤四郎兵衛藤原忠信という者だ。自害するのだから、討ち取ったなどと後日になって言い争うな。たった今腹を切る。首を取って鎌倉殿のご覧に入れるがいい」

と言って、刀を抜き、左の脇腹に刺し通したように見せかけて刀を鞘に納め、素早く坊の中へ駆け込んだ。内殿へかけた引橋を外して天井に上ってみると、東側の棟の飾りのところまではまだ燃えていなかった。軒先に出ている粗末な板屋根を強く踏んで屋根の上に飛び出してみると、山腹を削って崖作りにした坊なので、山と坊との間は一丈ほどしかなかった。これ位のところを跳び損って死ぬような因果となったらもう仕方がない。八幡大菩薩、なにとぞご照覧あって助け給えと念じつつ掛声もろとも跳ぶと、難なく後ろの山へ跳びついたので、山の上へ上り、松のひと群生えているところへ鎧を脱ぎ、兜の鉢を枕にして、敵の慌てふためいている様子を眺めていた。

衆徒は、

「まことに恐ろしいことだ。判官殿とばかり思っていたら、佐藤四郎兵衛であったとは。騙されて大勢の人を討死させたのが残念だ。大将と思えばこそ、首を取って鎌倉殿のご覧に入れようとも思ったのに、憎い奴、ただ押し込めたまま焼き殺せ」

と互いに言い合った。そのうちに、火も消え炎も静まった。たとえ焼け死んだ首でも、執行のご

坊に見せようと、各自が思い思いに探したけれども、死骸も見当たらず、焼けた首もなかった。それだから、

「人の心は剛の上にも剛であるべきものだ。死んだ後までも屍の恥を晒すまいと、塵か灰のように焼けて消え失せたのだろう」

と衆徒は言って、寺に引き返した。

忠信は、その夜は蔵王権現の前で夜を明かした。鎧を権現の神前に捧げて、二十一日の明け方、吉野の御嶽を出た。そして、二十三日の夕暮れ近く、危かった命を助かって、再び京都へ入ったのであった。

吉野法師判官を追かけ奉る事

その間に義経は、くうしゃうのしゃう、しいの峰、ゆずりはの峠などという難所や、こうしうガ谷を通って、十二月二十三日には桜谷という所にいた。

雪が降り積もり、つららが垂れ、非常に困難な山道なので、人々は疲れ果てて、太刀を枕にしたりなどして眠ってしまった。義経はそれを心細く思い、弁慶を呼び寄せて、

「いったいこの山の麓に、義経を助けてくれる者はいないだろうか。酒でも貰って疲れを休め、それから落ちのびたいものだ」

「助けてくれる者がいるとも思えません。しかし、この山の麓に弥勒堂があります。聖武天皇

のご建立で、奈良の勧修房殿が別当でいらっしゃいます。しかしその代官に、御嶽左衛門という者が俗人の（原文、すなはち）別当を勤めています」

「頼みになる者がいるのだな」

義経はそう言って、手紙を書いて弁慶に渡した。

弁慶は、その手紙を持って麓に下った。そうして、御嶽左衛門にその事情を伝えると、

「そんな近くにおられるのに、今までなんのお申し付けもなかったとは」

御嶽左衛門はそう言うと、親しい者を五、六人呼んで、いろいろの菓子を取り揃え、酒や飯とともに、長櫃二つに入れて桜谷へ持って行かせた。

「こんなに簡単にできたことを」

と義経は言って、十六人の中に二つの長櫃をどっかりと置いた。

酒を飲みたいと言う者、飯を食べたいと言う者、それぞれ思いのままに広げて、いざ飲み食いしようとしたその時、東の杉山の方から人の声が幽かに聞こえてきた。義経はそれを怪しいと思ったのだろう。

「炭売りの老人も通らない所だから、炭焼きの声とは思われない。峰の細道は遠いから、きこりがたきぎを切る斧の音とも思われない」

と言って、後ろを厳しい目で見ると、一昨日、中院の谷で四郎兵衛忠信に討ち残された吉野法師が、まだその時の怒りを忘れずに、鎧兜に身を固めて百五十人ほどが現われた。

「それっ、敵だ」

と義経が言うと、死後の恥をも顧みず、人々は散り散りに逃げた。常陸坊[5]は誰よりも先に逃げた。後を振り返ってみると、弁慶も義経もまだもとの場所から動かずにいた。

「自分がここまで逃げて来たのに、あの方々が残っているのは、どういう考えなのだろう」

常陸坊がこう言い終わらないうちに、義経と弁慶は、二つの長櫃を一つずつ持つと、東側の大岩を目がけて投げ落とし、盛った菓子を落ち着き払って雪の下へ埋めてからその場を離れた。

弁慶は、遥か先に逃げのびた常陸坊に追いついて、

「皆の歩いた跡をみると、はっきりしていて、まるで曇りのない鏡を見るようだ。命が惜しかったら、誰もが履物をさかさまに履いて逃げるのだ」

と言った。義経がそれを聞いて、

「武蔵坊はいつも奇妙な事を言う。どうして履物をさかさまに履くのだ」

「だから殿は、梶原が逆櫓（さかろ）をつけようと言ったのをお笑いになったのです」

「本当に逆櫓ということを知らなかった。まして履物をさかさまに履くということは、今はじめて聞くのだ。ともかく、さかさまに履いて後世に恥として残らないのなら履こう」

弁慶は、

「それではお話ししましょう」

と言って、昔印度にあったという十六の大国、五百の中国、その他無数の小国の、代々の皇帝のことや、合戦の様子を物語り出した。その間にも、敵は矢の届く距離に近づいていたが、人々は立ったまま輪になって、静かに話に聞き入った。

「十六の大国は西天竺(印度)といった。その中にしらない国とはらない国(波羅痆斯国)という国があった。その国境に香風山(こうふせん)という山があって、その麓には千里の広野が広がっていた。この香風山は宝の山で、人は容易に入れなかったのを、ある時、はらない国の王が、この山を奪い取ろうと思い立ち、五十一万騎の軍勢を引き連れて、しらない国へ攻め込んだ。しらない国の王も賢明な王であったから、あらかじめそれを察知していたのであった。香風山の北の麓に千の洞という所があって、そこに千頭の象がいたが、その中に一頭の巨象がいた。しらない国の国王はこれを飼っていたのである。ところが、巨象は一日に四百石も食べるので、公卿が会議を開いた。そして、『この巨象を飼っていても、なんの利益もありません』と、その結果を申し上げた。すると国王が、『勝ち戦さになることもあるだろう』と言ったところ、意外にこの戦争が起きたので、武士を出陣させず、巨象を連れて来させ、王は口を巨象の耳に当てて、『わが恩を忘れるではないぞ』と言い含め、敵陣に向けて放った。巨象は怒り狂った。力の強い象だから、天に向かって一声吼えると、大きな法螺貝を千揃えて吹くようで、その吼え声は骨髄にまで達して耐えられず、左を一足踏み出すと、一度に五十人の武士を踏み殺した。七日七晩の合戦で、五十一万騎が皆殺しにされた。供の公卿三人を含めて、全員十騎にされてしまったはらない国の軍は、香風山の北の麓に逃げ込んだ。時は神無月(かんなづき)(陰暦十月の別称)二十日過ぎのことなので、麓にはもみじの落葉が一面に敷きつめており、ところどころの雪明りの中で、それを踏み散らして逃げて行った。その時、国王は自分が助かるためだろうか、履物をさかさまに履いて逃げた。足跡は、先が後に、後が先になった。追手の者はそれを見て、『あのはらない国の国王は賢明な王であるから、これにはどんな計略があるかわからない。この山は虎の住む山だから、夜になってわれわれの身の安全も予測できない』と言って、麓の町に引き返した。国王は危い命が助かったので、自分の国へ帰ると、五十六万騎の軍勢を整え、今度は戦いに勝つという喜びを得ることができました。これが履物をさかさまに履いた由来です。外国の賢王もこんなことがあったのです。殿はわが国の武士の大将で、清和天皇十代のご子孫に当たります。『敵奢らば我奢らざれ。敵奢らずば、我奢れ』と、漢籍にあります。人のことは知りません。しかしこの弁慶は」

と言って、弁慶は真っ先に履物をさかさまに履いて歩き出した。義経はそれを見て、

「奇妙なことを知っているものだ。どこでその話を教わった」

「桜本の僧正のもとにいた時、法相宗か三論宗の中に、釈迦が残した教えとして書いてありました」

「あっぱれ文武両道の達人だ」

と誉めた。すると弁慶は、

「自分より他には、勇気もあり、知恵もある者はありますまい」

と自慢した。

一行は、こうして気持も落ち着いて遁れていった。衆徒も間もなくその後から続いた。衆徒側のその日の先陣は、治部の法眼が勤めていた。治部の法眼は衆徒に向かって、

「不思議なことが起きたが、どうしたわけだろう。今までは谷へ下りていた足跡が、今度は谷からこちらへ向かって来ている。どういうことだ」

と言うと、後陣にいたいおう禅師という者が、駆け寄って来てその足跡を見て、

「こんなこともあるだろう。九郎判官という人は、鞍馬で育った人だ。文武両道に秀でている。従う郎党たちも一人当千の者ばかりだ。その中に法師がふたりいる。ひとりは園城寺（おんじょうじ）の法師で、常陸坊海尊という学問僧だ。もうひとりは桜本の僧正の弟子で、武蔵坊弁慶という。この者は、外国や我が国の合戦について非常によく知っている者だから、香風山の北の麓で一頭の象に攻められて、履物をさかさまに履いて逃げた、はらない国の王の先例に倣ったものと思われる。逃げる隙を与えるな。ただ追っかけろ」

と言った。

衆徒は音も立てずに近づき、矢の届く距離に来ると、いっせいに鬨の声をあげた。十六人は驚いたが、義経は、

「初めから義経の言うことを聞かないからだ」

と言ったが、誰も聞こえない振りをして、錏（しころ）を傾け、入り乱れて押し合うように逃げて行った。

ここに一つの難所があった。それは、吉野川の上流、白糸の滝といって、上を見れば五丈ほどの滝が、糸を乱したように落ち、また、下を見ればゆうに三丈を越える紅蓮地獄のような淵であった。水源地は遠い。雪解けのため水かさを増し、瀬々の岩間を叩く波は、蓬萊山をも崩すかと思われた。こちらの岸も向う岸も、水面に二丈ほどもある大岩の屏風を立てたようだった。その岩の上には、秋の終りから現在まで降り積もった雪が消えないで、雪と氷が一つになり、まるで一面に銀箔を延べたようであった。

弁慶は誰よりも先に川岸へ降り立って見てみたが、とても向う岸へ渡れるとは思えなかった。けれども、人を励まそうと思ったのだろう。またいつもの調子で、

「これくらいの谷川で、なにをぐずぐずしているのか。ここを越すのだ」

と言った。だが義経は、

「どうやってこれを越すのだ。もう観念して腹を切ろう」

と言った。すると弁慶は、

「余人は知らず、だがこの弁慶は」

と川岸に歩み寄り、左右の眼をとじて神仏に祈った。

「源氏をお守りくださる八幡大菩薩は、いつからわがご主君をお忘れになりました。わが祈りをお聞き届けあって、われわれの無事をお守りください」

目を開けて見ると、四、五段ほど川下に、注意を引かれる場所があった。走り寄ってみると、両岸が山の先端のように迫っていて、やはり川は深く水は沸き上がるように流れ落ちているのだが、対岸を見ると、岸の崩れた所にひとかたまりの竹が生えていた。その中に、特に高く伸びている竹が三本あって、その先端がひとつにからみ合って日頃の雪に押され、川の中ほどへしなっていた。その竹の葉末にはつららが飾り玉のように下がっていた。義経もそれを見つけて、

「義経にしても、越えられるとは思われないが、まずためしてみよう。しくじって川へ落ちたら、お前たちも続いて飛び込め」

「承知しました」

と一同は答えた。

この日の義経のいでたちは、赤地の錦の直垂に紅裾濃（くれないすそご）の鎧を着て、白星の兜の緒を締め、黄金作りの太刀を下げ、大中黒の矢を高めに背負い、弓に熊手を添えて左脇に挟み持っていた。そうして、川のふちに歩み寄ると、鎧の草摺をからげ、鐙を傾けるような格好をして掛声とともに飛んだ。竹の先端にさっと飛びついて、やすやすと向う岸に渡った。そして、草摺の濡れたのを軽く払いながら、

「そちらから見たよりは難しくなかった。さあ、皆続くのだ」

この義経の命令で、次の者が飛び越えた。片岡、伊勢、熊井、備前、鷲尾、常陸坊、それに雑色の駿河次郎、下男の喜三太などで、これらの者をはじめとして十六人のうち十四人が越え終わった。

残るふたりだけがもとの所にいた。ひとりは根尾十郎、もうひとりは弁慶であった。根尾が飛ぼうとすると、弁慶は鎧の左袖を押えて言った。

「お前の膝の震えようを見てると、絶対に越えられない。鎧を脱いで飛び越せ」

「他の人が皆鎧を着たまま越えたのに、俺だけに脱げというのは何故だ」

向う岸の義経がそれを聞いて、

「なにを言っているのだ、弁慶」

と尋ねた。

「根尾に鎧を脱いで渡れと言ったのです」

「お前の一存で、無理にでも脱がせよ」

三十前の壮者の中にあって、ひとり根尾だけは五十六歳の老体であった。「道理を曲げてでも都に残れ」と、たびたび諭されたにもかかわらず、「ご主君のご威勢が盛んな時、そのお陰を受けて妻子を養っておきながら、君のご威勢が傾いたからといって、自分だけ都に残って新しい主君に仕えることなどできません」と言って、十分覚悟してここまでついて来たのであった。

根尾は、義経の言葉に従って、鎧や小具足を脱いだ。それでもまだ越えられそうにないので、対岸の人々は弓の弦をはずして集め、それを一本に繋ぎ合わせて、一方の端を根尾に投げて寄越した。そうして、

「そちらへ引っぱれ」

「強く握れ」

「しっかり摑まれ」

こう口々に言いながら、流れの水勢が幾分弱いところを歩いて渡らせた。

弁慶がひとり残った。弁慶は、義経の越したところを越えないで、川上へ一段ほど上ると、岩角に降り積もった雪を薙刀の柄で払い落として、

「これくらいの谷川を飛び越せないで、あんな竹に飛びついて、がたぴしと渡るのは見苦しい限りだ。そこを退いてくれ。この川をいとも簡単に飛び越えておめにかけよう」

義経がそれを聞いて、

「義経を嫉んだとみえる。あちらへ目をやるな」

と言って、頬貫(つらぬき)の紐の解けたのを結ぼうと、兜の錏を傾けていたその時、ただ流されていくだけだった。

「えいや、えいや」

という声が聞こえた。見ると弁慶は、急流の波のため岩に打ちつけられながら、ただ流されていくだけだった。

義経はそれを見て、

「あっ、しくじったな」

と言って、熊手を持ち直し、川端に駆け寄ったかと思うと、弁慶の総角(あげまき)に引っ掛け、「それみたことか」と言ったところへ、伊勢三郎が素早く近寄って熊手の柄をしっかりと握った。

義経が覗いてみると、鎧をつけた人一倍大きな法師が、熊手に引っ掛けられて宙吊りにされたのだから、弁慶は鎧にたっぷり含んだ水をこぼしながら、引き上げられた。

この日死ぬはずの命が助かった弁慶は、きまり悪そうに義経の前に進み出た。義経はそれを見て、腹立たしさのあまり、

「どうした、口ほどでもないな」

すると、

「過ちはよくあることとです。くしのさはれ（孔子(くじ)の倒(たお)れ。どんなえらい人にも失策はあるということのたとえ）ということもあるではございませんか」

とおどけた洒落を言って誤魔化してしまった。

人々は思い思いに遁れていったが、弁慶は行こうとしないで、一むら生えている竹藪に入って

いった。そして、三本の竹の根元に向かって、まるで人にものを言うようにくどくどと、

「竹も命のあるものなら、自分も命のある人間だ。同じ命のあるものでありながら、竹は根をもっているために、春が来たら再び竹の子が生えるであろう。それに引き換え、われわれ人間は、一度死ねば二度と生き返らないのが常だ。だからお前を切る。われわれの命に代わってくれ」

と言って、その三本の竹を切った。そして、根元に雪をかぶせ、その竹の先を元どおり流れの上へ差し出した。それから義経に追いついて、

「あとをこのようにしておきました」

と報告した。

義経は、谷川の激流を顧みて、昔の話を思い出して感無量になった。

「歌の好きななにがしは舟に乗って、笛の好きななにがしは竹に乗って、それぞれ渡った。中国の穆王は壁を踏んで天に上り、張博望は浮木に乗って天の川にいたったというが、義経は今、竹の葉に乗って谷川を渡った」

そう言って、山の上の方へ上っていった。すると、谷の窪みの風当りが少し穏やかな所に出た。

「敵が川を越えてきたら、矢先を下げて射よ。矢が尽きたら腹を切れ。だが、彼等が渡れなかったら、からかってから戻って来い」

義経はそう命じた。

衆徒は間もなく押し寄せて来た。

「よくも越えたものだ。ここを越えたのか、あそこを越えたのかな」

と口々に騒ぎ立てた。治部の法眼は、

「判官だってまさか鬼神ではあるまい。越えたところがあるはずだ」

と言って対岸を見ると、川の中ほどへ傾いている竹を見つけたので、やはりと思って、

「あれに飛びついて越えたら、誰だって越せるだろう。さあいけ、者ども」

と言った。

そこで、歯を黒く染め、腹巻に射向の袖をつけたものを着た三人の法師が、手鉾や薙刀を小脇に抱え、手に手を取って、掛け声をかけて飛んだ。竹の先に飛びついて、えいっと手元に引っぱると、弁慶がたった今その根元を切って雪に突き刺した竹だから、ちょうど担ぐような格好になったと思ったら落ち込み、岩を打つ波に叩き込まれるように沈むと、水底に藻屑となって二度と現われなかった。

向いの山の上で、十六人がいっせいに笑うと、衆徒はあまりのことに黙り込んでいた。ひたかの禅師が、

「これは武蔵坊というたわけ者がやったことだ。こんなところに長居してはいかにも馬鹿者みたいだし、また、上流を廻るのでは日数がかかる。さあ戻って相談しよう」

と言った。「卑怯だ。続いて飛び込んで死のう」と言う者はひとりもなく、

「もっともだ。その意見に従うことにしよう」

と言って、もと来た方へ帰っていった。

義経はそれを見て、片岡を呼び寄せると、

「吉野法師に向かって、こう言ってやれ。義経がこの川を越えかねていたのに、ここまで送って来てくれたとは嬉しいと。後々のためにもなることだから」

片岡は、白木の弓に大鏑矢をつがえ、谷越しに一の矢を射かけて、

「ご命令だ、判官殿のご命令だぞ」

と呼びかけた。けれども、衆徒は聞こえぬ振りをして歩いていった。弁慶は、濡れた鎧を着たまま倒れている大きな木に上り、衆徒に向かって、

「風流を解する衆徒がいたら、比叡山の西塔で有名な、武蔵坊の乱拍子の舞を見よ」

と言った。

衆徒の中には、耳を傾ける者もあった。

「片岡、囃子を入れろ」

片岡八郎は、本気になって中差しの矢で弓の下端を叩いて、「万歳楽（まんざいらく）」と、囃し立てた。弁慶が、ちょうどその時舞い始めたので、衆徒も去りかねてそれを見物した。舞はいかにも面白かったが、それは衆徒を嘲るような歌をくり返し歌ったのであった。


春は桜の流るれば、吉野川とも名付けたり。秋は紅葉（もみじ）の流るれば、龍田川とも言いつべし。

冬も末になりぬれば、法師も紅葉で流れたり。


そうして、幾度も幾度も舞った。

ついに、誰だかわからないが、衆徒の中から「馬鹿者め」と、怒鳴った。

弁慶は、

「お前らはなんとでも言いたいことを言え」

と言った。その日はそこで過ごした。

夕方になったので、義経は侍たちに、

「いったい、御嶽左衛門が殊勝な気持でくれた酒や肴を、食べないうちに、思いがけなくも追い散らされたのは残念だ。誰か食物の用意があるなら出してもらいたい。疲れを休めて、それから遁れよう」

と言った。

「われわれは敵が近づいたため、先を急ぎましたので、用意した者がありません」

と答えたところが、

「お前たちは、後々のことを考えないのだな。義経は自分の分だけは用意して持って来たぞ」

と言った。

あの時は全く同じように逃げたと思われたのに、いつの間に持ったのだろう。橘餅を二十ほど檀紙に包んだのを、鎧の右脇の物入れから取り出した。そして弁慶を呼び寄せて、

「これを一つずつ」

と言った。

弁慶は、その餅を直垂の袖の上にのせると、譲葉(ゆずりは)を折って敷き、

「一つを一乗（葛城山）の仏に献上する。一つを菩提（金峰山）の仏に献上する。一つを道の神に献上する。一つを山の神に献上する」

と言って、その上に置いた。餅は十六個残った。人も十六人である。まず義経の前に一つ置き、残りを人々に配った。

「最後に一つ残った。これを仏に供えた四つとを合わせて、五つを、この弁慶の得分にする」

と言った。

人々は、ひとりびとりが貰った餅を手に持ったまま泣きだした。

「人の世の悲しい習いだ。わが君の天下であったならば、これほどに真心を尽くしたなら、立派な威の鎧や、逞しい馬などを頂戴してこそ、恩賞に与ったような思いもするのに、餅一つをいただいただけで、まことにふさわしい恩賞を受けたように思って喜ぶとは悲しいことだ」

こう言って、鬼神をものの数ともせず、妻子を省みず、自分の命を塵や芥ほどにも思わない武士たちも、皆涙で鎧の袖を濡らした。思えば、その心の中こそ哀れであった。

義経も涙を流した。弁慶もしきりに涙が流れ出るけれども、そしらぬ態度を装って、

「この男たちのように、殿のお持ちになったものを頂戴したからといって、何も泣かなくていいものを泣くとは、馬鹿げた者たちだ。神仏の効力は人力の及ばないことなのだ。自分の命を助けたいばかりに、この弁慶も持って来た。あなた方もめいめい持って来なかったのは、油断からの失敗なのだ。同じ物だがここに持っている」

と言って、餅を二十ほど取り出した。義経も感心していると、弁慶は義経の前にひざまずいて、

左の脇の下から黒い大きなものを取り出して雪の上に置いた。

片岡が、なんだろうと思って近寄ってみると、刳りあけた穴のある小さな筒（原文は、こつづみ）に、酒を入れて持って来たのであった。弁慶は懐から素焼きの盃を二つ取り出し、一つを義経の前に置いて、三度注いだのち、その筒を振って、

「飲み手は多いが、酒の筒は小さい。存分にはない。だが、少しずつでも」

と言って、人々に飲ませ、残った酒を自分が持っている盃に三度、注いでは飲み注いでは飲みした。そして、

「雨も降れ、風も吹け。今夜はもう心残りがないぞ」

と言って、その夜はそこで夜を明かした。

夜が明けると、十二月二十三日であった。義経は、

「山道は、このようになにかと辛い。さあ麓へ」

と言って、麓を目指して下り、北の岡、しげみが谷という所まで出て来たが、人里が近いので、貧しい男女の家々が軒を並べていた。

「逃げる者の常で、鎧を着ていては遁れられない。われわれが世に出さえすれば、鎧など思いのままだ。今は命より大切なものはない」

こう言って、しげみが谷の枯れ木の根元に、十六領の鎧や腹巻を脱ぎ捨てて、思い思いの方角へ落ち行くことにした。

「来年の正月(むつき)の末か、二月(きさらぎ)の初めには奥州へ下る。それだから、その時は必ず一条今出川の辺

りで待ち合わせよう」

そう義経が言うと、人々は承知して、泣く泣く別れた。

山城国の木幡（こわた）や、をつかは（櫃（ひつ）河。今の山科川）や、醍醐や山科へ行く者もあり、あるいは鞍馬の奥へ行く者もあった。また、都の中に隠れる者もあった。

義経は、ひとりの侍さえも従えず、雑色も連れずに、「しきたん（敷妙（しきたえ））」という腹巻を着け、太刀を差し、十二月二十三日の夜も更けてから、奈良の勧修房得業のもとへ行った。(6)

注

（1）役の行者　奈良時代の人。役小角（えんのおづの）といい、修験道の開祖とされ、金峰や大峰などという修験道に関する山は、すべてこの役の行者が開いたと言われている。七歳の頃、五色の兎に随って葛城山の頂に登り、藤を衣として身にまとい、松の緑に命をつなぎながら、孔雀明王の法を三十余年修行した。その効験で、鳥のように空を飛ぶことができた。しかし、一言主神（ひとことぬしのかみ）（葛城神・葛城一言主之神ともいう。葛城山の神で、所伝は違うが、『古事記』『日本書紀』に見える。奈良県の、葛城坐一言主神社はこの神を祭る。）の讒言による圧迫から遁れるため、やがて母もろとも、茅の葉にのって大唐へ渡ったと伝えられている。

（2）佐藤のりたか　佐藤継信・忠信兄弟の家系を、『義経記』の本文によって作ると、

淡海公――のりたか――佐藤庄司―┬―継信（義経乳母子）――義信
　　　　　　　　　　　　　　　└―忠信――義忠

となるが、これは系図にあるものと異なる。『続群書類従―系図部―』から、佐藤家の系図を引用すると、

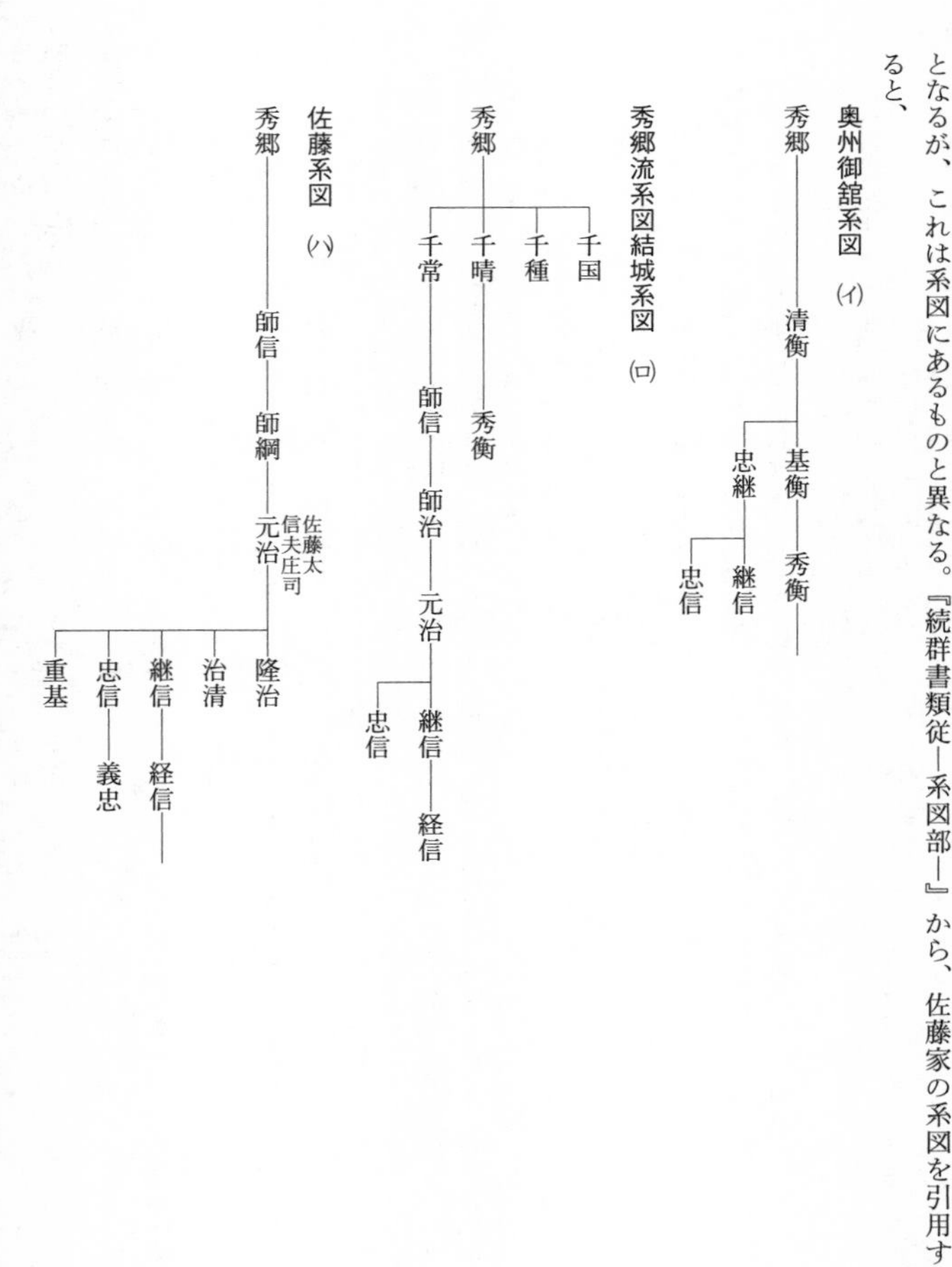

とあって、兄弟の祖父を、(イ)は清衡、(ロ)は師治、(ハ)は師綱としている。それにもかかわらず、『義経記』はその祖父を「のりたか」としているが、このりたかという人物は、系図の上で存在しない。また、父は信夫の佐藤庄司といって、忠信をその次男としているが、それについても、(ハ)は元治を信夫の庄司としているが、忠信を四男としており、(ロ)のみ忠信を元治の次男として『義経記』に近い。(イ)は兄弟を秀衡と従兄弟の関係にしているが、ちょっと信じかねる。一番信頼してよいと思われる『尊卑分脈』(巻二の注9を参照)は、兄弟の母が秀衡の従兄弟(ある本は叔母との関係)としている。

『吾妻鏡』の文治五(一一八九)年八月八日の条に、「又泰衡郎従信夫佐藤庄司(又号二湯庄司一。是継信忠信等父也)」は、頼朝の軍の常陸冠者為宗兄弟の攻撃によって首をとられ、阿津賀志山上の経ガ岡に懸けられたとあるが、十月二日の条には、頼朝が、囚人佐藤庄司、名取郡司、熊野別当を厚免したので、三人はおのおのその本所に帰ったとある。この二つの記録のうち、はたしてどちらが真実を告げているのかわからない。しかし、忠信の口を通して、良人の信夫の庄司に死に別れたと言っており、また、義経が会った時には既に後家で、尼になっていたとする『義経記』巻八の「継信兄弟御弔いの事」の伝承は、兄弟の忠節を再認識させるとともに、その悲劇性を強めるためであったのであろうか。また、『平治』の「牛若奥州下向事」には、秀衡の郎党の信夫小大夫という者が、秀衡のもとへ下ろうとする大窪太郎の女(むすめ)を奪い、その間に生まれたのが佐藤兄弟であるとしている。この二項とも、それぞれ古本にはなく、後世の増補によるものといわれているのだが、義経の伝説の発展に伴って、兄弟についてもいろいろに語られたのであろう。

また、継信忠信の子供は義経が名付け親となって、継信の子は義信、忠信の子には義忠と、それぞれ義経の義の字を与えて命名したと巻八「継信兄弟御弔いの事」にあるが、(ロ)も(ハ)も経信(つねのぶ)とあり、(ハ)のみ義忠がいたことになっている。ただ『芳野本義経記』には、「よしつねの下の一字を取って次信が子をはつねのぶただのぶが子をはつねただ」と命名したとある。『義経記』を作った人は、伝誦に重きを置いて、あまり系図のようなものには念を入れなかったのに違いない。

（3）熊野権現の宝剣　源氏が平家追討のため渡辺で兵船を揃えていた時、熊野別当が権現から願い受けて義経に献上したというこの名剣は、『屋代本平家』などの『剣巻』によると、源家の宝刀である「膝丸」が改名した「薄緑」の太刀のことであり、これを熊野権現から願い受けて義経に献上した別当は堪増だとしている。そして『剣巻』は、腰越状を提出したが許されず、帰洛に際して箱根権現へ奉納したとしているから、『義経記』にいう、忠信の賜わった太刀は、熊野権現から願い受けた太刀としても、薄緑の太刀とは違うことになる。今、この源家の宝刀の変遷を図で示す。

また、『盛衰記』に、「熊野別当法眼は頼朝には外戚の姨聟なり」とあるが、この源家と熊野別当との関係資料を併せて挙げておく。

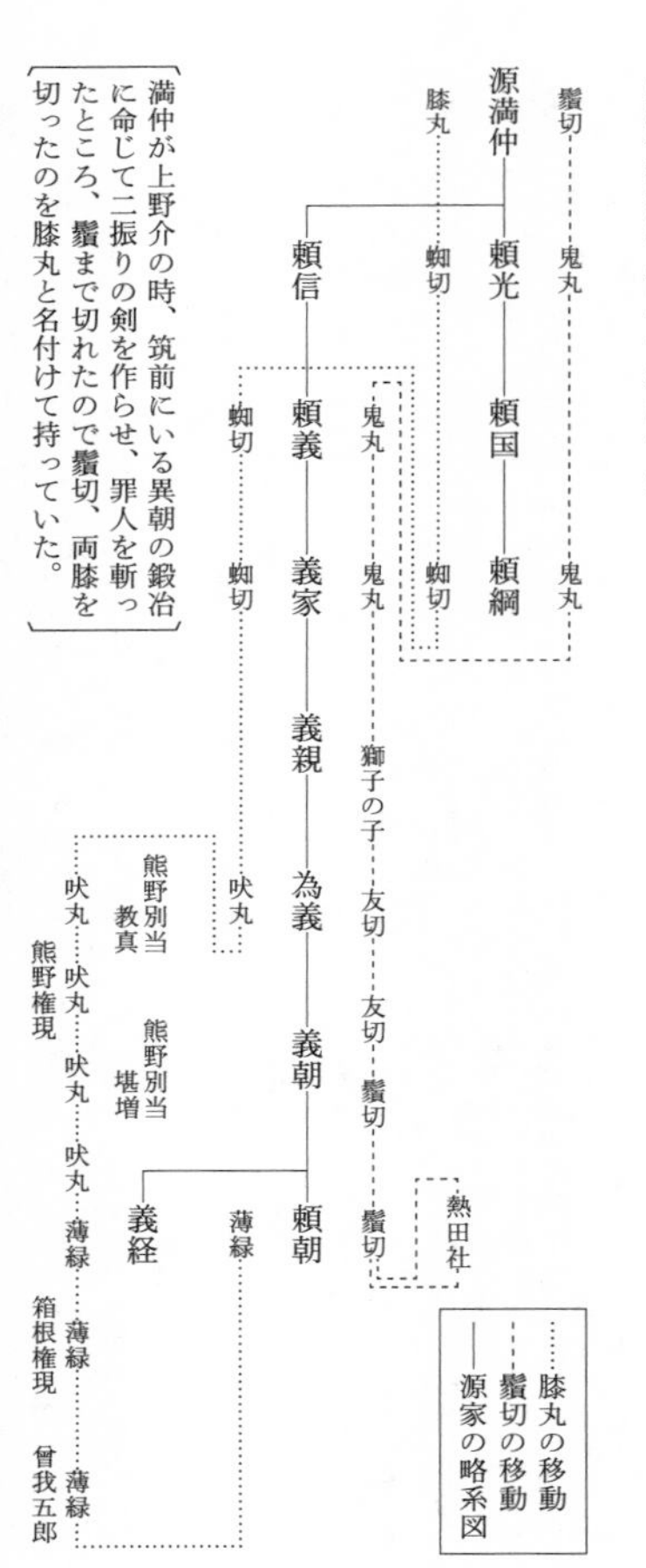

図の示すように、二振りの剣は源家の嫡々に伝わっていた。この二剣のうち、義経が膝丸（薄緑）を箱根権現に奉納したことは、太刀の名を異にはするが『剣巻』『曾我』ともに共通していて、『義経記』にある忠信が太刀を賜わったことは異説になる。もし『義経記』の伝承が正しいものならば、熊野別当（堪増か）は二振りの剣を権現から申し受けたことになり、一振りは熊野権現→堪増→義経→忠信の系譜をたどり、もう一振りは熊野権現→堪増→義経→箱根権現ということになる。そして、これはとりもなおさず名剣伝説の系譜でもあろう。それは、鎌倉時代以降の合戦の中心が太刀打ちとなったために、武士の関心が剣に集まり、一つの驚異に値する剣の、その伝来・故事を語ろうとする物語に支えられて誕生したのではないかと思う。それは、舞曲の「つるぎ讃談」などによっても推察できる。（『参考平治物語』の「源氏勢汰事」に、平治の乱に朝長が薄緑——岡崎本は蜘切——を帯びていることに「又別一剣乎、未レ知二孰是一」と、編者は『剣巻』の記述を挙げて述べている。）

この源家に伝わる二振りの名剣について、次のような異なる伝承もある。

『平治物語』には、奥州人文寿の作った太刀で、義家が奥州を攻めた時その生捕り十（異本に「千」とある）人を斬ったところ、その鬚まで斬れたので鬚切と名付けたとある。そうして、この鬚切は頼朝が捕えられた時、清盛の手に渡り、やがて後白河法皇の手に渡ったのち、頼朝の手に戻ったとある。『太平記』には、頼光の時、鬼を二度斬ったので鬼丸と名付けた。これは大原五郎大夫安綱が作って、坂上田村麻呂に献じたものだとある。『曾我物語』には、頼光がぶあく大夫と呼ぶ莫耶（鍛冶）を召して、二尺八寸の太刀を作らせ、その太刀をてふかと名付けて持ち、虫ばみ、毒蛇、姫切、友切と名を変えながら源家に伝わった。義朝はこの太刀を鞍馬の毘沙門天に奉納したが、のちに、毘沙門天が牛若へくださった。義経は平家追討のため西国へ下るに際し、勝利を祈願して箱根権現へ奉納したとある。『参考源平盛衰記』の「剣巻」に「古本云。三代将軍ノ代ツキテ後鬚切ハ上野ノ新田ノ家ニ伝リ。薄緑ハ足利ノ家ニ伝トソ申ケル」とある。

藤原忠平四男
師尹――定時――実方（巻二の注8参照）
　├朝元
　├賢尋
　├貞叙
　├義賢
　├長快（熊野別当）――湛快――湛増（実は源為義の子）
　└女子

この薄緑の太刀を義経に献じ、源平最後の合戦である壇の浦の海戦に、源氏に勝利をもたらした熊野水軍の統率者堪増は、『尊卑分脈』によると、前掲の系図のようになり、『熊野別当系図』には、

鎌足――略――実方――（一代略）補別当 快真
　├長快
　└長範――行範（妻は為義の女）――範誉（母は為義の女）――略――湛増

また、『熊野別当記』には、

第十一代別当 快真（父実方中将 母奥国人）――略――第十七代別当 長兼――第十八代別当 堪快――第二十一代別当 堪増

とあって、堪快の箇所に、次のような一文がある。

或書云　道観（鳥居法眼重氏）教真湛快右三人同人に候哉別人に候哉承居候と□是は他所にて鳥居

を名乗る者より向合に参り候事被存候。

『剣巻』に、白河院が初めて熊野に参詣した時、別当のいないことを知って、院宣で教真という者に、タッタワラ（タッタハラ）の女房という、為義と熊野の女房との間にできた娘を娶せて初代の別当にしたとある。

熊野別当は実方中将の子孫であるということと、為義の血縁であるという伝承があって、形は異なるが信じられていたのは事実である。

（4）太夫黒という馬　この馬は、『盛衰記』、長門本・延慶本の『平家』に、藤原秀衡が贈った馬とあるが、『吾妻鏡』（文治元年二月十九日の条）では、院から賜わった馬とされている。

また、『平家』巻十一の「継信最期」の条に、この太夫黒を僧侶に贈ったとあるが（巻三注8参照）、義経が後に土佐房から夜討ちを受けた時、『義経記』は義経をこの太夫黒に乗せている。

『義経記』は、義経の活躍する平家との合戦の場面を『平家』に譲ったが、義経の馬とか太刀とかの名は広く知られていたため、その物語の上でつじつまが合わなくても、『平家』や『盛衰記』と同じ名でなくてはならなかったのだろう。また、義経伝説は、判官贔屓によって支えられ、判官贔屓は国民のひたすらな感情だけに、つじつまが合わないとか、史実に反するというところがあっても、いっこうに差しつかえがなかったのであろう。

（5）常陸坊海尊　『義経記』巻三に、「園城寺の法師の尋ねて参りたる常陸坊」とあって、義経の数少ない郎党のうちでも、最初からの郎党のひとりとしており、また、「一人は園城寺の法師に常陸坊海尊とて修学者なり」と、園城寺の学問僧であったことを述べている。『異本義経記』には、

常陸房海尊事、園城寺ノ出家、刑部卿禅師ト云リ。強力者ユヘ荒刑部ト云ケル。義経法眼カ許ニ在時モ志ヲ通シ敬崇（ウヤマイ）ケル也。平家追討ノ時、義経ニ属シ、常陸房海尊ト名乗ト云云。

とあって、学問僧というより、あばれ者といった感じである。海尊は、流布本系の『平家』には登場

しないが、『盛衰記』に、

武蔵房、常陸房旧山法師にて、究竟の長刀の上手にて、七八人歩立になり、長刀十文字に採り、掃木を以て庭を払ふが如く薙入ければ、平氏の軍兵十余人なぎ伏せたり。

巻四十二　源平侍共軍 附継信盛政孝養の事

とその活躍が記載されている。

『義経記』巻四の大物合戦のところでは、弁慶が大暴れする際の舟の漕ぎ手として登場する以外には、敵（吉野法師）が来たと聞くと、

ひたち坊は人よりさきにおちにけり。　巻五

と、一番先に逃げており、また、巻七の三の口の関を通る時にも、関の扉が開かれると、

ひたち坊は人よりさきに出たりけるが後をかへりみければ判官とむさし房といまだせきのえんにぞゐ給へり。

と、ここでもその逃げ足の早さを見せている。そして、義経最期の衣川合戦の日には、

常陸坊(ひたちはう)をはしめとして残り十一人の者ども。けさより近きあたりの山寺をおがみに出けるが。そのまゝ帰らずしてうせにけり。いふばかりなき事どもなり。

とあって、作者を慨嘆させている。しかし、この実在性の薄い人物は、卑怯な行動によってその最期が不明であるために、常陸坊は異人に出会って仙人となり、義経の蝦夷渡りに先導役を勤めたのだとか、残夢と号して長生きし、義経や弁慶のことなどを語ったとか、その後の伝説的成長を著しく遂げた。（『清悦(せいえつ)物語』の清悦という者は、弁慶などといっしょに平泉まで下って来た義経の家臣であるが、仙人から与えられたものを食べてからというものは、不老不死の身となり、最後の戦いにも死なず、四百六十余年生きて、寛永七〔一六三〇〕年に死んだ。この清悦が、常陸坊の生き残ったことを告げている。そうして、同じ寛永七年に常陸坊が死んだと書いている。この清悦は、所々を徘徊して、義

経のことを物語ったということである。なお、海尊と清悦は同一人だとする伝承もある。）

このような伝説が成長流布したのも、天下の名将義経のもとには、忠臣はいても常陸坊のような不忠・卑怯者がいるはずがないという国民感情の願いと、義経の物語の真実性を強める意味からも、もと義経の郎党ということは聞き手にとって重要なことであり、それは必ずしも常陸坊でなくてもよいが、常陸坊は格好の人物であり、その上伝説化するのに好都合な諸条件をもっていたからであろう。

この常陸坊の伝説に関しては、柳田国男著『雪国の春』『定本柳田国男集』第七巻所収の「東北文学の研究」を参照されたい。

（6）義経が勧修房のもとへ来た時の様子　この時の有様を、本書や『田中本義経記』などには、ひとりの侍、雑色さえも従えずに勧修房のもとへ来たとあるが、『芳野本義経記』は、

鞍馬のおくへ行も有らくちうに忍ふ人もあり判官と北のかた一所に弁慶御供申てくわんしゅばうのかたにしのびおはします。

と、この時三人であったと伝えている。

しかし、義経一行が西国落ちに失敗して大物の浦へ上陸した時に、『義経記』は、従者を付けて女性を送り返したと伝え、『義経記』だけが北の方としている（巻七の注1参照）久我大臣の姫君も、その時喜三太に送らせている。（『盛衰記』は、「都より相具したりける女房達も、此彼（ここかしこ）に捨てられて、浜砂に袴を踏澀み、松木の本に袖を片敷きて泣臥しけるを、其あたりの人憐みて、都の方へ送りけり」と伝えている。）そして、静だけが吉野山の途中までいっしょであったということは、『義経記』諸本に共通しているが、久我の姫君とか川越の娘といった、北の方にあたる人が吉野へ同行した記述は諸本に見あたらない。また、芳野本は弁慶がいっしょであったと、義経に添う影のような、大忠臣としての弁慶像を伝えているが、これも他の『義経記』にはない記述である。

義経記　巻第六目録

たゝのぶ都へしのび上る事

忠信(たゝのふ)さいこの事

たゞのふがくび鎌倉(かまくら)へ下る事

判官南都へしのび御出ある事

関東(くわんとう)よりくわんじゆ房(はう)をめさるゝ事

しづか鎌倉へ下る事

しづかわか宮(みや)八幡宮(まんくう)へさんけいの事

義経記　巻第六

たゝのふ都へ忍ひのほる事

一方、佐藤四郎兵衛忠信は、十二月二十三日に京都へ帰って以来、昼は片田舎に潜み、夜になると都の中へ入って義経の行くえを尋ねた。けれども、人の噂はまちまちなので、確かなことはわからなかった。あるいは吉野川に身投げしたといい、あるいは北国を通って陸奥(みちのく)へ下ったともいわれた。噂を聞いても確かめられないまま、京都で日を過ごした。

そのうちに十二月二十九日になった。いっときも安心して暮らすことのできないままに、年の内も今日限りとなった。明日は新しい年の初めなので、正月三日の儀式などがあるから思うようにならない。どこで今宵一夜を過ごしたらよいかさえわからなかった。

たまたま忠信には、一途に愛する女がひとりあった。四条室町の小柴(こしばの)入道という者の娘で、かやという名の女だった。義経がまだ都にいた時にみそめて、深い愛情を寄せていた。義経が都落ちをした時にも、摂津国の川尻(かわじり)まで慕って来て、どんな船の中、波の上までもと言ってくれたのであった。けれども、義経が奥方を初め数多くの女を同じ船に乗せたことを、ああ困ったことだと思っている折だったので、自分までが女を連れて行くことはどうかと思われ、いつまでも尽きない名残りを振り切って、ひとりで四国へ下ったのであった。だが、その時の誠意が未だに忘れられないので、忠信は二十九日の夜も更けてから、かやを尋ねて行った。

かやは出てきて忠信に会うと、非常に喜んだ。そうして、自分の部屋に隠まっていろいろともてなし、父の入道にそのことを話した。入道は、忠信を部屋に招いて、

「ほんのわずかな間都を離れるためにこの都を出られてから後は、どこともそのお行くえを知らずにおりましたが、物の数でもないこの入道を頼みにして、ここまでおいでくださったとは嬉しいことです」

と言って、入道の家で年を送らせた。

忠信は、暖かな春がめぐり来て、峰々の雪が消え落ち、裾野が青葉を交えるようになったら、陸奥へ下ろうと思った。そのうちに、「天に口なし、人を以って言わせよ」と諺にあるように、誰言うとなく、忠信の京都にいることが伝わったので、六波羅から探し出せというお触れが出た。

忠信はそれを知ると、自分のために人に迷惑をかけたくないといって、正月四日に京都を出ようとした。しかし、その日は日柄が悪いといって出発しなかった。五日は女に別れを惜しまれて出発しなかった。だが、六日の明け方には、必ず出発しようと心に決めた。

大体、男が頼みにしてはならないのが女である。昨日までは、比翼連理（ひよくれんり）（夫婦の契りの深いことのたとえ）の仲であったのに、どんな天魔にそそのかされたのであろう、夜の間に女は心変りをしたのであった。

女は、忠信が京都を去って後、東国の住人で、目下京都にいる梶原という者を知った。梶原は、時世に栄えている男であり、女は、忠信を梶原に見換えようと思った。忠信のいることを梶原に知らせて、これを討ち取るか、捕えるかして鎌倉殿のご覧に入れたなら、相当な褒美を頂戴できるに違いないなどと考えたので、知らせたいと思った。

そこで、女は五条西洞院にいる梶原のところへ使いを出した。梶原は急いで女のもとへやって来た。女は、忠信をある部屋に隠して置いて、梶原三郎をもてなした。その後で、耳に口を寄せて囁いた。

「お呼びたていたしましたのはほかでもありません。判官殿の郎党に佐藤四郎兵衛という者がいて、吉野の戦いに生き残り、去る二十九日の夕方からここにいます。明日は陸奥へ下るのだと支度をしていますが、行ってしまった後で、知らせなかったと言ってお恨みくださいますな。ご自分で手をおくだしにならなくとも、足軽どもを遣わして討ち取るか、捕えて縛るかして、鎌倉殿のお目にかけ、ご褒美を要求なさい」

梶原三郎は、その話を聞いて、あまりにも思いがけない女の言葉なので、むしろあきれてなんとも言えなかった。およそ、自分の身から遠ざけたい気がするものの、哀れで、理屈に合わないものを考えてみると、稲妻、かげろう、水の上に降る雪とかだが、なおそれよりももっとはかなく、実のないものは、女の心だったのだ。そのことを夢にも知らず、女の心を当てにして、身を滅ぼすことになった忠信こそは、本当に哀れであった。

そこで梶原三郎は、

「よくわかった。けれども、景久は一族の重大な任務を一身に引き受けて、三年間京都にいなくてはならぬが、今年でもう二年になる。都に置かれた者が、二つの役を同時に受け持つことは許されない。といって、忠信を追討せよという宣旨や院宣がくだされたわけでもない。私欲に心を奪われて、合戦に忠義を尽くしたからといっても、ご命令ではないのだから恩賞のあるはずはないし、万一失敗したら、それこそ一族の恥になる。だから景久にはできない。忠信を討ちたい気持のもっと強い者に頼みなさい」

と言い捨てて、急いで自分の宿所へ帰った。その道すがら、色をも香をも知らない、人の道に外れた女だと、つくづく悟り、その後とうとうこの女を訪れなかった。

女は梶原から相手にされなくなると、もうがまんができなくなり、直接六波羅へ訴え出ようと思い、五日の夜、召使いひとりを連れて六波羅へ行った。江間小四郎を呼んでもらって、忠信の事を告げると、小四郎は父の北条時政にそれを伝えた。すると、

「すぐに行って捕えろ」

と二百騎の軍勢で、四条室町の女の家へ押し寄せた。

女は、一昼夜の間、忠信に別離を惜しむのだと言って酒を強くすすめたので、忠信は酔って前後不覚に眠り込んでいた。その間に、信頼する女は心変りしていなくなっていた。いつも髪を梳してくれた小間使いがいたが、それが忠信の寝ているところへ駆け込んで来て、乱暴に揺り起こし、

「敵が攻めて来ました」

と告げた。

忠信さいごの事

忠信は敵の声に驚いて起き上がり、太刀を取り直し、かがむようにして見ると、四方に敵が満ち溢れていた。遁れ出る道もなかった。忠信は家の中で、

「始めのあるものには終りがある。生きているものは必ず死ぬ。最期の時は人の力ではどうにもならないのだ。屋島、摂津国、長門（ながと）の壇の浦、吉野の山奥の戦いと、ずいぶん命はないものと思って来たけれども、それも最期の時でなかったので今日まで生きながらえた。そうは言っても、今が最期だろう。それを驚くのは愚かなことだ。そうかといって無駄死することもない」

と、ひとりつぶやきながら、急いで身支度をした。

白い小袖に黄色の大口袴をつけ、直垂の袖を結んで肩にかけ、昨日乱した髪を梳しもせずに束ね、一ヵ所で結ぶと烏帽子を立てるようにかぶって盆（ぼん）の窪（くぼ）（うなじの中央のくぼんだ部分）に押し込み、その紐を額にしっかりと結び、太刀を取って差した。かがむようにして外を見ると、まだ薄暗くて、鎧とか兜、小具足などの色は見えないが、敵は方々に群がって構えていた。忠信はむしろ真中を突っ切って暗さにまぎれて遁れようと思った。しかし、敵は鎧兜に身を固め、矢をつがえ、馬を鞭で励ましていた。逃げても、追いかけられてさんざんに射られるだろう。そして、軽傷で死ぬこともできずに生きたまま六波羅へ引かれるであろう。そこで、判官の居所を知って

いるだろうと聞かれ、知らないと言えば、それならば厳しくやってやれと言って拷問にかけるだろう。一時は知らないと言い張っても、だんだんと性根を失って、そのあげく、ありのままに白状したりしたら、それこそ吉野の山奥に踏み留まって、主君に命を差し上げた志も無駄になってしまう。それが残念だ。どうしてもこの場を遁れたい、と思った。

中門を入ってみると、上手に古い座敷があった。考えることなく上がってみると、京の家の板屋根の特徴として、月の光は洩れ、星も見えるというように薄く葺いてあるから、所々隙間があった。忠信は力があるから、その両腕を上げて、屋根の薄板を破って素早く外へ出た。そして、まるで梢を渡る鳥のように飛び渡って逃げて行った。

江間小四郎はそれを見て、

「あっ、敵は逃げるぞ。射殺してしまえ」

と言って、強弓の射手どもに激しく射させた。だが、彼等の手に負える忠信ではないから、矢のとどく距離を遠く離れて行った。まだ夜明け前のことなので、表通りや横町に、牛や馬をはずした雑用に使う車が置いてあり、それに馬が邪魔されて思うように走れず、六波羅勢はそのために忠信を見失ってしまった。

忠信は、そのまま落ちのびていけばかえって遁れることができたものを、自分の行く方角を思案した。前にいた片田舎は、命令を受けた在京の武士に塞がれているだろう。都の中は、北条親子の軍勢が探すだろう。どうやっても遁れられない以上は、名もない奴らによって射殺されるのは残念だ。二年ほどご主君が住んでいた六条堀川の屋敷へ行って、我が君にお会いしたつもりで、そこでどうにでもなろうと思い、六条堀川の方へ行った。

　去年まで住み馴れた跡へ帰って来てみると、今年はいつの間にか以前とは変わって門を閉める者もなく、縁にも一面に塵が積もり、蔀戸(しとみど)や遣戸(やりど)もすべて壊われ落ちていた。そして、御簾(みす)を絶えず風が吹き動かしていた。部屋の障子を開けて中に入ると、蜘蛛の糸が切れた。その様子を見るにつけても、住んでいた時分はこんなではなかったのにと思うと、勇気もその悲しみで、なにもかもわからなくなってしまった。見たい所を見て回ってから座敷へ出ると、簾(すだれ)をところどころ斬り落とし、蔀戸をあげて、太刀を持ち直して袖で拭い、

「どうにでもなれ」

とひとり言をして、北条勢の二百余騎をただひとりで待ち受けた。

　いい敵だ。敵として不足のない相手だ。関東では鎌倉殿の舅であり、京都では六波羅殿と呼ばれている北条時政なら、自分にとっては過ぎた敵である。惜しむべき敵に会いながら、一戦も交えずに死ぬというような、犬死をするのは残念だ。立派な鎧一領に、胡簶(やなぐい)一腰も欲しいものだ。それを身につけて、最後の戦さをしてから腹を切ろうと忠信が思っていたところ、本当に鎧一領が残されていたのであった。

　義経が、去年の十一月十三日、都を出て四国方面へ渡ろうとした時に、都との別れが辛かったので、その夜山城(やましろの)国鳥羽の湊に一泊した。その時常陸坊を呼んで、

「義経が住んでいた六条堀川の屋敷は、どのような者が住むことになるだろう」

と尋ねた。常陸坊は、

「誰が住みましょう。自然天魔の住みかになることでしょう」

と答えた。

「義経の住み馴れたところが、天魔の住みかとなるとは悲しいことだ。家の主として重い甲冑を置くと、その家の守りとなって、悪魔を寄せつけないということだ」

義経はそう言って、小桜威の鎧に四方白の兜と、箙に山鳥の尾羽のついた矢を十六本差し、自然木を丸く削って作った弓一張りを添え残して置いたのであった。忠信は、それがまだあるかもしれないと思ったので、天井に急いで上がってのぞいてみた。巳の刻（今の午前十時ごろ）頃のことなので、東の山の方から日光が差していた。その日光が隙間から入って照らすので、兜の鉢の星がきらきら輝いて見えた。忠信はそれを取り下ろして、鎧の草摺をたらし加減に長く着、矢を背負って弓を張り、から打ちした後、北条勢の二百余騎を今や遅しと待ち構えた。そこへ時を移さず、北条勢が押し寄せて来た。

先陣は広庭に駆け込み、後陣は門外に控えていた。江馬小四郎義時は、蹴鞠をする所の垣に植えてある木を楯代りにしながら、こう言った。

「見苦しいぞ、四郎兵衛。とても逃げられるものではない。堂々と出て来い。大将は北条時政殿。こう言う自分は、江馬小四郎義時という者だ。早く出て来い」

それを聞いて、忠信は縁の上に立った。が、蔀戸の下を突いて激しく閉め、手に持った矢をつがえながら、

「江間小四郎に言うことがある。可哀そうにもお前たちは道理を知らないということだ。保元

や平治の合戦というのは、身分の上の人同志が争ったことだから、天皇にも上皇にも遠慮なく、思う存分に戦えたが、この戦いはそれとは違う。俺とお前とでは私闘なのだ。鎌倉殿も左馬頭殿のご子息なら、我らのご主君もそのご兄弟だぞ。たとえ、人の讒言によってご兄弟が仲違いなされたとしても、それは讒言であって、実際には無実であるのだから、鎌倉殿が考え直された時には、それこそご一門にとってとり返しのつかないことになる」

と言い終わるや否や、縁から飛び下り、雨だれ受けの石の上に立って、次から次へと素早く射た。江間小四郎の前を進む郎党三騎をその場に射倒し、ほかの二騎に矢傷を与えたところ、敵は、池の東の端を門外に向かってまるで嵐に散る木の葉のように、群をなして逃げていった。後陣の者どもがそれを見て、

「見苦しいぞ江間殿。敵は五騎も十騎もいるわけでない。敵はひとりなのだ。引き返して戦われよ」

と言ったので、小四郎は馬首をめぐらして引き返し、忠信を中に取り囲んで激しく攻めた。四郎兵衛は、十六本の箙の矢を間もなく射尽くすと、箙を乱暴に投げ捨て、太刀を抜いて大勢の敵中へあばれ込み、思う存分斬りまくった。馬も人も区別なく、その場で多数が斬られた。それから、鎧を揺り上げて隙間のないようにし、自分を的のように射させた。強弓の射手の射た矢は鎧の裏まで通り、弱い弓の射手の射た矢は当たって跳ね返った。けれども、鎧や兜の隙間に突き立つ矢も多いので、忠信は夢をみているような気持であった。もうどうしても遁れることができないのだから、力が弱って取り押えられて首を取られるのもつまらない。今はもう、腹を切ろ

うと思ったので、太刀を振りまわしながら素早く縁に上り、西に向かって立つと、手を合わせてこう言った。

「小四郎殿に一言申し上げたい。伊豆や駿河の若党どもが思いのほかの乱暴をまだはたらいているように見えるが、何事も静まらせて、真の勇者が腹を切るその様子を見るがいい。東国の者でも、主君に忠誠を尽くす志があって非常の災難に遭った時、また、敵に首を渡すまいとして自害する者のために、この割腹こそ後の世までの手本なのだ。鎌倉殿へも、切腹の様子や忠信の最期の言葉を、しっかりと伝えてもらいたい」

江間小四郎は、

「それでは、心静かに腹を切らせてから首を取れ」

と命じて、手綱をゆるめ、立ち止まったまま忠信の様子を見ていた。忠信は、心安らかに念仏を声高く三十遍ほど唱え、「願以此功徳（がんにしくどく）」と回向してから大太刀を抜いて鎧の右脇の紐をさっと切り、膝をついて立ち、上半身を聳やかすようにしながら刀を取り直すと、左の脇の下に、ぐさっと突き刺して右の脇の下の方へ一気に引き廻し、今度は胸先へ突き立て、臍の下の辺りまで切り下げてから、刀の血のりを拭った後、眺めてみて、

「ああ、見事な刀だ。舞房（もうふさ）に注文したら、立派に作ってみせますと言ったが、それだけのことはあった。腹を切るのに少しも引っかかるようなことがなかったなあ。この刀をこのままにしておいたならば、死体とともに東国まで持っていかれるだろう。若い奴らに刀のよしあしを批評されるのはつまらない。冥途まで持っていこう」

と言って、再び刀身を拭って鞘に納め、膝の下に押し入れると切り口を摑んで引きあけ、拳を腹の中へ入れてはらわたを摑み出し、縁側に思いきりばら撒き、

「冥途まで持っていく刀は、こうするのだ」

と言って、柄を胸元へ差し込み、鞘は腰骨の下へ突っ込み、手をしっかりと組み合わせ、死にそうな様子もなく力強く呼吸しながら念仏を唱えていた。それでもまだ死ぬことができそうにもないから、この世の無常をつくづくと考えてみて、

「あわれなものだなあ、人間世界の習いというのは。老少不定というが、実際人の命数は予測できない。どういう者がどんな相手の矢一本に死んで、後々まで妻や子に悲しい思いをさせるのだろう。忠信はどのような身に生まれついて、自害したのに死にきれないのか。その前世の報いが悲しい。それはご主君を恋しいと思うあまり、こんなにまで死ねないのだろうか。これは判官殿のくださった御佩刀（みはかし）、これを形見に眺めて冥途へも心安らかに行こう」

と言って、抜いて置いた太刀を持つと、切先を口に含み、膝を押えて立ち上がり、押えていた手を放して俯伏せに勢いよく倒れた。(1) 鍔は口もとに止まり、切先は髪の毛を分けて後ろへさっと突き貫けた。実に惜しい命であった。

文治二（一一八六）年正月六日の辰の刻（今の午前八時ごろ）、佐藤四郎兵衛忠信は、ついに人に討たれることとなく、生年二十八歳をもって死んだ（忠信は辰の刻に自害したのに、その最後の戦さが巳の刻に始まったとあるのはおかしいが、原本の記述のままにしておいた）。

たゝのふかくひかまくらへ下る事

北条時政の郎党、伊豆国の住人のみまの弥太郎という者が、忠信の死体の側に寄ってその首を切り落とすと、六波羅へ持って行った。

忠信の首が、都大路を渡された後、東国へ下るという話が伝わった。しかしながら、

「朝敵として獄門にかけて晒すべき首こそ、都大路を渡すのであって、忠信は頼朝の敵の義経の郎党である。格別その首を渡すべきではあるまい」

そう公卿から言われて、北条時政もそれをもっともだと思ったので、忠信の首を渡さなかった。

時政は、小四郎義時に五十騎の軍勢を従えさせ、忠信の首を持たせて関東へ下した。

正月二十日*に関東へ下り着き、翌二十一日*、頼朝に対面して首を見せた。

「謀反人の首を取って参りました」

「どこの国の、なんという者だ」

「判官殿の郎党で、佐藤四郎兵衛と申す者でございます」

「討手は誰か」

「北条時政でございます」

頼朝が時政を誉めるのは、いつものことであるが、頼朝はよくぞ討ち取られた、という顔色であった。忠信の自害の様子や、最期に臨んでの言葉など、こと細かに伝えると、

「あっぱれな勇士だ。人は誰でもそういう心を持ちたいものだ。九郎に従う若い郎党には、ひとりとして未熟な者がいない。秀衡も見どころがあればこそ、たくさんの侍の中から、継信、忠信の兄弟を九郎につけたのだろう。それにひきかえ、どうして東国にはこれほどの者がいないのだろう。忠信のような者を家来にもつことは、ほかの者百人を家来にするよりも勝る。忠信が九郎への志をふっつりと忘れてこの頼朝に仕えてくれるなら、大国小国（中国や日本の国）を望むならばともかくとして、関東八ヵ国の中ならどの国でも一国は与えるものを」

と頼朝は言った。

「ああつまらないことをしたものだ。生きてさえいたならば」

と、千葉介や葛西三郎がそれを聞いてつぶやいた。

その時、畠山重忠は頼朝に向かって、少しの遠慮もなく言った。

「想像もできないほどの立派な死に方をしたからこそ、殿もご機嫌がよいのです。忠信がもし、生きながら捕えられてここに連れてこられたのなら、お前は判官殿のお行くえを知らないことはあるまいと、厳しく問い正され、そうなれば忠信は生きている甲斐もないでしょう。最後は死ぬとわかっている者が、生け捕られて敵の侍たちに顔を見られるのは辛いことでしょう。忠信のような立派な武士は、たとえ日本全土を与えようと言われても、判官殿のお心尽くしを忘れて、殿に従うようなことは絶対にないでしょう」

大井や宇都宮朝綱は、互いに袖を引いたり膝をつっついて、

「よくぞ言われた。いつもながらの畠山殿の正論」

と囁き合った。

「後世の話の種に、首を晒せ」

という命令を、堀弥太郎(2)が承って座敷を立ち、由井ヶ浜に行き、八幡宮の鳥居の東側に忠信の首を晒した。

三日過ぎて頼朝が聞くと、

「まだ浜に晒してございます」

「それは可哀そうだ。故郷が遠いので、親しい者もこの事を知らないから引き取らないのであろう。勇者の首を長いこと晒しては、その土地の悪魔となって祟ることもある。晒した首を取り下ろせ」

だが、そのまま捨てておくわけにもいかなかった。そこで、左馬頭義朝の供養のために建立した、勝長寿院(しょうちょうじゅいん)の裏に埋めさせた。

それでもなお、可哀そうに思ったのであろう、勝長寿院の別当に命じて、一百三十六部の経を書いて供養させた。

それを知ると人々は、昔も今も、忠信ほどの武士はあるまい、と言い合った。

判官南都へしのひ御出ある事

さて義経は、奈良の勧修房のもとを訪れた。勧修房は義経を見て大層喜び、自分が幼少の時から崇めている普賢菩薩(ふげんぼさつ)と虚空蔵菩薩(こくうぞう)の安置してある仏殿へ案内して、いろいろと手厚くもてなした。

勧修房は折あるごとに、

「あなたは、三年の間に平家を攻撃して多数の人命を奪ったのですから、どうしてもその罪を免れることはできません。ひたすら発心して高野山か粉河寺(こかわ)に閉じ籠もり、仏の御名を唱えられて、この先いくばくもない現世のことは忘れて、死後の世界で救われようとお思いになりませんか」

と勧めた。

義経は、

「たびたびお勧めいただくが、もう一、二年の間はなんの意味ももたない髻(もとどり)を付けたまま、つくづく世間の様子を見守りたいと思います」

と答えた。

勧修房は、あるいは出家する心が起こるかもしれないと、尊い経の文句などをつねづね説いて聞かせたけれども、義経には出家する心が起こらなかった。夜は退屈なままに勧修房の門外にたたずんで、笛を吹いては心を慰めていた。

その頃、奈良法師の中に、但馬(たじま)の阿闍梨という者がいた。同じ仲間の和泉(いずみ)、美作(みまさか)、弁(べん)の君(きみ)など、これらの六人が組んで、

「我々は奈良で悪行無道という評判を取っているが、べつに大したことをやったわけでもない。ひとつ、夜ごとぶらぶらして、人の太刀を奪い取り、我々の大事な宝としよう」

「もっともなことだ。そうしよう」

と相談がまとまった。

そこで、夜ごとに人の太刀を奪って歩いた。それは、多分樊噲が策略をめぐらしてもこうであったろうと思われるほどであった。

ある時、但馬の阿闍梨は、

「平生、奈良に住んでいるとは思われない若者で、たいへん色が白く、背丈も高くない男が、立派な腹巻をつけ、黄金作りの太刀の思いも及ばないのを下げ、勧修房の門外に夜ごとたたずんでいる。自分の太刀だろうか、持主には過ぎた太刀だ。ひとつ側へ寄って奪ってやろう」

と言った。すると美作が、

「お前は、なんとつまらないことを言い出したものだろうなあ。近頃、九郎判官殿が吉野の執行に攻められて、勧修房を頼って来たと聞いている。それは放っておくべきだ」

「それは臆病者の考えだ。どうして取らずにおくものか」

「それはもっともだが、うまくいかなかったらどうする」

「それだからこそ、諺の、毛を吹いて疵を求む（無理に他人の欠点・うしろ暗いことを追及すること）といったやり方でやるのだ。どうせ、無理を承知でその無理を押し通そうとする以上は、そういうふうにやるのだ」

そんなわけで、彼等は勧修房の辺りを狙うことになった。

「六人がめいめい築地の陰の薄暗い所に立っていて、相手の太刀の鞘に自分の腹巻の草摺を投げかけて、『ここにいる男が、殴りかかってきたぞ』と言ったならば、その声を合図に各自走り出て、『なんというたわけ者だ。この仏教興隆の地で、たびたび乱暴無礼をはたらいて罪作りな真似をするとは、合点できない』と言って詰め寄る。だが殺すなよ、『侍なら髻を切って寺から追い払え。身分の低い奴なら、耳や鼻を削ぎ取って追い出せ』とおどして太刀を奪う。それで奪えなかったら、我々はよほど馬鹿者ということだ」

と言って、完全な身支度をして勧修房の方へ歩いていった。

義経はいつもの習慣で、心を静めて笛を吹いていた。すると、その側をおかしな様子で通ろうとする者がいた。そいつが、義経の太刀の鞘の皮覆いに腹巻の草摺をぶち当てて、

「ここにいる男が殴りかかってきたぞ」

と言った。すると、残りの法師たちは、

「そうはさせないぞ」

と言って、三方から義経目がけて襲いかかって来た。義経は、こんな災難があろうかと思いながらも、太刀を抜いて、築地を背にして待ち構えた。そこへ薙刀を突き出して来たからさっと斬り、続いて薙刀を四つ、太刀で斬り落とした。

このように激しく斬り合って、五人をその場に斬り倒した。但馬が傷を受けて逃げて行くのを、逃げ道のない所へ追い込み、太刀の峰で叩き伏せて生捕りにした。

「お前は奈良のなんという者だ」

「但馬の阿闍梨という者だ」

「命が惜しいか」

「この世に生をうけた者で、命の惜しくない者があろうか」

「これはまた聞きしにまさる卑怯者だな。首を斬り捨ててしまおうと思ったが、お前は法師であり、私は俗人だ。俗人の身で僧を斬ることは仏を殺すのに似ている。だから助けてやる。今後このような狼藉をしてはならない。明日奈良で、大勢の者にこう申せ。『俺は、源九郎と組み打ちをしたのだ』そう言い触らせば、大した豪傑だと言われるだろう。証拠はなにかと人に聞かれて、ないと答えたのでは人が本気にしない。これをその証拠にしろ」

と言うと、大男の法師をあおむけにして胸を踏み押さえ、刀を抜いて耳と鼻を削ぎ落としてから、放してやった。但馬の阿闍梨は、むしろ死んだ方がましだと嘆いたがどうしようもなかった。その夜のうちに奈良から消えるようにいなくなった。

義経は、この災難に遭った後、勧修房に戻って、持仏堂に勧修房得業を呼んで別れの挨拶をした。

「ここで年を送りたいと思いましたが、考えるところがあって都の方へ参ります。これまでのご厚情にはお礼の言葉もありません。もしこの世に生きながらえていたならば申すまでもなく、また死んだとお聞きになりましても、後の世のための念仏回向をお頼みいたします。師弟とは、過去、現在、未来の三世にわたる深い縁と申しますから、あの世できっとお目にかかります」

と言って、出立しようとすると、勧修房得業は、

「どういうわけですか。当分はここにいらっしゃるのかと思っておりましたのに、意外にもご出立なさるとは、納得いきません。どう考えてみても、これは人の告げ口によるためと思われま

す。たとえどんなことを人が申そうとも、私は取り合いません。もうしばらくはここにおられて、来年の春頃、どちらへでもお出かけください。今ご出発なさるのは絶対にいけません」

と名残りが惜しまれるままに引き止めたが、義経は、

「今宵はたとえ名残り惜しく思われましても、明日門外の様子をご覧になったなら、義経に愛想を尽かされるでしょう」

と言った。勧修房はそれをきいて、

「きっと今宵災難に遇われたのに相違ありません。近頃、若い衆徒たちが朝廷の恩恵に慢心して、夜ごと人の太刀を強奪して歩くと聞いておりましたが、判官殿の御太刀は、世にも立派なものですから、それを奪おうとしてかえって彼等が斬られたのでございましょう。それについてはなんの大事もありません。ここにおかくまいしたことが、軽はずみだという評判が立ったならば、この得業のために甲斐甲斐しく働いてくれる人々もおります。きっと、関東へも訴えて出るでしょう。また、都には北条がおりますが、時政は自分の手に負えないところから、やはり関東へその詳しい事情を報告することでしょう。といっても、鎌倉殿も宣旨や院宣がなくては、まさかそうたやすくこの奈良へ大軍を差し向けることはないでしょう。それほど大変なことなのです。しかし、あなたは平家追討後、都にいて、天皇のご信頼も厚く、法皇のお気に入りでもあるのですから、宣旨や院宣をお願いなさるのに他の誰にひけをとりましょう。そうして、ご自分は都にいながら、四国や九州の軍兵を集めても、どうして馳せ参じないことがありましょうか。京都付近や、中国方面の軍兵も全部参ります。九州の菊池、原田、松浦(まつら)、臼杵(うすき)、戸次(へつぎ)などの武士を招いて

来なかったならば、片岡や武蔵坊などの荒武者を派遣して、少々追討なさい。他の所は乱れることがあるかもしれません。が、日本の西半分が一つになって、荒発山と伊勢の鈴鹿山の両関所を固めて通れなくし、逢坂の関だけにして、兵衛佐殿の代官をそれらの関から西へは入れないようにするのです。得業もそうなれば、興福寺、東大寺、延暦寺、三井寺の衆徒、それに吉野、十津川の山岳武士団や、鞍馬寺、清水寺などの僧兵を、一つにまとめて差し上げることはたやすいことです。それができなかったならば、私の施した一度の恩義を忘れまいと思っている者が、二、三百人はおります。それらの連中を呼んで城を構え、櫓を造ります。そうして、ご家来の中の一人当千の郎党を従えて櫓に上って弓矢をとれば、あとは勇敢な兵士らに合戦を任せておいて、高見の見物もできましょう。万一敗れて味方が滅ぶ時には、幼少から信仰している本尊の前で、この勧修房得業が読経いたしますから、判官殿は念仏を唱えて腹をお切りなさい。得業も剣を我身に突き立てて、あの世までいっしょに行きましょう。この得業は、この世では判官殿の祈りの師でありましたが、次の世では有徳の賢者としてお導きしたいと思います」

と、実に頼もしそうに言った。この言葉で、義経もしばらくの間はそうしたいと思ったけれども、世間の人の心は測り難いものだし、それに、日本国では義経より勝る者はないと思っていたのに、この勧修房得業という僧は、世に並びない剛毅な人であった。このような人を、自分のために死なすことはできない。義経はこうも思ったので、その夜のうちに奈良を出発した。勧修房は、どうしても義経をひとりで行かせることができず、自分の信頼できる弟子六人を従わせて、京都まで送った。

しかし義経は、

「六条堀川でしばらく待っていてもらいたい」

と言ったまま、行くえをくらました。六人の付け人たちは、すごすごと奈良へ帰った。その後は、勧修房も義経の行くえを知らなかった。

しかしながら、奈良では多くの人が死んだ。但馬の阿闍梨が言い触らしたのであろうか。判官殿は勧修房のもとで謀反を計画し、衆徒を味方に引き入れようとしたが、これに従わない者は、勧修房が判官のところへ差し向けて殺させているという噂が広まった。

関東よりくわんじゅばうをめさるゝ事

義経が奈良にいるということが六波羅に伝わると、北条は大層驚いて、早速このことを鎌倉へ知らせた。

頼朝は、梶原を呼び寄せて言った。

「奈良の勧修房という者が、九郎に味方して世を乱そうとしている。そのため、奈良法師も大勢討たれている。和泉（いずみ）と河内（かわち）の国の者どもが、九郎に同情してその味方に付かないうちに、討伐の計画を立てよ」

「それはまことに一大事です。僧の身で、そのようなことを思い立つとは不思議です」

と梶原が答えているところへ、北条からその時また急使が到着して、義経が奈良にいないこと、勧修房の取り計らいで、何処かに忍ばせていることを知らせて来た。

梶原は、

「それなら、宣旨か院宣を頂戴して、勧修房を鎌倉へ下らせ、判官殿の行くえをお尋ねなさい。その答弁によって、死罪にも流罪にもしたらいかがです」

と言った。

そこで、頼朝は堀藤次親家に、五十余騎で急ぎ京都に駆け上るよう命じた。親家が六波羅に着いてその旨を伝えると、北条時政は親家を連れて後白河法皇の御所へ行き、詳しく事の次第を説明した。

法皇は、

「まろ（高貴な人の自称の代名詞）の計らうところではない。勧修房という僧は、今の天皇のご祈禱の師であり、仏法興隆の祈禱にいろいろと不思議なしるしを現わす高僧であり、その上、大きな慈悲心を持った善知識である。宮中へ詳しく伝えた上でなくては、どうすることもできない」

と言って、それを天皇の方へ伝えた。すると、

「たとえ、仏法興隆の高僧であっても、そのようによくない企てをしたのでは、朕（ちん）（天皇の自称の代名詞）としても許すわけにはいかない。頼朝の怒りは当然である。義経が朝敵となった以上は、勧修房を引き渡すようにせよ」

と宣旨が下った。

時政は大層喜んで、三百余騎で奈良に駆けつけ、勧修房に宣旨の趣旨を告げた。

勧修房はそれを聞いて、

「世は末と言うものの、天皇の権威の失われたことは悲しい。昔は、宣旨といえば枯れた草木も花が咲き、実をつけ、空飛ぶ鳥も落ちたと聞き伝えている。それなのに、今の世でさえこうなのだから、もっと後の世になったらいったいどうなってしまうことだろう」

と涙に咽んだ。そうして、

「たとえ宣旨や院宣であっても、私は奈良で命を捨てるべきであるが、それも出家の身としては穏やかでない。東国の兵衛佐は仏の教えを知らない人であるから、どうかよいついでがあったら関東へ下り、兵衛佐を教え導いてやろうと思っていたのだから、下れと言われたのは嬉しいことに思っている」

勧修房はその場で身支度を整えた。公卿や殿上人の子弟で、学問に志のある者は、師弟の別れを悲しんで東国まで供をしたいと願ったが、勧修房が、

「決して同行してはならない。自分は罪があるために呼ばれて下るのだ。あやまちだからといって、その災難をどうして免れることができよう」

と諫めたので、泣く泣く後に残った。

勧修房は、

「私が死罪になったと聞いたならば、死後を弔ってください。もしまた、生きながらえてどのような野の末や山の奥にでもいると聞いたならば、その跡を尋ねて来てください」

と泣きながら約束を交して出立した。その別れの様子をものに譬えるならば、釈迦の入滅に際し

て、十六人の羅漢、五百人の弟子、四方から集まった五十二類に至るまで悲しんだが、それすらどうしてこの悲しみに過ぎようか。

こうして、勧修房得業は北条時政に連れられて京都に入った。六条（六波羅）の持仏堂に導かれて、いろいろと手厚くもてなされた。

「どんなご希望でもございましたなら、お聞きして奈良の方へ伝えましょう」

と江馬小四郎が言うと、

「なにもありません。ただこの近くに、以前から知っている人がいます。私がここへ来たことを聞けば尋ねて来るはずなのに、来ないのは、どんなにか世間に遠慮しているためだと思います。差支えがなければ、この人に会ってから東国へ下りたいものです」

と勧修房は言った。小四郎義時は承知して、

「お名前はなんといいますか」

と尋ねると、

「もとは、比叡山西塔の黒谷に住んでおりましたが、近頃は東山の吉水辺に住んでいる、法然（ほうねん）房[3]です」

「さては近所におられる上人殿のことでしたか」

こう言って、すぐに使いの者をやった。法然上人も非常に喜んで、急いでやって来た。ふたりの高僧は、目と目を見合わせて、互いに涙に咽んだ。

やがて勧修房は、

「お目にかかれたことは嬉しく思いますが、私には顔向けのできないことがあります。出家の身でありながら、謀反人に通じたというので、東国まで連れていかれます。この災難を免れて、再び奈良へ戻ることもおぼつかないのです。その昔、『先に死んだならば弔っていただきましょう。先に死なれたならば、弔ってあげましょう』と約束しましたが、私が先に死んで弔っていただくのは喜びとするところでございます。これを持仏堂の前に置かれ、目にする度に思い出して、私の死後を弔ってください」

と言って、九条の袈裟をはずすと、法然上人は泣きながらそれを受け取った。

法然上人も、紺地の錦の経袋から一巻の法華経を取り出して、勧修房に贈った。互いに形見の品を取り交した後、上人が帰って行くと、勧修房は六条（六波羅）に残されたまま、いっそう涙に咽んだ。

この勧修房という人は、我が国の大法会を行なう寺院である東大寺の院主で、今の天皇の師匠であり、大きな慈悲心を持った高徳の僧であった。院の御所に参上する時、手輿や牛車に乗って、花やかな中童子（ちゅうどうじ）や大童子、立派な衆徒を多数従えて現われると、左大臣も右大臣もそれぞれ仏道に深く帰依し、敬意を表したものであった。今はそれにひきかえて、普段着ている白い生絹の衣も着ていないのに、みすぼらしい麻の衣だの、しばらく剃らない髪だの、護摩の煙にくすぶってみえる顔つきだのが、かえって尊く見えた。六波羅を出て、見馴れない武士を見るだけでさえ悲しいのに、いかにも粗末な宿場に備えてある馬に乗った。ところどころで、馬上から落ちる有様には、目をおおわしめるものがあった。

粟田口を通って松坂を越え、あの逢坂山の蟬丸[4]が住んでいたという、四宮河原を過ぎて逢坂の関を越えると、小野小町[5]の住み馴れた関寺を伏し拝み、園城寺を左に見ながら、大津、打出の浜を通り過ぎて勢多の唐橋を渡り、やがて野路の篠原も近くなった。忘れようとしても忘れられず、たえず都の方を振り返りながら行くうちに、だんだん都は遠くなっていった。話にのみ聞いて見たことのない小野の摺針峠、霞のかかった鏡山、伊吹山なども近くなった。

その日、堀藤次は鏡の宿に泊まった。翌日、勧修房を気の毒に思ったのか、藤次は鏡の宿の長者から輿を借りてきて乗せた。

「都を出発する時、このように輿に乗っていただきたかったのですが、鎌倉への聞えを憚って馬にしたのでございます」

すると勧修房は、

「道中のお心遣い、嬉しく思います」

と言った。勧修房得業ほどの人が、そう言わなくてはならないのが哀れであった。

こうして、昼夜の区別なくただひたすら下ったので、十四日に鎌倉へ到着した。堀藤次は自分の宿所に入れて、四、五日の間は頼朝にも対面を願い出なかった。

ある時、堀藤次は、勧修房に言った。

「お気の毒なので、まだ鎌倉殿にご対面を願い出ていませんが、いつまでもこうしているわけにもいかないので、ただ今から鎌倉殿のおん前にいって来ます。今日中にきっとご対面があるはずと思われます」

「対面の折を待っているのは、かえって苦しい。早くお目にかかって尋問を受け、私の考えも申し上げたく思います」

そう勧修房が言ったので、藤次は頼朝の前に出てこの旨を告げた。頼朝は、梶原を呼んで、

「今日の中に勧修房得業を尋問したい。侍たちを呼び集めよ」

と言った。

命令を受けて集まった侍は、和田小太郎義盛、佐原十郎、千葉介、葛西兵衛、豊田太郎、宇都宮弥三郎、海上(うなかみ)次郎、小山四郎、長沼五郎、小野寺禅師太郎、河越小太郎、同じく小次郎、畠山次郎、稲毛三郎、梶原平三親子等であった。

頼朝が、

「勧修房を尋問するには、どの座敷がよいか」

「中門の下口(しもぐち)辺がよいでしょう」

と梶原が答えた。すると、畠山が頼朝の前に出て来て、うやうやしく言った。

「勧修房殿を尋問するお座敷についての話を聞いていますと、中門の下口でよいと梶原氏は言われたが、それは、勧修房殿が判官殿に味方したという理由からだと思います。しかし、なんといっても勧修房殿は、学問僧であり、天皇の祈りの師であり、東大寺の院主であります。勧修房殿は気が向いたから鎌倉に来たのです。いくら田舎だといっても、粗末な座敷では、世間の聞こえもよくありません。中門の下口などでのお尋ねには、勧修房殿も一言も口をききますまい。私は、この座敷でご対面あるべきと考えます」

「自分も、そう思う」

と頼朝は言った。

御簾を普段より高く捲き上げさせ、座敷には紫べりの畳を敷き、水干に立烏帽子という姿で引見することにした。堀藤次が勧修房を連れて来た。頼朝は心の中で、理由はどうあろうと、勧修房は仏に仕える人だから拷問はできない。だが、言葉で激しく詰問してやろうと思った。

勧修房は坐ると、いずまいを正した。頼朝は、侮蔑の色を見せた後、大きな目で鋭く睨んだままなにも言わなかった。勧修房もそれを見て、頼朝の心の中もきっとあのようであろうと、その怒りを思い、握った手を膝の上に置き、頼朝をじっと見守っていた。人々は、頼朝の尋問も勧修房の申し開きも、さだめしふたりの表情のように緊迫したものだろうと、固唾(かたず)を呑んでいた。

頼朝は、堀藤次を側へ呼んで、

「この者が勧修房か」

と言った。藤次親家はただ畏まっていた。

しばらくして、頼朝は、

「そもそも僧侶というものは、釈迦の教えを学び、仏弟子として師の寺（原文、ししやうのかんじん）に入ったら、心を正しく持ち、墨染の衣を着、仏教の興隆につとめ、経典を究め、無縁の人の霊を慰め、仏道修行の者を導くのが務めである。しかるに、謀反人と計って天下を覆そうとしたその企ては、世にも明らかだ。九郎のような、天下の大事件の張本人となり、国土を乱す者を自分の所に引き入れ、その上、奈良法師を自分の味方にしようとして、従わぬ者を九郎のもとに追いやって斬り殺させたなどということは、まことに穏やかでない。それさえ不思議であるのに、それのみならず、『四国九州の軍勢を一つにして、中国や京都付近の者どもを呼び集め、集まって来ぬ者は、片岡や武蔵坊などの荒武者を遣って追討せよ。余所のことはともかく、東大寺と興福寺は得業の一存で動く。それで駄目なら討死しろ』などとすすめるとは、もってのほかであるのに、供人をつけて九郎を都まで送った。これまでやった以上は、九郎のありかを知っているであろう。嘘いつわりを言わず、正直に言われよ。その意志がなければ、腕っぷしの強い下人どもに命じて拷問にかけて聞き出すが、それでも頼朝が全くの乱暴者だとは言えまい」と厳しく言った。勧修房はなんとも返事をせずに、はらはらと涙を流し、膝の上で拳を握ったまま、

「何事も心を静めて、どなたもお聞きください。大体そのようなことは、身に覚えのないお尋ねです。あなたはどうです、この得業の名字を呼んだとしても浅はかな者ではよもやありますまい。お前はどうかどうかと言っても、手柄になりますまい。都の人々は、鎌倉殿は幸運の星の下に生まれて征夷大将軍となったと言っています。幸運は生まれつきのものです。情けもある人と聞いていたのに、その人間性においては、殿のずっと下の弟の、九郎判官に遥かに劣る人でありました。今さら言っても仕方のないことですが、平治の乱に、あなたの父下野守左馬頭義朝殿が、左衛門督藤原信頼殿に味方して京の合戦に敗れ、東国へ落ちた時、子供の義平は斬られ、朝長も死に、その翌年の正月の初めには父も討たれたのに、あなたは死なずに美濃(みの)国の伊吹山付近をさまよっているところを、麓の者に生け捕られて都まで連れていかれ、源氏の恥を流しました。そ

して、既に打首になるはずだったのに、池の禅尼が深く哀れみ、その懇願で死罪を免れて弥平兵衛宗清に預けられ、[6] 永暦元（一一六〇）年八月の頃であったか、伊豆の北条の領地、奈古谷の蛭ガ島という所へ流罪になり、二十一年の歳月を経過した。田舎者となって、さぞ頑固であろうと思っていたが、そのとおりでした。まことにお気の毒です。九郎判官と仲たがいするのも当然のことです。

判官という人は、人情も解し、勇気もある、慈悲深い人です。治承四（一一八〇）年の秋に、奥州から馬の腹筋の切れるほどの早駆けで駆けつけ、駿河国の浮島ガ原に着くと、懇願して一方の大将を承ってから、一張の弓を小脇に挟み、三尺の剣を帯びて西海の波に漂い、野山を住家とし、身を忘れ命を捨てて、いつの間にか平家を滅ぼしていました。それは、あなたをせめて一年でも二年でも、天下の将軍として立たせたいものと苦心に苦心を重ねた結果だったのに、人の讒言は今にはじまったことではないけれども、そのために判官殿の深い心の中を察し切れず、兄弟の仲が不和になってしまったことは馬鹿げたことです。親は一世の契り、主従は三世に渡る契りといいます。けれども、あなたと判官殿の契りは、これが初めの世の契りか、中の世の契りか、それとも最後の世の契りか、私は知らない。しかし、兄弟は後の世までの契りであると聞いています。おふたりが仲たがいしたということで、鎌倉殿を人間としてその数に数えることのできない人だと、世間で申しているようでございます。去年の十二月二十四日の夜も更けてから、普段は千騎も万騎も従えている判官殿が、侍ひとりさえも連れず、腹巻だけに太刀を下げ、編笠というものを被り、何事も頼むと言って来たのです。昔は見も知らぬ人であっても、こうして来られた時には、どうして一度の慈悲をかけないわけにいきましょう。かつては勲功に値した人です。どのような時には祈禱したらよいのです、また、どのような時には討ち取ったらよいのです。どうか私の立場をお察しください。今度も、事実が曲がって伝わったのでしょう。去年の冬の終りに、何度も出家なさいとお勧めしたのですが、梶原のために出家はしたくないと言い張っていました。その頃、判官殿の持っている太刀を奪い取ろうとして、反対に悪僧どもが斬られてしまったことがあります。それを判官殿に不利になるように人々が言ったのでしょう。決して奈良法師に味方せよと言ったことはありません。そんな災難のために奈良を去ることになったので、判官殿のご心中をお察しする時、どんなにか晴らしようのないお気持でいらっしゃるだろうかと思って、ご激励したことがありました。『四国九州の武士を呼びなさい。東大寺や興福寺はこの得業がまとめます。あなたは天皇のご信頼も厚く、法皇のお気に入りでもあるから、京都にいて、鎌倉殿と日本を半分ずつ治めるとよいのです』と言ったところ、この得業の心中をすっかり見抜いて奈良を出て行ったので、その時は、かえって恥ずかしく思ったほどでした。鎌倉殿にはわかっていただけない宮仕えではありますが、鎌倉殿のためにも祈ったこともあるのです。平家追討のため四国へ向かった時、摂津国の渡辺で、誰か源氏のために祈禱をしてくれないかと聞かれた時に、誰が知らせたのか、この得業が指名され、平家を呪咀して源氏の勝利を祈れと命じられました。そのような罪悪は免れようと何度も辞退すると、『その方も平家の一味か』と言われたその恐ろしさに、源氏の勝利を祈りました。その時、『天に二つの日は照らない。一国にふたりの国王はない』と言いましたが、心の中では、ご兄弟の手で日本の国を握れるようにと祈ったのです。

それなのに、判官殿は生まれつきふえ（不運）の人なのでとうとう世に出ることもなく、日本国のすべてを鎌倉殿ひとりで治めるようになったこと、それはこの得業の祈りの結果であろうか、いやそんなことは絶対にない。これで、あとはどのように拷問を加えられても、申し上げることはありません。この得業は、たとえ形だけでも僧侶です。僧を苦しめ悩ましてみたところで、なにになりましょう。さあ、どなたがご命令を受けているのです。少しも早く首を斬って、鎌倉殿のお怒りをお静めください」

とすっかり言ってしまうと、またはらはらと涙を流した。心ある侍たちは、ひとりとして涙で袖を濡らさない者はいなかった。頼朝は急いで御簾を下げた。座敷中静まりかえった。

しばらくして、頼朝が、

「誰かおらぬか」

と言って、佐原十郎、和田小太郎、畠山重忠を呼んだので、三人は頼朝の前に来て畏まった。頼朝は一段と声を高くして言った。

「全く意外であった。六波羅でよく確かめればよかったものを、つい梶原の言うままに貴僧を鎌倉に呼び寄せたが、こうしてさんざんに意見されてみると、この頼朝には返す言葉もなく、この場にいたたまれない気持だ。勧修房得業殿の、なんと立派な答弁。まこと、答弁はこのようにありたい。勧修房殿こそ、真の上人である。日本第一の大寺院の院主であるのも、朝廷のご祈禱に召されるのも、ごく当然のことなのだ」

こう誉めたたえた後、

「この上人に、せめて三年間ここにいてもらって、この鎌倉を仏教の盛んな土地としたいものだ」

と頼朝が言ったので、和田小太郎と佐原十郎とが勧修房のところにいき、

「東大寺は、永年にわたって多くの人に恩恵を施してきました。ところが、この鎌倉は、治承四年の冬に初めて幕府を開いたばかりの所で、十悪五逆を犯しても、仏教の戒律を破っても、少しも恥じない者ばかり多く住んでいます。そこで、せめて三年間でもこの鎌倉にいていただいて、仏教の恩恵を授かりたいと、殿よりのお言葉です」

と言った。

勧修房は、

「お言葉はもっともですが、一、二年にしろ、鎌倉にはいたくありません」

と答えた。

しかし、ふたりが重ねて、仏教興隆のためだと強調すると、

「それならば、三年間だけこの鎌倉に留まりましょう」

と言った。

頼朝は非常に喜んだ。

「どこに住んでもらうか」

佐原十郎は、

「よいついでがあります。大御堂（勝長寿院のこと）の別当になされてはいかがです」

と言った。

「よくぞ言った」

そこで、佐原十郎が初めて奉行職に就き、義朝の供養のために建立する堂、すなわち勝長寿院の造営に着手した。間もなく勝長寿院の後に檜わだぶきの別荘が建つと、勧修房をそこへ住まわせた。頼朝は日参した。そして、門前には鞍をつけた馬の立ち止まる隙もないほど人々で賑わった。これが鎌倉に仏教が栄えた初めであった。

勧修房は折を見ては、

「判官殿と仲直りをなさい」

と頼朝にすすめた。

頼朝も、その度に、

「たやすいことです」

と言っていた。だが、梶原平三景時が関東八ヵ国の侍の所司（しょし）（長官を別当といい、それに次ぐ官）であったため、景時父子の言葉に従う者は、草木の風に靡くような有様であったから、頼朝も思うようにならなかった。

こうして、秀衡の生きている間はそのままの状態で過ぎた。そして、秀衡の死後、文治五（一一八九）年四月二十四日に、嫡子本吉冠者泰衡の陰謀で、義経が討たれたという報を知った。

勧修房は、

「誰のために今まで鎌倉に住んでいたのか。このような悲しい目に遭わせる頼朝に、別れの挨拶も無用」

と言って、すぐ京都に帰った。

法皇は、依然勧修房を尊重する念が厚かった。勧修房は東大寺に戻ると、近頃すたれたところなどを建て直し、人に来られるのさえも大儀だといって、門を閉じた。そして、自筆で二百三十六部の経を書いて供養し、義経の菩提を弔った後、自ら水も食も断ち、七十余歳で大往生を遂げた。

しづかかまくらへ下る事

義経が四国へ渡ろうとした時に連れて行った身分の高い六人の女と五人の白拍子、合わせて十一人の女の中で、特に深い愛情を寄せたのは、北白川の静という白拍子であった。義経が吉野山に隠れた時にも、吉野山の奥まで連れて行ったが、都へ返されてからは、母の禅師のもとにいた。義経の子を宿していて、近いうちに出産する予定であった。それが六波羅に伝わると、北条時政は江馬小四郎を呼んで相談した。小四郎は、

「関東へ知らせなければなりません」

と言った。そこで、急使を遣わした。

報告を受けた頼朝は、梶原景時を呼んで、

「九郎の愛人の静という白拍子が、近く出産するそうだ。どうすればよいか」

と言った。

梶原は、

「中国でも、敵の子を宿した女は、頭を砕き、骨を開き、髄を抜くほどの重罪ですから、生まれた子供が万一男児なら、判官殿に似ても、また源氏一族の方々に似ても、恐らく愚か者ではありますまい。殿の時代には何事も起こらないでしょう。けれども、お子様の時代が案じられます。早く、都から宣旨なり院宣なりをもらって、静を関東へ来させ、この近くに置いて出産の様子を見、男児でしたら殿のお考えどおりにし、女児でしたらご自分の側に置くのです」

と言った。

頼朝はそれならばと、堀藤次を使者として都へ送った。

堀藤次は六波羅に着くと、北条時政とともに院の御所へ行って、この旨を奏上した。すると、法皇の、

「前の勧修房の場合とは違う。時政の計らいで探し出し、関東へ下すべきであろう」

というお言葉があった。

そこで、北白川を探した。静は、最後までは遁れられないにもせよ、一時の悲しみを遁れたいために法勝寺に隠れていた。それを探し出して母の禅師もろとも六波羅へ連れて行った。堀藤次が、静の身柄を受け取って鎌倉へ連れて行くことになった。

磯の禅師の心の中は痛ましい限りであった。いっしょについて行けば、娘が惨い仕打ちにあうのを目の前に見るのがつらく、また京都に残れば、娘をひとり手放して遠い鎌倉へやるのが可哀そうであった。人間の本性というものは、子供を五人十人と持っていても、ひとり欠ければ嘆く

もの。まして静は、ただひとりの子なのだから、自分ひとりだけ京都に残って、悶え苦しむことはできそうにもなかった。しかも静は、愚かな子ではない。愚かどころか、その美しい容姿は、京都中に知れ渡っており、その芸の技は天下に知らぬ人のないほどなのだ。どうあろうと、ともかくいっしょに下ろうと思い、自分の身柄を預かっている武士の命令も聞かないで、跣のまま歩いて鎌倉へ向かった。子供の頃から使っている、さいはう（さいばら）、そのあま（そのこま）というふたりの女中も、長年仕えた主人との別れを惜しんで泣くので、このふたりも連れて下った。藤次も、道々いろいろと静を労って行った。こうして、都を出て十四日目に鎌倉へ着いた。

頼朝に静の到着を告げると、頼朝は、静を来させて聞きたいことがあると言ってから、大名小名を呼び寄せた。和田、畠山、宇都宮、千葉、葛西、江戸、河越をはじめすべて集まった。頼朝の屋敷の門前は、市のように賑わった。頼朝の妻の二位殿も、静を見ようと幔幕を張り、侍女たちも大勢集まった。

藤次がひとりで静を連れて入って来た。

頼朝は静を見て、「優美な女だ。現在これが弟の九郎の思い者でさえなければなあ」という面持ちであった。

母の禅師も、ふたりの女中も、頼朝の前に出られず、門前で泣いていた。頼朝は、その泣き声が聞こえたので尋ねた。

「門前で女のように甲高く泣き叫ぶのは何者だ」

「静の母と、ふたりの下女です」

と藤次は答えた。

頼朝は、

「女ならかまわぬ。こちらへ呼べ」

と来させた。そして、

「静を、殿上人に娶せずに、どうして九郎に娶せたのだ。九郎はその上、朝敵となった者であるのにどうしてなのか」

と言った。すると禅師は、

「静は十五歳の年まで、多くの人々からご所望されても、少しも従う心がありませんでした。ところが、後白河院の御幸に呼ばれて、神泉苑の池の辺りで雨乞いの舞を舞った時に、判官様に見初められて堀川のお屋敷へ呼ばれて行きました。ただ一時的な遊びかと思っていましたところ、強いご執心で、判官様には、ご寵愛なさる方々がたくさんおありになったのに、しかも、その方々がほうぼうのお住居にいらっしゃるのに、静を堀川のお屋敷に引き止められたのでした。清和天皇のご子孫、鎌倉様の弟ぎみでいらっしゃるので、私にとってはまたとない名誉だと思っていました。それなのに、今このようになるとは、夢にもどうして知ることができましょうか」

と涙を流して泣いた。頼朝の側にいる人々もそれを聞いて、

「鎌倉殿の前をも憚らず、昔から現在までの静の身の上を少しもおそれずに語ったものだ」

と言って、皆が誉めた。

しばらくして、頼朝は、

「九郎の子を懐妊したことは誰でも知っているから、今さら釈明しなくてもよい。近日中に出産すると聞いている」

そして、

「梶原、頼朝にとってはまさしく敵の子孫だ。(7) 静の腹を切り開き、子供を引き出して殺してしまえ」

と言った。

静も母の禅師もそれを聞いて、何の返事もできず、ただ手に手を取り合い、顔を見詰め合って、声も惜しまず泣き悲しんだ。それを聞いた頼朝の妻も、静の心に、さだめしと同情したのだろう、幕の中からしきりにすすり泣く声が聞こえた。侍たちも、

「こんな情けないことはない。そうでなくてさえ、東国は遠く離れた国だといって、恐ろしいところのように言い伝えられているのに、静を殺していっそう悪い評判を立てることになるのは情けないことだ」

とつぶやいた。

梶原は、それを聞くとさっと立ち上がり、頼朝の前に行って畏まって坐った。人々はそれを見て、「ああ、いやな予感がする。またどのようなことを言い出すのだろう」と、耳をそばだてていた。ところが、梶原は、

「静のことは承りました。子供は殺さなければならないとしても、その母親まで殺しては、その罪をなんとしても免れることはできません。胎内にいる十ヵ月を待つのは長いことですが、も

う来月は出産するのですから、私の息子の源太景季の宿所を産所と決めて、生まれた子が男児か女児かを報告いたしましょう」

と言った。頼朝の側にいる人々は、互いに袖を引き、膝をつっつき、

「今の世はどう見ても末世とはいえ、ただごとではない。梶原がこんなに人を哀れんでものを言ったことはない」

と言い合った。

「私は、都を出立した時から梶原という名前を聞くのさえもいやでした。それなのに、景時の宿に預けられていて、出産の時、万一のことがあったら成仏の妨げにもなります。同じことなら、堀様のお屋敷であるならば、どんなにか嬉しいことでしょう」

と、静は工藤左衛門尉祐経を通して、頼朝に言った。

頼朝は、

「静の言うことはもっともだ。そう決めよう」

と言って、静を堀藤次に返した。藤次は、

「この場にあって、親家の名誉です」

と言った。

藤次は、急いで自分の家に帰ると、妻に向かって、

「梶原が申し出て引き受けたところ、静殿の嘆願で、この親家が静殿を預かることになった。判官殿のお耳に入ることもあろう。わが家で、できるだけのお世話はしてあげなさい」

と言った。自分たちはわきに移り住み、母屋を「御産所」と名付け、よく気のきく女を十人ほどつけて、静を手厚く取り扱った。

磯の禅師は、都の神仏に祈った。

「伏見稲荷の神様、八坂神社の神様、加茂両社の神様、春日神社の神様、日吉神社の神様、八幡大菩薩様。静の胎内の子が、たとえ男であっても、女にしてください」

こうして幾日か過ぎると、生み月のその日になった。堅牢地神（けんろうぢじん）が憐んだのであろうか、静が案じたほどの痛みもなく、産気づいたと聞いたので、藤次の妻と禅師とがいっしょにとりあげた。格別の安産であった。うぶ声を聞いて、禅師は喜びのあまり白絹で抱き上げた。見ると、祈りも空しく、まことに立派な男児であった。ただひと目見て、

「ああつらい」

と禅師は泣き伏した。静はそれを見て、心も消え失せる思いだった。

「男ですか、女ですか」

静が聞いても誰も答えないので、禅師の抱いている子を見ると、男児であった。ひと目見て、

「ああ悲しいこと」

と言って、掛具を引き上げて顔を隠してしまった。しばらくして、

「前世でどのような深い罪を犯した者が、たまたま人の世に生を享け、日の光、月の光を見ることも、一日一夜さえも生きることもできないで、すぐ冥途へ行くのでしょう。あまりにも残酷です。もとより前世の因縁もあることですから、決して世をも人をも恨みはしませんが、今の別

れが悲しいのです」

静はそう言って、袖を顔にあてて泣いていた。

藤次は産所に来て、

「ご出産の状況を報告せよと、ご命令を受けていますので、これから殿のもとへ報告に行きます」

と言った。静は、

「到底免れることはできません。ですから、今すぐにどうぞ」

と答えた。

そこで親家は、頼朝のもとへ行って、この次第を報告した。すると、頼朝は安達新三郎を呼んで、

「静が藤次のところで男児を出産した。頼朝の鹿毛に乗って行き、由井ヶ浜で殺してしまえ」

と言った。安達新三郎清経は、頼朝の馬に乗って藤次の屋敷に着くと、磯の禅師に向かって、

「鎌倉殿の使者として来ました。殿は、生まれた子が若君でいらっしゃるということを聞かれると、まず最初にお前が抱いてやれと言われました」

と言った。

「清経殿、なんとそらぞらしいことを言われるのです。騙せば騙されると思っているのですか。親まで殺せと言われたほどの敵の子、まして男の子です。どうせ早く殺してしまえとおっしゃったのに違いない。しばらくお待ちください。死装束をしてやりましょう」

と禅師は言った。

岩や木ではない新三郎は、さすがに哀れを催したが、このような弱気ではやりおおせないと思い直して、

「仰々しいですぞ。別にお支度はいりません」

と言ったかと思うと、禅師の抱いているのを奪い取って小脇に抱え込み、馬にまたがって由井ガ浜へ向かって駆け出した。禅師が悲しげに、

「末長く生かしておいてまた会わしてくださいと願うのなら、不都合でしょう。もう一度だけ、がんぜない顔を見せてください」

と呼びかけても、新三郎は、

「見ればかえって悲しみが増すばかりです」

とすげない様子で、霞の中へ遠ざかっていった。禅師は、草履さえも履こうとせずに、薄い被衣もかなぐり捨てて、そのこまだけを連れて浜辺の方へ行った。堀藤次も禅師を捜し求めて、すぐその後を追って行った。静もいっしょについて行こうとしたが、藤次の妻が、出産したばかりの身体を心配して、いろいろと諫めて引き止めたので、静は、起きて出て来た妻戸のそばに、崩れ伏して泣き悲しんだ。

禅師は浜に出て、馬の足跡を探していったけれども、赤児の死体はなかった。この世の縁は薄いとしても、せめて亡骸(なきがら)をもう一度見せてくださいと、悲しい祈りをしながら、波打ち際を西の方へ歩いて行った。稲瀬川の由井ガ浜に注ぐ辺りで、大勢の子供たちが砂遊びに興じているのに出会った。

禅師は子供たちに、

「馬に乗った男が、おぎゃあおぎゃあと泣いている赤児を捨てはしなかったか」

と聞いた。

「なんだか知らないけれど、あの水際の材木の上になにか投げ込んでいったよ」

そう子供は返事をした。藤次の下男がそこへ行ってみると、たった今まで、花の蕾のようであった赤児の、すっかり変わり果ててしまった姿を見つけて、磯の禅師に見せると、包んだ着物の色は変わっていないけれども、赤児はかつて生きていたという影すらもない悲しい姿になってしまっていた。禅師は、もしかしたらという一縷（いちる）の望みを繋ぎながら、暖い砂の上に衣の端を敷いて寝かせたが、既にこと切れていた。そこで、抱いて帰って静に見せたところで、いたずらに静を悲しがらせるだけでかえって罪深いことだと思い、ここに埋めようと考え、浜辺の砂を手で掘った。けれども、ここも牛や馬といった動物の通るところだと思うと、それも痛ましく、あれほど広い浜辺ではあるが、その何処にも埋めるような場所はなかった。仕方なく、亡骸を抱いて藤次の屋敷へ戻った。静はそれを受け取ると、死んだ子を生きていた時と同じように添寝しながら泣き悲しんだ。

「人の死を悲しみいたむなかで、親の悲嘆は格別罪深いものでございますから」

藤次はそう言うと、自分個人の計らいで、赤児の葬式を済ませ、亡き義朝のために建てた勝長寿院の東側に埋葬して帰って来た。

「このようなつらい鎌倉には、もう一日もいたくない」

と言って、急いで都へ帰る支度に取りかかった。

しつかわか宮八幡宮へさんけいの事

磯の禅師は、静に向かってこう言った。

「若君のことははじめから覚悟していたのだから仕方ないとして、あなたの身にその後変わったことが起こってないのなら、以前から若宮八幡[8]へ参詣しようと念願を立てていたので、どうしてこのまま都へ帰ることができましょうか。若宮八幡の神様は、お産の時の血を五十一日間は嫌われるから、精進潔斎してから参りましょう。それまではここで待つのです」

そんなわけで、一日一日と滞在を延ばしていた。

そうしているうちに、頼朝は三島神社に参拝することとなり、関東八ヵ国の侍が供をした。三島神社参詣までの、頼朝の無聊を慰めるためにいろいろの物語をした中で、河越太郎重頼が静のことを言い出した。人々が、

「このたびのような事件でも起こらない限り、静御前が鎌倉に来ることは絶対にないでしょう。全くあの評判の舞をひとさしもご覧にならないとは残念なことです」

と言うと、頼朝は、

「静は、九郎に愛されて奢っていたところ、その仲を裂かれ、そればかりか形見ともいうべき子供まで殺されたのだから、なにを喜んで頼朝の前で舞うものか」

と言った。

「ごもっともなお言葉です。しかし、そこをなんとかして見たいものです」

「いったいどれくらい上手な舞ゆえ、これほど人が騒ぐのか」

「舞にかけては日本一です」

と梶原が答えた。頼朝は、

「大袈裟だな。どこで舞って日本一と決めたのか」

そこで梶原は語り出した。

「ある年、百日間も日照りが続き、加茂川も、桂川も、全く瀬がなくなって水は流れず、井戸の水も涸れ果てて、国中が苦しんでいた時、古くから慣習としてよく引き合いに出される文書に、『比叡山、三井寺、東大寺、興福寺などの、有験の高僧貴僧百人が、神泉苑の池の辺りで仁王経を読んで祈れば、雨神の八大龍王も、きっとその願いを聞き届けてくださる』と書いてあることを、ある者が言いました。そこで、早速百人の偉い僧侶たちを招いて仁王経を読んでもらったけれども、さっぱり効き目がありません。またある者は、『容姿のすぐれた白拍子百人を呼び出して、院の御幸を得て神泉苑の池の辺りで舞わせるならば、必ず龍神も聞き届けてくださる』と言ったので、それではと、法皇の御幸を待って、百人の白拍子に舞わせることになりました。しかし、九十九人が舞い終わっても、まだ効果が現われません。残る静ひとりが舞ったところで、龍神がそれを聞き届けてくれるとも思えませんが、静は宮廷に召されてご褒美をたくさん頂戴した者なのだからと、ある者が言ったので、『どっちにしても人数のうちなのだから、舞うだけ舞わせてみよ』ということになりました。

やがて、静が「しんむしやう」という白拍子の曲を半分ほど舞い進んだ時でした。突如、みこしの嶽、愛宕山の方から黒雲が湧き起こって、見る間に、京都の空におおいかかってきたかと思うと、八大龍王が鳴り響き、稲妻がピカピカ光ったので、これには大勢の人々は驚きました。そうして三日間、加茂川や桂川を洪水のように押し流したにもかかわらず、国土になんらの異変をきたさなかったため、さては神が静の舞を嘉納したのだといって、『日本一』の宣旨を頂戴したと聞いております」

頼朝はこの話に聞き入っていたが、

「さてもさてもひとさし見たいものだ」

と言った。そして、

「誰をやって伝えさせよう」

と言ったので、梶原は、

「この景時の取り計らいで、きっと舞わせてみます」

と答えた。

「どのように口説くのだ」

「我が国に住んでいる者で、殿のご命令に背くことがどうしてできましょう。その上、既に死罪が確定していたのを、この景時の進言で免れたのですから、どうしても舞わせてご覧に入れます」

「それならば行って宥めてみよ」

梶原は、堀藤次の屋敷に行き、磯の禅師を呼び出して、

「鎌倉殿が酒を飲んでおられます。その席で、河越太郎が静御前のことを言い出したところ、鎌倉殿はあの噂に高い舞をひとさし見たいというご様子です。なんの気がねがいりましょう。ひとさし舞って鎌倉殿のご覧に入れて欲しいものです」

と言った。禅師がそのことを静に伝えると、

「ああいやだ」

と静は悲しげに言ったきり、衣を被って伏してしまったが、しばらくして、

「およそ、人は芸の道に従うほど、くやしいことはありません。私が白拍子でなかったならば、このような深い嘆きの絶え間ない身にならなかったでしょう。だからといって、あんないやな人の前で舞えなどと、たやすく言われなければならないのが腹立たしい。それを取り次がれた母上のお心が、かえって恨めしいのです。鎌倉殿は、舞えと言えばこの静が舞うとでも思っているのでしょうか」

と言った。そして、梶原には返事さえもしなかった。母の禅師が梶原にそのことを伝えたところ、梶原は、自分の考えとは相違していたが、そのまま帰って行った。

頼朝の屋敷では、今か今かと待っていた。そこへ景時が戻って来た。政子からも、

「返事はどうでしたか」

と使いがあった。

「ご命令だと言ったのですが、返事さえしません」

と梶原が言うと、頼朝は、

「予想していたとおりだ。それにしても、静が都に帰って宮中や院の御所で、兵衛佐は舞を舞えと言わなかったかと聞かれた時、梶原を使者によこして舞えと言ってきたけれども、なにが面白くて舞など舞うことができましょうと言って、とうとう舞わなかったと答えたならば、頼朝に権威がないのも同然である。どうしたらいいか。また誰をやって言わせたらよかろう」

と言った。

再び、梶原景時が、

「工藤左衛門祐経（すけつね）は、都にいた時も判官殿がつねづね引き立てていた者です。しかも、京都育ちで口達者です。祐経にご下命なされてはいかがでしょうか」

と言うと、頼朝は言下に、

「祐経を呼べ」

と言って、祐経を呼び寄せることになった。

その頃、工藤祐経は塔の辻に住んでいた。梶原は命令を受けて祐経の宿所に行き、やがて祐経を連れて来た。

「先ほど、静に舞をひとさし舞うよう、梶原をやって伝えたが、返事さえもない。今度は、その方が行って、宥めて舞うようにせよ」

と頼朝は言いわたした。

祐経は、これは難儀な使者だ。殿のご命令でさえも舞わぬ人を、自分が言ったところで承知す

ると は思えない。全くこんな命令こそ災難だと思案にくれながら自分の家に帰って来た。そして妻に、

「鎌倉殿から大変な仕事を仰せつかった。梶原を使いに立てて命じてさえもうんと言わなかった静を、この祐経が行って、宥めて舞うようにさせよと言われた。祐経にとっては大変なことだ」

と言うと、それを聞いた祐経の妻は、

「断わられたのは、梶原殿だったからではありません。左衛門殿だからといって、引き受けるというわけではありません。人は情けです。恐らく田舎者の景時は、無骨な態度でただ舞えと言ったのでしょう。あなただって、きっと同じ言い方をすることでしょう。ですから、ただいろいろのお菓子を用意して堀殿のところへ行き、お見舞いに来たように見せかけて、そっと上手に宥めれば、どうして目的を達しないことがありましょう」

と、さも簡単なように言ってのけた。

祐経の妻というのは、千葉介が京都に勤番していた時、ある女に生ませた京育ちの娘で、小松殿（平重盛）の屋敷に冷泉殿の局として仕え、おだやかな女であった。祐経が、叔父の伊東次郎と仲たがいして、先祖からの領地を騙し取られただけでなく、妻との仲まで引き裂かれ、その復讐[9]を果たすために伊豆国へ下ろうとしたのを、重盛は祐経との別れを惜しんで、

「年は少し取っているが、この女を愛人として面倒をみてはどうか」

と言って、初めて祐経に会わせたのであったが、その時から互いに思い合うようになった。治承三（一一七九）年に重盛が死んでから後、女は頼る人もなかったので、祐経に連れられて東国へ

下った。その後長い年月がたったが、さすが、詩歌管絃のたしなみをいまだに忘れずにいるので、静の機嫌をとることもたやすいと思ったのであろう、急いで身支度を整えると、ふたりして藤次の屋敷へ向かった。

祐経は、まず自分だけ先に入って、磯の禅師に、

「この頃はなにかと忙しく、お尋ねもしなかったので、いい加減な奴だとお思いでしょう。近く鎌倉殿は、三島神社にご参詣なされますので、この祐経もお供に加えられ、毎日のご精進に供の私も精進しなくてはなりませんゆえ、すっかりご無沙汰してしまい、本当に申訳けありません。私の妻も都の者です。只今、堀殿の屋敷まで来ましたが、おおそうだ、禅師殿、静御前に妻のことをよろしくお伝えください」

と言って、自分は帰るふりをして近くに隠れていた。

磯の禅師が静にそのことを話すと、静は、

「左衛門殿が、たびたび尋ねてくださるだけでも有難く思っていますのに、奥様のお越しまでは思ってもみませんでしたが、ここまで尋ねてくださったとは、嬉しいことです」

と言って、自分の部屋を整えて祐経の妻を迎え入れた。藤次の妻もいっしょになってもてなした。

祐経の妻は、静の意を迎えようという下心があるので、酒宴が始まって間もないのに、今様（いまよう）(平安末期から鎌倉期にかけて流行した歌謡）を歌い出した。藤次の妻も、催馬楽（さいばら）（雅楽調の風俗歌謡）を歌った。磯の禅師も、今さら珍しいことではないけれども、きせんという白拍子を歌った。さいばらとそのこまのふたりも、主人に引けを取らぬほど上手であったから、いっしょに歌って

楽しんだ。

春のおぼろの空に雨が降っていて、周囲はことさらに静かだった。もし壁の外に誰かいるなら、その人もお聞きなさい。一日中の奏楽は千年の寿命を延ばします、さあ、私も歌って楽しみましょう、と静はそう言って、別れの白拍子を歌った。その声、その歌詞、全く言葉では言い尽くせないほどの素晴らしさだった。

祐経と藤次とは、

「ああ、これが普通の座敷であるなら、どうして押しかけないでいられよう」

と言って、壁ごしにうっとりと聞き入っていた。白拍子の曲が終わると、錦の袋に入った琵琶を一面と、絞り染めの袋に入った琴が一張取り出された。そのこまが、袋から琵琶を取り出して音締めを合わせ、左衛門尉の妻の前に置いた。さいばらが、袋から琴を出して琴柱(ことじ)を立て、静の前に置いた。そうして、合奏が終わると、再び左衛門尉の妻は、興味を惹きそうな物語りをしながら、今言おうか今言おうかと思っていた。

「昔、都は難波の都といいましたが、山城国愛宕(おたぎ)郡に都を定めて以来、東海道を遥かに下って、由比、あしかゝ（足柄山）から東の相模(さがみの)国に入り、をさかのほり（小坂郷）、ゆいのこし（由井ガ浜）、ひつめのこはやし（小林郷）をひかえた鶴ガ岡の麓に、今の八幡様をお祭りしたのでございます。鎌倉殿にとって氏神様ですから、その弟の判官殿をもどうしてお守りくださらないことがありましょう。『和光同塵(わこうどうじん)は結縁の始め、八相成道(はっそうじょうどう)は利物の終り』と、摩訶止観(まかしかん)の語句にもあるように、何事によらず祈って通じないことがありましょうか。この国第一の並びない神様ですから、夕べはお籠りの人々で門前は市が立ったように賑わいます。朝はお参りの人々が、肩を並べ、踵を接するような混雑です。ですから、日中の参拝は難しいでしょう。堀殿の奥様も若宮をよくご存知ですし、私も若宮をよく知っていますから、明日参詣して夜を籠めて祈願し、かねてからのご祈願を遂げられ、そのついでに、おかいなざし[10]を舞われて神様に楽しんでいただけば、鎌倉殿と判官殿とが仲直りされてすべて思いどおりになりましょう。奥州へ下った判官殿も聞き伝えられたなら、ご自分のために真心を尽くして祈ってくれているとお思いになって、どんなにか嬉しくお思いでございましょう。たまたまこのようなついでもなかったならば、どうしてそのようなことができましょう。理由はどうありましょうとも、どうかご参詣なさい。深くお思いするあまり、ますますいい加減に思えませんので、これだけのことは申し上げるのです。ご参詣なさるなら、お供しましょう」

「どういたしましょう」

静はそれを聞いて、なるほどと思ったのだろう、磯の禅師を呼び寄せ、

と言った。禅師も、どうかそうして欲しいと願っていたので、

「これは八幡様の御託宣ですよ。こんなに深く私どもを思ってくださるとは、なんと嬉しいことでしょう。一刻も早くお参りしましょう」

「それでは、昼は駄目だとすると、寅の刻（今の午前四時ごろ）にお参りして、辰の刻（今の午前八時ごろ）にしきたりどおり舞を捧げて帰りましょう」

祐経の妻は、静のこの言葉を夫祐経に早く聞かせたくて、このことを使いの者に言い伝えさせ

たが、祐経は壁を隔てて聞いていたので、妻の使いの出て来ないうちに、馬にまたがり、急いで頼朝の所へ行って侍所に走り込むと、そこには、頼朝をはじめ侍たちが待っていて、

「どうだったか、どうだったか」

と聞いた。祐経は、

「寅の刻の参詣、辰の刻のおかいなざし」

と大声に言い放った。皆は一様に、はたして予想していたとおりだったと、繰り返して喜び合った。

「同じことなら日中参詣して、大勢の人にも見せればよいものを。なぜまた、夜更けに参詣するのか理解できない」

と頼朝が言うと、

「それは当然のことでございます。静御前は宮中に呼ばれたこともあるうえに、判官殿が非常に大事にしたことのある身分の重い人でいらっしゃるのですから」

と侍たちは言った。

「高慢な女なのだから、きっと頼朝が参拝に来ていると聞いたら舞うことはあるまい。頼朝は今宵のうちに参籠していよう」

と言った。侍たちは、それがよろしいでしょうと言って、また喜びに沸いた。

頼朝は参詣した。若宮の、東の廻廊の中の間に頼朝の席を設けて、御簾を下げた。北に並んで北の方の幕を張り、政子(11)の席を設けた。南に並んで、乳母(めのと)の三条殿の幕を張ってその席を作った。

その他にも、大納言、中納言、そつのすけ、冷泉殿、鳥羽殿の局などが、思い思いの幕を張った。西の廻廊の中の間には、畠山が幕を張った。その北側は、うちゐくのや、小山、宇都宮が幕を並べた。南に並んで、和田小太郎、佐原十郎が幕を張った。南の廻廊には、一条、武田、小笠原、逸見、板垣が幕を張り連ねた。それらに並んで、頼朝を守護する、丹、横山、よ、猪股、しん、村山が幕を張った。特に頼朝の側近くには、梶原父子が一族の幕を張っていた。早く来た者は廻廊の石橋、拝殿の雨だれ受けの石の上や、大庭に肩を並べるようにござを敷いて坐っていた。それより身分の低い者は、歌声も聞こえず、舞う姿も見えないのに、廻廊の外柱からあたりの山へかけて、白一色に塗りつぶしていた。たくさんの小路に至るまで、*静が舞うと聞き伝えて、若宮の門前は市ができたようだった。

「拝殿や廻廊の前で、大勢の民衆が喚きながら押し合って全然聞き分けがありません」

という報告に、頼朝は、

「雑色を呼んで、乱暴に追い出せ」

と命じた。

梶原源太がその命令を受けて、

「ご命令だぞ」

と言ったけれども、誰も聞き入れなかった。そこで雑色たちは、乱暴にもさんざんに打った。男は烏帽子を打ち落とされ、法師は笠を打ち落とされた。傷つく者も大勢出たけれども、

「これほどの見物は、一生に一度もあるものではない。怪我をしようとも入ってしまおう」

と言って、自分の身体がどうなるかということも考えずに、潜り込んで来るのでますます騒動が大きくなっていった。

「ああ、早くから知っていたなら、廻廊の真中に舞台を拵えたものを」

その言葉を頼朝が聞きつけて、

「今のは誰が言ったのだ」

「佐原十郎です」

「そうか、佐原は昔からの儀式や作法に通じている者だ。もっともな言葉である。すぐに用意を整えて作れ」

と命じた。

佐原十郎は命令を受け、急ぐことなので、若宮を修理するのに積んであった材木を急いで運ばせると、高さ三尺の舞台を作り、唐綾や紋紗で包んだ。頼朝は大いに誉めた。

こうして人々は静を待った。既に巳の刻（今の午前十時ごろ）になっても、まだ静は参詣に来なかった。

「静は何故これほどまでに人の気を揉ますのだろう」

と人々は言っていた。

日がかなり移ってから、静は輿に乗って現われた。左衛門尉の妻と藤次の妻とがいっしょに廻廊まで来た。磯の禅師、そしてさいばらとそのこまは、この日介添役であったから、静といっしょに廻廊の舞台の上へ坐った。左衛門尉の妻は、同じような姿の女たち三十人ほどを引き連れて桟敷に入った。

静は神殿に向かって祈っていた。磯の禅師が最初に、珍しいことではないけれども神を慰めるためなのだからと、さはら（さいばら）に鼓を打たせて、「すきもののせうしや」という白拍子の曲を歌って舞った。言葉では言い表わせないほど見事なものだった。

「それほど評判の高くない禅師の舞さえ、こんなに面白いのであるから、まして名高い静の舞は、どんなにか素晴らしいだろう」

と、人々は言い合った。

静は、人の様子や幕の引き方などから、間違いなく頼朝が参詣に来ていることを知った。そして、祐経の妻が自分を騙し、頼朝の前で舞わせるつもりなのだとわかった。ああ今日は、どんなことをしても舞を舞わずに帰りたいものだと、いろいろ思案した。左衛門尉を呼んでもらうと、

「本日は鎌倉殿のご参詣とお見受けいたしました。以前都で内侍所に召された時には、内蔵頭(くらのかみ)信光(のぶみつ)に囃してもらって舞ったのでした。神泉苑の池での雨乞いの時には、四条のきすはらに囃してもらって舞いました。しかしこのたびは、嫌疑を掛けられた身として鎌倉に呼び出されたので、鼓打ちの者なども連れて来ていません。母が形式どおり、かいなざしを神に捧げたのですから、私どもは都へ帰り、またその時こそ鼓打ちを用意して、特に鎌倉まで下って来て神を慰める舞を神前に捧げましょう」

そう言ってすぐにも立ち去る様子がみえたので、それを見た大名も小名も興醒めしてしまった。頼朝もそれを聞いて、

「世の中は狭いものだ。鎌倉で舞わせようとしたのに、鼓打ちがいないばかりにとうとう舞わなかったと世間に伝わったら、それこそ恥ずかしいことだ。梶原、侍どもの中に鼓を打つ者はいないか。探して打たせよ」

と言った。すると梶原は、

「左衛門尉は小松殿に仕えていた頃、宮中のお神楽に召され、その時、小鼓の名手として宮中でも評判になった者です」

「それならば、祐経に打たせて静に舞わせよ」

頼朝のこの命令を祐経に伝えると、祐経は、

「かなり久しいこと打たないので、鼓の手で打ち出す音色が思うようにいきませんが、ご命令ですからやってみます。ただし、鼓一張では駄目です。鉦(かね)（銅拍子）を打つ者も呼んでください」

と言った。頼朝はそこで尋ねた。

「誰か鉦を打つ者はいるか」

「長沼五郎がおります」

「探し出して打たせよ」

「眼病のため、参っておりません」

と誰かが答えたその時、梶原が、

「それなら、この景時が勤めてご覧に入れましょう」

と言った。

「梶原はどの程度銅拍子ができるのか」

と、頼朝は祐経に聞いた。

「長沼についでは梶原殿です」

「それならよかろう」

と、鉦の役が決まった。すると今度は佐原十郎が、

「その場に合った調子というのは大切なものだ。だから調子を整えるため、最初誰かに笛などを吹かせたいものだ」

と言った。頼朝はまた、

「誰か笛を吹く者はいないか」

と言った。和田小太郎が、

「畠山は法皇も感心されたほどの、笛の吹き手です」

と言うと、頼朝は、

「たとえ一時的なものとはいっても、賢人の誉れ第一といわれる畠山が、この異様な楽団の仲間入りするとは、いくらなんでも言うまい」

と言ったので、小太郎義盛は、

「ご命令と申してみましょう」

と言って、畠山の桟敷へ行った。そして、畠山に事の次第を頼朝の言葉として伝えたところ、畠山重忠は、

「わが殿の家臣の中でも、切れ者といわれる工藤左衛門尉が鼓を打ち、関東八ヵ国の侍所の所司たる梶原が銅拍子を合わせ、この重忠が笛を吹いたならば、まさに血統正しい楽人の集まりということになるだろう」

と声を立てて笑ってから、さて、お言葉に従おうと言った。やがて三人の楽人は別々の場所から、思い思いの身支度をして出て来た。

工藤左衛門尉は、紺色の葛袴に木賊（とくさ）色の水干を着て立烏帽子をかぶり、紫檀の胴に羊の皮を張った鼓の、六つの調べの緒をかき合わせて左の脇に抱え、袴の股立ちを高くとって、八幡宮の上の松山や廻廊の天井に響かせながら、鼓を打ち鳴らして他の楽人を待ち受けていた。

梶原景時は、紺色の葛袴に山鳩色の水干を着て立烏帽子をかぶり、銀地に金の菊形を打った調（ちょう）（銅）拍子の、啄木組みの緒のついたのを持って祐経の右に坐り、祐経の鼓から打ち出される音色に誘われて鈴虫が鳴くように、銅拍子を小さく合わせながら畠山を待った。

畠山重忠は、幕の縫い合わせの隙間から桟敷の様子を覗いて見てから、格別の支度もせず、白い大口袴、白い直垂に紫の革紐をつけ、折烏帽子の折った端を鋭く角立てて、松風と名付けた漢竹の横笛を携え、袴の股立ちを高くとって、幕をさっと引き上げて素早く出ると、大男らしく重々しい歩みで舞台に上り、祐経の左側に居ずまいを正して坐った。評判の美男であるからまことに立派に見えた。この時重忠は、二十三歳であった。頼朝はこの光景を見て、御簾の中から、

「美事な楽人どもだ」

と誉めた。実際その場にふさわしい楽人として、三人は奥ゆかしく見えた。

静はこの様子を見て、自分は最初よく断わったものだ。同じ舞うにしても、このような楽人の伴奏で舞うのでなければ、と思った。そして、浮わついた心で舞ったならば、どんなにか軽薄に見えるだろうとも思った。静は磯の禅師を呼んで、舞装束をつけてもらった。松の木に絡みついた藤の花が池の水際に咲き乱れ、吹く風に山の霞がたなびいて、初音もゆかしいほととぎすの鳴声も、その季節が来たことを知っているかのように思われた。

この日の静の装束は、白の小袖のひとかさねに、唐綾を重ね着して、白い長袴を蹴散らし、割菱の紋所のついた水干に身の丈ほどもある髪を高く結い上げ、先頃の悲しみに面やつれした顔に薄化粧をし、眉を細くかき、紅の扇を開いて神殿に向かって立った。さすがに頼朝の前での舞ゆえ、面映く思ったのであろうか、舞うのを躊躇(ちゅうちょ)していた。

政子はその様子を見て、

「去年の冬は、四国への波の上に揺られ、吉野山の雪にさ迷い、今年は、東海道の長い旅でやつれて見えるけれども、静を見ると、日本にもこれほどの女がいたのだと今さらのように思うのです」

と言った。

この日静は、数多く知っている白拍子の曲の中でも、格別深く心にあり、また得意ともする曲だから、「しんむしやう」という曲を選び、言葉では言い難い美しい声で高らかに歌った。すべての人の感嘆の声が雲の上まで響き渡るほどだった。近くにいる者は、実際に聞いて感動した。また、遠くにいて声の聞こえない者も、きっとこうだろうと想像して感じ入った。

しんむしやうの曲の、なかばほどまで歌われたその時、祐経は、この曲が将軍頼朝の前で歌い続けるのにふさわしくない曲と見たのであろうか、水干の袖をはずして、終りの急拍子を打った。そこで静は、「君が代の」と歌い納めたので、それを聞いた人々は、

「情けない祐経だ。もうひとさし舞わせて欲しいものだ」

と言った。

静は、所詮かたきの前の舞ではないか。心に深く思っていることを歌ってみようと思ったので、

しずやしずしずのおだまきくり返し昔を今になすよしもがな

吉野山峰の白雪踏みわけて入りにし人の跡ぞ恋しき

と歌った。すると、頼朝は御簾をさっと下ろした。そして、

「白拍子とは興醒めなものだ。今の舞いかたといい、歌いかたといい、けしからん。頼朝が田舎に住み馴れたので、聞いても分かるまいと思って歌ったのだ。『しずのおだまきくり返し』とは、頼朝の世が終わって九郎の世になれというのであろう。まことに恐れげもなく考えたものだ。『吉野山峰の白雪踏みわけて、入りにし人の』とは、例えば、頼朝が九郎を攻め落としたといっても、まだ生きているということだな。憎い奴」

と言った。政子はそれを聞いて、

「芸人でありながらも、愛情があればこそ舞ったのでございます。静でなかったなら、どうして殿の前で舞いましょう。たとえどのような思いがけないことを申したとしても、所詮女というものは弱いものでありますから、今のお怒りを許してあげてください」

と言うと、頼朝は御簾の片方を少し上げた。静は、頼朝の機嫌を損じたことに気付くと、また戻って、

吉野山峰の白雪踏みわけて入りにし人の跡絶えにけり

と歌い直したところ、御簾を高らかに上げて誉めた。このように頼朝が急に誉めたことに対して、かるがるしく誉めたものだ、という家来もあった。

北の方政子からは引出物として、広蓋に盛った絹を贈られた。頼朝からは、貝をはめ込んだ長持三つを頂戴した。宇都宮から三つ、小山左衛門からも三つ、学頭三人から九つ、その他、舞台の周囲に一つ二つと、天びん棒で運んで来て置いた。長持を贈れない者は、小袖を持って来て置いたり、直垂を持って来て投げ置いたりしているうちに、小袖や直垂が積まれて山ができた。佐原十郎が引き受けて書き記したのだが、長持六十四個、と記帳した。

静はこの様子を見て、私は、引出物を貰いたくて舞ったのでは決してない。判官殿のために祈願して舞ったのですと言って、長持を一つも残さず若宮の修理のために献上した。小袖や直垂も、なにひとつ自分のものとせず、みんな義経のための祈りに大御堂へ献上した。* そうして、堀藤次

の妻といっしょに帰っていった。

その翌日[12]、都に帰ると言って東海道を上り、北白川の家へ帰って暮らしていた。だが、物を見る目もうつろであり、悲しかったことも忘れられないので、人の尋ねて来るのも「物憂(ものう)い」と言って、一途に思い込んでいた。母の禅師も慰めかねて、どうしようもない思いがますます深まっていった。

静は、明けても暮れても持仏堂の中に閉じ籠もって、経を読み、仏の名を唱えていたけれども、このような辛い世の中に生きながらえていてもなんの意味もないと思ったのであろうか、母にも言わないで髪を剃り落とし、天龍寺の麓に粗末な庵を作って、禅師とともに仏道に専心していた。姿も心も、世の人と比べて勝れていた静だけに、実際惜しい年齢であった。十九歳で出家して、翌年の秋の暮には、思いが胸に積もったためであろうか、念仏を唱えながら息を引きとった。それを伝え聞いた人は、貞女の真心に感心したということであった[13]。

注

（1）佐藤忠信の身代り譚とその最期　佐藤四郎兵衛忠信の、吉野山での身代り奮戦譚とその最期の自害についての伝説は、『義経記』巻五の「忠信吉野に止まる事」、巻六の「忠信都へ忍び上る事」「忠信最期の事」にあるのだが、『国民文庫本平家』の巻十二の「吉野軍」にも、簡潔ではあるが同じ内容の物語がある。ただこの国民文庫本にあるものは、次の諸点が『義経記』と異なっている。

1　「いづくまで・敵に・後を・見すべき」と言って、義経が自害しようとしたので忠信が身代りを申し出たとある。

2 「弓矢取る者の言葉は綸言に同じ」という、弁慶の言葉はない。

3 二尺七寸ある黄金作りの太刀（平家追討の際、熊野別当が権現から申しおろしたもの）を賜わったことはない。

4 清和天皇の御号も、義経と名乗ることも許されたとはないが、「鎌倉の源二位殿の・弟・九郎大夫の判官義経ぞ」と名乗る。

5 鎧兜の交換はなく、義経の著背長を頂戴して着る。

6 十七人の兵士と残る。

7 十七人が討たれた後、忠信だと言って切腹するように見せて遁れる。

8 粟田口に忍んでいたが、大勢で向かってくることを知ってそこを出て、三条万里の小路の女のもとに忍んでいた。それを知って六波羅から大勢押し寄せたので、存分に戦った後、腹を十文字に切ったが死ねないので切先を口に含んで縁からさかさまに落ちて死ぬ。年二十六。

9 忠信の死を、「敵も・是を・見て・惜まぬ者こそ・なかりけれ」といっている。

この同じ事柄を扱った二つの本を比較した時、忠信の行為が名誉の限りであるということと、その奮戦や自害の模様等は、『義経記』の方がはるかに強烈な筆致であり、全般的にその成長のあとが見受けられる。しかし『吾妻鏡』には、文治元（一一八五）年十一月十七日の条から、義経が吉野山に逃げ籠もったということを比較的詳しく記載しているが、忠信の身代り奮戦譚は記載していない。そして、文治二年九月二十二日の条に、糟屋藤太有季が多勢をもって中御門東洞院に忠信を襲い、忠信とその郎従二人を討ち取ったとある。それも、去る頃、宇治の辺で別れて京に帰った忠信が、以前密かに通った女を尋ねて一通の手紙を遣ったところ、女が良人にそれを見せたので、良人が有季に語って発覚したとあって、身代り譚の影も見えない。（『異本義経記』も、女の名を力寿といったとあるが、吉野山での身代り譚はなく、その最期も『吾妻鏡』と大体似ている。）そして、この忠信は勇敢の士であり、鎮守府将軍秀衡の近親者であると記載している。忠信の家系については、『吾妻鏡』や『盛衰記』の他に、『尊卑分脈』などの諸系図の上でも、秀衡の近親者として記載されている。（巻五の注2を参照）

主君の危機を救うため、その家臣が犠牲になるという場面は、戦場においてしばしばあったことだろう。だが、それは武士にとって当然の行為であり、また名誉な行為とされていたのである。『平治物語』にも、佐度式部大輔重成が、左馬頭義朝自害するぞと言って、腹十文字に掻き切って身代りに自害し、義朝を大炊のもとから落としたとあるが、忠信の身代り奮戦譚にまったく類似しているのは、『太平記』の大塔宮護良親王の身代りとなる村上彦四郎義光の死である。それは、元弘三（一三三三）年正月十六日、二階堂出羽入道道蘊が六万余騎で大塔宮の立て籠もる吉野城に押し寄せて、昼夜七日戦ったが城方は少しも弱らなかった。しかし、搦手から廻った敵に宮のいる蔵王堂を攻められ、今はもう遁れられぬところと観念した宮は、最後の酒宴を張った。そこへ十六本の矢を射立てられたままの義光が来て、

一方より打破って、一歩落ちて御覧有るべしと存じ候。但跡に残り留って戦ふ兵なくば、御所の落させ給ふものなりと心得て、敵何く迄もつゞきて追懸進せつと覚候へば、恐ある事にて候へ共、めされて候錦の御鎧直垂と、御物具とを下し給って、御諱（おんいみな）の字を犯して敵を欺き、御命に代り進せ候はん。

と言って、宮と装束を変えた後、宮が遠くに落ちのびたのを見てから櫓の上に姿を現わし、大音声で、

「天照太神御子孫、神武天皇より九十五代の帝、後醍醐（ごだいご）天皇第二の皇子一品兵部卿（いっぽんひょうぶきょう）親王尊仁（そんにん）、逆臣の為に亡され、恨を泉下に報ぜん為に、只今自害する有様見置て、汝等が武運忽に尽て、腹をきらんずる時の手本にせよ」と云儘に、鎧を脱いで、白く清げなる膚に刀をつき立て、左の脇より右のそば腹まで一文字に掻切て、腸（はらわた）摑（つかん）で櫓の板になげつけ、太刀を口にくわへて、うつ伏に成てぞ臥

たりける。　　　　　　　　　　　　　　　　　　　　　　　　巻第七　吉野城軍事

『義経記』の義経になる忠信と、『太平記』の大塔宮になる義光のこの二つの物語は、ただ身代りに自害するその諸条件や有様が類似しているということだけではなく、またその場所も同じ吉野であって、どちらがどちらにその影響を与えたとは断定できないが、二つの伝承の間になんらかの関連があることは見のがせない。

以前、この義光には、大塔宮が芋瀬庄司に「月日の金銀にて打って着たる錦の御旗」を与えてその危機を脱したところ、後から宮を追って来た義光が、庄司からこの錦の御旗を奪い返して宮にお返ししたという有名な話が、『太平記』の巻五「大塔宮熊野落事」にある。（この熊野へ落ちる際、武蔵坊とか片岡八郎などという名の従者があり、山伏姿であったことや、竹原八郎入道の甥の戸野兵衛の病を祈って全快させたことなど、義経の北国落ちに類似している。）

『平治物語』に忠信のことを、

尼は佐藤三郎継信佐藤四郎忠信とて、二人の子を持て侍る、継信は御用には立進らすべき者なれ共、酒に酔ぬれは少口あらなる者也、忠信は天性極信の者也　　　巻三　牛若奥州下向事

と、その兄とともに親の尼が義経にその性格を告げて家来として差し出したとあるが、兄弟の働きを物語の上から考察した時、まことによくその性格を表わしている。特に忠信は、主君義経の御為ということを第一に、息がなくなるまで義経を慕い続けたこと、また裏切られるような立場に立っても、なお頼みにならない女の心を最後まで信じて命を落としてしまったことなど、天性極信の者といった言葉どおりである。

『義経記』は、事実かどうかわからないこの忠信の奮戦とその死を伝えるために、弁慶と同じぐらいの量をさいて書いているが、義経の一代記にとってそれほど必要と思われない内容の忠信の話、特に吉野山でのことは、静のことと共に、『義経記』の成立以前に独立した形で語られていたのであ

ろう。それが『義経記』の編集に際して取り入れられたものと思われるのであるが、それについては、柳田説と角川源義博士の説があるので、参照されたい。（柳田国男著『雪国の春』所収「東北文学の研究」。角川源義・高田実共著『源義経』）

（2）　堀弥太郎　『義経記』は、頼朝の命令で忠信の首を由井ガ浜に懸けたのは堀弥太郎だとしており、また、義経が浮島ガ原の頼朝の陣に駆け着けた時、頼朝の使者として来たのも堀弥太郎だとしている。『平家物語』では、堀弥太郎親経（八坂本では友広）とあって、宗盛の乳母子飛騨三郎左衛門景経を壇の浦の合戦で討ち取ったとある。

しかし、『吾妻鏡』文治元年十一月三日の条に、都落ちに従う義経の家臣として堀弥太郎景光という名が見え、同月六日の条には、にわかに疾風が起こって渡海できなくなって皆分散したが、伊豆右衛門尉有綱、堀弥太郎、弁慶、静の四人は義経に従って天王寺辺で一夜を過ごしたとあり、そして同月十七日には、夜になってから静が蔵王堂に来たので義経の行くえを尋ねたところ、既に五日この山にいるが、衆徒が蜂起したことを知って山伏姿でどこかへ行ったと、衆徒に告げている。この時、果して堀弥太郎が同行していたかどうかはわからないが、文治二年九月二十二日の条に、糟屋藤太有季が、京都に隠れ住んでいた義経の家人である堀弥太郎景光を生け捕ったとあり、同月二十九日の条には、この景光が、義経は南都の聖弘得業のもとにいて、自分がしばしば義経の使者にたったことを白状したと、北条兵衛尉の飛脚が鎌倉へ到着して伝えたとある。また、『玉葉』文治二年九月二十日と二十一日の条に、頼朝の郎従比木藤内朝宗が、義経の郎従堀弥太郎を生け捕ったということを伝聞したとあり、二十二日の条には、勧修房得業聖弘房のもとに義経がいたと、景光が白状したのを伝聞したとある。この信頼してよいと思われる記録によると、堀弥太郎は景光といって、義経の郎党であるから、『義経記』に登場する人物とは全く異なることになる。

流布本の『平治』に、「堀弥太郎と申すは、金商人なり」とあるが（巻一の注27参照）、『義経記』

以外をみると、この堀弥太郎は壇の浦で活躍しており、義経の都落ちに従い、京都に潜んでいる時には、しばしば義経の使者にたっているのであるから、義経の数少ない郎党のひとりと考えられる。ただ、他の有名な郎党と違って、その出身地や郎党となった時のことが何にもわからない。この前半のはっきりしない景光に比べて、義経を奥州へ送り届けたという黄金商人の吉次信高は、その後半がない。義経伝説の発展に伴って、吉次や堀弥太郎という、一時期義経にとって重要な位置を占めたふたりの伝説が成長していくのは当然のことである。しかし、このふたりは互いに補うと、その生涯を形づくれるが、べつべつにした時には物語や記録の上でおかしなことになる。

この堀弥太郎という人物よりも、吉次の方がはるかに伝説の世界では伸びる要素があったのは、奥州と京の間を往復する商人であったことや、義経を奥州へ連れて行った人物ということ以外にはなにもわからないところから、自由に想像ができたのであろう。この吉次の伝説が作られていく過程で、いつの間にか、堀弥太郎はその伝説の中へ入り交じってしまい、吉次と同一人であるという堀弥太郎説が生まれたのではなかろうか。もと商人であったからこそ、敵に捕えられまいと見事に自害した忠信などとは違って、捕われて白状することになったのであろう。この商人吉次の頼りなさは、藤沢入道と由利太郎らが襲撃してきた時の有様で証明ずみでもある。しかし、義経の郎党は景光といい、頼朝の郎党は親経、または友広といって、あるいは堀弥太郎という名の人物はふたりいたのかもしれない。

(3) 法然房　浄土宗の開祖で、源空といった。「南無阿弥陀仏」と念仏を称えることによって、極楽往生ができると説いた。弟子の親鸞は有名な高僧であり、藤原兼実も受戒のため、法然を招いたことが『玉葉』にあり、『平家』には、平重衡が法然に請うて受戒したという説話がある。長承二（一一三三）年美作国に生まれ、建暦二（一二一二）年正月二十五日入寂。

(4) 蟬丸　蟬丸の実伝は不明であるが、宇多天皇の皇子敦実(あつざね)親王の雑色とも（『今昔物語』）、醍醐天皇の第四皇子ともいわれている（『平家』、『東関紀行』）。盲目の琵琶の名手で、逢坂山に草庵を結んで住んでいたと伝えられている。

この蝉丸の作という有名な和歌、

これやこのゆくもかへるもわかれては（つつ）知るもしらぬも逢坂の関

〔（　）内は『後撰集』〕

が、『後撰集』巻十五と『小倉百人一首』とに収められている。

また、蝉丸が四宮河原に住んでいたとあるが、これは醍醐天皇第四皇子説をとったのである（『平家』にも、蝉丸が四宮河原に住んでいたとある）。だが、四宮河原は、仁明天皇の第四皇子である人康親王の館跡があったというので、この名があるといわれている。人康親王も盲人であり、盲人から盲人の祖神とされていたので、この蝉丸と混合したのであろう。

蝉丸は、後世能楽の「蝉丸」（古く「逆髪」ともいった）や、近松門左衛門の人形浄瑠璃などに取り扱われて、その生涯が脚色されて伝わっている。

（5）小野小町　小町といえば現代でも美人の代名詞であり、その本家の小野小町は、日本一の美人として誰一人疑うものはない。しかし、小野篁の孫、出羽守良真の次女という小野氏系図の記載をはじめとして、その出自はいろいろにいわれており、その生存した時期は、承和の頃から貞観の頃と推測されている。ただ和歌史上から見た場合には、『古今集』の序において、撰者の紀貫之が六歌仙の一人と推賞しているから、生存したことは確実である。

小野小町は死後、謡曲、能、浄瑠璃、御伽草子と、その生涯が文学に大きく取り上げられるとともに、また、その伝説も広く流布して、伝説の世界でも発展していったのである。その作品は、『古今集』の十八首をはじめ、歴代勅撰集の十三本に六十六首が納められている。

（6）頼朝が捕えられた時の様子　尾張守の侍、弥平兵衛宗清が尾州から上京して来た時、不破の関の近く、関原という所で「なまめいたる小冠者」が藪の陰へ隠れたので、それを怪しみ、捜して捕えたところ頼朝であったと、流布本の『平治』は伝え、京師、杉原、鎌倉、半井本の『平治』には、青墓に頼朝が忍んでいたところ、弥兵衛宗清が尾張国へ目代として下る途中、青墓の宿に泊まった。その夜ひとりの遊女が、長者のもとに頼朝がいることを告げた。そこで宗清は、長者の宿に押し寄せ、自害しようとする頼朝の刀を奪って取り押えたとある。また、『剣巻』は、頼朝が東近江に隠れていたのを、弥兵衛宗清が上洛の際聞き出して押し寄せ、探して捕えたと伝えている。

このほか『愚管抄』も、頼朝を捕えたのは頼盛の郎党の右兵衛尉平宗清としているが、この宗清は、平家一門の都落ち以後も頼盛に従って都に残ったことと、頼朝が池の尼に対するお礼を頼盛に返すため関東へ呼んだ際、宗清は敵を攻めるなら先陣をおつとめしますが、西海にいる人々（都を落ちた平家の一族の人たち）を思う時、まして引出物や饗応を受ける今度の旅にはとてもお供できないと、頼盛に断わる潔い武士として『平家』に書かれている。

（7）敵の子孫の処置　「義経などという、とんでもない奴の子が生まれぬさきに、静の胎内を切り開いて、子を取り出して殺してしまえ」と頼朝は言っており、男子を出産したと聞くと、「由井ヶ浜で殺してしまえ」と命じて殺させている。しかし、頼朝もその昔、伊東祐親の娘との間にできた子を、

「女もちあまりて、をき所なくは、乞食非人などにはとらするとも、今時、源氏の流人聟にとり、平家にとがめられては、いかゞあるべき。「毒の蟲をば、頭をひしぎて、脳をとり、敵の末をば、胸をさきて、膽をとれ」とこそいひつたへたれ。」　曽我物語　巻第二　若君の御事

と、義父祐親の命令で伊豆国松川の奥、とときの淵に簀巻にされて投げ入れられている。また、梶原も、

異朝を訪らひ候にも、敵の子を妊じて候女をば頭を砕き、骨を拉ぎ、髄を抜かるゝ程の罪科にて候なれば　義経記　巻第六

と、敵の子を宿した女の処置について言っているが、軍記ものは、勝者が敗者に対して、女や子供に到るまできびしかったことを書いている。

（8）若宮八幡　この宮の起源は、源頼義が安倍一族の征討を果した時、石清水八幡宮を鎌倉（由比郷）に勧請したことに始まり、治承四年、頼朝が現在地に宮殿を新しく建てて八幡宮を遷した。これが若宮（鶴岡八幡新宮若宮ともいった）の始まりで、神仏習合であった。

この宮が源氏の帰依の深かった所以は、石清水八幡が清和天皇の御宇の勧請によること、主祭神が応神天皇という武勲の神であること、それが武家の棟領である源氏の守護神に好適であったことからであろう。若宮八幡については、『鎌倉市史　社寺編』を参照されるとよい。

（9）工藤祐経と伊東入道との争い　『尊卑分脈』によると、

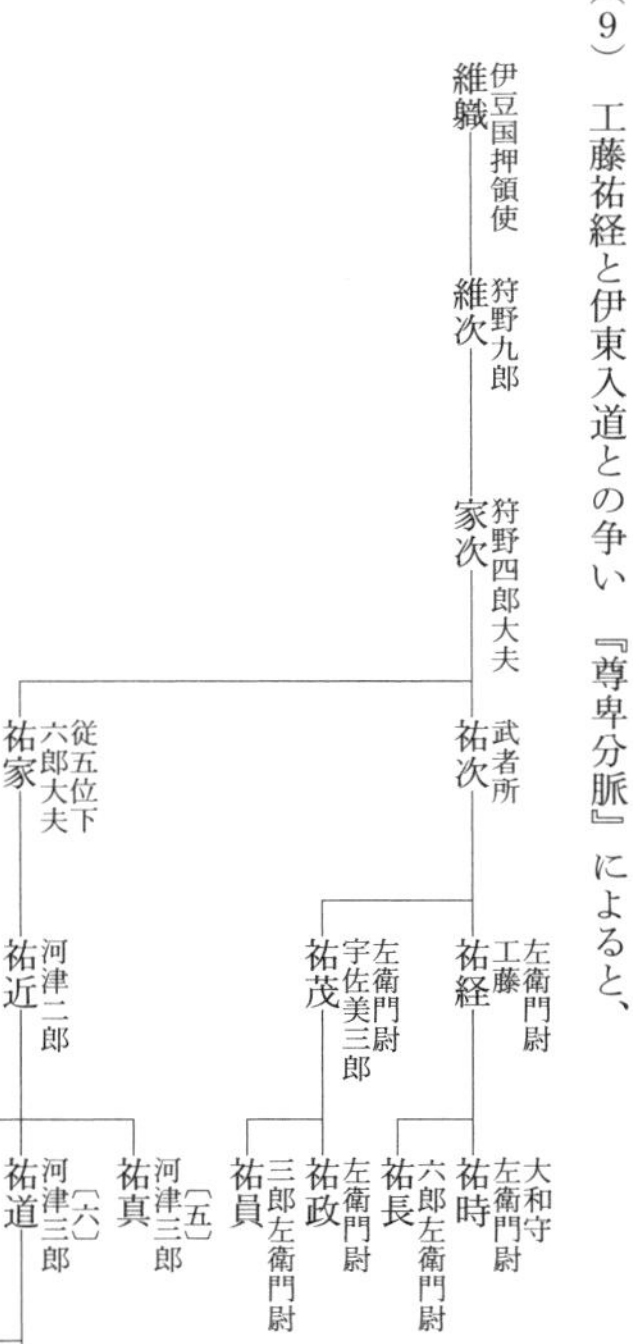

であるが、『曾我物語』に書かれてあるように系図を作ると、次の図のようになる。

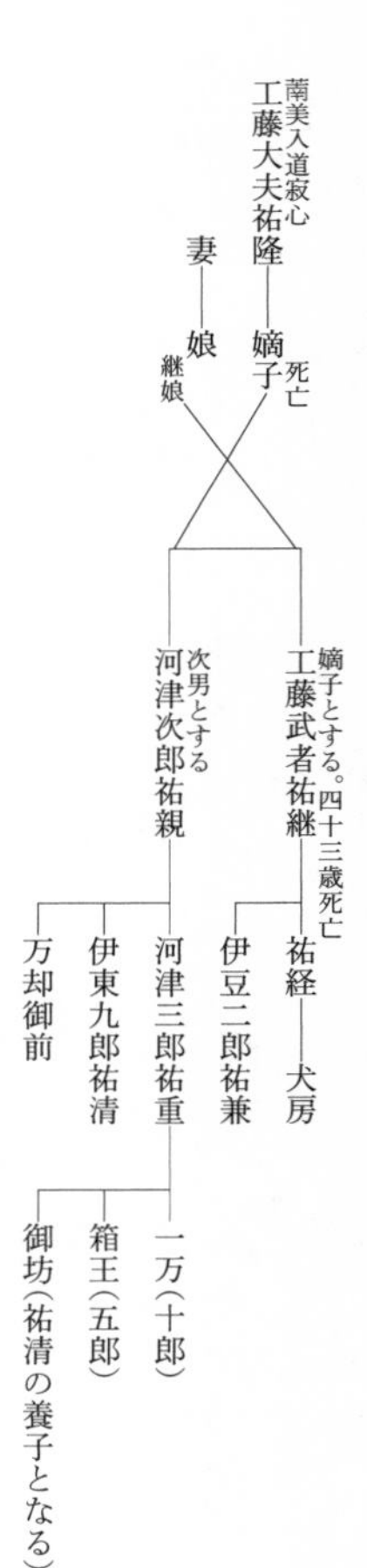

1 継娘の子工藤武者祐継は実は祐隆の子。

2 祐親と祐継の間で領地問題で争ったところ、祐親が負ける。祐親は箱根の別当に祐継の調伏を依頼する。

3 祐継は死に際して、祐親に子の祐経が十五歳になるまで領地を頼む。京にいた祐経に、二十五歳の時、母の最期の知らせと、領地についての文書が送られて来る。

4 祐経は奉行所に訴え出たが、なかなか決着がつかず、奉行所は伊東の領地を半分ずつと裁定する。

5 祐経は、妻万却御前とは離別させられるし、先祖伝来の地は半分奪われるということで、祐親を討とうと決心し、郎党大見小藤太と八幡三郎に討ち果たすことを頼む。

6 ちょうど兵衛佐頼朝を慰めるために、相模・駿河・伊豆の武士二千四、五百人が集まって狩をすることになり、その帰途、河津三郎を射殺したことから、曾我兄弟の仇討がおこったのである。

(10) おかいなざし 「かいなざし」について、能勢朝次氏は、どのような芸をいうものか今なお明瞭でないが、ただ「神前法楽の簡単な舞」であることは想像できると、著書『能楽源流考』で述べている。岡見正雄氏は、『義経記』(日本古典文学大系)の注で、「音曲の名らしい」と述べている。

『義経記』の本文からは、舞を舞うことのようにもとれるし、また、白拍子の舞をいうようにも、あるいは白拍子の曲の名のようにもとれるのである。

(11)　北条氏略系図と政子　美人であったと『曾我』にある北条政子は、伊東から遁れてきた流人頼朝と、二十一の時結ばれた。しかし、京から戻ってきた父時政は驚いて、平家の侍、山木判官兼隆に嫁がせた。だが、政子は山木判官の館をその夜のうちに逃げ出して、伊豆山権現に行き、頼朝を迎えた。その時から建久九（一一九八）年の暮、相模川の橋供養の帰途、落馬が原因で死ぬまでの二十一年間を、頼朝とともに過ごしたわけであるが、しかしこの間に、良人頼朝が伊豆の流人の身から鎌倉幕府を創設してその首座に就き、やがて征夷大将軍とまでなったのであるから、女丈夫であったと伝わるのは当然である。『大日本史』は、政子が嫉妬深い性格であったと書いている。また、妹の夢を騙して買ったことによって、頼朝と結ばれたという伝説は名高い。

桓武天皇——四代略——平貞盛——七代略——時政（四郎と号す　建保三年正月六日卒）

- 宗時
- 義時（幼名江間小四郎）
- 政子（頼朝室）
- 時房
- 政範
- 女子
- 女子
- 女子（畠山重忠妻）
- 女子
- 女子
- 女子
- 女子（阿野全成妻）
- 女子
- 女子

建保六（一二一八）年十一月従二位、翌年の承久元年正月二十七日に、孫の公暁が鶴ヵ岡八幡宮で将軍実朝（頼朝の次男）を殺害したため、皇族将軍を申し入れ、やがて政子は政務を執り、尼将軍と呼ばれた。嘉禄元（一二二五）年七月十一日六十九歳で死んだが、この間承久の乱があったりして少しも休まる時がなかった。しかし、頼朝以来の大政治家大江広元のいたことによってすべてが処理できたのに違いない。それだけに、前月十日に広元が病死したことは、無形のうちに政子の死期を早めたのであろうといわれている。

(12) その翌日　このあと田中本『義経記』には、
あくれば、鎌倉殿の（に）暇を申けれぱ、心ある侍ども、堀藤次が館へゆき、さまざまに慰めけり。鎌倉殿より、百物百をぞ給はりける。やがて親家承りて、五十余騎の勢にて都まで送りけり、静は若君の名残り深かりければ、道すがらせんそ供養をしてぞ上りける。
という一文が、「北白川の家……」との間にある。

(13) 静御前　頼朝をして、「優なりけり、現在弟の九郎だにも愛せざりせば」と思わせ、政子に、「静を見るに、わが朝に女ありとも知られたり」と言わせたほどの静は、ただ単に美人であっただけではなく、高僧貴僧の祈りでさえ効験のなかった旱天に雨を降らせて、日本一という宣旨を賜わったほどの舞の名手であった。その上、時には武門に生まれた女も顔負けするほどの沈着さと細心さを持つ女丈夫であり、天下の将軍の怒りをも恐れず、頼朝の前で良人義経を慕う歌を披露し、終始一貫して義経を慕いながら死んだ貞女であったと伝えられている。

この静が、京を立って鎌倉に着き、再び京へ戻るために鎌倉を出発するまでの期間を、『吾妻鏡』の中から抽出すると、時は文治二（一一八六）年、

二月十三日　京の北条から、静の身柄を送る旨の書状が到着する。

三月一日　静、磯禅師とともに鎌倉へ着く。

三月六日　静を召し出し、義経の事について尋問する。
三月二十二日　静を尋問してきたが、静は義経の居所を知らないので、尋問を終えたということと、静が義経の子を懐妊しているので、出産後に帰京させるというご沙汰がある。
四月八日　頼朝と政子は鶴ヶ岡の宮に参詣し、静を廻廊に召し出して舞曲の芸を披露させた。この時楽人として、祐経が鼓、重忠が銅拍子を打つ。（『義経記』の祐経の鼓、景時の銅拍子、重忠の笛とは異なるが、帰洛が近いのにその天下に名高い名人芸を見ないのは無念と、政子がしきりに勧めたことや、再三命じられたので仕方なく舞ったことや、吉野山の歌としずやしずを吟じたことは共通している。）
五月十四日　左衛門尉祐経、梶原三郎景茂、千葉平次常秀、八田太郎朝重、藤判官代邦通等が連れだって静の旅宿を訪れ、酒宴を催した。静や磯禅師は芸を披露したが、その時酔ってたわむれる景茂に向かって、静は涙を流しながら、私は鎌倉殿の御弟の妾である、普通なら対面さえかなわぬのに、ましてそのようなことはと言う。
五月二十七日　夜になって、静は頼朝の娘大姫の仰せで、南御堂で芸を披露して禄を賜わる。
閏七月二十九日　静男児を出産する。さっそく安達新三郎に命じて、由比の浦に捨てさせる。
九月十六日　静と禅師は政子と姫から高価な品々をたくさん頂戴して、帰京のため出発する。
以上で終わっているが、鎌倉幕府の正史ともいうべき『吾妻鏡』が何故に関係のないと思われる静の、義経の都落ちに随行してから鎌倉へ送られたことや、鎌倉での事柄までを載せたのであろうか。しかも、『義経記』の記述と一致していて、静のことに関しては、両書があたかも無関係ではないかの観がある。
『異本義経記』に、或曰（あるいはいわく）とあって、義経が奥州で自害したのを知って静は尼となり、名を再性と付けてしばらく嵯峨の辺にいたが、後南都に住んだ。禅師は阿波国の磯という所の者なので、磯の禅師という。静は淡路の志津賀という所で生まれたための名である、とあるが、こういう伝承もあったのであろう。

静の生没年、またその地については不明であるが、後年は尼となったという伝説が多く、またその墓といわれているものが各地に存在する。

義経記　巻第七目録

義経記巻第七

はうくわん北国落の事

文治二（一一八六）年（三年とあるべき）の正月も末頃になると、義経は、六条堀川の辺りにひそんでいることもあれば、また、嵯峨の片田舎にひそんでいることもあった。だが都では、義経が原因となって人々が傷つき損われることも多かったので、義経は自分のために民衆に迷惑がかかり、またたくさんの人が傷つき損われるのであるから、たとえどのようなところにひそんでいても、その噂を聞きつけて人々が物好きに義経を見に来るので、今はもう奥州へ下りたいと思った。そこで、別れ別れになっていた家来を呼び集めた。

十六人は、ひとりも心変りをしないで集まって来た。

「奥州へ下ろうと思うが、どの道を通ればよいか」

と義経が言うと、一同、

「東海道はあまりに知られた土地ですし、東山道は難所ですから、万一のことが起こった時には避けて通りようがありません。北陸道は、越前国の敦賀の港へ出て、出羽国へ向かう船に便乗すればよいと思います」

ということで、道は決まった。

「ところで、どのように姿を変えて下ればよいか」

と聞くと、いろいろ出た意見の中で、増尾（ましお）七郎（田中本は、鷲尾（わしのお）十郎）が、

「ご安心してお下りいただくためには、ご出家なさってからお下りください」

と言うと、義経は、

「最後にはそうしなくてはならないとは思う。だが、奈良の勧修房が千度も出家するよう勧めるのを背いておきながら、今、身の置き所がなくなったからといって、出家したといわれるのも恥ずかしいことであるから、今度だけはなんとしても出家せずに下りたいものだ」

と言った。片岡が、

「それなら山伏の姿でお下りください」

と言うと、

「さあ、それもどんなものだろうか。都を出た日から、近江の大津では日吉山王権現、越前国では敦賀の気比神社、白山権現の平泉寺、加賀国では白山比咩神社、越中国では*芦峅（あしくら）、岩峅（いわくら）の両寺、越後国では国上寺（くがみ）*、出羽国では羽黒山といった、行く手には修験の山社が多い道だから、もし山伏に行き会って、葛城山や金峰山、釈迦嶽の様子、または蔵王権現の眷属神の八大金剛童子のこと、修験道の行場の富士山、山伏の礼儀作法などを質問された時、誰が立派に返答して通ることができるか」

すると弁慶が、

「それくらいのことなら、わけはありません。殿は鞍馬寺においででしたから、山伏のことは大体知っておられる筈です。園城寺にいた常陸坊はいうまでもなく、この弁慶は西塔にいたので、一乗菩提のことは大体知っておりますから言い開きのどうしてできないことがありましょう。山伏の勤行については、懺法(せんぽう)阿弥陀経さえ詳しく読むことができれば全く困るようなことはありません。ただただご決心なさってください」

と言った。

「どこの山伏かと聞かれた時、どこの山伏だと答えるのか」

「越後国の直江津は、北陸道の真中に当たりますから、そこからこちらでは羽黒山伏が熊野へ参詣した戻りだと答え、それからあちらでは熊野山伏が羽黒へ参詣するのだと言います」

「羽黒の地理に明るい者はいるか。羽黒ではどの坊のなんという者かと聞かれた場合どうする」

「西塔にいた時、山の上の坊にいた羽黒出身だという者が、この弁慶は、大黒堂の別当の坊にいた荒讃岐(あらさぬき)という法師にとてもよく似ていると言っていましたので、私は荒讃岐と名乗りましょう。そして、常陸坊を小先達(こせんだち)にして筑前坊と呼びましょう」

義経は、

「弁慶や常陸坊は、もともと法師なのだから改めて法名をつけるにはおよばない。だが、どうして俗体の者が山伏の頭巾や山伏の上衣の篠懸(すずかけ)をつけ、笈を背中に負っていて、片岡だの伊勢三郎だの増尾(田中本、鷲尾)だのと言ったのでは、不似合なことであるが、それはどうなのだ」

そこで弁慶は、

「それでは、皆坊号になってもらおう」

と、一同に思い思いの坊号をつけた。片岡は京の君、伊勢三郎は宣旨の君、熊井太郎は治部の君ということになった。さてそのほか、上野坊、上総坊、下野坊などという呼び名をつけた。

義経は、見知っている人が特に多いので、垢じみた白の小袖二枚に矢筈の模様の白地の帷子、葛の大口袴に群千鳥の模様を摺*り出した*（原本は「いかりにしたる」とある）柿色の衣、それに古頭巾を目深に被って、坊号を大和坊といった。以下、思い思いの服装をした。

弁慶は大先達であるから、袖の短い浄衣に褐色の脚半をつけ、ごんず草鞋を履き、袴の膝もとを紐でくくりつけ、「熊野新宮風の長頭巾」を被っていた。岩透という太刀をきちんと差して、法螺貝を腰に下げていた。そして、弁慶は下男の喜三太を強力とし、背負わせた笈の足に、猪の目の彫物のある、刃わたり八寸の鉞を結わえつけた。笈の一番上には、四尺五寸の大太刀を真横に載せた。心構えも支度も、全く立派な先達であった。

総勢十六人、笈は全部で十挺あった。一つの笈には、鈴、独鈷、花瓶、蓋つきの香炉、水桶、本尊の八大金剛童子などを入れた。今一つの笈には、折烏帽子のまだ折ってないものを十頭分と、直垂、大口袴などを入れた。残りの八挺の笈には、すべて鎧や腹巻を入れた。

このように支度をしたのは正月の末で、出発の吉日は二月二日であった。義経は、奥州へ下ろうというその前に、侍たちを呼んで、

「こうして出発するにつけても、やはり都には思い残すことばかりが多い。その中でも一条今

出川の辺に住んでいた人は、いまだに住んでいるかもしれない。連れて行く約束をしたのに、知らせずに行ってしまったならば、さだめし恨まれることだろう。差し支えなければ、いっしょに連れて行きたいのだが」

と言った。片岡と弁慶が、

「お供する者は皆ここに来ています。今出川に誰がいるのですか。奥方(1)のことでございますか」

と言うと、義経は、今の身ではさすがにそうだとも言い出しかねて、じっと思案していた。弁慶は、

「事も事によります。山伏の頭巾に篠懸姿、笈を背負い、女を先頭に立てたら、到底尊い修験者には見えません。また、敵に追い討ちをかけられたその時など、女を先頭に立ててしとやかに歩かせたのでは、碌なことはありません」

と言った。だが、義経の奥方という人も、考えてみれば可哀そうな人であった。

この一条今出川の人というのは、久我大臣の姫君のことで、九歳で父の大臣に死に別れ、十三歳でその北の方であった母に死に別れた。それから後は、お守り役の十郎権頭兼房(ごんのかみかねふさ)以外に頼る者がなかった。顔かたちは美しく、心も優しかった。けれども、十六歳までささやかな生活を送っていたのに、どのような偶然からか義経にみそめられて以来、義経だけを慕うようになった。なよやかな藤は松の木を離れて頼りなく、女は三従の定めによって、夫を離れては力のないものなのだ。弁慶は、奥州へ下った後も、情けも解さない東国の女を殿にお世話することもお気の毒で、お心の中を推し計ってみるに、いい加減な気持ではまさか言い出されたのではあるまい。そ

れならば、いっしょにお連れして下ろうと心中に思ったので、

「人の真心には身分の上下はありません、移れば変わる世の習いと言いますが、ひとつお出かけになってその様子をご覧になり、本当に奥州へ下向させようとお思いになられたら、いっしょに連れてお行きなさい」

と言った。義経は大層嬉しそうに、

「それでは」

と言って、修験者の着る柿の衣の上に薄衣を被って出かけた。弁慶も浄衣の上に衣を被って、いっしょに一条今出川の久我大臣の古い屋敷へ出かけて行った。

荒れた屋敷の例として、軒先の忍草に露が降りていて垣根の梅が匂っていた。源氏物語の主人公の光源氏が、常陸宮の荒れた宿を尋ねて、露の降りた中を分け進んだという古い話も、今はじめて想像できた。義経を中門の側の廊下にひそませておいて、弁慶は妻戸の端のところまで来ると、

「どなたかおいでですか」

と声をかけたところが、

「どちらから」

と声がした。

「堀川からです」

その声に、内から妻戸を開けて見ると弁慶であった。ふだんは言葉も人を介して聞いていたの

に、あまりの嬉しさに御簾の端まで近寄って来て、

「あの方はどこです」

と尋ねた。

「堀川におられますが、明日陸奥(みちのく)へ下るということをお知らせせよとおっしゃって申されますのには、ふだんの約束ではどのような格好をさせてでもいっしょに連れて行こうと言ってはいたが、途中あちこちの道が塞がれているので、そなたをいっしょに連れて行って辛い目に会わせるのは可哀そうに思う。そこで、義経がまず下ってもし生き長らえることができたなら、来年の春頃には必ず迎えの者を寄越す。それまでは気長に待っていてくれるように、とおっしゃられました」

「今回でさえ連れて行ってくださらないお方が、なんでわざわざ迎えの人を送ってくださるでしょう。陸奥へ下り着かないうちに、老少不定の習いで私が死んでしまったならば、あの方がその時になって、結局死からは遁れられないものなのだから、どうして連れて来なかったのだろうかと、後悔なさっても、その時はもう遅いのです。愛情のあった間は、四国、九州の海までも連れて行ってくださったのに、いつの間にか変わってしまったお心が、それゆえに恨めしく思います。大物浦とやらから都へ送り帰されて、その後一時はお便りも絶えましたが、『いずれまたよい時節が来る』と、そう慰められましたので、気弱くも信じ、今再び辛いお言葉を聞かなければならないとは、悲しい限りでございます。申し上げるのもいかがなものかと思われるのでございますけれども、判官様にも知られず、また世間にも知られることのないまま、私の身がどのよう

にかなってしまいましたら、執念を後の世まで、実際に残すことになります。それは罪深いことと聞いておりますので、あえて申し上げてしまいます。去る夏の頃から、心が乱れて苦しいのを、人は、ただならぬ身になったためだなどと言いましたが、実際月日が立つにつれて夜も苦しくなりましたので、もう人目を隠すことができません。六波羅へ知れますと、兵衛佐殿は人情など解さない人と聞きますから、捕えられて鎌倉へ連れて行かれるでしょう、北白川の静は、歌を歌い、舞を舞ったからこそ死罪を免れましたが、私とおなかの子は、そのようにはまいりません。実際に浮き名を流すのが悲しいのでございます。なんと申しましても、あの方が心に強く決めているのでは仕方がありません」

と涙を流して綿々と訴えるので、弁慶も涙に咽んだ。灯火の明りで見ると、日頃住み馴れた部屋の障子の引手の下に自筆と思われる、

つらからばわれも心の変れかしなど憂き人の恋しかるらん

と書いてある歌を弁慶は見て、義経のことをまだ忘れていないのだなと、可哀そうに思った。弁慶は急いでそのことを義経に話した。すると義経も、それならばと、奥方のところへ行った。

「気の短い恨み言。義経がこうして迎えに来たではないか」

と義経が素早く入って来たので、奥方は夢をみているような気持で、なにか聞こうとする義経に、辛さのための涙をとめどもなく流した。義経が、

「それにしても、義経の今のこの姿を見れば、日頃の思いも冷めた気持になることでしょう。なにしろとんでもない格好だから」

と言うと、

「前もってお聞きしていたようなお姿に変わられたのでございましょう」

と言った。

「これを見なさい」

と言って、義経が上に被っていた薄衣を取ると、柿の衣に小袴をつけ、頭巾を被っていた。全く見馴れない姿なので、奥方はその心に、これが知らない人だったら恐怖を感じたかも知れないと思った。しかし、

「それで私をどのような扮装にして連れて行ってくださるのですか」

と言った。そこで、

「山伏と同行するには、稚児姿にそのお姿を作り変えていただきましょう。お顔もそのように作れば、差し支えございませんでしょう。お年頃も、ちょうどよい格好に見えますから、外見はすべてお作りいたしますが、ただ、ご動作には気をつけてください。北陸道と申しますのは、山伏の多い土地でございます。山伏には稚児を愛する習慣がございますから、花の枝などを差し出しながら、『この花をお稚児殿にあげよう』と、言われた時には、男の言葉を練習しておいて、衣服を整え、男のようにお振舞いください。これまでのようになよなよと、なんとなく恥ずかしげなお気持やご動作であっては、決してできることではございません」

と弁慶は言った。

「だから九郎様のお情けで、慣れない振舞いをしてまでも下ろうと思うのです。もう夜も更けたことですから、早く早く」

奥方がそう言ったので、弁慶はその面倒をみた。岩透（原本には「いはつき」と振仮名がある）という刀を抜いて、まるで清水を流したような、背丈に余る長い髪を、腰と見比べながら、情け容赦もなくぷつりと切った。その先を細く刈り整えて、唐輪まげに結い、薄化粧に眉を細く描き、服装は、艶やかな色に美しい花のようなのをかさね、裏山吹の一襲、唐綾の小袖、播磨浅黄の帷子をその上に着せた。白の大口袴にいろいろの模様を織り出した紗の直垂を着けさせ、綾の脚絆に草鞋を履かせた。袴を膝下近くでくくり、新しい笠を被せた。赤木の柄の刀に、絵具で濃く色づけをした扇を差し添え、吹けないながらも漢竹の横笛を持った。紺地の錦の経袋に、法華経の五の巻を入れて首にかけさせた。自分の身体ひとつでさえ重いはずなのに、いろいろの物を取りつけられたので、締まりのない格好に見えた。これこそ、あの有名な中国の王昭君（漢の元帝時代の宮女）が、未開な国、胡国の野蛮人に連れていかれた時の気持も、今はじめて思い知ることができた。

このように奥方の支度ができると、正殿に接する客間にある数多くの灯火を掻き立てた。そうして弁慶を側に置き、義経は奥方の手を引いて立たせると、手を取ってあちらこちらと歩かせながら、

「義経は山伏に似ているか。これは稚児にそっくりだぞ」

と言った。弁慶は、

「殿は鞍馬におられたので山伏にも馴れておいでなのですから、申すまでもございません。奥方は、まだ習ったはずがないのですけれど、歩く姿が少しも稚児と変わりません。すべてが、前世の業の力であると思います」

と言っているうちに、もう、可哀想にと思う涙がしきりに流れるのであったが、さりげないふりをしていた。

さて、二月二日もまだ夜明けが遠いうちに今出川を出ようとしたその時、西の妻戸の方に人の近づく物音がした。誰だろうと見ると、奥方のお守り役の十郎権頭兼房が、白の直垂に褐色の袴をつけ、白髪交りの髻を乱した上に頭巾を被り、

「年はとっていますが、是非ともお供いたします」

と言って、やって来た。奥方が、

「妻子を誰に預けて行くのです」

と言うと、

「代々仕えてきたご主人を、妻や子に思い変えることがどうしてできましょうか」

と言い終わらないうち、早くも涙に咽んだ。六十三歳になるので、立派な山伏であった。

兼房は涙を堪(こら)えて、

「殿は、清和天皇の御子孫、奥方は久我大臣殿の姫君ですぞ。ただ単に、花見や紅葉狩りの物見遊山とか、神社仏閣のご参詣であっても、八葉のお車などにお乗りになられるべきであるのに、

遠い遠い東国への旅路を、徒歩でご出発なされるご運のほどが悲しくて見ていることができません」

こう言って涙を流したので、ほかの家来の山伏たちも、

「もっともな言葉だ。本当にこの世には、神も仏もおいでにならないのか」

と言って、皆その浄衣の袖を濡らした。

義経は奥方の手を取って歩かせたが、今までに経験のないことだから、少しもその歩みは進まなかった。面白い話などをして、奥方の心を慰めながら歩みを進めた。まだ夜の明けないうちに今出川を出発したのに、あちらこちらで鶏が鳴き出し、あちらこちらの寺で鐘を撞き鳴らすほど夜が明けてきたけれども、やっと粟田口にさしかかっただけだった。弁慶が片岡に、

「どうしよう。奥方の足の歩みを早くしなければならない。さあ、片岡、殿にそう申してみろ」

そう言ったので、片岡は、義経の前に行って、

「こんな状態で行くのでは、道を歩いているとは思われません。殿はごゆっくりお下りください。我々は先に下り着いて、秀衡に屋敷を造らせ、それからお迎えに参りましょう」

と言って先に立って歩き出したので、義経は、

「どんなにお前との名残りが惜しまれても、この者たちに置き去りにされてはどうすることもできない。都が遠くならないうちに、兼房、お前、供をして戻れ」

と言って、奥方をそこにそのまま残して歩き出した。それまで耐えていた奥方も、ついに耐え切れず、

「これから先はいかに遠くても、悲しんだりはいたしません。誰に預けて置いて、またどこへ行けと言って見捨てられるのでございますか」

と言って、声をあげて悲しんだので、弁慶は、再び戻って来ていっしょに連れていった。

栗田口を過ぎて松坂に近くなると、春の曙の空に、霞のため見分けにくい雁が、かすかに鳴いて飛び去るのを聞いて、義経は、

みこし路の八重の白雲かきわけてうらやましくも帰るかりがね

と詠んだ。奥方も、

春をだに見捨てゝ帰るかりがねのなにの情(なさけ)に音(ね)をば鳴くらん

と続けた。

こうしていろいろな所を通り過ぎて行くうちに、逢坂の関の、その昔蟬丸が住んでいたという藁屋の家に来た。見ると、垣根には忍草(しのぶぐさ)に交じって忘草(わすれぐさ)が交じり、荒れ果てた家の常で、月影だけは昔と変わっていないとわかっていっそうもの悲しさを感じた。義経が、軒先の忍草を取って奥方に差し出すと、奥方は、忍ぶ自分の身の哀れさも加わって、都で見たよりもいっそう悲しい草に思い、こう歌を詠んだ。

住み馴れし都を出でて忍草置く白露は涙なりけり

こうしているうちに大津の浦も近くなった。一行は、春の日の長いままに、一日中先へ先へ進もうとしたけれども、関寺の暮れ方の鐘が、今日も暮れたと打ち鳴らされて、貧しい民家に今宵の宿を借りるほど暗くなった。その頃にようやく、大津の浦へさしかかった。

大津次郎の事

その時、心配な事が起こった。「天に口なし、人を以って言わせよ」と、諺があるように、誰が漏らしたというわけではないが、判官義経は山伏姿となり、総勢十余人が都を出発したという風評が伝わってきたので、大津の領主山科左衛門は、園城寺の法師を味方に引き入れ、城を築いて待ち構えていた。

大津の浦の水際に大きな家があった。それは、塩津（しおづ）、海津（かいづ）、山田、矢橋（やばせ）、粟津、松本などという、商港の地で有名な大廻船業者の、大津次郎という者の家であった。しかし義経は、宿を借りるため、

「羽黒山伏が熊野で年籠りをして戻るところです。宿をお貸しください」

と、弁慶を借りにやったところ、宿場の古い習慣なので、難なく宿を貸してくれた。夜が更けて、

懺法阿弥陀経を声を合わせて読んだ。一行にとって、これが最初の勤行だった。

その時大津次郎は、山科左衛門に呼ばれて城に行っていた。大津次郎の妻は、物陰から見て、あぁきれいな山伏のお稚児さん、遠い国の行者だとはいっていたけれども、衣裳のなんと美しいこと、どう見ても普通の人とは思われない。噂だが、あるいは判官殿が山伏姿をして通るという時に、山伏を大勢泊めてそれがお城に伝わったら、自分たちにとっても大変なことになる。夫の次郎を呼び戻してこの事を知らせ、もしも判官殿であったならば、城までご注進しなくても、自分たちの手だけで討ち取るか縛りあげるかして、鎌倉殿のお目にかけ、恩賞を頂戴するということも悪くないと思いつき、城へ使いを出して夫を呼び戻すと、一部屋へ呼び入れて、

「機会もいろいろあるなかに、よりによって今夜、私たちが判官殿に宿を貸しましたが、どういたします。あなたの親類や私の兄弟を集めて、縛りあげてしまいたいものです」

と言った。大津次郎は、

「壁に耳、石に口という譬がある。判官殿であったとしても、なんの不都合があろう。縛り上げたとしても恩賞はないだろう。もし本当の山伏であった場合には、金剛童子のお怒りが恐ろしい。よしんば、本当の判官殿であったとしても、勿体なくも鎌倉殿の御弟なのだから、同じように畏れ多いことだ。自分たちが討とうと狙ってかかっても、そう簡単にできることではない。うるさいうるさい」

と言った。次郎の女房は、

「もともとあなたは、妻や子に威勢よく当たることを能としている頼りない男です。女の言う

ことが、上のお方の耳に入らないことばかりではありませんよ。さあ、これからすぐにお城へ行って申し上げてきましょう」

と言って、小袖を取って被ると、そのまま走り出て行った。

大津次郎はそれを見て、こいつを放っておいては大変なことになると思ったのだろう、門の外で追いつくと、

「おいお前（原文、ようれ）『風に靡く刈萱、男に従う女』といって、女の男に従うのは、今に始まったことか」

と言って、その場に引き倒し、思い切り折檻した。この女は、非常に性悪なので、通りの大路に引き倒されたまま、

「大津次郎は大変な悪党です。判官の味方をするのです」

と言った。土地の人はそれを聞いて、

「大津次郎の女房が、いつものように酔って暴れて、亭主に殴られて喚き散らしている。しかし、たくさんの法師の名を知っているが、判官坊という法師の名は聞いたことがない。そのままかまわず折檻させておけ」

と言って、誰ひとり止める者がなかったので、女は、ふうふういうほど打たれて不貞寝してしまった。

大津次郎は直垂を取って着ると、義経の前に来て、灯火を消してから、

「これほど情けないことはございません。女房めが、気が狂ってしまいました。あれをお聞き

くださいい。あのような状態ですから、どのように申されても結構です。しかし、今夜ここでおあかしになりましては、明日起こるかもしれないご難儀を、どうして遁れられましょうか。いや、とうてい遁れることはできません。この土地の領主、山科左衛門という者が、城を築いて判官殿を待ち受けております。急いでお立ちください。そこに小舟を一艘用意いたしましたからお乗りになって、お客僧方の中で舟の扱いを知っている方がいらしたなら、急いでご出立ください」

と言った。弁慶が、

「私どもは、身にやましいことはないが、そんな風にこの土地で面倒が起こってしまって留め置かれたりなどしては、日数も延びることでしょう。それならば、お暇しよう」

と言って、立とうとすると、

「舟を海津の浦に乗り捨てて、急いで愛発山（あらちの）を越え、越前国（えちぜんの）へ入りなさい」

と言った。

義経がいよいよ出発すると、大津次郎も船着き場まで来て、舟の準備をした。

そうしておいてから、大津次郎は山科左衛門の所へ走り戻って、

「海津の浦で、弟が災難に遭って負傷したと聞きましたから、お暇をいただいて行き、別条がなかったならば、すぐに戻って参ります」

「それは大変だ。急げ急げ」

と山科左衛門は言った。

そこで、大津次郎は家に戻ると、太刀を取って差し、矢を背負い、弓の弦を押し張り、そして、

駆けつけると義経の舟に飛び乗って、

「お供いたします」

と言って、大津の浦を漕ぎ出した。瀬田川の川風が強いので、舟に帆をあげた。

大津次郎が、

「こちらに見えるのは、粟津大王の建てられた石の塔山（石塔寺の石塔）です。そこに見えるのは唐崎の一松で、あれは比叡山です」

などと説明した。日吉神社の神殿の方角を振り返って見ていると、その前方は竹生島ですと言って、いっしょに拝ませた。風の吹くままに進んで行くうち、真夜中頃、西近江のどこともわからない浦を通過する時、浜辺に打ち寄せる波の音が聞こえてきたので、

「ここはどこだ」

と聞くと、

「近江国の堅田の浦です」

と言った。

奥方がそれを聞いて、こう詠んだ。

鴫（しぎ）が伏すいさはの水の積りいて堅田の波の打つぞやさしき

白鬚（しらひげ）明神を遠く拝み、三河入道寂照（じゃくしょう）が、

鶉(うずら)鳴く真野(まの)の入江の浦風に尾花波寄る秋の夕暮(2)

と詠んだ古歌の心も、今はじめて知ることができた。今津の浦を漕ぎ過ぎて、海津の浦に到着した。十余人の人々を陸に上げて、大津次郎は暇乞いをした。

この時、不思議な事が起こった。南から北へ吹いていた風が、今度は急に、北から南へ吹きはじめた。義経は、あの男はどっちにしても賤しい身分の者ではあるが、人の情けというもののわかる者だ。自分の身分を打ち明けてやりたいと思ったので、弁慶を呼び、

「教えてやってから下れば、後になって噂を聞いた時懐しく思うだろう。教えてやろう」

と言った。

弁慶は、大津次郎を呼んで、

「お前だからこそ教えるのだ。実は、九郎義経公なのだ。旅の途中で、殿がどうにかなられたならば、これを宝として子孫の守りにしなさい」

と言って、笈の中から萌黄(もえぎ)色の腹巻に金銀で飾った太刀を添えて与えた。

大津次郎はそれを頂戴して、

「いつまでもお供したいのですが、それではかえって判官ぎみのおためにもよろしくないと思いますので、ここにてお暇乞いをいたし、どこでも判官ぎみのおられるお所をお聞きしましたならば、お尋ねしましてお目通りいたしたいと思います」

と言って、帰って行った。義経は、下郎ではあるが、なかなか情けのある男だと思った。

大津次郎が家に帰ってみると、女房は、まだ一昨日のことが我慢できず、怒って不貞寝していた。次郎は、

「おい、お前、お前」

と言ったけれども、返事もしなかった。そこで次郎は、

「ああ、お前はつまらないことを思いついたものだ。山伏を泊めて置きながら、感違いして判官殿と大声で言ったので、もう少しで危い目を見るところだったのだぞ。船に乗せて海津の浦まで送り、舟賃を寄越せと催促したら、無法なことを言いやがったので、小憎らしいからひったくってやった。これを見ろよ」

と言って、太刀と腹巻とを取り出し、勢いよく置いたところ、女は寝乱れた髪のすきまから、恐ろしそうな眼をまたたきながらそれを見た。しかし、今は機嫌を直したらしく、

「それも私のお陰ですよ」

と言って、大きく笑ったその顔は、あまりにも醜く、側から遠ざけたい気持であった。たとえ、男が言い出したとしても、女の身としては、それはどんなものでしょうかなどと、それを押えるのが本来であるのに、自分からそれを決心したとは、まことに恐ろしいことであった。

あらち山の事

義経は海津の浦を出発して、近江国と越前国の国境にある愛発山(あらちの)へさしかかった。一昨日都を出発して大津の浦に着いたが、昨日は船に乗ったので、船酔いのため気分が悪く、歩けそうにもなかった。

この愛発山というのは、人跡は全くなく、古木は立ちながら枯れ、岩石は切り立ち、満足な道もない山なので、岩角は尖り、木の根は枕を並べたようであった。奥方は歩きなれていないので、左右の足から流れ出る血は、鮮やかな朱を撒き散らしたように、愛発山のあらゆる岩角を染めていた。少しぐらいのことならば、山伏姿の手前ほったらかしておくのだが、山伏たちも、奥方を見ていてあまりの痛ましさに、時々交代で背負った。こうして、山の奥深く分け入って行くうちに日もすっかり暮れた。道から二町ほど分け入って、ある大木の下に敷皮を敷き、笈を立てて奥方を休ませた。奥方は、

「ああ恐ろしい山。この山はなんという名の山でしょうか」

と聞いた。そこで義経は、

「この山は、昔はあらしいの山と言ったが、今は愛発山という」

と答えた。

「面白いこと。昔はあらしいの山と言ったのを、何故愛発山と名付けたのでしょう」

「この山は、あまりにも岩石が多いので、東国から都へ上り、また都から東国へ下る者が、足を踏み損じて血を流すので、あら血の山と言うようになったのだ」

と義経が言うと、弁慶がそれを聞いていて、

「実に、これほど根拠のないことをおっしゃったことはかつてありません。人が歩き損い、足から血を流したからといって、それをあら血の山と言うなら、日本国の岩山であら血の山でない山はありません。この山の詳しいことは、この弁慶がよく知っています」

こう言ったので、それを聞いた義経は、

「それほどよく知っているなら、知らない義経に言わせるよりも前に、何故早く言わないのだ」

「弁慶が言おうとしたところを、殿が遮るようにして言われたので、どうして弁慶に言えましょう。この山をあら血の山というのは、加賀国の下白山という所に龍宮の宮という女神を祭ったお宮がありますが、それが志賀の都の唐崎の明神に見染められて年月を送るうちに、いつしか懐妊していたのです。もう出産の日も間近くなったので、同じことなら、自分の国で出産したいと言って加賀国へ下って行く途中、この山の頂上で急におなかが痛みだしたのを、唐崎の明神は、『お産が近づいたのだ』と言って、女神の腰を抱いて差し上げたところ、たちまちお産が終わってしまいました。その時、出産のための血をこぼしたことから、あら血の山と言うようになりました。これで、あらしいの山、あら血の山の由来がお分かりでしょう」

と弁慶が言ったので、義経は、

「義経もそうだと知っていた」

と言って笑った。

三の口の関(せき)とをり給ふ事

夜もすっかり明けたので、愛発山を出発し、越前国へ入った。

愛発山の北の裾に、若狭(わかさ)へ通じる道と、能美(のうみ)山へ行く道とがあって、そこを三の口といった。越前国の住人敦賀(つるがの)兵衛と、加賀国の住人井上左衛門の両人が、頼朝の命令で、愛発山に関守の番小屋を作り、夜も三百人、昼も三百人の関守をおいて、その番小屋の前には防備の乱杭を打ち込んでおいた。そして、色白で出歯の者は、すぐに道を通さず、判官とみて縛り上げて、厳しく取り調べるため騒ぎ立てていた。道行く人は義経を見ると、

「この山伏たちも、あの災難をまさか遁れるわけにはいくまい」

と言った。そんな話を聞くにつけても、義経は、いよいよ行き先が心配になった。

その時、越前方面から浅黄色の直垂を着た男が、書状の包みを持って忙しそうな様子をして来るのに行き会った。義経はその男を見て、

「どう見ても、あいつはなにかわけがあって通る奴に違いないぞ」

と言った。そうして、笠の端を下げて顔を隠してやり過ごそうとしたのに、その男は十余人の中を分けるようにして入って来ると、義経の前に跪いて、

「こんなことはとても考えられません。殿は、どちらへ参るためにお下りになられるのですか」

と言ったので、片岡が、

「殿とは誰のことだ。この中にお前から殿と呼ばれて仕えられるような者はおらん」

と言うと、弁慶もそれを聞いて、

「京の君のことか、それとも宣旨の君のことか」

と言った。するとその男は、

「どうしてそのようにおっしゃるのですか。殿のことを知っていればこそ、そう言うのです。私は越後国の住人で、上田左衛門という人の家来でしたが、平家追討の時にお供いたしましたので知っているのです。壇の浦の合戦の時、越前、能登、加賀の三ヵ国の人数や馳せ集まった軍勢の名を記録していた、武蔵坊弁慶殿とお見受けするが、私の見誤りでしょうか」

と言ったので、いかに口達者の弁慶も、どうしようもなくて伏目になってしまった。

「困りましたことでございますなあ。この道の先には、殿を待ち受けているといいますのに。どうか、ここからお帰りください。そうして、この山の峠から東へ向かい、能美山越えの道を通って燧ガ城へ出、越前国の国府を経て平泉寺を拝んでから加賀国の熊坂へ出て、菅生の宮（敷地天神）を遠く見ながら、越前金津の上野に出、加賀の篠原を通り、安宅の渡しを渡って根上りの松を眺め、白山権現を遠く拝んで加賀国の宮越に出て、大野の渡しを渡ってから阿尾ガ崎の端を越え、竹橋、倶利伽羅山を経て礪波山の東麓、越中側の黒坂口の麓から五位庄を通り、六動寺の渡しを渡って那古の浦の林を眺め、岩瀬の渡し、四十八箇瀬を越え、宮崎郡、越後国市振を通って、寒原やながいしか（長浜）という難所を経てのうみの山（能生権現）を遠く拝み、越後国の国府に着き、この直江津から船に乗って米山の沖に船を走らせ、三十三里のかりやはま、かづき（刈羽の浜、勝見）、しらさきを漕いで過ぎ、寺おとまり（寺泊）に船を着け、くりみやいし（国上寺や弥彦神社）を拝んで九十九里の浜を経て、沼垂、蒲原、八十里の浜、瀬波、荒川、岩船という所に着きます。須戸、うとみち（鵜渡路）は谷間の道で、雪解けの水のために谷川が増水していて難儀なことでしょう。いはひがさき（岩ガ崎）を過ぎて、おちむつやなかざか、念珠の関、大泉の庄、大梵字を通って羽黒権現を遠く拝んでから、清川という所に着いて、そこから杉の陸舟に乗ってあいかはの津（本合海）に着くと、道はまた二つあります。最上郡を通り、出羽と陸奥の国境、伊奈の関のある笹谷峠を越えて、陸前（りくぜん）国宮城野の原、榴（つつじ）の岡、千賀の塩竈、松島などの名所々々をご覧になると、三日間のまわり道でございます。かなよりの地蔵堂、亀割山を越えると、昔、出羽国の郡司の娘の小野小町という者が住んでいた玉造（たまつくり）、室の里という所、また、小野小町が近江国の関寺にいた時分、業平中将が東国へ下る時、妹の姉歯（あねは）へ当てた手紙を託したのに、中将が下って来て姉歯を尋ねたところ、死んでから大分歳月が過ぎ去りましたと言うのを聞くと、『姉歯の墓標はないのか』と聞いたので、ある人が、『お墓に植えた松を、姉歯の松と言います』と言いました。そこで中将は、姉歯の墓所へ行って松の下に手紙を埋めて、一首の和歌を詠みました。

栗原や姉歯の松の人ならば都の土産（つと）にいさといはましものを

そう言い伝えられているその名木をご覧になったなら、やがて松山ひとつ越えさえなされば、秀衡の屋敷はもう近くでございます。ですから、理屈抜きにこの道をお通りください」

と言った。

義経はそれを聞いて、

「この者はただ者ではない。八幡大菩薩のお告げと思われる。さあ、その道を通って行こう」

と言った。ところが弁慶は、

「通られるのですか。わざわざ辛い目に会いたいとお思いならば、その道を通るのもよいでしょう。あいつは、殿を見て知っておりますからには、間違いなくつくり言を言って殿を騙そうとしているのだと思います。先へ行かしても、後へ引っ返さしても、ろくなことはないのに違いありません」

と言ったので、義経は、

「いいように取り計らえ」

と言った。

弁慶は、男の側に立ち並んで、

「どの山のどの谷間を通って行くのだ」

と問いかけるような振りをしながら、左腕を伸ばして襟首を掴み、仰向けに倒して胸を踏み押え、刀を抜いて胸元に突き当てて、

「こいつ、本当のことを言え」

と厳しく責めたてると、男は、ふるえながら、

「実は、上田左衛門の家来でしたが、恨みに思うことがあって、今は加賀国の井上左衛門の家来になっています。主君に、『判官殿を見て知っています』と言いましたところ、『行って、騙してこい』と言いつけられましたけれども、どうして殿を疎かにお思いいたしましょう」

と言った。そこで弁慶は、

「それはお前の言いわけだ」

と言って、胸のまん中を二度刺し貫き、首を切り落とした。そしてそれを雪の中に埋め、その上を強く踏み固めて、そしらぬ振りをして通り過ぎた。その男は、井上左衛門の下っぱの家来で、平三郎という男であった。身分の卑しい者の口達者なのは、そのためにかえって身を亡ぼすというのはこのことである。

さて十余人の人々は、ともかくどうにでもなれという不敵な気持で、関所の建物を目指して行った。十町ほどに近づいてから、一行を二組に分けた。義経の供には、武蔵坊弁慶、片岡八郎、伊勢三郎、常陸坊、これらの者をはじめとして七人がつき、他の一組は、奥方の供として、十郎権頭兼房、根尾（ねのお）（田中本は、鷲尾）、熊井、亀井、駿河、喜三太（田中本には喜三太の名がなく、鈴木三郎の名がある）が供で、前と後の組の間隔を五町ほどあけた。先を進む一行が、関所の木戸口に近づいた。すると、関守はそれを見つけて、以前から待っていたのだから、「それっ」とばかり百人ほどで七人を中にして取り囲み、

「これこそ間違いなく判官殿だ」

と言うと、捕まって縛られていた者たちが、

「判官の行くえさえも知らない我々に、辛い目をみせた。だが、これこそ正真正銘の判官だ」

と大声で騒ぎたてた。実に、身の毛もよだつ思いだった。

義経は進み出て、

「いったい、羽黒山伏の我々が、何事をしたというのでこんなにまで大騒ぎをしているのですか」

と言った。すると、

「なにが羽黒山伏だ。九郎判官殿ではないか」

「この関所の大将は名をなんというのですか」

「この国の住人の敦賀兵衛と、加賀国の井上左衛門というお方だ。兵衛殿は、今朝下られた。井上殿は、越前国の金津におられる」

「主君の留守中、羽黒山伏に手出しをして、主君に禍を招くな。そのようなわけならば、この笈の中には羽黒権現の御神体（みしょうたい）である聖観音が納められているから、この関所の建物を御祭殿と決め、八重の注連縄（しめ）を張り、お榊を振って、祓い（はら）清めてもらいたい」

と義経が言った。関守たちは、

「実際に判官殿ではなかったならば、そうではないとだけ言うはずなのに、主君に禍を及ぼすなとまで言うのは、どういうわけだ」

と咎めた。その時、それを聞いていた弁慶が、

「掟どおりちゃんと先達がいる以上は、山（小）法師などの言うことを咎めだてされては先達たる資格がない。さあ、大和坊、そこを退きなさい」

と言った。弁慶にそう言われて、関所の小屋の縁側に坐ったその者こそ、本当の義経であった。弁慶は、

「自分は羽黒山の讃岐坊という山伏ですが、熊野に行き、大晦日から元旦の暁にかけて、年籠りをして戻って来たところです。九郎判官殿とやらを、美濃国だったか尾張国だったかで、生捕りにして都へ上ったという話を聞きましたが、まさか羽黒山伏が判官だと言われるはずはない」

と言ったけれども、弁慶がどう弁解しようと、関守たちは、弓に矢をつがえ、太刀や薙刀の鞘を払って身構えていた。やがて、後からの一行も七人連れでやって来た。関所の者たちは、これでますます確信を深め、

「大勢で取り囲み、かまわないから打ち殺してしまえ」

と大声で騒ぎたてたので、奥方は生きた心地がしなかった。

ひとりの関守が、

「しばらく静かにしなさい。判官でない山伏を殺しては、後で大変なことになる。だから試みに関所の通行料を寄越せと言ってみろ。昔から今までに、羽黒山伏が渡し賃や関所の通行料を払ったことはない。判官なら詳しいことを知らないから、早く通行料を支払って通ろうと慌てるに違いない。本当の山伏ならば、まさか通行料は払うまい。この方法で判別しよう」

と言って、利口ぶった男が前に出て来ると、

「要するに、山伏だといっても五人や三人ならともかく、十六、七人も一行がいるのにどうして通行料を支払わせないという法があるものか。さあ、通行料を払って通りなさい。鎌倉殿から出た公文書にも、通行者に甲乙の区別なく、通行料を取って、関守の食料に当てるようにとあるから、通行料を頂戴しよう」

と言った。弁慶は、

「大層変わったことをお聞きする。いつからの決まりに羽黒山伏が通行料を払う規則があるのか。これまでに例のないことはできない」

と言った。それを聞いた関守どもは、

「判官ではない」

と言う者もいたし、あるいは、

「判官だが、世にも勝れた人だから、家来に、武蔵坊などという立派な者がいて、それがこのように言い張るのだろう」

などと言う者もいた。

また、ある関守が前に出て、

「それなら、関東へ使いをやって、通してよいかどうかを問い合わせる間、ここに止めて置くことにしよう」

と言ったので、弁慶は、

「それはきっと、金剛童子のお計らいでしょう。関東へお使いが往復する間、斎料を使わずに関所の兵糧米を食べて、ご祈禱しながら気軽にしばらくの間休んで、それから下ることにしよう」

と言って、少しも慌てることなく、十挺の笈を関所の建物の中へ運び入れると、十余人の人人は、幾人かずつに固まったまま中へ入ってのびのびとしていた。それでも、まだ関守たちは怪しんでいた。

弁慶は関守に向かって、別に聞かれたわけでもないのに、自分から話し出した。

「この稚児は、出羽国の酒田次ら殿（次郎殿）という人のご子息で、羽黒山では金王殿という稚児です。熊野で年籠りをした後、都で日を送り、北陸道の雪が消えた頃、山里の家から家へと渡り歩き、粟のお斎（僧侶の食物）などを求めて、斎食（僧侶の食事）だけでもいただきながら帰ろうと思っていました。それなのに、この稚児があまりにも故郷のことばかり言うので、まだ雪も消えないけれどもこの道を通るようになり、どうしようかと嘆いていたところなのに、ここでしばらく日を過ごすことができるとは嬉しいことです」

弁慶は、そんな話をしてから、草鞋を脱いで足を洗い、勝手に寝たり起きたりなど得意顔でしているから、関守たちは、

「あれは判官殿ではないようだ。かまわぬから通してしまえ」

と言って、関所の戸を開いてやったけれども、ちっとも急ぐ様子もなく、一度には出ず、ひとりふたりと落ち着いて立つと、休み休み歩くようにしながら出て行った。

常陸坊は誰よりも先に出て行ったが、後ろを振り返ってみると、義経と弁慶は、まだ関所の縁

側にいた。

弁慶は、

「関所の通行料を許された上に、判官ではないというお言葉まで頂きました。どちらにしても喜んでいますが、この二、三日、稚児に食事をさせてやれなかったので、それが心苦しくてなりません。そこで、稚児に食べさせてやるため、ご祈禱料として、またお布施として、関所の兵糧米を少々頂いて行きたいと思います」

と言った。すると関守どもは、

「わけのわからぬ山伏だ。判官かと言えば、言葉も荒く返事をする。かと思うと、今度は斎料が欲しいと言う。なんたることか」

と言ったが、ひとりの利口ぶった奴が、

「まことは、祈禱料が欲しいのだろう。おい、お前たち、差し上げろ」

と言ったので、唐櫃の蓋に白米をいっぱいに盛って差し出した。

弁慶はそれを受け取って、

「大和坊、これを頂戴しろ」

と言ったので、義経は、側から進み出て受け取った。

弁慶は、敷居の上にうやうやしく立つと、腰の法螺貝を取って何度も吹き鳴らし、首にかけていた山伏の苛高（いらたか）の大数珠を手に取って押し揉みながら、さも尊げに、

「日本第一の大霊権現である、熊野は三所権現、大峰は八大金剛童子、葛城は十万の全山に満

ちた護法神、奈良は七堂の大寺院、長谷は十一面観音、稲荷、祇園、住吉、賀茂、春日大明神、比叡山王七社の宮。お願いの筋は、判官にこの道をとらせて愛発の関守の手によって捕えさせ、関守の名を後の世にまで揚げさせて、その手柄の恩賞も莫大となるよう、羽黒山の讃岐坊が祈りのききめのほどをお示しください」

と祈った。関守たちは、弁慶のご祈禱を聞いて、全く頼もしく思った。しかし、弁慶は心の中で、

「八幡大菩薩。お願いの筋は、送りの護法童子、迎えの護法童子となって、我が主君九郎判官殿を、奥州まで無事にお送りください」

と祈る、その心の中を考えれば、まことに悲しい祈りなのであった。

夢路をたどる思いで、愛発の関所を通り過ぎた。その日は敦賀の港に下り、せいたい菩薩（気比大菩薩の誤りで、気比権現社のこと）の前で一晩中祈願して出羽国へ行く船を求めたのであったが、まだ二月の初めなので、日本海は、強い風が吹いて荒れているので行き来する船がなかった。仕方なくその夜を明かしてきのらという山（木芽峠）を越え、日数を重ねて、越前国の国府に着いた。そうして、ここで三日間滞在した。

へいせんし御見物の事

義経は、

「本道をはずれるが、この国で名高い平泉寺に、さあ、参拝しよう」

と言った。一同は得心がいかなかったけれども、主君のお言葉だから仕方ないと、平泉寺への道をとった。

その日は、雨が降り、風が吹いて、世の中がいっそう辛く思え、まるで夢路をたどる心地で平泉寺の観音堂に着いた。

それを知った衆徒は、寺の長老に知らせた。そこで長老は、寺務管理の人々を集めて、平泉寺が一体となって評議した。

「*鎌倉殿から、*今や関東は山伏が旅することを禁じられている。しかも、この山伏はただの山伏とは見えない。判官は、大津から坂本、愛発山を通ったということだ。ひとつ押し寄せてみようではないか。どう考えてみても、判官であるように思われてならぬ」

という評議の結果、至極もっともなことだと、衆徒らは支度をした。

この平泉寺という寺は、延暦寺の末寺であった。それだから、衆徒の規律も山上（平泉寺から白山の頂上を指していう語。修験道場があった）に劣ることはなかった。そこで、衆徒二百人に寺務管理の所の者も加わり、鎧兜に身を固めて、真夜中に観音堂へ押し寄せた。

その時、十余人は東の廊下にいた。義経と奥方は、西の廊下にいた。弁慶が来て、

「今度こそはもう遁れられないと思います。ここは、今までのほかの所と比較になりません。どうなさいますか。しかし、できないまでも、弁慶が釈明してみますので、もしうまくいかなかったら、太刀を抜いて、『憎い奴らだ』と言って飛び下りますから、そうしたら殿はご自害なさってください」

そう言うと出て行った。

弁慶が衆徒と押問答をしている間中、いつ「憎い奴らだ」と言う声がするかと、耳をそばだてていたが、それは心細いことだった。

衆徒が、

「いったい、あなた方はどこの山伏だ。普通では人の泊まらない所なのに」

と言ったので、弁慶が、

「出羽国、羽黒山の山伏です」

「羽黒のなんという者だ」

「大黒堂の別当で、讃岐の阿闍梨という者です」

「あの稚児はなんという名だ」

「酒田次郎殿という人のご子息で、金王殿と言って、羽黒山では有名な稚児です」

こう受け答えすると、衆徒の中から、

「あの者たちは判官ではないぞ。判官だったら、どうしてこんなに羽黒の事情を知っていよう。金王というのは、羽黒では評判の稚児なのだ」

と言った者があった。

長老はその話を聞いて、座敷に坐って姿勢を正すと、弁慶を呼んで、

「先達殿にお尋ねしたいことがある」

と言ったので、弁慶も長老に向かい合ってあぐらを組んだ。長老は、

「稚児のことを聞いた。まことに優秀だそうだが、学問の素質はどうなのだ」

と言った。弁慶は、

「学問にかけては羽黒山にふたりといません。申すのも余計なことかもしれませんが、顔かたちの美しさでは、延暦寺や三井寺にも絶対におりません」

と誉めた上、

「学問だけではありません。横笛は日本一と言えます」

と言った。

長老の弟子で、和泉美作(いずみみまさか)という法師は、非常に思慮深い、平泉寺第一のくせ者であった。それが長老に向かって、

「女ならば琵琶を弾くのは当然のことです。しかし、女ではないかと疑っているのに、笛の名手というのは怪しく思います。事実あの稚児に笛を吹かせてみましょう」

と言った。長老ももっともだと思い、

「まことと、それほどなら、ひとつ名高い笛をお聞きして、末の世までの語り草としましょう」

と言った。弁慶はそう言われて、

「たやすいことです」

と返事はしたものの、両の眼が見えなくなったような思いだった。だが、そうだからといって、そのままにしておくわけにはいかないので、

「このことを稚児に伝えましょう」

と言って、西の廊下へ行き、

「困ったことになりました。でたらめを言っているうちに、笛を吹いてお聞かせ願いたいと言い出しました。どういたしましょう」

と言うと、義経は、

「まあ、吹かないまでも、行くだけ行きなさい」

と言ったので、奥方は、

「ああ心配だ」

と言って、衣を被ってうつ伏してしまった。

衆徒が頻りに、

「稚児殿の来るのが遅いなあ」

と言って促すたびに、弁慶は、

「ただ今、ただ今」

という答えを繰り返していた。

和泉という法師が、

「なんと言っても、我が国では熊野、羽黒といえば、大どころだ。それなのに、そこの名高い稚児を、平泉寺において気軽く呼びつけて、いろいろからかっていじめたと伝わっては、この寺の恥になりはしないか。だから、こちらからも稚児を出して、おもてなしするような格好にし、そのついでに笛を吹かせるのならば、差し支えあるまい」

と言うと、衆徒は、「そうだ、そうだ」と言った。

この平泉寺の長老のもとに、念一(ねんいち)、弥陀王(みだおう)という名高い稚児がいた。そのふたりに支度を整えさせると、折った花を持たせ、若い衆徒の肩車に乗せてやって来た。

正面の座敷には長老、東側には寺務管理の人々、西側には山伏たち、そして、本尊を背にして仏壇の側に南に向かって稚児の座席を設けた。ふたりの稚児が座に着くと、弁慶は奥方のところに行って、

「おいでください」

と言うと、奥方は、ただもう、闇の中に踏み迷ったような気持で歩き出した。

昨日の雨に打たれて萎れた顕紋紗(けんもんしゃ)の直垂のその下に、白っぽい萌黄色の衣を着たので、いちだんと美しく見えた。髪を見事に結い上げて、赤木の柄の刀に濃い彩色を施した扇を差し添え、手には横笛を持って歩み進んだ。供は、十郎権頭兼房、片岡八郎、伊勢三郎であった。義経は、特別奥方の側近くにいた。それは、万一のことが起こった場合、人に殺させるようなことは絶対にさせるものかと、心に決めていたからであった。正面に現われたその時、いっそう灯火を掲げた。

奥方は、扇を持ち直し、衣紋を整え、座にきちんと坐った。ここまでの奥方の態度には、ぎこちなさもなかったので、弁慶は安心した。そして、なにがなんでも失敗したら、長老と刺し違えて、その後はどうにでもなれと思ったから、長老に膝をくっつけるようにして坐っていた。

弁慶は、

「言うまでもなく、笛では日本一です。ただ一つわけがあります。この稚児は羽黒にいた時、

明けても暮れても、笛にだけ夢中になっていて、学問に心が定まらないでいたため、去年の八月、羽黒を出発する時に師のご坊が、今度の旅は往復とも笛を吹かないという誓いをしなさいと言って、権現の前で金打(きんちょう)をさせて誓わせたので、稚児の笛はお許し願いたいのです。ここに大和坊という山伏がいますが、笛の名手です。実は、稚児も常にこの者から習っておりました。代りにこの者に吹かせたいと思います」

と言った。長老もその言葉に感心して、

「実際人間には、親の子を思う道があるが、師匠が弟子を思う心もまたそういうものに違いない。お気の毒で、どうしてそれほどの誓いをここで破棄させられよう。さあさあ、早く代理の人にさせなさい」

と言った。弁慶はあまりの嬉しさに、腰に手を当てて、上に向かって溜息をしたのだった。

「大和坊、早く前に出て金王殿の代りに笛を吹け」

そう言われて義経は、仏壇の陰の薄暗い所から出て、奥方の下の方に坐った。衆徒らは、

「それでは楽器を差し上げよ」

と、長老のところから、臭木(くさき)で作った一張の琴と(原文、くさきのこうの琴一張)、錦の袋に入った一面の琵琶を取り寄せたが、

「琴はお客人に」

と言って、奥方に差し出した。琵琶は念一の前に、笙(しょう)の笛は弥陀王の前にそれぞれ置き、横笛は義経の前に置いた。

そうして、ひとしきり奏楽が行なわれたが、それは改めて誉めるのも愚かなほど素晴らしかった。今し方までは、合戦になりそうな険悪な空気だったのに、どのような神や仏の導きでそうなったのか、それが不思議であった。

「見事な笛の音だ。念一殿や弥陀王殿ばかりを立派な稚児だと有難がっていたが、今、この羽黒の稚児と見比べてみれば、とても同格だと言うことができない」

などと、若い衆徒は口々に囁き合った。

長老は自分の部屋へ帰った。夜が更けて、長老の所からいろいろに菓子を盛って、それに徳利を添えて観音堂へ届けて寄越した。皆は疲れていたので、

「さあ、酒を飲もう」

と口々に言うのを聞いて、弁慶は、

「まことにしょうがない連中だ。飲みたいままに誰もが飲んでしまったら、間もなく酔いがまわって本性をあらわすものだ。それ故しばらくは、稚児にあげよ、先達のご坊、京の君、などと言っていても、時間がたって来ると、人間の悲しい習慣で、奥方にもいま一献差し上げろよだの、熊井や片岡、思い差しといこうだの、伊勢三郎徳利を持って来いだの、さあ飲もう弁慶、だのと言うようになる。それは、焼野原の雉子が頭を隠して尾を丸出しにしているようなものだ」

こう強く全員を戒めた。そうして、

「酒は、往復の道中断っております」

と言って、酒を長老のもとへ返した。

「変わった山伏たちだ」

と、急いで僧侶用の客膳を作って、観音堂に届けて来た。皆はそれを食べて、夜も明け方になると、その夜の勤行として法華懺法を読んだ。そして、伊勢三郎を使いとして長老に別れを告げさせた。別れに際して、心ある衆徒たちが、所々消えずにある残雪を踏み歩きながら、二、三町送って来た。あれほど恐ろしかった平泉寺も、鰐の口を遁れたような思いで出発し、足早に通り過ぎた。

こうして一行は進んで、菅生の宮を拝み、金津の上野に着いた。その時、唐櫃をたくさん担がせ、引馬の数もたくさんあり、五十騎ほどを引き連れた立派な様子の大名行列に出会った。

「この行列はどういう人ですか」

と聞くと、

「加賀国の井上左衛門という方だ。愛発山の関へ行くところだ」

と言った。それを聞いて義経は、

「ああ、どう遁れようとしても、もう遁れられない。今はこうするよりほかはない」

と言って、刀の柄に手をかけ、奥方の背中に自分の背中を合わせるようにしながら、笠の端を傾け、顔を隠して行列をやり過ごそうとした。ところが、ちょうどその時、風が強く吹きつけた。この風が義経の笠の端を吹き上げたから、井上左衛門がちらっと見た目と、義経の目とが合った。井上は馬から飛び下り、大道に畏まって、

「これほどの思いがけないことがございましょうか。旅の途中でお会いいたしましたのが残念

でございます。住んでおります所が、加賀国の井上と申しまして、ここからは大分遠い所でございますため、まさかそちらへどうぞとも申されません。山伏のご挨拶は、かえって恐縮でございます。早くお立ちください」

と言った。

井上左衛門は、自分で馬を道の片方に引き寄せて、すぐには乗らずに、義経の姿が遥か遠くなるまで見送っていた。そして、後ろ姿が見えなくなるほど遠くなると、家来たちとともに馬に乗った。

また義経も、あまりの意外さにそのまま行くこともできず、幾度も幾度も振り返りながら、

「井上の、七代の子孫まで、武運に神仏のご加護があるように」

と祈った。一同もまた、口々にそう唱えた。思えば、まことに哀れなことであった。

その日、越前国の細呂木(ほそろき)というところに着いた井上左衛門は、家来の者たちを呼んで、

「今日行き会った山伏を誰だと思う。あれこそ鎌倉殿の御弟の判官殿だ。本来お通りとあらば、国をあげての大騒ぎであり、通るその道々も大変な有様となるのに、お気の毒にもあのご様子であった。ここで討ちとれば、恩賞は間違いないが、欲にまかせて討ちとったとしても、千年も万年も栄えるものではない。そう思うと、あまりにも気の毒でそのままお通ししたのだ」

と言ったから、集まった家来の者たちはこの話を聞いて、井上左衛門が、情けも慈悲も深い人だと、その心の中を知っていっそう頼もしく思った。

義経は、その日加賀国の篠原に泊まった。その翌日は、斎藤別当実盛(3)が手塚太郎光盛に討たれ

た古戦場、あいの池を見た。そして、安宅の渡しを渡って根上（ねあがり）の松に着いた。そこは白山権現に経文を手向ける所だった。さあ、白山権現を拝もうと言って、岩本の十一面観音に籠って、一晩中祈った。夜が明けると、下白山社に参拝して、愛発山で出産したという女体后の宮を拝んだのち、その日は剣の権現に参籠して一晩中お神楽を奉納した。夜が明けると、みやし（林）六郎光明の館の後ろを通って進むうち、加賀国の富樫という所も近くなった。

　この庄の富樫介（とがしのすけ）というのは、この国の大名であった。頼朝から命令を受けたわけではないが、ひそかに警戒して、義経を待ち受けているという噂だった。弁慶は、

「殿はここから宮腰（みやのこし）へおいでになってください。弁慶は、富樫の屋敷の様子を見て来ます」

と言った。すると、

「たまたま人目につかずに通れる道があるというのに、好き好んで立ち寄って、なにがあるのだ」

　義経がそう言うと、弁慶は、

「むしろ行った方がいいのです。もしも、山伏が大勢で通ると伝わって、大勢で追いかけられては、かえって不利になるので、やはり弁慶ひとりが行ってみましょう」

と言って、笈を取って肩に引っ掛け、ただひとりで出かけた。

　富樫の城に近づいて見てみると、三月三日なので、城内のあちらでは、蹴鞠や小弓で遊んでいる者もあり、こちらで闘鶏、または、管絃や酒盛りといった有様で、既に酔いつぶれた者もあった。弁慶は難なく中へ入って、侍所の縁先を通って中を覗いてみると、管絃は演奏の真最中だっ

た。弁慶は大声をあげて、

「修行者である」

と言った。このため、演奏の調子が乱れた。すると誰かが、

「みうち（殿）は只今ご気分が悪いそうです」

「ご主君はそうであろうとも、お側役の方にお伝え願います」

弁慶はそう言って、無理矢理近づいていった。すると、仲間や雑色二、三人が出てきて、

「出ていってもらおう」

と言ったが、弁慶は聞き入れなかった。

「乱暴者だぞ。それだから摑み出せ」

と言って、左右の腕をとったが、押しても押しても少しも動かない。

「そんなところにいさせてはならぬ。手荒にやって放り出せ」

と言って、大勢の家来が近寄って来ると、弁慶は拳を固めてめちゃくちゃに殴りつけたので、中には烏帽子を叩き落とされて髻（もとどり）を押さえながら、空いた部屋へ逃げ込む者もあった。

「ここにいる法師が乱暴するぞ」

と大騒ぎになった。

その時、富樫介も大口袴に押入れ烏帽子をつけて、手鉾を杖に突きながら、侍所に出て来た。

弁慶は富樫介の姿を見て、

「この有様をご覧ください。ご家来衆が乱暴をはたらくのです」

と言って、そのまま縁の上にあがった。富樫介はそれを見て、

「どこの山伏だ」

「自分は東大寺のために、勧進して歩く山伏です」

「どうしてお前がひとりでいるのだ」

「同行の山伏がたくさんいますが、先に宮腰へ行きました。自分は、ご当家に勧進のためにやって来ました。伯父の美作(みまさか)の阿闍梨(あじゃり)という者は東山道を経て、信濃国へ下りました。自分は讃岐の阿闍梨と申しますが、北陸道を通って越後国へ下ります。ご当家の勧進は、どのようになされますか」

と弁慶が言うと、富樫介は、

「ようこそおいでくださいました」

と言って、加賀産の上等な絹を五十疋(一疋は布二反)、奥方からは罪障懺悔のためとして、白袴一腰と八角形の鏡の寄進を受けた。その上、家来や侍女、また下女に至るまで思い思いに寄進した。全部で、勧進帳に名を記した者は百五十人であった。

弁慶は、

「ご寄進の品々は、只今頂くべきですが、実は、来月中旬に再び戻って来ますので、その時頂戴いたします」

と言って、預けて置いたまま富樫の城を後にした。その時弁慶は、馬で宮腰まで送ってもらった。

宮腰に来て義経を探したが、見つからないのでそこから大野の湊まで行き、そこで巡り会うこ

とができた。

「どうして今まで長くかかった。どうしたのだ」

と義経が言った。すると、

「いろいろともてなされて、経を読んだりしてから、馬でここまで送ってもらいました」

と言ったので、皆は、弁慶を見上げたり見下ろしたり、つくづくと見詰めていた。

その日は竹橋(たけのはし)に泊まり、翌日になると、倶利伽羅山を越えて馳籠(はせこみ)ヶ谷を尋ねた。ここは、木曽義仲によって平家の侍が大勢死んだ所(4)であるからといって、一同が阿弥陀経を読み、念仏を唱えて平家の人々の亡魂を弔ってから通った。

そうしているうちに、夕日も西へ傾いて夕暮れ時になったので、松永の八幡宮の神前でその夜を明かした。

如意(によい)のわたりにて義経(よしつね)を弁慶(べんけい)うち奉る事(5)

夜が明けたので、如意の城の近くを船に乗って渡ろうとした。ここの渡守は平権守(へいごんのかみ)といった。その渡守が、

「少しばかり申したいことがあります。ここは越中国の守護の役所も近いところなので、前々からご命令を受けておりますゆえに、山伏の五人や三人なら問題ないとしても、十人にもなれば、守護の役所へその詳しい事情を連絡しないで渡すことは、絶対に許されないことだと言われてま

す。現に、十七、八人もおいでなので、怪しく思われます。守護のもとへこのことを報告してから、お渡ししましょう」

と言った。それを聞いて弁慶は、いかにも憎たらしく思って、

「やあ渡守殿。それにしてもこの北陸道で、羽黒山の讃岐坊を知らない者がいるのか」

と言うと、船のまん中に乗っていた男が、弁慶をじっと見ていて、

「実際にお見かけしたように思う。一昨年も一昨々年も、羽黒山からの上り下りのたびごとに、御幣だといってくださったご坊だ」

と言ったので、弁慶はあまりの嬉しさに、

「ああ、よくぞ見当てられた」

と言った。すると権守は、

「小生意気な口のききよう。顔を知っているなら、お前が判断して渡してやれ」

と言った。弁慶はそれを聞いて、

「いったい、この中に九郎判官がいるなら、これが九郎判官だと名指しで言っていただきたい」

と言うと、

「あの舳にいる、群千鳥を摺り出した衣を着たのが、怪しいと思われます」

と言ったので、弁慶は、

「あれは加賀の白山から連れて来た山伏だ。あの山伏のために、至る所で人々に疑われるのには弱ったものだ」

と言ったが、義経は返事もしないでうつむいていた。弁慶は、さも立腹した格好で駆け寄ると、舟端を強く踏みしめて、義経の腕を摑んで肩に担ぎ上げると浜へ駆け上がり、砂の上に勢いよく投げ出した。そして腰の扇を抜いて、情け容赦もなく、続けざま存分に殴りつけたのだった。見ている人は目を背けていた。奥方は、あまりの辛さに声をあげて泣きたい思いだったけれども、さすがに人目が多いので、なんともない振りをしていた。

平権守はこの様子を見て、

「何事においても、羽黒山伏ぐらい情けを知らない者はない。『判官でない』と申されれば、こちらもそうかと思うのに、あれほど情け容赦もなく打つとは、こっちの方がつらい。結局は、自分が打ちのめした杖のようなものだ。こんな気の毒なことはない。さあ、これにお乗りください」

と言って、船を近寄せて来た。舵取はふたりを乗せてから、

「それでは早く船賃を払ってもらいましょう」

と言ったので、弁慶は、

「これまでの習慣で、羽黒山伏が船賃を払ったことがあったか」

「いつも取ったことはないが、ご坊があまりにも乱暴であるから」

そう言って、船を出さなかった。

弁慶は、

「お前がそのように我等に当たるならば、いいか、お前だって、出羽国へ一年や二年の間に来

ないことは決してないはずだ。酒田の湊は、この稚児の父の酒田次郎殿の領分だ。その時、すぐに復讐してやるぞ」

とおどかしたけれども、権守は、

「なんとでも言うがいい。船賃をもらわないうちは、決して渡してやるものか」

と言って、船を出さなかった。弁慶は、

「昔から取られたためしはないが、この大和坊を打ったばかりに船賃を取られてしまった」

と呟いてから、

「それでは、それを頂戴したい」

と言って、稚児に扮した奥方の着ていた立派な帷子を脱がせて、権守に与えた。

権守はそれを受け取って、

「決まりに従って受け取りはしたものの、あのご坊が可哀そうだから、これを差し上げよう」

と言って、それを義経に渡した。弁慶はそれを見て、片岡の袖を引くと、

「馬鹿々々しい。あちらへやっても、こちらへくれれば、まるっきり同じことだ」

と囁いた。

一行は、こうして六動寺を越えて、歌枕で名高い那古の浦の林にさしかかった。その時、弁慶は忘れようとしても忘れることができないので、駆け寄って義経の袂に縋り付くと、声を立てて泣きながら言った。

「いつの日まで殿をお庇(かば)いしようとして、現在のご主君を打擲しなくてはならないのでしょう。

幡大菩薩もお許しくださいますよう。本当に情けない世の中でございます」
あの世の神や仏にも、またこの世の人々にたいしても、畏れ多い限りでございます。どうか、八幡大菩薩もお許しくださいますよう。本当に情けない世の中でございます」

あれほど勇ましく強い弁慶が、大地に転がりながら身悶えして号泣したので、一つところに並ぶようにして見ていた侍たちも、消えてなくなりたいといった様子で泣き悲しんだ。

義経は、

「それもこれも、この義経を思ってのことで、決してほかの人のためでないことは、分かっている。これほどまで好運から見放された義経に、深い心を寄せるお前たちの、これからの将来がどうなることかと思うと、涙がこぼれるのだ」

と言って、涙で袖を濡らした。一同は義経のその言葉を聞いて、また涙を流した。

そのうちに日も暮れてきたので、一行は泣きながら歩き出した。しばらくして奥方が、

「三途の川を渡る時、着ている物を剥がれるといいますが、少しもそれと変わらない有様でしたねえ」

と言っているうちに、もう岩瀬の森に着いた。その日はそこで泊まった。

翌日は、黒部の宿で少し休んだ後、黒部四十八ヵ瀬の渡りを越えて、市振、親不知（おやしらず）の東の難所である浄土や歌の脇、寒原（かんばら）（親不知の古名）、なかはし（長浜）を通って岩戸（いわと）の崎（さき）というところへ着いた。ここで漁師のあばら屋に泊めてもらい、夜が更けるとともに、いろいろと語り合った。

その時に、この浜の人々が搗布（かちめ）という海草を水中に潜って採るのを見て、奥方はその辛い思いを、歌に詠んだ。

四方の海波の寄る寄る来つれどもいまぞ初めてうきめをば見る

すると、それを聞いた弁慶は、縁起でもないと思ったので、続けてこう詠んだ。

浦の道波の寄る寄る来つれどもいまぞ初めてよきめをば見る

こうして一行は、岩戸の崎を立って、越後国の国府、直江津の花園の観音堂という所へ着いた。この観音堂の本尊というのは、八幡太郎義家が安倍貞任を攻めた時、この国の祈りのために、直江次郎という金持に命じて、三十領の鎧をやって建立した、源氏代々を守護するご本尊であったから、その夜はそこで一晩中祈り続けた。

なをえの津にておひさかされし事

さて、越後の国府の守護は、鎌倉へ行って留守であった。そこの海辺の代官は、らう権守という者であった。山伏が来たと聞くと、浜の人々を集めて、櫓(ろ)や櫂(かい)などを乳切木(ちぎりき)や材棒(さいぼう)代わりの武器に、漁師らを先頭に有象無象の二百余人が、観音堂を取り囲んだ。

ちょうどその時、義経の家来たちはあちらこちらへ斎料(ときりょう)を求めて出かけていたので、義経ただひとりが残っているところへ押し寄せたのだった。

直江津の観音堂に大騒動の起こっている事を知ると、弁慶は、一刻も早く間に合おうと急いだ。

義経は漁師たちの質問に答えるのに、昨日までは羽黒山伏と名乗っていたが、今は羽黒も近いので羽黒を止めて、

「熊野から羽黒へ行くところだが、船を探してここにいる。先達のご坊は、壇家を尋ねていかれた。自分は留守番ですが、何事が起こったのですか」

と、そう応対しているところへ、弁慶がまるで空でも飛ぶようにして戻って来て、

「あの笈の中には三十三体の生（聖）観音が入っていて、それをわれわれが京都から下し参らせて来たが、来月四日頃には、羽黒山のご本殿にお納めするのだぞ。お前たちは、汚れた身体でなんのためらいもなく近づいて、権現のご本体を汚したりしてはならぬ。言いたいことがあるなら、ほかの場所で言っていただこう。権現を汚してはならぬ。もし汚したら、笈まで清めるよりほかには許されなくなるぞ」

とおどかした。けれども、少しも驚かず、口々に喚き立てた。権守は、

「判官殿が、道中いろいろと弁明しながら通られていることは、明白な事実だ。ここは今、守護が留守をしているが、形だけでもこの権守が役目にあたっている間は、鎌倉の上役まで聞いてみなければならないことであるから、このように言うのだ。だから、念のために笈を一挺渡してもらって、拝見いたしましょう」

と言った。

「このご本尊のお納めしてある笈を、汚れた者にやすやすと探させるのは、畏れ多いことではあるが、お前たちが疑いを抱いて、自ら招く禍であるのだから、罪を受けるのもそれはお前らのせいなのだ。さあ、早く見ろ」

弁慶はそう言って、自分の側の笈を一挺取ると投げ出した。なんとなく摑んで出したのだったが、それは義経の笈であった。弁慶はそれを見て、あっ、しまったと思ったが、権守は、笈の中から三十三枚の櫛を取り出して、

「これはなんだ」

と言った。弁慶はせせら笑いしながら、

「おいおい、お前たちはなにも知らないのだな。稚児は髪を解かさないとでもいうのか」

と言った。権守はなるほどと思ったから、それを側に置いて、今度は唐渡りの鏡を取り出して、

「これは山伏の道具なのか」

と言った。

「稚児を連れた旅だ。化粧道具を持ってはならないという理由でもあるのか」

と答えると、また、当然だと側に置き、今度は八尺の女帯、五尺の鬘（かつら）、紅色の袴、襲（かさね）（衣服の一つ）を取り出して、

「これは何故だ。稚児の道具にこのような物がいるのか」

と言ったので、

「疑うのももっともだ。この山伏の伯母に当たる者が、羽黒権現で巫女の頭を勤めていて、そ

れが鬘や、袴や、色鮮やかな掛帯を買って来てほしいと言うので、帰りに持っていって喜ばしてやろうと思ったためだ」

「それもそうだろう。それでは、もう一つの笈をこちらへ寄越せ。調べてみよう」

そこで弁慶は、

「何挺でも結構、心ゆくまでご覧なさい」

と言って、また別の一挺を投げ出した。それは片岡の笈であった。その笈の中には、兜、籠手、臑当、柄のつかない鉞などが入れてあった。権守は、開けようとしてあれこれやってみたが、強く縛ってあり、暗さも暗いので、なかなか解けないでいた。心の奥底で、弁慶は手を合わせて、南無八幡、と祈ってから、

「その笈の中には、権現様が安置されている。くれぐれも汚して罰が当たることのないように」

と言うと、権守は、

「御神体であられるなら、必ずしも開けて見ないでも分かることだ」

と笈の掛紐を取って、持ち上げて振ってみたところ、籠手、臑当、鉞が、がらがらと鳴ったので、権守は、胸騒ぎを覚えつつ、

「こんな意外な事はありません。まさしく御神体であられる」

と言ってから、

「この笈を受け取ってもらおう」

と弁慶に言った。しかし、弁慶は、

「それだからこそ、あれほど言ったではないか。笈の汚れを清めないうちは、たやすく受け取ってはならないぞ、ご坊たち」

と言ったので、駆け戻って来た山伏の誰もが、簡単には受け取ろうとしなかった。

「前もって断わったことではないか。そちらが笈を清めないのならば、こちらで祈る。清めのお祈りには供え物がたくさんいるのだぞ」

「後生ですからお受け取りください」

「笈の汚れを清めないというのなら、権守のもとへ御神体を置き捨てて、われらは羽黒へ行き、衆徒を呼び集めて御神体をお迎えに来るぞ」

とおどかされたので、集まった人々も、散り散りに逃げてしまった。

権守ひとりだけが残されてこの難事に落ち入り、

「笈を清めるには、どのようなことをすればよいのですか」

「権現も衆生を救おうとのご慈悲であるから、一般の慣習に従えばよいのだ。まず、御幣紙として檀紙百帖、白米三石三斗に黒米三石三斗、白布百反に紺の布百反、鷲の尾羽百尻、黄金五十両、同じ毛色の馬七頭、新しい薦百枚。これだけ整えて供えたならば、しきたりどおりに汚れを清めて進ぜよう」

「どんなにそうしたくても、私はきわめて貧しい者でありますので、そこまではできません。完全でないまでも、せめて形式だけお清めください」

権守はこう言って、米三石、白布三十反、鷲の尾羽七尻、黄金十両、同じ毛色の神馬三頭を整

えて、

「これよりほかに、持っている物はありません。お差し支えなければ、どうか笈滌ぎのお祈りをしていただきたいのでございます」

と詫びたので、弁慶も、

「それでは、権現様の御心をお慰め申し上げよう」

と言って、兜、籠手、臑当、鉞などの入っている笈に向かって、うやうやしく礼拝し、何事かぶつぶつ言ってから、

「むつ〳〵かん〳〵らんそわかそわか」

と唱え、

「おんころおんころほうちそわか*、般若々々心経*」

などと祈った。祈りが納受された証拠のように、笈を突き動かして、

「権現に事の次第を申し上げた。世間の慣習であるから、このように執り行なった。これらの品々はお前の取り計らいで、羽黒山へ届けてもらいたい」

と言って、権守に預けた。

そのうちに夜も更けたので、片岡八郎が直江津の港へ行ってみると、佐渡から来た船が、おおいもかけず、乗っている人もなく、櫓、櫂、檝なども そのまま、波に引かれて揺られていた。片岡はそれを見て、

「立派な船だ。この船を自分たちの物として乗ることにしよう」

と思い、観音堂に戻って、弁慶にそう話すと、

「さあ、それならその船を乗り取って、今朝のこの嵐をついて船出しよう」

と言って港へ行き、十余人が乗り込んで押し出した。

妙観音(みょうかんのん)の嶽(たけ)(妙高山上)から吹き降ろす強い追風に帆を掛けて、米山を過ぎ、やがて角田山を見つけて、

「あれを見ろ。風はまだ激しいが、嵐の風が弱くなったらば、櫓で漕ぎ出すのだ」

と言った。あおしま(粟島)の北を見ると、白い雲が山の中腹を離れて、たちまち風のために空中へ吹き流されて現われた。片岡八郎はそれを見て、

「この地方の天候に関しての言い習わしは知らない。だが、あの雲は風雲だと思う。どうしよう」

と言っているうちに、北風が吹いてきて、陸では砂を吹き上げ、沖では海水を巻き上げた。漁師どもの釣舟の浮き沈みしているのを見るにつけても、自分の船もやがてああなるのだろうと、心細く思いながら、沖に漂っていた。

「とうていどうすることもできないのだから、ただ風に任せよう」

と言って、船を佐渡ヶ島へ走り着け、真帆を下ろして(原文、まぼろし)加茂潟(加茂湖)へ船を乗り着けようとしたけれども、波が高くて着けることができなかった。で、今度は松かげヶ浦(松ヶ崎)へ走らせていった。しかし、そこも白山の嶽から吹き下ろす風が激しいので、結局佐渡ヶ島を離れて、能登国の珠洲(すず)の岬へ向かった。

こうしているうちに日も暮れてきたので、なおいっそう意外なことになった。そこで、御幣を作り、笈の足に挟んで、

「天の神を祭ることは申すまでもないことですが、海の神よ、この風を静めて、今一度陸につけてくださったその上で、なんとでもしてください」

と祈った。そして、笈の中から銀作りの短刀を取り出して、

「海神の八大龍王に捧げます」

と言って、海へ投じた。すると奥方も、紅色の袴に唐の鏡を添えて、

「龍王に捧げます」

と言って、海へ投げ入れた。しかし、風は吹きやまなかった。

そのうちにすっかり日も沈んで、たそがれ時になった。そのために、いっそう心細くなった。能登国の石動山(いするぎ)からまた西風が吹いてきて、船を東へ向けた。ああ順風だと、追風の吹くままに進んで行くうち真夜中になり、その頃になると、風も静まり、波も穏やかになったので、人々もやや安心した。なおも風に任せて行くと、夜明け頃、どことも知れない所に船を乗りつけた。上陸して貧しい漁師の家に立ち寄って、

「ここはなんという所か」

と聞くと、

「越後国の寺泊です」

と言った。

「予想していた所に着いたのだ」

と喜び、その夜のうちに国上という所まで来て、みくら町（田中本には「さくらまち」とある）に宿をとった。夜が明けると、弥彦大明神を拝み、九十九里の浜を通り、蒲原、沼垂（原文、かんばらのたち）を経て八十八里の浜などという所を過ぎ、あらかい（荒川）の松原、岩船を通って瀬波という所の、左胡籙、右靭、せんが桟などという名所々々を通って越後と羽前の国境にある念珠の関（鼠ヶ関）にさしかかった。

この念珠の関の関守が厳しくて通れそうもなかったので、

「どうしよう」

義経がそう言うと、弁慶は、

「多くの難関を切り抜けてここまでこられたのですから、今更なんの心配がございましょう。しかしながら、用心はいたしましょう」

と言った。

義経を、身分の低い山伏姿に仕立てて、二挺の笈を無理矢理背負わせ、弁慶は大きな若木の枝を杖にして、

「歩け、法師」

と言って、義経をしたたかに鞭打ちながら行くと、関守どもはそれを見て、

「なんの罪でそんなに責め立てるのか」

と聞いたので、弁慶は、

「自分は熊野の山伏であるが、この山伏は先祖代々仕えてきた者です。こいつが姿を晦ましていたのを、つい最近見つけ出したというわけで、どんな刑罰でもくれてやりたいのです。誰もそれを咎められないはずですぞ」

と答えて、いよいよ休まずに打ち続けて通った。関守どもはその様子に、黙って関所の通行口を開けて通した。

間もなく出羽国へ入った。その日ははらかい（原海(はらみ)）という所へ着き、夜が明けると、笠取山などというところを通って田川郡の三世（三瀬）の薬師堂に着いた。ここで雨にあい、出水のために二、三日逗留した。

さてそこで、この田川郡の領主は田川太郎実房といった。若い頃から子だくさんだったのに、どの子供にも死なれて、十三になる子がひとり生き残っていたのだが、これが瘧(おこり)にかかって死にかけていた。羽黒山に近いので、立派な山伏などを招いて祈ってもらったが、そのききめがなかった。熊野山伏が来ていることを知ると、早速家来たちに向かって、

「熊野の羽黒のといっても、いずれ劣らぬご威光だが、どちらかといえば、熊野権現の方がまだいちだんと勝れているのであるから、修験者たちも恐らくそうであろう。お招きして、一組の祈禱者のご祈禱をお願いしてみたい」

と言った。田川太郎の妻も、子供が可哀想なので、

「大急ぎで使いをお出しください」

と言った。そこで、実房の代理として大内三郎という者を三世（三瀬）の薬師堂へ遣わした。

使者の大内三郎が、旅山伏の義経一行へその旨を伝えると、義経は、

「加持祈禱の招きを受けたが、我々のような不浄の身の者がどう祈ったとて、それが通じるはずがない。祈り甲斐がないのだから、行ったとてなにになろう」

と言ったところ、弁慶が、

「殿は不浄の身であられるかも知れません。だが、我々は都を出てから精進潔斎をしていますから、たとえ我々の祈りが奇跡を生まないまでも、我々が祈る時の様子に、どうして悪霊も死霊もその正体を現わし、恐れをなして消え失せないことがございましょうか。たまたま祈禱の招きを受けたのですから、かまわず出かけて行った方がよいでしょう」

と言ったので、他の家来たちも近寄って来て笑いながら冗談を言った。

「ここは秀衡の領地でございますから、おそらくこの田川太郎も臣下の礼をとって仕えている者でしょう。ですから、なんの気遣いがいりましょう。我々の身分を教えておやりになるとよいです」

と、ひとりが言ったのを弁慶が聞いて、

「ああ、情けない男だ。親の心を子知らずといって、人の心というのはわからないものだ。万が一のことがあった場合、後悔先に立たずということになるのだ。殿が秀衡のもとへ着いて後、実房がご機嫌伺いに参上しないことは絶対にない。その時の物笑いの種にも知らすべきではない」

と言った。

「ところで祈禱者は誰にしよう。護身の役は殿にしていただくとして、数珠を押し揉む役は、弁慶に勝る者はあるまい」

と言って、身支度をした。武蔵坊弁慶、常陸坊、片岡八郎、十郎権頭の四人がいっしょに、田川太郎の屋敷へ行った。そうして、持仏堂に案内された。

そこで田川太郎に会うと、やがて、子供を乳母に抱かせて連れて来た。祈禱を始めるに際して、よりまし（原文、よりましは。病の原因の悪霊や死霊を一時的に乗り移らせる子供・女性）に十二、三位の子供を呼び寄せた。義経が田川の子供に護身の祈りをしはじめると、弁慶は数珠を押し揉んだ。彼等の祈る様子を見て心が怯えたのか、よりましの子は霊が乗り移ると、無意識に喋り出した。御幣が動かなくなると、悪霊も死霊もすっかり消え去って、病人はたちまち全快したので、祈禱者がいっそう尊く見えた。

その日は頼まれてそこに泊まった。毎日発作のあった子供の病気は、今はすっかり跡を絶った。実房夫婦は、ますます信心を深め、喜びは大変なものであった。偶然ではあったが、義経も、熊野権現のご威光を強く認識した。そして、まことに尊いことに思った。実房は祈禱のお布施といって、鹿毛の馬に黒い鞍を置いて差し出した。その他に、砂金百両と、当国のしきたりですからといって、鷲の尾羽百尻を差し出した。そして、残る四人の山伏には、小袖を一重ねずつ贈ったうえ、三世（三瀬）の薬師堂まで送らせた。

送ってくれた者が帰るその時に、

「お布施をいただいたのは有難いのですが、これも修験道のしきたりでありますから、我々はしばらく羽黒山に参籠いたしますので、山を下りる時頂戴いたします。それまでの間、お預けして置きます」

と言って、返した。

こうして田川を出立した義経一行は、大泉の庄大梵字を通って、羽黒のお山を遠くから拝んだが、それにつけても、参籠したい気持はあったのだけれど、奥方の出産がもう今月に当たるので、何事にも遠慮をして弁慶ひとりを代理として遣わした。他の人々は、つけのたかうらを通って、清川へ着いた。弁慶は、あけなみ山を通り、よかは（清川）へ来て一行に合流した。その夜は五所王子（現在の、御諸皇子神社）の前で一晩中祈願した。

この清川というのは、羽黒権現を拝む時、口を漱ぎ手を清めるための川であった。月山（出羽三山の一つ）という霊山の頂上から北の麓へ流れていた。熊野の岩田川、羽黒の清川といって、その流れの清らかなことで名高い川だった。義経の一行は、その流れで身を清めてから、権現を遠く拝んだ。遠い遠い前世からの犯した罪も消えるということなので、王子王子に神楽などを奉納し、思い思いの馴子舞を捧げているうちに、夜もほんのりと明けてきた。

やがて一行は舟に乗った。この清川の船頭を、いや権守といったが、この船頭が船を準備してくれた。しかし、川上が雪解けのため、川は白く濁った水が増えていて、舟を川上へ進めることがなかなかできなかった。それはこの春、ちうさの少将（原文、これやこのはかちうさのせうせう）が、庄の皿島というところに流されて、

月影のみ寄するはたなかい河の水上
稲舟のいづらしい（わずらう）は最上川の早き瀬ぞ
こ（そこ）とも知らぬひば（琵琶）の声
霞のひまにまぎれる

と謡った心も、今はじめてなるほどと思い当たった。

難儀しながら、それでも舟を川上に進めて行くと、頂上から流れ落ちて逆巻いている滝があった。奥方は、

「これはなんという滝でしょう」

と尋ねた。すると船頭が、「白糸の滝」と答えたので、奥方は、

最上川瀬々の岩波堰き止めよ寄らでぞ通る白糸の滝

最上川岩越す波に月冴えてよるおもしろき白糸の滝

と続けて詠んで、口ずさみながら通り過ぎた。鎧明神や兜明神を拝み、たかやり（高屋）の瀬という難所を舟が上り悩んでいると、上流の山の端の方から、猿の叫び声が激しくしたので、奥方はまた、

ひきまはすかちばゝ弓にあらねどもたが矢で猿を射てみつるかな

と詠んだ。

こうして川を上って行くうちに、みるたからとか、竹くらべの杉などという所を見てから、矢向の大明神を遠く拝んだ。やがて、あい河の津（本合海）に着いて舟を下りた。

義経は、

「ここからは二日の道のりだが、湊を通ったら三日間の道のりになる。亀割山を越えて、へむらの里から姉歯の松へ出ればまっすぐだ。どちらの道を見物しながら通る方がよいか」

と言ったところが、

「名所々々を見たくはありますけれど、一日でも近いのなら、亀割山とやらの方を通って行きましょう」

と言ったので、亀割山への道をとった。

かめわり山にて御さんの事

義経一行が亀割山を越えて行く時、奥方は発病したことがあった。出産が間近に迫ったので、権頭兼房も気が気でなかった。山奥に入るにつれてますます病が篤くなり、気を失うことがあったので、その時その時に助けながら進んで行った。麓の里も遠いので、一夜の宿を借りるところもなかった。

峠で、その山道のわきを二町ほど分け入った所の、一本の大木の下に敷皮を敷き、この木の下を御産所と決めて奥方を寝かせた。いよいよ陣痛が始まると、奥方は、日頃の慎ましさも今はもう忘れてしまって、激しい息づかいをしながら、

「皆が側にいては、お産ができません。遠くへ下がってください」

と言ったので、家来たちは皆、あちらこちらへ立ち去った。奥方の身近には、十郎権頭兼房と義経だけがつき添っていた。奥方は、

「この兼房がいてもまだ気がねですけど、せめてふたりは仕方ありませんねえ」

と言うと、また失神してしまった。義経も、今がもう最後だと思った。勇ましい心も失ってしまい、

「こうなることは前々からわかっていながら、ここまで連れて来て、都は離れ、目的地にも着かず、旅の途中で死なせてしまうのはまことに悲しい。誰を頼りにここまではるばる、考えてもみなかった村里などに、姿を変えてまで来たのか。義経ひとりを慕ってこういう辛い旅の空にさ迷い続けながら、たとえ少しの間でも安心させてやれず、死なせてしまうのが悲しい。この女(ひと)に死に別れてしまっては、僅かの間でも生きていようとは思わない。ただいっしょに死にたい」

と掻き口説きながら、流れ出る涙を押えきれずに悲しむので、家来の侍たちも、

「戦場では、こうではなかったのに」

と皆しきりに涙を流した。

しばらくして、奥方は息を吹き返し、「水を」と言ったので、弁慶は水瓶を持って出かけたが、雨は降るし、暗さは暗し、何処へ探しに行ったらよいのかわからなかった。しかし、足の向くままに谷を目指して下って行った。谷川の水が流れていないかと耳を澄ましてみたが、近頃は長いこと晴れた日が続いたため、谷川の水もすっかり涸れ果ててしまい、流れている水もないので、弁慶はただ、くどくどとひとり言を言った。

「ご運がないといっても、このようにたやすくありつけるはずの水でさえ、探し求められないでいるとは、なんと悲しいことだろう」

そして、泣きながら谷へ下って行くうちに、谷川の音を耳にした。弁慶は喜んで水を汲み、さて、峰に上ろうとしたが、山は霧にとざされて、帰る方角がわからなかった。法螺貝を吹こうとしたが、麓の里も近いことであろうと思うと、そう簡単に吹き鳴らすことができなかった。けれども、時刻が過ぎてはならないと思ったので、ついに法螺貝を吹いた。すると、峰からも貝を吹いて答えてきた。

弁慶はいろいろと苦労しながら、水を持って奥方の枕もとへ戻って来て、差し上げようとすると、義経は、涙で声を詰まらせながら、

「探して来てくれた甲斐もない。もう息が絶えてしまった。誰に飲ませようとここまで持って来てくれたのか」

と言って泣くので、兼房も、枕もとに突っ伏して泣いた。

弁慶も、涙をこらえて枕もとに近づき、頭の下に手を入れて動かしながら、

「何度も都にお留めしようとして申し上げたのに、心弱くここまで連れて来てしまって、今このような苦しいめに会わせてしまったとは、悲しいことでございます。たとえ前世の報いであったとしても、これほどまでに弁慶が真心を込めて探してきたこの水を、お飲みになってから後、いかようにもなられますように」

と言って、水を奥方の口へ注ぎ込んだ。すると、奥方は飲もうとする様子を示して、義経の手に縋り付くと、また失神してしまった。義経は、自分もいっしょに死んでしまいそうな気持になった。それを見た弁慶は、

「なんと気の弱いことです。こんな大事な時に。さあ、権頭、そこを退け」

と言って奥方の上体を起こし、腰を抱くようにして、

「南無八幡大菩薩、どうか無事にお産ができますように。このままご主君をお見捨てくださいませんように」

と心を込めて祈ると、離れた所では、常陸坊も手を合わせて祈っていた。権頭兼房は、声をあげて泣き悲しんでいた。義経も、今は悲しみのためなにも見えなくなってしまった思いで、奥方の横に頭を並べて突っ伏してしまった。

その時、奥方は意識を取り戻して、

「ああ苦しい」

と言いながら、義経に縋り付いたので、弁慶が奥方の腰を抱きあげると、たいそう安らかにお産

をすることができた。

弁慶は、生まれた赤ん坊がむずかって泣く声を聞くと、篠懸の衣に包んで抱きあげた。はっきりとは知らないが、臍の緒を切って産湯を使わせようと思い、水瓶に汲んで来た水で洗ってやり、

「早速お名前をつけて差し上げましょう。ここは亀割山です。そこで、亀は万年の亀にあやかり、鶴は千年の鶴に似るように、亀鶴御前」

こう名付けた。

義経は赤子を見て、

「ああ、なんと幼いことか。この子の様子を見ていると、これが一人前になるとは思えない。義経が無事でいれば、この子の将来もまた無事であろう。だが、今はその見込みもない。物心のつかないうちに、一刻も早くこの山中に捨てて、ひとり残して置くことにしてしまえ」

と言った。

奥方はそれを聞くと、今まで自分を苦しめていたことも忘れて、

「恨めしいことをおっしゃったものです。たまたま人の世に生まれた者を、月や日の光さえ見せないで殺してしまうなんて、果たしてどんなものでしょうか。おわかりになっていただけないのなら、それ権頭、武蔵坊から取り上げなさい。たとえここから都へ抱いて戻ったにしても、どうして殺すことができましょう」

と悲しんだ。弁慶は奥方の言葉を聞いて、

「殿ひとりを頼みにしてきましたので、もし殿に万が一のことがあった時には、ほかに誰も頼

みにする方がなかったのに、今、この若君をご主君に戴くことができるのは末頼もしく思われます。こんなに美しい若君を、どうして殺すことができましょう」

と言い、

「ご運は、伯父の鎌倉殿にあやかるよう。お力は、それほど頼もしくはないけれども、この弁慶に似ますように。そしてお命は、千年も万年も長命でありますように」

そして、

「ここから平泉までは、なんと言ってもまだまだ遠いのですから、途中多くの人に行き会った時に、むずかって見つけられて、弁慶をお恨みなさっても知りませんよ」

と言ってから、篠懸に包んで、笈の中に入れた。それから三日後奥州へ着いたのだが、不思議にも、その間一度も泣かなかった。

その日は、せひのうち（瀬見の湯）という所で一、二日奥方を静養させ、その翌日は馬を探してきて乗せ、その日のうちに栗原寺に到着した。

そこから、亀井六郎と伊勢三郎とを使者として、平泉へ行かせた。

判官ひらいつみへ御つきの事

藤原秀衡は、義経の使者と聞くと、急いで対面した。

「最近、北陸道を通って奥州へお下りなされていることは、内々承知していましたが、確かなことを伺っておりませんため、お迎えも差し上げませんでした。越後や越中国は、さぞ恨みに思うこともあったことでございましょう。それにしても、何故出羽国の者どもにお出迎えできるようにさせてはくださらなかったのですか」

そうして、

「大急ぎで、お迎えに人を差し上げろ」

秀衡はこう言うと、嫡子もとよし（泰衡）冠者を呼んで、

「判官殿をお迎えに行け」

と命令したので、泰衡は、百五十騎で出向いた。奥方のお迎え用には、輿（こし）の用意をした。

義経は、

「このようになってしまったこの義経を」

と言って、陸中国の磐井（いわい）郡（秀衡の平泉の館がある所）まで来た。けれども、秀衡は義経を重んじて自分の屋敷へ入れることはせず、月見殿といって、普段人の行かない御殿に義経を住まわせた。そして、自ら臣下のようにして日々の奉仕に勤めた。

奥方に対しては、特に容姿が美しく、また心も優しい十二人の女たちのほかに、下女や召使いまでも揃えてつけた。

義経とは前々からの約束なので、名馬百頭、鎧五十領、征矢（そや）五十腰、弓五十張、それに直轄の領地としては、陸前国の桃生郡（ももおのこおり）、牡鹿（ほしか）郡、志太郡、玉造（たまつくり）郡、遠田（とおた）郡という、国内でも豊かな郡で、一郡が三千八百町ずつある五郡を贈った。家来の侍たちには、格別豊かな陸中国の胆沢（いさわ）郡、江刺（えさし）

郡に、はましの庄といった土地を、それぞれに配分してやった。

「たまにはどこへでもお出かけになって、気晴しをなさい」

と言って、逞しい馬十頭に、沓や行縢に至るまでつけて、厚意の表われとして贈った。

「要するに、今はもう、なにに遠慮があろうか。ただただお好きなようにさせてあげなさい」

と泉の冠者に命じて、陸奥出羽両国の大名三百六十人を選んで、毎日のご馳走を支度させた。

そのうち、お屋敷を造れと命じて、秀衡の屋敷から西に当たる、衣川という土地をならして屋敷を造り、義経を迎え入れた。


この城とも呼べる建物の様子は、前に衣川を見つつ、東は秀衡の館、西はたうく(達谷)ガ窟といって、それにふさわしい山に連なっていた。義経は、このように居城を定めて、上見ぬ鷲のように、何者をも恐れずにいた。昨日までは偽山伏だったが、今日は早くも還俗して、その栄華の運が花の開いたようであった。

義経は、おりにふれ、時につけては、北陸道の道中のいろいろの話や、その時の奥方の振舞などを言い出し、またその時の家来たちも話し出して、それを笑いの種にしていた。こうして、この年も暮れると、文治三年になった。

注

(1) 義経の奥方 『吾妻鏡』の元暦元(一一八四)年九月十四日の条に、河越太郎重頼の娘が、頼朝の仰せによって義経に嫁するため、供の者と上洛したとあり、同書の文治元(一一八五)年十一月十二日の条には、重頼が義経の縁者であるので、その所領を没収したとある。『盛衰記』には、久我大臣の姫君ではなく、義経は河越太郎重頼の娘を連れて奥州へ下ったとあり、また、壇の浦において、見られてはならない書状の入った皮籠一合を奪われ、今義経のもとにあるのだが、それを鎌倉に見せられては被害を受ける人も多いから、とかく女性の嘆きに弱い義経に頼んで返してもらおうと、平時忠は先腹の二十八歳になる娘を差し出した。それに対して、「判官志深く思ければ、本妻河越太郎重頼か女も有けれ共、是をは別の方をしつらひて居たり」(『平家』では、「河越太郎が娘も有しかども」)とあって、いずれも義経の妻を河越太郎の娘としている。『異本義経記』も、「前の夜先つ御台所重頼息女妾静に十郎権頭兼房を相添て」とあって、はっきり北の方は重頼の娘であるとしている。『義経記』にも、河越太郎は頼朝から義経追討を命じられると、「……且は知食して候やうに、娘にて候者を判官殿の召置かれて候間、身に取りてはいたはしく候、他人に仰付けられ候へ」と断わっている。

この義経の北国落ちに久我大臣の姫君が同行したという伝承は、『義経記』以外には見られないものである。文治三(一一八七)年の初めの、この北国落ちの頃の久我家の当主は源通親であるが、その時には既に父の大臣に死なれていたとあるから、その死んだ久我大臣は源雅通(『公卿補任』によると、仁安三(一一六八)年八月十日内大臣、承安五(一一七五)年二月二十七日五十八歳で薨じている)をさすことになる。しかし、雅通には二人の娘があったが、いずれも義経の妻であったという事実がない。

久我大臣の姫君が義経の妻として、苦難の旅の末、ともに奥州の地で自害して果てるという『義経記』だけの伝承は、久我家が盲人の官位の授与権を持っていたので、自分達の支配者の姫君を登場させて語ることが、盲僧にとって義経の物語をより身近なものに感じられたのであろう。また聞き手にとっても、京の大臣の姫君であった方がより哀傷感が湧いたであろう。このように、義経の物語は自由な語り方のできる語り物であったに違いない。そうして、『義経記』に久我家の者が登場してくるということは、『義経記』の成立が室町時代であることを示しているのでもある。

（2）「鶉鳴く」の和歌　この和歌を、三河入道寂照（文章博士大江定基）の詠んだものとしているが、寂照の歌ではない。源俊頼の詠んだ歌で、『金葉集』巻三秋に（…いり江のはま風に…）収められている。

（3）斎藤別当実盛　藤原利仁の子孫で、長井庄を領し、その地に住んでいたので長井を称した。保元の乱には為朝に従い、平治の乱には義朝に従って参戦した。平治の乱に敗れて義朝とともに落ちる途中、比叡山の荒法師二、三百人に襲われたが、奇策をもって義朝を助けたと『平治物語』にある。

戦乱が治まってからは平家に仕えたので、篠原の合戦には平家側について木曾義仲と戦い、敗走する平家軍の中からただ一騎で引き返し、木曾方の手塚太郎光盛と組み打ちして討たれた。この戦さに実盛は、戦場で敵に出会っても老人（七十三歳）であるために、相手にされないことを恐れて、白髪を黒く染めた。そして、赤地の錦の直垂に萌黄威の鎧を着け、鍬形打った兜に黄金作りの太刀を佩き、二十四差したる切符の矢を背に負い、重籐の弓を持って連銭葦毛の馬に金覆輪の鞍を置いて乗った。この若い武将のいでたちをした実盛は、とうとう最後まで名を名乗らなかった。

義仲は、誰とも名はわからないが、いでたちの立派な、名のある大将らしい不思議な武士を光盛が討ち取ったと聞き、実盛ではないかと思って急いで首実検をした。実盛であることを知った義仲は、父の帯刀先生義賢が悪源太義平に討たれた時、自分を助けて木曾に送り届けてくれたことを思い出して、涙を流し、懇ろに葬ったと『平家』や『盛衰記』は伝えている。

古来この物語は有名で、芭蕉も『奥の細道』の旅で小松の太田（ただ）神社に詣でた時、実盛の兜を見ているうちに実盛の姿を思い出して、

むざんやな甲の下のきりぎりす

と詠んでいる。

（4）平家の侍が大勢死んだ、倶利伽羅峠　倶利伽羅峠は礪波山にあり、平家はここでの一戦に敗れたため、京を捨てて西海に落ちねばならなくなったという大事な一戦であった。この時の夜襲に、木曾軍は寄せ集めた四、五百頭の牛の角に松明を結びつけ、それに火をつけると、平家の十万余騎の前後を挟んでいる、木曾五万余騎のあげる鬨の声に合わせて敵陣の中に追い込むという、奇抜な戦法を用いたことは有名である。『源平盛衰記』は、その時逃げようとする平家軍を、白装束をした三十騎ばかりが誘導して、一万八千余騎を十余丈の倶利伽羅谷に馳せ込ますという不思議なことがあったと書いている。

『盛衰記』によるとこの倶利伽羅谷は、

抑倶梨伽羅が谷と云ふは、黒坂山の峠猿の馬場の東にあり、其谷の中心に十余丈の岩滝あり、千歳が滝と云ふ、彼の滝の左右の岸より、杼の木多く生ひたり、谷深うして梢高し、其木半過ぐる程こそ馳埋みたれ。澗河血を流し、死骸岡をなせり、無慚と云ふも愚なり、されば彼の谷の辺には、矢尻、古刀、冑の鉢、甲の実、岸の傍木の本に残り、枯骨谷に充満ちて、今の世までも有りと聞ゆ、さてこそ異名には地獄谷とも名け、又馳籠の谷とも申すなれ、三十人計の白装束と見えけるは、垣生新八幡の御計ひにやと、後にぞ思ひ合せける、　巻二十九　礪波山合戦事

とある。

『平家』には牛の角に松明をつけて敢行した夜襲のことはないが、死者が谷を埋めるほどであったとあり、『玉葉』『百練抄』『保暦間記』も、『平家』と同じように書いている。

（5）如意の渡にて義経を弁慶打ち奉る事　義経の一行が、奥州へ山伏や稚児にその姿をやつして下って行ったことは、『吾妻鏡』の文治三年二月十日の条や、『盛衰記』などに見える。（『吾妻鏡』は、この奥州下りの大先達を叡山の俊章という僧だとしている。）

『義経記』の北国落ちには、まだ安宅の関も、またその関を富樫が守っていたこともない。しかし、

安宅伝説と笈探し伝説は、『義経記』巻七の「三の口の関通り給ふ事」と、「平泉寺御見物の事」の項で、弁慶が富樫の館に一人で出かけて行くことに、「如意の渡にて義経を弁慶打ち奉る事」「直江津にて笈探されし事」が、一ヵ所で起こったこととなって成長して、『謡曲』の「安宅」の形になり、その後歌舞伎の「勧進帳」によってそれが固定化し、伝説として完成されるとともにまた有名にもなったのである。

『義経記』では、義経を打擲したことと、笈探しのことは安宅の関でのことではない。また、勧進帳の読み上げもない。しかし、『舞曲』の「富樫」では、勧進帳の読み上げはあるが、打擲は他の場所でのことになっている。

『謡曲』「安宅」は、作者不明とも、観世小次郎の作であるともいわれている。『義経記』では、義経とその郎党十六人に、久我の姫君と十郎権頭兼房で下ったとしているが、他の書物では次のような人数になっている。

書名	人数
謡曲　安宅	主従　十二人
舞曲　富樫	十四人
源平盛衰記	十二人
異本　義経記	五十人ばかり

義経記　巻第八目録

義経記　巻第八

つきのふ兄弟御とふらひの事

やがて、義経は高館（衣川の館）に移り住んだ後、しばしば佐藤庄司の未亡人のところへ使いをやっては見舞った。人々は、それをなかなかできることではない、と感心していた。

ある時、義経は弁慶を呼んで、佐藤継信、忠信兄弟の追善供養を行ないたいと語り、そのついでに、

「四国九州の戦いに討死した者たちも、その忠節の浅い深いは問わず、等しく死んだ者ということで、名簿を作って同じように供養しよう」

と言った。弁慶は涙を流しながら、

「まことに有難いことでございます。ご主君としてそのようにお思いになることは、ほんとうに延喜天暦の帝（醍醐、村上の両帝）といえども、これほどではあられなかったことであろうと思われるのでございます。即刻お心をお決めください」

と言った。それならばと、多くの高僧を招いて、法要を執り行なうよう命じた。

弁慶がそのことを秀衡に伝えると、秀衡入道は、一つには義経の誠意に感じ、一つには佐藤兄弟にたいしてもかわいそうだという思いが強まって、しきりに涙に咽んだ。佐藤兄弟の母の尼のもとへも使者が行った。尼は、孫や兄弟の妻たちを連れてやって来た。義経は、兄弟を深く思うあまり、自分でも筆を執って法華経を写し、ふたりの供養をした。人々は異例のこととして感心し合った。

尼は、

「このような継信と忠信の供養は母の身にとってまことにもったいないことでして、そのご厚情といい、また死後の名誉といい、これに過ぎるものはありません。これほどまでに思ってくださる殿のお志を、わが子らがこの世に生きていて知ったならば、どんなに有り難がることかと思うと、いっそう涙がこぼれてなりません。けれども、今は諦めています。わが子にひき続いてわが幼い孫どもを殿に差し上げます。まだ幼名のままでおりますけれど」

と言った。義経は、

「本来、秀衡がこの者たちの名を付けるべきであろうが、兄弟の者たちの忘れ形見なのだから、義経が名付け親となろう。しかし、秀衡にも尋ねてみよう」

と言って、使者を送ると、秀衡入道は、

「秀衡もそうお願いしようとひそかに思っていたところです。かえって恐縮でございます」

と言った。

「では、秀衡が準備を整えるように」

そこで秀衡は承知して、佐藤兄弟の子供の髪を結い、烏帽子をかぶらせて、いっしょに義経の前に畏まって坐った。義経はふたりの子供を見て、継信の子を佐藤三郎義信、忠信の子を佐藤四郎義忠と、命名した。

尼は非常に喜んで、

「和泉三郎よ、前から言いつけておいた物を殿へ差し上げるように」

と言って、佐藤家に先祖代々伝わる太刀を献上した。奥方には、唐綾織の小袖に、巻絹（まきぎぬ）を添えて贈った。その他、家来たちにもそれぞれ贈物をした。

「ああ同じことなら、兄弟がお供して来て、殿の前で孫どもに烏帽子をかぶせてやるのだったら、どんなにか嬉しいことでしょう」

尼はそう言って、いっそう涙に咽びながら、泣き悲しんだ。ふたりの嫁も、死んだ夫のことを常よりいっそう思い出して、別れた時のように声を出して泣き悲しんだ。義経も哀れに思って貰い泣きした。秀衡はもちろんのこと、義経の前にいる人で、袂に顔を当てて泣かないものはなかった。

義経は盃をとって義信に与えた。その受け方、その場の挨拶、まことに礼儀作法に適っていたので、大人びて見えた。

「継信によくも似たものだ。お前の父は、屋島の合戦の時源平両軍の目前で、義経の身代りになった。それだから、多くの人の目を引き、いまだその例がないといわれたが、実際我が国はいうまでもなく、唐や天竺（てんじく）にもいかに忠臣が多いとはいえ、このような例はない。だからこそ、継信は三国一（日本、中国、印度を三国といった）の勇者だといわれたのだ。今日からはこの義経を父と思えよ」

義経はそう言って、義信を自分の側へ引き寄せ、おくれ毛を撫でてやりながら、堪えきれずに涙を流した。その場にいた、亀井、片岡、伊勢、鷲尾、増尾十郎、権頭、それに荒法師の弁慶、これらの人をはじめ、すべての人が声をあげて泣いた。

しばらくして、義経は涙を押えながら義忠に盃を与えた。そして、

「お前の父は、吉野山で衆徒に追われた時、義経を庇ってひとり山中に残りたいと言ったので、義経はそれに忍びず、いっしょに遁れようと何度もすすめたのに、武士の言葉は綸言（りんげん）と同じで、一度口から出したら取り消すことはできない。こう言って今にも自害しようとするので、義経も止めることができず、ひとり山中に残して来たのであったが、数百人の敵をたった六、七人で防ぎ、その上鬼神のように言われた横川の覚範まで討ち取った。それから都に出て、押し寄せた江馬小四郎の軍勢を引き受けて戦い、その場を切り抜けた。普通の者なら、すぐその場から奥州へ下って来るのに、義経を慕って探したがその居所がわからないので、六条堀川にある義経の古い屋敷に立ち帰り、義経に会えたつもりでここを最期と自害したその真心。継信といい、忠信といい、兄弟の志はいつまでも忘れられない。鎌倉殿も、類稀（たぐいまれ）な剛の者であると言って忠信の死を惜しみ、追善供養を行なったと聞く。お前も忠信に劣らぬ者と見える」

そう言って、また涙を流した。

義経は伊勢三郎を呼んで、小桜威（こざくらおどし）と卯花威（うのはな）の鎧をふたりに与えた。尼は涙を押えて、

「なんと有難いお言葉でしょう。武士たるものは、剛の上にも剛でなくてはなりません。この尼の子であっても剛の者でなかったならば、これほどまでのお誉めのお言葉はいただけないのです。お前たちも元服したからには、父のように殿のお役に立ち、名を後世に上げなければなりません。不忠をはたらけば、父に劣る者として仲間の笑い者になりましょう。人から後ろ指をさされたりしては、佐藤家の恥です。殿の前でよく申しておきますぞ。しっかり心に銘記なさい」

と言った。それを聞いて、

「継信や忠信が剛勇だったのも当然だ。今の尼殿の言いよう、実に気丈な人だなあ」

人々はそう言って感心した。

秀平(ひでひら)死去(しきょ)の事

文治四年十二月十日頃から、秀衡入道は重態におちいり、日増しに衰弱していった。天竺や中国で名医として知られた、耆婆(きば)や扁鵲(へんじゃく)の医術をもってしても、全く回復の見込みがないので、秀衡は、娘や息子、その他家来たちを集めて、泣きながら、

「人間が、死期の決まった前世の約束による重病にかかって、命を惜しむなどということは、人の身の上であってさえも、非常に不甲斐ないことに思っていたが、自分の身になってみて、はじめて無理のないことと思い知った。秀衡が今、命を惜しむそのわけは、折角判官殿が秀衡を頼って遠路はるばる妻子を連れて来られたのに、ただの十年間も安心させてあげられなかったばか

りでなく、今日明日の中にも秀衡が死んでしまうようなことになったら、恐らくは、闇夜に灯火をなくしたように山野にさ迷われるであろうことが、口惜しいからなのだ。それだけがこの世の心残りであり、また冥途の旅の重荷に思う。といっても、どうすることもできないこの世の定めなのだから仕方がない。判官殿のもとへ行って、最後のお目どおりをしたいと思うけれども、あまりにも苦しくて思うようにできない。そうかといって、こちらへ来ていただきたいと言うのは恐縮だ。だから、このことをお耳に入れてくれ。それから、お前たちは秀衡の遺言に従うか。従うなら、これから言うことを静かに聞きなさい」

と言った。皆は、

「どうして背きましょう」

と言った。そこで入道は、苦しそうな声で、

「自分が死んだら、きっと鎌倉殿から判官殿を討てという命令の書状がくるであろう。その恩賞として、常陸国を与えると書いてあるだろう。だが、決してそれを聞いてはならない。入道にとっては、陸奥、出羽の奥州だけでも身分不相応の領地なのだ。まして親に勝るとも思えぬお前たちが、それ以上ほかの土地を望むのは無理というものだ。鎌倉殿の使者であろうとも、来たら首を斬れ。それが二度三度に及んでも、使者をその都度斬り捨てたら、その後はもう寄越さなくなるであろう。それでも寄越したら、その時は大事件だと思って間違いない。その用意をするのだ。念珠(ねんじゅ)(鼠ヶ関)と白河の二つの関を西木戸(にしきど)太郎に防がせて、判官殿を疎かにしてはならない。そして、断じて思い上がった行動をとってはならぬ。この遺言さえ破らなければ、いかに末世と

いっても、お前たちの未来は安泰だと思ってよい。たとえ秀衡とお前たちとが生と死との世界を異にしてもだ」

こう言うと、その言葉を最後に、十二月二十一日[1]の明け方、秀衡はとうとう死んでしまった。妻子や一族の者が泣いて悲しんだが、仕方がなかった。

義経にそれを知らせると、義経は驚いて、馬に鞭を加えつつ、急いで駆けつけた。義経は、冷たくなった死骸に抱きすがって、

「遠く遥かな道を、さまざまの困難に耐えてここまでやって来たのも、入道を頼みに思えばこそなのだ。父の義朝には二歳で別れた。母は都にいるけれども、いったんは平家の人となったので、互いにその心も疎遠になっている。兄弟はあるけれども、幼少の時から離れ離れになっていていっしょに集まることもない。その上、情けをかけてくれるはずの兄頼朝とは不和の仲だ。どんな親子の別れの嘆きも、この入道と義経との別れに過ぎるものはない」

と義経は限りなく悲しみ、これで自分の運命も極まったと一途に思い込んで、いつもの激しい気性にも似ず、いつまでも悲しんでいた。

亀割山で生まれた若君も、義経と同じように白い衣を着て、葬儀に加わった。それは、見る人の涙を誘った。義経は、自分もいっしょに死にたいとまで悲しんだが、それでも柩を墓地に送り納めて帰って来た。実に気の毒の限りであった。

秀平が子共判官殿に謀叛の事

このようにして秀衡入道は死んだ。けれども、以前と同じように秀衡の子供たちは、かわるがわる義経を尋ねてご機嫌を伺っているうちに、その年も暮れた。

年が明けた二月の頃、泰衡の郎党は、何事を耳にしたのだろうか。夜が更けて人々が寝静まってから、人知れず泰衡の所にやって来て、

「判官殿が泉の御曹司と組んで、殿を討つ用意をしています。合戦の習いで、敵に先手を取られては不利です。大急ぎでお支度ください」

と言った。泰衡は、それを聞いて容易ならぬことに思い、

「それなら支度しよう」

と言った。

二月二十一日、亡き秀衡入道の追善供養の法事を執り行なう準備が整っていた。だがそれを差し置いて、実の弟の泉の冠者に夜討ちをかけた。まことに嘆かわしいことであった。

それを知ると、兄の西木戸太郎、比爪五郎、弟のともとしの（本吉）冠者は、これは他人事ではないと考え、それぞれ別々の心を固めるようになった。「六親不和にして三宝の加護なし」とは、このようなことをいうのである。

義経も、やがては自分のことも討ちに来るだろうと、武蔵坊弁慶を呼び寄せて、廻文（つぎつ

ぎにまわして読ませる文書）を書かせた。九州の菊池、原田、臼杵（うすき）、緒方に至急来るよう書き、雑色（ぞうしき）の駿河次郎に渡した。

駿河次郎は、昼夜の別なく京に上り、さらに九州へ下ろうとした。だがその時、誰が知らせたのだろうか、それが六波羅に知れた。駿河次郎は捕えられ、下郎二十余人を警備につけられて、関東へ送られた。

頼朝は、その廻文を読んで大層怒り、

「九郎というのはけしからん奴だ。同じ兄弟でありながら、しばしば頼朝に反逆を企てるとは、常識ではとても考えられない。秀衡も死んで、奥州も勢力が弱まったことだから、攻め滅ぼすのは簡単だろう」

と言い出した。すると、その場にいた梶原景時が、

「お言葉ですが、賢明なお考えとは言いかねます。何故なら、かつて宣旨をもって秀衡を呼び寄せた時、秀衡は、昔の将門（まさかど）は八万余騎、今の秀衡は十万八千余騎ですから、片道の経費をいただけるなら参上すると申しましたので、それはとてもできぬと言って中止になり、秀衡はとうとう都を見ずに済んだと聞いております。秀衡ひとりでさえてこずったのに、念珠、白河の二つの関の防備を固め、判官殿の指揮を仰いで戦うのであったならば、たとえ日本国の総勢を結集して百年二百年戦ったとしても、恐らく天下の民衆を苦しめこそすれ、奥州を服従させることはできないでしょう。だから、それよりも泰衡をそそのかして九郎御曹司を討たせ、その後で攻め入ったならばよろしいかと存じます」

と言った。

「なるほどそのとおりである」

と頼朝は言った。

そこで、頼朝個人の命令だけでは難しいからといって、早速、院宣を賜わりたいと願い出た。それは、泰衡が義経を討った場合、現在の領地に常陸国をつけて永久に与えるという趣旨であった。それに頼朝の命令を添えて使者を立てた。

泰衡は、いつか亡き父秀衡入道の遺言に背いて、それを承知してしまった。ただそれには、義経追討の宣旨を賜わってから討ちたいと言ってきたので、それならばと、頼朝は安達(あだち)四郎清忠(きよただ)を呼んで、

「その方は、この二、三年知行の地を離れていたろうから、土地の様子を見て来い」

と知行地を見に下るような振りをして、種々の状況を偵察するように命じた。

「かしこまりました」

命令を受けて、清忠は奥州へ向かった。

さてそのうちに、泰衡は突然狩を催した。義経もそれに参加した。清忠は、その中に紛れ込んで観察したが、間違いなく判官義経であった。そこで、義経を攻撃するのは、文治五（一一八九）年四月二十九日、巳の刻（今の午前十時ごろ）と決めた。もちろん義経は、そんなこととは夢にも知らなかった。

この奥州に、民部権少輔基成(みんぶのごんのじょうもとなり)という人がいた。平治の合戦に死んだ悪衛門督信頼の兄であった。

基成が謀反人の一族として東国へ下って来たのを、亡き秀衡は、気の毒に思って保護した。その上、秀衡は基成の娘を娶った。ふたりの間にはたくさんの子供があった。秀衡の嫡子である次男泰衡、三男和泉三郎ただむね（忠衡）、これら三人の祖父であった。そのようなわけで、人々に重んぜられて「少輔（じょう）の御寮（ごりょう）」と呼ばれた。秀衡には、この泰衡や忠衡より先に、嫡子（長子）に西木戸太郎よりひら（国衡）という子供があった。巨漢で、諸芸にも格別勝れ、力も強く勇敢で、強弓の射手で、智略にも富んでいた。元来その子を嫡子にすればよかったものを、秀衡は、男が十五歳に達する前にできた子は嫡子にはなれない決まりだと言って、基成の娘が生んだ次男を嫡子に立てた。思えば秀衡も、期待はずれのつまらないことをしたものであった。

ところで、この基成が、義経にすべてを打ち明けてしまった。基成はこのことをほのかに伝え聞いた時、情けなく思ったので、孫どもを制したいと考えた。けれども、恥ずかしいことに彼等に領地を分け与えたこともない。それどころか、自分自身彼等に預けられた身であり、その上、勅勘の身である。既に院宣が下ったとあっては、もう制しようもない。そう考えると、あまりにも悲しく、義経に手紙を書いた。

殿を討てとの院宣が関東に下りました。判官殿は、先日の狩を結構な狩とでもお考えではないでしょうか。お命は大切なものです。ひとまずここを遁れるのがよいのではなかろうかと思います。殿のお父上義朝殿は、私の弟信頼の味方になり、謀反人として同じ罪の死罪（原文「ひくはの死罪」、『義経物語』は「どうくわのしざい」とある）に問われました。私も東国へ流され、また殿もここに来られたので、ここで会ったのはまことに因縁（原文「ちしのえん」）の深いことと思っていたその矢先、殿に先立たれて嘆くようになるのは残念です。同じ道にお供するのが本意ではありますが、こう年をとってしまった身では、活発に動けないので、せめてここで張合いのない追善供養に勤めます。それも考えてみれば、お供するのもここに残るのも同じ道かと思われます。

と、基成は搔き口説くような手紙を書くと、泣きながらそれを持たせた。義経は、この手紙を見て折り返し、

お手紙嬉しく思います。おっしゃるとおり、何処かへ逃げるべきでしょうが、勅勘の身では、空を飛び、地に潜ったとしても、遁れるのは難しいと思われますので、ここで自害をいたします。だからといって、錆びた矢の一本も射るわけではありません。この世では、このご恩に報いることはできませんが、あの世では必ず弥陀の浄土にご縁を結びましょう。これは、義経一期（いちご）*の日記*（原文、一ごのひき）でございます。お側に置いてご覧になってください。

と返書をしたためると、唐櫃一つを手紙に添えて持たせた。その後も基成から手紙があったけれども、義経は自害の用意をしているからといって、返事を書かなかった。

義経は、それだから出産後七日しかたっていない妻を呼び寄せて、

「義経は関東に下された院宣によって討たれることになった。昔から女は罪で討たれるという

ことはないから、どこかよそへ行きなさい。義経は心静かに自害の支度をしよう」

と言った。すると奥方は、それを聞くや否や袖を顔に当てて、

「幼い時から少しの間も放れまいと慕った乳母の名残りを振り切ってまでお供して来たのは、このように別れるためだったのでしょうか。女の身には、片思いというのはとても恥ずかしいのですけれども、どうか他人の手には掛けさせないでください」

と言って、義経の側を離れなかった。義経も、涙に咽んでいてなにも言わず、持仏堂の東の正面に場所を設けて、そこへ奥方を導き入れた。

すゝ木の三郎しげ家たかだちへ参る事

義経は、鈴木三郎重家を呼んで、

「いったいお前は、鎌倉殿から領地を頂戴していながら、落ち目の義経のもとまではるばる来てくれた。それなのにいくらもたたないうち、このような事態になったのは、気の毒だと思う」

と言った。重家は、

「おっしゃるとおり、鎌倉殿から甲斐(かい)国に領地をいただきました。しかし、寝ても覚めても殿のことが少しも忘れられず、あまりにも殿の面影が私の身に染みついてしまいましたので、是非お側に行きたく思いました。長年連れ添った妻子は、里の熊野へ送り届けましたから、今はこの世に思い残すことは少しもありません。ただ少々気にかかることは、一昨日、ここへ来る途中の

道で、馬が足を痛めたため私も傷つき、それが痛みますが、お屋敷の様子がどんなものかと思い、なにも申しませんでした。が、今はこういう状況であることを知り、当然私も覚悟の合戦です。よしんばここへ来ていなくとも、遠い近いの違いだけです。殿が討死なされたと聞きましたなら、どうして命を惜しみましょう。離れ離れに死ねば、冥途の旅にも、遥かに遅れてしまうでしょうが、ここで死ぬのなら、安心してお供ができます」

と、さも晴々としたように言った。義経も涙にむせびながら、何度も頷いた。

それから重家は、

「家来には腹巻だけを着けさせて下って来ました。討死した後で、武具の善悪(よしあし)は必要のないことではありますが、死後に、なにかと噂されるのも残念でございます」

と言ったので、義経は、鎧はたくさん用意させてあると言って、赤糸威(あかいとおどし)の、威目の細かい、重ねの厚い堅固な鎧を取り出してきて馬といっしょに、重家に贈った。腹巻は、弟の亀井六郎に与えた。

ころも川合戦(かせん)の事

やがて、衣川の館へ、長崎大夫介(ながさきたゆうのすけ)を大将に三万余騎の軍勢が一どきに押し寄せて来た。

「今日の討手は何者だ」

「秀衡の家来の長崎太郎大夫です」

せめて泰衡か西木戸あたりなら、最後の戦さもしようが、たかが東国の奴らの郎党相手に、弓を引き、矢を射るまでもあるまい。そう考えた義経は、

「自害する」

と、その決意のほどを言った。

その時、奥方の乳母親である十郎権頭と喜三太のふたりは、家の上に上って、遣戸格子を楯代りにしながら、散々に射続けていた。正面は、武蔵坊弁慶、片岡、鈴木、亀井の兄弟、鷲尾、増尾、伊勢三郎、備前平四郎の、以上八騎であった。常陸坊をはじめ、あとの十一人の者どもは、今朝から近くの山寺へ参詣に出かけて行ったが、そのまま戻らずに消息を絶った。これは、実に言いようのないことであった。

弁慶のこの日のいでたちは、黒革威の鎧の、草摺の平打ちにした金物に、黄色い蝶を三つ二つ打ちつけたのを着込み、大薙刀の真中を握り、敷皮代りの板の上に立った。そうして、

「囃せよおのおの方。東国の奴らに見物させてやろう。これでも若い時分には比叡山で、風流の道では詩歌管絃の方でも認められ、武勇の道では剛勇な法師として知られたのだ。ひとさし舞って、東国の野蛮人どもに見せてやろう」

こう言って、鈴木兄弟に囃子を入れさせながら、

うれしや滝の水、鳴るは滝の水、日は照るとも、絶えずとうたり。東の奴原が、鎧兜を首もろともに、衣川に斬り流しつるかな。

と舞った。

寄せ手はそれを聞いて、

「判官殿の郎党たちぐらい勇敢なものはいない。三万の寄せ手に対して、城中僅かに十騎ほどだ。それでいて、あんな舞を舞ってどれだけ戦えるのだろう」

と言った。寄せ手の中のひとりが、

「なんといってもこちらは三万余騎だぞ。舞なぞ止めろ」

と言い放った。しかし、

「三万も三万による。十騎も十騎によりけりだ。お前たちが戦さをしかけて来たこと自体おかしくて笑っているのだ。比叡山や春日山の麓で、五月会の祭礼に行なう競馬と少しも違わない。おかしいではないか、なあ鈴木。東国の奴らにどれぐらいの腕前かを見せてやろう」

と言って、鈴木兄弟と弁慶は、太刀を抜き、轡(くつわ)を並べ、錏(しころ)を傾けて太刀を兜の鉢の真正面に当てて、大声をあげながら駆けだすと、まるで秋風が木の葉を散らすように、寄せ手は自分の陣地へ引き退った。

「口ほどにもない奴らだ。数はどうした、卑怯な奴らめ、引っ返せ引っ返せ」

と大声で叫んだが、引き返して戦う者はいなかった。

こうしている間に、鈴木三郎は敵の照井太郎と組もうとして、

「お前は誰だ」

「泰衡殿の郎党で、照井太郎高治だ」

「それではお前の主は鎌倉殿の郎党だな。お前の主君の曾祖父清衡は、後三年の合戦の時源氏の郎党だったと聞いている。その子がたけひら（基衡）、基衡の子が秀衡、秀衡の子が泰衡、すると、わが殿にとっては五代にわたる郎党なのだ。それにひきかえ、この重家は鎌倉殿にとっては先祖からの家来だ。とすると、重家の敵としては不足だ。だが、武士というものは戦場で出会う者を敵とするのだ。面白い。照井太郎高治といえば、泰衡の家中では恥を知る侍と聞いている。それなのに、同じく恥を知るこの重家に後ろを見せるとは何事か。卑怯だぞ。止まれ、止まれ」

そう言われて、照井太郎は引き返して斬り合ったが、右肩を斬られて逃げていった。

鈴木三郎も、既に左に二騎、右に三騎を斬り倒し、さらに七、八騎に傷を負わせたが、自分も重傷を受け、

「亀井六郎、犬死するな。重家は今はこうするぞ」

と最後の言葉を残して、腹を掻き切ってうつぶした。弟の亀井六郎は、

「紀伊国の藤代（ふじしろ）を出た日から、命はご主君に差し上げていた。今、思いがけず兄と同じ所で死ねるとは嬉しいことだ。死出の山で必ず待っていてください」

と言って、鎧の草摺を乱暴にもぎ取ると投げ捨てて、

「噂にも聞いていようが、目にも見よ。鈴木三郎の弟、亀井六郎生年二十三歳。武芸の腕はかねてから人に知られているが、東国の奴らはまだ知るまい。初めて見せてやるぞ」

と言うが早いか、大勢の敵の中へ飛び込んだ。そして、左に引きつけ右に攻め寄せ、縦横無尽に

斬りまくったので、真向から誰も向かってくる者がなかった。亀井六郎は、敵三騎を討ち取り、六騎に傷を負わせた。だが、自分も数々の重傷を受けたので、鎧の上帯を緩めると、腹を掻き切って兄の死んだ所へ、枕を並べるようにして死んだ。

さて、一方武蔵坊弁慶は、かなたで斬り合い、こなたで斬り結ぶうちに、喉笛を斬り裂かれ、血がおびただしく流れ出た。世間一般の人ならば、出血のため、意識がもうろうとしてくるところだが、弁慶は、血が出れば出るほど、いっそう猛り狂って、敵をものともしないのであった。血は前へ、鎧の動くままに真赤になって流れ出た。

「あの法師はあまりにも気が狂って、母衣（ほろ）（鎧の背に負って、後ろ矢を防ぐもの）を前にもつけているぞ」

敵はそう言った。また、

「あんな不敵な奴の側へ近づくな」

とも言って、手綱を引き締めて近づかなかった。

弁慶は、幾たびかの合戦で戦さ慣れしているので、倒れかけては起き上がり倒れかけては起き上がりしながら、川原を走り廻ったが、相手になる者はいなかった。

その間に、増尾十郎も討死した。備前平四郎も敵を大勢討ち取り、自分も傷を何ヵ所にも負ったので自害した。片岡と鷲尾とは組んで戦っていたが、鷲尾は敵五騎を討ち取って死んだ。片岡の一方が空いたので、弁慶と伊勢三郎とが入っていっしょに奮戦した。伊勢三郎は敵六騎を討ち取り、三騎に傷を負わせて、満足のいく戦さをしたが、自分も重傷を受けたので別れの挨拶を済

ませると、

「死出の山で待っているぞ」

と言って、自害してしまった。

弁慶は敵を追い払うと、義経の前へ来て言った。

「弁慶が参りました」

義経は、法華経の八の巻を読んでいたが、

「どんな様子か」

と聞くと、

「戦さは今が最後になりました。備前、鷲尾、増尾、鈴木兄弟、伊勢三郎は、おのおの思う存分戦った末、討死しました。今は弁慶と片岡だけになってしまいました。いよいよ最後になりましたので、今一度殿にお会いしたく思い、やって来ました。殿が先に自害なされましたならば、死出の山でお待ちください。弁慶が先に死んだなら、三途（さんず）の川でお待ちしましょう」

弁慶がそう言うと、義経は、

「今は、いっそう名残りが惜しまれる。死ぬ時はいっしょにと約束したのであったが、この義経がお前とともに戦うため乗りだすには、敵として不足だ。お前を屋敷内に引き止めるには、既に味方の者どもが討死してしまった。自害するところへ賤しい奴らに踏み込まれては、武門の恥だ。今はもう仕方がない。たとえ義経が先に死んでも、死出の山で待っている。お前が先に死んだら、本当に三途の川で待っていてくれ。お経ももうわずかだ。読み終わるまでは死んでも義経を守ってくれ」

「承知しました」

弁慶はそう答えておいて、御簾（みす）を引き上げ、義経をつくづくと見て名残り惜しそうに涙に咽んでいた。だが、敵の近づく声を聞くと、別れの挨拶を済ませて立ち去ろうとしたが、また引き返して来て、

六道の道のちまたに待てよ君おくれ先だつ習いありとも

と詠んだ。このようなあわただしい中にあっても、なお死後の世界にまで思いをかけて詠んであるので、義経も、

後の世もまた後の世もめぐりあへ染む紫の雲の上まで

と返したところが、弁慶はついに声をあげて泣き出した。

そうして、弁慶は片岡と背中合わせになって一町ほどを二手に分けて敵を追ったところ、ふたりに追い立てられた敵兵どもは、群をなして逃げた。片岡八郎は、敵七騎のまっただ中に飛び込んで戦っているうち、疲労のために肩も腕も耐えきれなくなり、また、身体にたくさんの傷を負ったので、もう駄目だと思ったのか、腹を掻き切って死んだ。

今は、弁慶ただひとりとなった。薙刀の柄を一尺ほど踏み折ると、勢いよく投げ捨てて、

「ああ、ひとりの方がかえってよいもんだ。つまらない味方は足手まといで、具合が悪かったのだ」

と聞こえよがしに言って、強く踏ん張って立った。そうして、近づいて来る敵があると、その方へ進み寄って、えいっと斬り、やあっと斬り捨てた。馬の太腹や前膝をめちゃくちゃに斬りつけ、敵が馬から落ちてくるところを薙刀の先で首を刎ね、その峰で叩き落としたりしながら暴れ廻ったので、敵は弁慶ひとりに斬り立てられて正面から向かって来る者はなかった。

しかしながら、弁慶の鎧にも数知れぬ矢が突き刺さっていた。それが折れては垂れ下がり、折れては垂れ下がりしたので、まるで蓑(みの)をさかさまに着たようであった。黒い羽根、白い羽根、赤や青などに染めた羽根、いろいろの矢が風に吹かれて揺れる様子は、まるで武蔵野のすすきが秋風に吹かれて、波を打っているようであった。その弁慶が、八方を走り廻って狂ったように暴れるのを、寄せ手の者どもが、

「敵も味方も多く討死したが、弁慶だけはどんなに暴れ廻っても死なないのが不思議だ。全く噂以上だ。われわれの手で殺せなくても、鎮守の大明神、弁慶に近寄って蹴殺してください」

と呪ったのは、馬鹿げた祈りというべきであった。

弁慶は、敵を薙ぎ払うと薙刀をさかさまにして杖に突き、仁王立ちになった。その姿は、全く金剛力士のようであった。そして、一声笑って立ったので、

「あれを見ろよ。あの法師はわれわれを討とうと、こっちをじっと見ているが、無気味な笑い

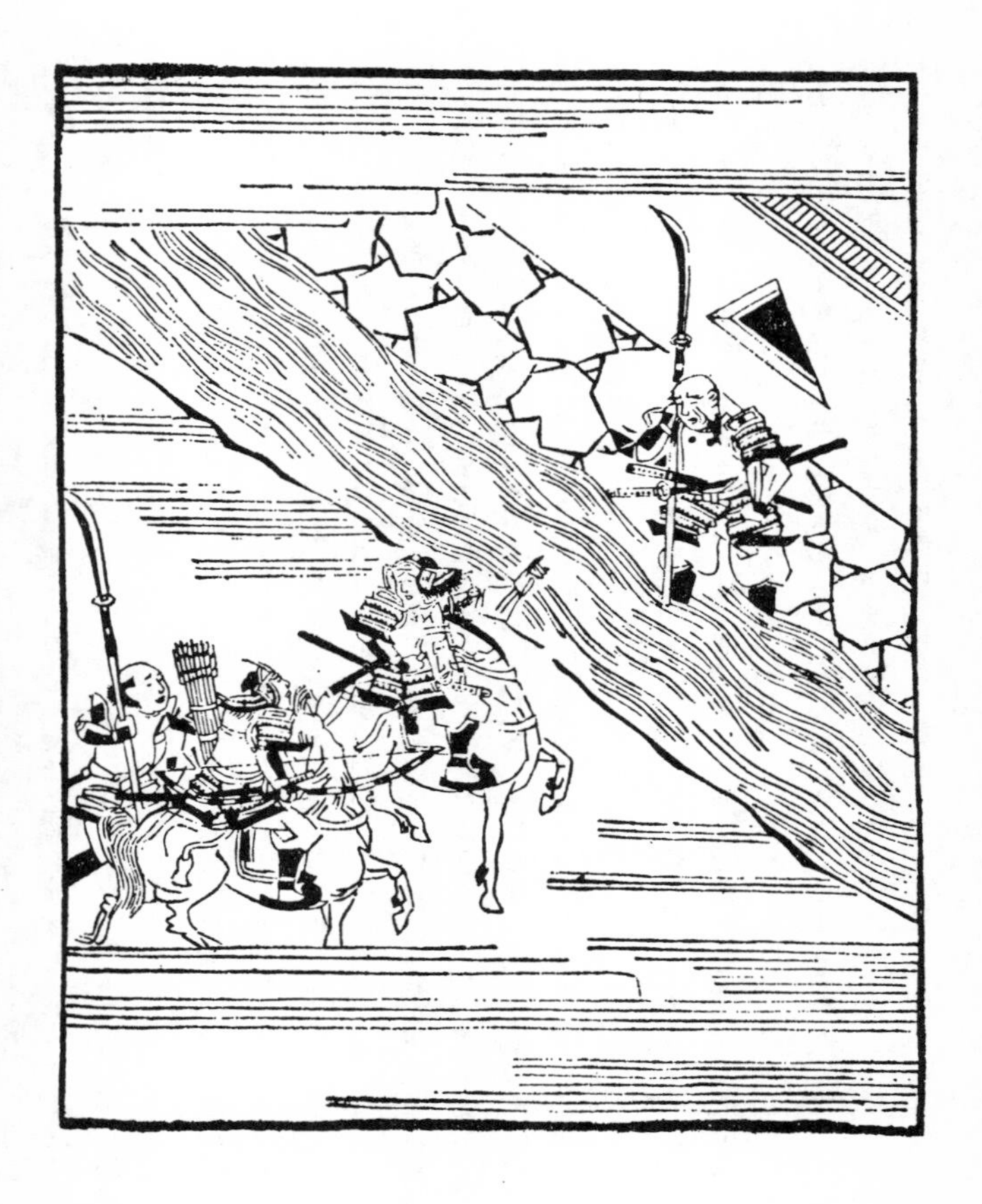

を浮かべているのは普通ではないぞ。近くへ寄って討たれるな」

と言って、敵はなかなか近づかなかった。敵のひとりが、

「真の勇者は、立ったままで死ぬ[2]ことがあるという。誰かぶつかってみてはどうか」

と言ったが、「自分がぶつかろう」と、自ら進んでその役を買って出る者はいなかった。

ひとりの侍がその時、馬に乗って弁慶の近くを駆け抜けた。とっくに死んでしまった弁慶だから、馬に触れて倒れた。薙刀を握って前屈みの格好になっていたので、倒れながら薙刀を前の方へ突き出すかのように見えたから、

「それ、また暴れるぞ」

と言って、敵は急いで逃げて進もうとしなかった。けれども、弁慶は倒れたまま動かなかった。その時になって、敵はわれ先にと近寄っていった。その様子は、実に馬鹿々々しいものであった。後に、弁慶が立ったまま動かずにいたのは、主君の自害する間は敵を近づけまいとして、義経を守護したためであったことがわかったので、人々はいっそう感心した。

判官御自害(しかい)の事

十郎権頭と喜三太は、櫓の上から飛び下りたが、その時喜三太は矢を首の骨に射込まれて死んだ。兼房は楯を背に当て、主殿(しゅでん)の梁につかまって持仏堂の広廂(ひろびさし)の中に飛び込んだ。

これほどの戦さの中に、しやさうという雑色がいた。それはかつて、秀衡入道が義経につけた

身分の低い者であったけれども、

「こいつは、万一の時お役に立つ男ですから召し使ってください」

と太鼓判をおしたので、義経も他の雑色が嫌ったけれども、このしやさうだけは、馬に乗ることを許していた。ところが、今度多くの人が逃げ去ったにもかかわらず、この男だけは残って戦っていたのであった。

しやさうは兼房に向かって、

「私がお屋敷の中から防ぎ矢を射ていますから、早く殿にお会いください。亡き入道殿のお声がかりがあったからには、下郎ながらこのしやさうも、死出の山のお供をいたします」

そう言って、全力を尽くして防戦につとめたので、真正面から向かって来る敵はいなかった。下郎の身でありながら、このしやさうだけが、亡き秀衡入道の言葉どおり残ったということは、あわれなことであった。

さて、兼房がお目どおりにいくと、

「自害すべき時がきたと思う。自害はどのようにするのを立派というのか」

と義経が言ったので、兼房は、

「京都における佐藤四郎兵衛の自害をば、後々まで人々は称讃しています」

と答えた。すると義経は、

「わけはない。切り口の思いきり広いのがよいのだな」

と言った。

以前、三条小鍛冶宗近という刀鍛冶が、ある願いごとのために、六寸五分の短刀を作って鞍馬寺へ奉納したことがあった。この短刀を、後に別当が神から願い受け出し、「いまの剣」と名付けて大切にしていたが、判官が幼くて鞍馬寺へ来た時、別当はこの短刀を判官に守り刀として与えたのであった。それだから、義経も幼少から大事にしていて、常に身体から放すことがなかった。西国での合戦にも、鎧の下に差していたのであった。

義経は鞍馬の別当からもらった三条小鍛冶の小刀を取ると、左の乳の下から背中にまでも通れとばかり突き立て、腹を深く掻き切り、その切り口を三方へ引き破るように広げて腸を引きずり出した。そうして、刀を衣の袖で押し拭い、衣を引き掛け、脇息に身を寄せかけていた。それから奥方を呼んで、

「今はもう、亡き秀衡の後家のもとへでも、また、義経が兄とも思っている基成のもとへでも行きなさい。いずれも都の人だから、非情な仕打ちはしないであろう。故郷の京都へも送ってくれるだろう。これから後、きっと頼りにする者を失って嘆くかと思うと、それだけが後の世まで気がかりであるけれども、何事も前世の因果と諦めて、あまりひどくは嘆かないでほしい」

と義経が言うと、奥方は、

「都を連れ出してくださった時から、今まで命を永らえていられようとは思ってもいませんでした。途中万一のことが起こったら、まず第一に私を殺してくださるものと思っていましたので、今さら驚きはいたしません。君の御手で、少しも早く私の命を奪ってください」

と言って、義経に取りすがった。義経は、

「自害する前にそう言いたかったのだが、あまりにも痛々しいので、言えなかったのだ。今こうなった上は、兼房に頼みなさい。兼房、近くに寄れ」

そう言われたけれども、兼房は奥方のどこへも刀を突き刺せそうにも思えず、ただ、平伏していた。奥方は、

「親の眼ほど狂いのないものはない。これほどの臆病者と見抜かれたからこそ、大勢の中から女である私につけてくださったのだ。私に言われるまでもなく、さっさと殺すべきであるのに、こうして僅かな間でも生かして置いて、恥をかかせようとするとは、なんと情けないことか。さあ、私に刀を寄越しなさい」

と言ったので、兼房は、

「これぱかりは気後れするのが当然でございます。それは、姫君がお生まれになって三日目に、大臣殿がこの兼房を呼んで、『今度生まれた姫は、その方に世話を申しつける』と、ご命令を受けたので、すぐに御産所へ参って初めてお抱きいたしました。それからというものは、非番の日でさえも気に懸り、大きくなったら、女御（にょうご）（昔、天皇のおそば近く仕えた女官。皇后・中宮に次ぐ地位にあった）から皇后にもなられて欲しいものだと思っていましたところ、父君の大臣殿に続いて奥方様までおなくなりになったので、やる方ない嘆きばかり繰り返していました。殿にめぐり会って今度こそはと思っていましたのに、神仏の祈りもむなしく、このような有様を目前にしなければならないとは、少しも思ってみませんでした」

と言って、鎧の袖を顔に当ててさめざめと泣いた。

「たとえ嘆いても、もう今はその甲斐もないのです。敵も近づいて来たことですから」

そう奥方から言われて、兼房は目も眩み魂も消え失せたように思ったが、このままでは済まされないのだと、こう覚悟を決めると腰の刀を抜いて、奥方の肩を押え、右の脇から左の乳房の下へ素早く刺し通した。奥方は、苦しい息の下から念仏を唱えていたが、やがてこときれた。兼房は、その亡骸に衣をかぶせて義経の隣に横たわらせた。そして、乳母に抱かれている五歳になる若君のところへ素早く近づいて、

「お父上様も、お母上様も、死出の山という山路を越えられて、黄泉（よみ）というとても遠い国の国境まで行かれました。若君もすぐいらっしゃいと言っておられました」

と言うと、若君は、自分を殺そうとする兼房の首に抱きついて、

「死出の山とかいうところへ早く行こう。兼房、すぐ連れて行け」

と頻りに催促するので、兼房はもうどうすることもできず、茫然自失して、流れ落ちる涙を止めることができなかった。

兼房は、ああ、前世の罪の報いが悲しい。若君が殿のお子様として生まれたのも、こうなる因縁だったのか。殿が、あの時亀割山で、「この山の巣守にせよ」と、捨てるように言われたお言葉の端が、実際今も耳に残っているような気がする、とこう思いながらまた涙を流していたが、その間にも敵はますます近づいて来る。兼房は、こうしてはいられないと覚悟を決め、若君を二度刺した。若君は、「わっ」と、叫んだだけで息が絶えた。そこで兼房は、若君を義経の衣の下に押し入れた。それから、生まれて七日しかたっていない姫君も同じように刺し殺した。(3) そうし

て、これは奥方の衣の下に押し入れ、

「南無阿弥陀仏、南無阿弥陀仏」

と唱えてから、兼房は自分自身を抱き起こすように力なく立ち上がった。

義経はまだ息が通っていたのであろうか、目をあけて見ようとしながら、

「奥方はどうした」

と言った。

「既にご自害なさいました。お側におられます」

兼房がそう言うと、義経は側を手探りしてみて、

「これは誰だ」

と言ったので、兼房は、

「若君でございます」

と答えた。義経は、手を伸ばして奥方の亡骸に取りすがった。それを見て、兼房はますますその悲しみが強まっていった。

「少しも早く、城に火をかけろ」

義経は、それだけを最後の言葉に、息を引きとった。[4]

かねふさが最後(さいこ)の事

十郎権頭兼房は、「もう今は、かえって気にかかることがなくなった」とひとり言を言うと、あらかじめ用意していたことなので、走り廻って火をかけた。折から、西風が吹いてきて、猛火は間もなく御殿に燃え広がった。

義経と奥方子供たちの亡骸（なきがら）の上には、遣戸格子をはずしてのせ、跡形も残らないようにした。兼房は、火炎（かえん）に咽んで、東も西もわからなくなった。だが、主君を最後まで守り抜こうと思ったため、そのための最後の戦さがまだ残っていることに気づくと、鎧を脱ぎ捨て、腹巻の上帯を強く締め、妻戸から素早く飛び出した。

見ると、この日の大将である長崎太郎兄弟が、中庭に控えていた。敵が自害した以上、もう何事もあるまいと油断をしていた、その長崎兄弟に向かって、

「唐天竺のことは知らないが、我が国では、貴人のお屋敷に、馬に乗ったまま控えているような馬鹿者を知らない。このように言う自分を誰だと思う。清和天皇十代の後裔、八幡太郎義家殿にとっては四代目の子孫、鎌倉殿の御弟君、九郎大夫判官殿の家来、十郎権頭兼房である。もとは久我大臣殿に仕えていた侍だが、今は源氏の郎党である。樊噲（はんかい）など物の数ともしない度々の高名手柄は、誰でも知っている事実だ。さあ、わが腕前を見せてやろう。無法な奴らめ」

兼房の名乗りはこのように長かった。だが、動作は素早かった。名乗りを終えた兼房は、長崎太郎の右の鎧の草摺を半枚通して、膝口から鐙（あぶみ）を吊った皮紐の留め金、馬の肋骨五枚にわたって斬り下げた。乗り手も馬も、足を立て直す間もなくばったりと倒れた。飛びかかって押えつけながら、その首を斬り落とそうとしたその時、兄を討たしてなるものかと、弟の長崎次郎が兼房に

斬りかかった。兼房は駆け違いながら、次郎を馬から引きずり落とし、左の脇に抱え込むと、

「ひとりで越えるつもりだった死出の山だが、供をして越えてもらうぞ」

と言って、火の中へ飛び込んだ。

十郎権頭兼房とは、考えてみると恐ろしい武士で、全く鬼神のような振舞であった。兼房としては、もとより覚悟していたことであった。だが、長崎次郎にしてみれば、功労の恩賞に与り、領地を授かり、朝廷の恩恵をも誇ろうと思っていたやさき、その考えとは全く逆に、取り押えられて焼け死んだとは、思えば気の毒であった。

秀平(ひでひら)か子ども御ついたうの事

泰衡は、こうして討ち取った義経の首を使者に持たせて鎌倉に差し出した。

「大体あの者たちは、考えれば不思議な者どもだ。頼っていった九郎を討っただけでなく、九郎は現実にこの頼朝の弟であると知っていながら、院宣だからといって、わけもなく討ち果たすとは、まことに不可解である」

と頼朝は言って、泰衡が義経の首につけてよこした主だった侍ふたりと、そのほか身分の低い雑色や下郎に至るまで、ひとり残らず首を斬って獄門にかけた。

その上、早速軍勢を派遣して泰衡を討伐する会議が開かれた。すると、その先陣を希望して、千葉介、三浦介、左馬助、大学頭、大炊助、梶原等の武将たちを筆頭に、われもわれもと願い出

て来た。けれども頼朝は、

「善悪は別として、頼朝の一存では決めかねる」

と言って、若宮八幡に参詣した。すると夢の中で、畠山との神のお告げがあった。そこで畠山重忠を先陣(5)に、総勢七万余騎が、奥州へ向かって出発した。

昔は、十二年間の攻防戦を繰り広げた所であった。だが、今度は僅か九十日の間に攻め落とされたということは不思議であった。西木戸、比爪、泰衡などの大将以下三百人の首を、畠山勢によって討ち取られた。そのほかの名もない雑人に至るまで、皆首を取ったので総数はどれぐらいだかわからなかった。

亡き秀衡入道の遺言のように、西木戸、比爪の両人が、念珠、白河の二つの関を固め、泰衡、和泉が義経の指揮に従って戦ったならば、どうしてこのような結果になったであろう。親の遺言に背いたことといい、主君に不忠をはたらいたことといい、悪逆無道なことを思いたって、命を失い、子孫は絶え、先祖代々の領地も他人の宝となってしまったのは、残念なことであった。侍たる者は、忠孝を第一としなければならない。泰衡たちは、まことに残念至極な者どもであった。

注

(1) 十二月二十一日　秀衡の死について、『玉葉』『吾妻鏡』『保暦間記』『源平盛衰記』『北条九代記』『尊卑分脈』などは文治三年十月二十九日とし、八坂本、如白本の『平家』は、文治四年十二月十二日、六十六歳で死んだとしていて、いずれも『義経記』の伝える期日と異なっている。

（2）弁慶の立往生　「立往生」といえば弁慶というように、弁慶の最期を伝えたこの伝説があまねく知れ渡っていたことは、「弁慶の立往生」という諺を生んだことからも推察できる。

血筋は立派だが、怪異な容貌をした力の強い無法者弁慶は、『吾妻鏡』や『平家』にはその力量も智謀も発揮したことが載っていないばかりか、その名前すらろくに出てこない。ただ『義経記』においてのみ、義経の都落ち以後の弁慶を、智勇兼備の大忠臣として描いており、義経の奥州下りもこの弁慶がいたからこそ成功したのだとしている。

この弁慶の最期が立往生であったという記録・記述は、『義経記』以前のものにはみえず、史実として信ずることはできない。

『義経記』は、都落ち以後の働きによってひとまず忠臣としての位置を確保した弁慶に対し、その最後の合戦において、義経の郎党のうち最も武勇を発揮させ、忠臣としても第一位を占めるまでにして、立往生を遂げさせねばならない状況の弁慶像を作りあげている。それは全く理解することのできない上京までして、義経が都で何度か一騎打ちをした末に弁慶を家来にしたことの意味も、初めてここで納得できるのであった。そうして、それは後世における伝説上の弁慶像が確立される根拠ともなったのである。

『義経記』は、この義経伝説の上で欠くことのできない武蔵坊弁慶を、より劇的な最期を遂げさせてその忠節の度を強めるため、立往生という最も悲壮な形の討死様式をとらせたのであろう。弁慶の最期が悲壮であればあるほど、聞き手の同情がいっそう強くなって義経に集まるのであり、それは義経と弁慶の主従関係が特異なものであることを物語っている。

この合戦での戦死者は十一名であったが、その最初の戦死者が鈴木重家であり、次いで亀井六郎、そして最後の弁慶を加えると、熊野出身者が義経の最期に三人もいて活躍したが、それは『吾妻鏡』文治五年九月十八日の条にもあるように、奥州藤原一族の後見に熊野別当がいたということを考えに入れると、この時代の奥州は既に熊野信仰・勢力が強く浸透しており、比較的自由に語れる義経の物語があって、その語りに関与していたのではなかろうか。

立往生・立死という討死の方法は、戦場における討死のうちもっとも壮絶なものとして考えられていたのであろう。それは死んでもなお敵を倒すという武士の執念が武士の間に盛んであった時代であったので、死の寸前まで戦うこの討死様式は、立派な最期として剛の者の最期にふさわしいとされていたのであろう。

『平家物語』に、平家の侍大将武蔵三郎左衛門有国が、三百騎ほどで、源氏の五百余騎と戦って討死したその時の様子を、

有国深入して戦ふほどに、矢種皆射尽して馬をも射させ、歩立になり、打物抜て戦ひけるが、敵余た討取り矢七つ八つ射立られて、立死にこそ死にけれ。　巻七　篠原合戦

このように、弁慶の最期と同じ立死・立往生を遂げたと伝えている。だが『盛衰記』には、腹を切って死んだとある。しかし、自害したはずの有国が、屋島の合戦に伊勢三郎と詞合戦をして、源氏の金子十郎家忠に胸板を射られて再び戦死し、そして壇の浦では、三度めの登場をしている。『南都本平家』でも、やはり篠原合戦と一の谷の合戦とで死んでいる。有国の死については、このような三つの伝えがあったのであろうが、侍大将の死にふさわしいのは、やはり立死であったと思う。

（3）義経の子供　『源平盛衰記』に、

一人の子なればただ置く事なし、残り居て憂き目をみんも心うし、我を先立てゝ死出の山を共に越え給へ　巻第四十六　義経行家都出づ竝義経始終の有様の事

と、奥方である河越太郎の娘が言ったとあって、『義経記』の伝承とは異なっている。義経の子供について他書の記述をみると、

書名		妻の年齢	子供の年齢と数
尊卑分脈			女子四歳
吾妻鏡		妻二十二歳	女子四歳
源平盛衰記			一人の子
剣巻	屋代本	北の方二十二歳	若君四歳　当歳の姫
	盛衰記	女房二十八歳	（古本に）若君三歳　当歳の姫

とあって、一定していない。

『異本義経記』に、義経が大和路へ落ちる時、但馬国の住人山口太郎家任に、

一条堀川ノ法眼カ後家ノ方ニ我娘一人アリ。伊豆右衛門尉ニ娶ヘキ由約諾ス。有綱モ吾ニ同意シテ不便ヲ加ヘ、有綱恙ナクハ、必ス渠ニ嫁シテタヘ。此事ヲ偏ニ頼ムナリト、

こう言ったとあって、やがて有綱も討たれ、義経も死んだので、勧修房得業と相談して式部卿禅師にめあわせ、中道和尚を生んだとある。『吾妻鏡』の文治二年六月二十八日の条に、去る十六日北条時定が大和国宇多郡において、伊豆右衛門尉源有綱義経聟と合戦した。有綱は敗れて深山に入って自殺したと鎌倉へ報告している。そして、これは伊豆守仲綱の息子であると書いている。

『吾妻鏡』編纂の時期には、一説に、有綱の妻が義経の娘であったという伝承があったのであろう。『尊卑分脈』は、この仲綱の次男である有綱の最期を、文治二年六月十九日に、伊賀国名張郡で時定に害されたとしている。『異本義経記』は、『吾妻鏡』にあるこの伝承をもっともらしく伝えているが、史実とはとても信ぜられない。

（4）義経の死　『吾妻鏡』に書かれている義経の最期を要約してみると、

文治五年閏四月三十日、己未。今日陸奥国において、泰衡が源豫州（義経のこと）を襲った。これ

は勅諚によってであり、また一方では二品（頼朝）の命令でもあった。泰衡は、豫州が民部少輔基成朝臣の衣川の館にいるところを、数百騎の軍勢で攻め寄せた。義経の家来たちは防戦したが敗れ、義経は持仏堂に入って、まず妻を殺害し、続いて子供を殺害した後自害して果てた。同年五月二十二日、辛巳。本日申刻に奥州から飛脚が到着して告げた。去月の晦日、民部少輔の館において義経を誅したので、やがてその首を届けると。

また『百練抄』の文治五年六月一日の条に、義顕年三十一（義経のこと。都落ちしてからの義経は、九条兼実の子供の三位中将良経と呼び名が同じということから、「義行」と京側から一方的に改名され、半年後には鎌倉でもそう記録している。しかし、逮捕が長びいているのは、義行という名が「よしゆき」で「よく遁れて行く」に通じるからだろうということで、今度は「よくあらわれる」の意から、「義顕」と再び改名させられた）、去四月晦日奥州において追討の由を言上、とあり、『玉葉』の文治五年五月二十九日の条で兼実は、九郎は泰衡によって誅滅された。これは天下の悦びであり、実に仏神の助けなりと言っている。

義経が奥州で、藤原泰衡によって討たれたことは、まず事実とみてよいと思う。しかし、義経の最期が、『吾妻鏡』の記載のとおりだとすると、最期を遂げた場所が基成の館で、襲った者が基成の娘の長子である泰衡であるのだから、娘婿であり、父である秀衡が死んだ後ということなどを併せ考えた時、基成と泰衡の共同謀議ではないかと疑いたくなるほどの条件をもっていて、とても『義経記』の基成を考えることはできない。

『吾妻鏡』文治五年六月十三日の条に、泰衡の使者、新田冠者高衡が義経の首を持って腰越に到着したので、首実検のため、和田太郎義盛と梶原平三景時を遣わした。二人は兜直垂をつけ、鎧武者二十騎を従えていった。義経の首は黒漆の櫃に納め、美酒に浸してあり、高衡の従僕ふたりが荷って来た。首を見た者は、皆両眼の涙を拭ったために両方の袂を湿らせた、とある。

『義経物語』には次のような、「含状伝説」がある。それは、
○使者が安達（あだち）四郎きよたかという者で、頼朝が首実検している。
○焼首なので見分けられなかったのを、梶原の言で、畠山に見分けさせることにする。
○畠山は、笄で首の口を開けて判官であることを告げ、口にくわえていた一つの文を取って読む。頼朝以下大名小名皆涙を流した。その文には、義経の供養には梶原父子の首を刎ねてもらいたい、そうでない時は、悪霊になって源家を滅ぼすと結んであった。
○梶原は忠節が深かったので斬らずにいたが、弓の的の前を通って射殺された。
という内容のものである。なお、『舞曲』の「含状」や『金平本義経記』にも、内容のほとんど同じものがある。

さて、首を持って腰越に着いたのは六月十三日であるから、義経が自害してから四十日以上もの月日がたっている。焼け首のことでもあり、いかに美酒に浸してあるとはいえ、季節的にも頽（くず）れないはずはないなどという考えから、あれは似たような他人の首であって、九郎判官は衣川では死ななかったという伝説が生まれた。既に室町時代、『お伽草子』に収められた「御曹司島渡り」に渡海伝説があるが、江戸時代になると、あの時、海を越えて蝦夷ヶ島へ渡り（その最初の書が『本朝通鑑』である）、征服して「オキクルミ」と仰がれ、神に祭られたというまでに発展した。そして、天明・寛政の頃、満州に入って清朝の祖となったといわれ出した。やがて時代が変わり、明治十二年、評論家の末松謙澄がロンドンで、英文の"Identity of the great conqueror Genghis Khan with the Japanese hero Yoshitsune"を出版した。同十八年に内田弥八訳述の『義経再興記』が出版された。そして、大正十三年に小谷部全一郎著の『成吉思汗は源義経也』が出版された。この本は、著者が北海道はもちろんのこと、遠く大陸まで歩いて纏めあげたものであった。賛否両論あって世は湧いたが、専門家はこの本を全く否定した。しかし著者は、『成吉思汗は源義経也著述の動機と再論〔反対論者に答ふ〕』を出版して、成

吉思汗と同一人であることを繰り返し唱えた。第二次世界大戦後も、『義経は生きていた』、『成吉思汗の秘密』と題する本が出版されている。

義経がジンギス汗と同一人であるとは考えられないが、義経伝説は以上述べてきたように、昔も今も、日本国民の強い愛惜の心によって支えられているのであるから、九郎判官義経は、いつの世になっても、永遠に伝説の世界では生き続けることであろう。

なお、義経の蝦夷渡りについては、金田一京助先生の「義経入夷伝説考」(『金田一京助選集』第二巻所収)を参照されたい。

(5) 先陣が吉例の畠山　ここのほかにも、巻一に「秩父十郎重国先陣を給はりて、奥州へ打下る」とあり、巻四にも頼朝が重忠に向かって、「御辺打向ひ給ひ候べし。吉例なり」とあるが、『盛衰記』に、君の御先祖八幡殿、宣旨を蒙らせ給うて武衡家衡を追討の時、重忠が四代祖秩父の十郎武綱初参して侍りければ、此白旗を給って先陣を勤め、武衡以下の凶徒を誅し候ひ畢んぬ、近くは御舎兄悪源太殿、上野国大蔵の館にて多古の先生殿を攻められける時、父の庄司重能(しげよし)又此旗を差して、即ち攻落し奉り候ひぬ、されば源氏の御為には御祝ひの旗なりとて、吉例(きちれい)と名を付けて代々相伝仕る、されば君御代を知し召さるべき御軍なれば、先祖代々の吉例を指して参りたりと申せば、………、頼朝日本国を鎮めむほどは汝先陣を勤むべし、但し汝が旗の余りにとりかへもなく似たるに、是れを押せとて藍皮一文を賜り下し給へり、其より畠山が旗の注(しるし)には小紋の藍皮を押しけるなり、

巻第二十三　畠山推参　附大場降人の事

とあって、畠山先陣のいわれを述べている。しかし、実際には必ずしも重忠が先陣ばかりをつとめていたわけではなかった。

畠山重忠は長寛二年(一一六四)に生まれ、元久二年(一二〇五)武蔵国二俣川(ふたまた)で、讒言によって攻撃されて討死した(『愚管抄』には、武勇の士故、攻め寄る人がなくて自害したとある)。重忠が、

武勇にも人格にも模範的であったことは、『義経記』や『盛衰記』のみならず、『吾妻鏡』や『愚管抄』にも書かれている。

解説

小林弘邦

『義経記』と義経について

一般に、『義経記』は「よしつねき」とは読まずに「ぎけいき」と音読するのが慣用となっている。この『義経記』は『平家物語』などとは異なって異本と呼ぶものが非常に少ない。しかし、『義経物語』とか『判官物語』などと題したものもあり、これらはいずれも目次や章段がなく、巻八の「継信兄弟御弔いの事」が欠けているのが特徴である。本文の上でも部分的な異同や増減は勿論のこと、内容や文章においてもいろいろと差異があるが、その根本的な内容である、源義経の生涯を主題にしているということ、そして、それを物語化したものであるという点から、やはり『義経記』と同じ系列のものとして、それが一般的な呼称である『義経記』に当然包括されてよい作品である。だが、これが原名や古い別名だという確証はない。ただこの異称の本は、本文の形態から考察すると、『判官物語』が一番古い形を持っており、次いで『義経物語』、そして、版本として広く流布した『義経記』の順になっていると言われている。

『義経記』の研究は、民俗学的な方法による研究（柳田国男氏の「東北文学の研究」など）と、人物論的な研究とが今日までなされてきた。その作者については、多くの学者がいろいろと仮説をたててきたが、いまだに想像の域を脱し得ない。ただ、作者は関東の者を卑しい者と記述している点からみて、少なくとも都の者であること、また、その本文の上に何種かの短い義経の物語を編集したという矛盾を見出すことができる点から、実在した義経という人物の事実らしく伝承された諸伝説を蒐集して、その一代記風なものを集大成しようとした義経の同情者、すなわち「判官贔屓(びいき)」の者で、しかもそれはひとりの手によってなったことが推察できるのである。成立年代については、従来鎌倉時代説と室町時代説とが唱えられてきたが、今日では南北朝時代まではさかのぼらないが、室町中期までは下らない間の成立と考えられている。

『義経記』は、日本文学史の上で「軍記もの」、ないしは「戦記もの」と呼ぶジャンルに含まれている。軍記ものとは、『保元物語』『平治物語』『平家物語』またその一異本である『源平盛衰記』に、『太平記』『曾我物語』『義経記』などをいう。そうして、『将門記』とか『陸奥話記』などをその前史としてみている。この前史のような京の生活とは関係のない地方の戦乱の記録は、古代末期の戦乱後幾許もない期間に生まれたのであったが、これらは古代後期の物語文学が切り開くことのできなかった、中世の新しい文学作品の誕生のための胎動であり、やがて「軍記もの」という一連の文学作品を誕生させたのである。また、この軍記のうち、『義経記』と『曾我』は、『保元』『平治』『平家』『太平記』などの軍記とはその内容を少しく異にしており、準軍記ともいうべきで、これは軍記から中世の短篇小説への中継の立場をとっている。

この軍記ものは、その語りものとしての書き出しの形式、思想の形式からみて、二つに大別することができる。それは、昔からの代表的人物の名を並べ立てて、その終りに主人公を挙げるという、『平家』や『義経記』の類と、天照大神から何代、神武天皇より何代という形式の、『保元』『平治』『太平記』『曾我』の類とである。(『義経記』と『曾我』は、個人の一代記風であって、互いに物語の展開のしかたは類似しているが、『義経記』は『曾我』ほどの仏教臭などもなく、その内容は別である。また、『盛衰記』は『平家』の一異本といわれているように、その書き出しなど『平家』と同じでありながら、叙述の面からはむしろ『太平記』流のものである。)このどちらの形式を踏んだ場合にも、軍記ものは敗北者となる側の人物に同情を寄せながら筆を執っているのが特徴である。戦いのさなかに若くして死んでいった人をことさらあわれとして描くのであった。その中でも『平家物語』の、平家の公達の最後などは、実に涙なくしては聞くことのできない場面の連続である。なかんずく、一つの物語でひとりの人物の悲劇的生涯を具体的に謳い上げたものとしては、この『義経記』をもって第一とする。

ところで、『平家』がいつの時代に何人によって作られたかということは、まだ完全に解明されてはいない。しかし、吉田兼好は『徒然草』(第二百二十六段)に、信濃前司行長という人が平家物語を作り、生仏という盲人に教えて語らせた。行長は慈鎮和尚の世話になっていたので、延暦寺の事はことさら立派に書きたてた。九郎判官義経の事は詳しく知っていて書いた。蒲冠者範頼の事はよく知らなかったためか多くの事柄を書き漏らした。武士および武芸については東国生まれの生仏が東国の武士から聞いたところを書きとった、と書いている。信濃前司行長が『平家』の作者であるかどうかはさておいて、『平家』が義経に関する事を詳しく書いているのは事実である。この『平家』に義経の名が最初に出てくるのは、源三位頼政が以仁王に対して、平家打倒に応じる全国の源氏を数えあげた時の、

> 陸奥国には故左馬頭義朝が末子、九郎冠者義経　　巻四　源氏揃

の個所である。

次いで木曾義仲の狼藉を取りしずめるため、義経が頼朝の代官として上洛する途中、法住寺殿の焼打ちを知って尾張の熱田神宮の宮司のもとに留まっていた、と『平家』は記載している。明けて寿永三（一一八四）年正月十三日、旭将軍木曾義仲は平家追討のため、西国へ発向しようとした。ところが、東国から頼朝の軍勢数万騎が範頼、義経を大将として義仲の狼藉をしずめるために攻め上って来て、既に美濃国、伊勢国へ着いたということを知り、にわかに防戦体制を敷いた。そこへ宇治路から義経は攻め込んだのであった。

> 九郎義経其日の装束には、赤地の錦の直垂に、紫裾濃の鎧著て、鍬形打たる甲の緒しめ、金作りの太刀を帯き、切斑の矢負ひ、滋藤の弓の鳥打を紙を広さ一寸許に切て、左巻にぞ巻たりける。今日の大将軍の験とぞ見えし。　平家物語巻九　河原合戦

このように、我々はここで九郎義経の武将としての勇姿に初めて接するのであるが、義経の活動は実に合戦とともに始まるわけである。後世有名な、佐々木四郎高綱と梶原源太景季とが、「生食」「するすみ」という頼朝秘蔵の名馬にそれぞれ打ち乗って先陣を争ったという、あの「宇治川の先陣争い」の伝説もこの時の合戦である。

では、記録類における義経の名の初出はどうであったかというと、『吾妻鏡』の治承四（一一

八〇）年十月二十一日の条に、兄弟対面の事が載っていて、義経を好意的に紹介している。だがこの日以後、常陸国の豪族佐竹義政、秀義一族の討伐とか、志田先生義広と下野の豪族足利忠綱の反鎌倉の挙兵に対しての合戦とか、平家の東下りに備えての遠江国への出兵など、いろいろ重要な事件があったのにもかかわらず、これらの軍勢の中に義経の名は見えない。ただ、養和元（一一八一）年七月二十日の条に、頼朝が鶴岡八幡宮の若宮宝殿の上棟式に、大工へ贈った馬の引き役を命じたとあり、また、十月三日平維盛が東国を襲うために下って来たので、これを迎え討つため、十一月五日足利冠者義兼、源九郎義経、土肥次郎実平、土屋三郎宗遠、和田小太郎義盛等を遠江国へ派遣することに決めたが、維盛軍が近江国にあって動かず、かてて加えて一族の十郎行家が尾張国に陣取っているという知らせを受けたので、その出発を中止したとある。そうして寿永三（一一八四）年正月二十日の条に、それまでしばらく名を消していた義経が、宇治路から義仲軍を破って京に入ったことと、義仲が近江の粟津で殺されたことを記載している。『吾妻鏡』は以降の義経に関する事柄を詳しく記載している。また『愚管抄』や『保暦間記』『百練抄』などに、義経が登場するのもこの時である。

一方、中央の公卿側の記録ではどうであったか。藤原兼実の日記、『玉葉』の寿永二（一一八三）年閏十月十七日の条に、頼朝の弟九郎実名を知らず大将軍として数万の軍兵を率いて上洛を企てる、とあり、また同年十一月二日の条には、頼朝の代りに九郎御曹司誰人なりや、尋ね聞くべしを出立させて、上洛させた、と記載しているところをみると、九郎義経が頼朝の弟であるということのほかは何もわからず、ただ頼朝の代官として上洛して来たということであった。そして、これ以後の『玉葉』は、代官九郎御曹司の入京が賛否両論あって騒がしかったが、十一月十八日の義仲の暴挙（法皇の御所を襲ったこと）によって、一挙に入京論に傾いたと書いている。

かくして無名の青年武将義経も、初陣の木曾義仲追討によって一躍京人にその名を知られた。そして、その後義経の名は、その軍功とともに驚くべき早さで天下に広がっていき、まさに時代の寵児の観があった。

寿永三（一一八四）年正月二十九日、義経は西国へ平家追討のため発向した。まず、三草山の西の山口に陣取る三千余騎に夜襲をかけて一気に粉砕し、世評では常に平家優勢をうたわれていた一の谷に陣取る平家を、「鵯越えの逆落し」という、かつてない決死の奇襲を敢行して見事に打ち破った。そうして、二月九日義経は、通盛、忠度、経正、教経（『吾妻鏡』二月十五日の条に、範頼、義経等の飛脚が鎌倉に到着して、合戦記録を献じたとあり、その中に教経が遠江守義定によって討ち取られたとある。——八代国治著の『吾妻鏡の研究』に、この記事は誤りとある——しかし、『平家』『盛衰記』『醍醐寺雑事記』によると、教経は壇の浦で入水して自害したことになっており、特に『盛衰記』では、この合戦の、義経の注進状を載せて、その中で教経を自害した人として書いている。兼実もまた、『玉葉』の二月十九日の条で、教経の一の谷での戦死を疑わしいものと書きながら、これは単に風聞ではなく、実説であると書いている。今ここでは、『吾妻鏡』の記述に従っておいた）、敦盛、師盛、知章、経俊、業盛、盛俊等の大将首と、捕虜の本三位中将重衡を引き立てて、京へ凱旋した。それからの一ヵ年、義経は都にあって、都の治安維持や没官領の処理にあたることとなったが、ここでもいかんなくその手腕を発揮して、朝廷や畿内の人々の信望を集めた。のみならず、朝廷の行事などの重要な事にも携わったのであった。

元暦元年十一月、大嘗祭が行なわれることとなった。そしてその御禊が十月二十五日にあって、義経はその時天皇のお供をした。この時の情景を『平家』の作者は、

今日は九郎判官義経、先陣に供奉す。木曾などには似ず、京慣てはありしか共、平家の中のえりくずよりも猶劣れり。　巻十　大嘗会沙汰

といっているが、この義経に対する見方は、明らかに当時の都人がその眼で捕えたものである。しかし、ともかく京における義経のあり方は一応及第であったが、そこには見えない陥穽があった。それは頼朝との不和の要因となった、左衛門少尉検非違使の補任（元暦元年八月六日）に関してである。義経が頼朝の手を経ずして任官したことに対して頼朝は激怒した。（頼朝は、御家人や武士の任官・叙位は、すべて頼朝を通さなくてはならないとしていた。）そして、頼朝は義経を平家追討使からおろしてしまった。それは義朝の子としての義経にとって、また、武将としての義経にとってまことに非運なことであった。一方、一の谷で敗退した平家は、徐々にその戦力を回復していた。それに対して、八月八日盛大な壮行会の後、勇躍鎌倉を出発した範頼の率いる追討軍は、遠征に疲弊して士気はふるわず、兵粮は不足するといった状況であった。『吾妻鏡』文治元（一一八五）年一月六日の条に、大将範頼が鎌倉へ苦境を訴えたのに対して、頼朝は書状で鼓舞するとともに、周到な注意と指示とを与えたとある。

このような、範頼の率いる遠征軍が既に壊滅しそうな情勢の下に、義経は必要に迫られて再び平家追討使として起用されることとなったのである。

それにしても、義経の心中はどのようなものであったろうか。『平家物語』によると、

今度義経に於ては鬼界、高麗、天竺、震旦までも平家を責落ざらん限りは王城へ帰るべからず　巻十一　逆櫓

と院へ奏聞し、宿所へ帰っては東国の軍兵どもに向かって、

義経鎌倉殿の御代官として院宣を承はて、平家を追討すべし。陸は駒の足の及ばむを限り、海は櫓櫂の届(とつ)がん程責行べし。少しもふた心あらむ人々は、とう〳〵これより帰らるべし。　巻十一　逆櫓

と言っている。また、公卿が出陣の一武将を見送るために出かけていくなどということはいまだかつてないことまでして諫める大蔵卿泰経に向かって、「殊に存念あり、一陣において命を棄てんと欲す（『吾妻鏡』元暦二年二月十六日の条）」と、義経はその決意のほどを述べている。このように死を覚悟しての出陣であればこそ、梶原の献策の「逆櫓」を一笑に付したのみならず、風波の危険を冒して船出し、三日路を六時間ほどで勝浦へと着いた。（『吾妻鏡』元暦元年二月十八日の条に、渡辺を丑の刻に出発し、卯の刻に阿波国椿浦に到着したとある。）そうして、阿波と讃岐の国境の大坂越えをし、やがて屋島の城へ攻め寄せた。不意を突かれた平家はいったん海上へ遁れたが、源氏の寡勢を知ると再び上陸してきて、ここに激戦がかわされた。この時の戦いで、平家の猛将能登守教経の射た矢のため、義経は大事な郎党佐藤継信を、自分の身代りとして失ってしまった。那須与一の扇の的を射る話や、義経が名誉を賭けた「弓流し」などあって、そのうち日が暮れた。明けると、志度浦へ漕ぎ退く平家を追って、激しく攻めたてた。

こうして四国は義経によって源氏の手に落ちた。二十二日になって、渡辺から梶原を先頭に二百余艘（『吾妻鏡』では百四十余艘とある）がようやく来たが、四国の戦いは既に終わっていたので、「会に逢ぬ華、六日の菖蒲、いさかい果てのちぎりかな」と、『平家』作者は笑っている。

『吾妻鏡』の文治元年二月二十一日の条に拠ると、河野四郎通信が兵船三十艘をもって加わったことと、熊野別当湛増が熊野水軍を従えて源氏に味方するため出発したということが、京に聞こえてきたとある。（『盛衰記』に、湛増は頼朝にとっては外戚のおば婿であったが、年来、平家安穏の祈禱をしていた。そこで、今度の源平の合戦にはどちらにつくべきか、田辺の新宮に御神楽を奏して神意を伺ったところ、白旗につけとの託宣があった。だが、なお紅白七羽ずつの鶏を神前で戦わした。〔これが現在和歌山県田辺市の、闘鶏神社である。〕しかし、赤の鶏は戦わずに一羽残らず逃げてしまったので、熊野三山、金峰、吉野、十津河の兵を集め、熊野水軍二百余艘を調えて源氏に加わったので源氏が勝利を得ることができたとある。この湛増は、かつて熊野詣の途中、京に反乱〔平治の乱〕の起こったことを知って途方にくれる平清盛に、兵二十騎を差し出して助けたことが『平治』にある。）また、三月二十一日には、周防国の舟船奉行の船所五郎正利という者が、数十艘の船を献じてきた。その時、義経は喜びのあまり、この正利に鎌倉の御家人にするという書きつけを与えたと『吾妻鏡』にしるされているが、義経は戦場にあって、軍略のみならず、このように行政面においても独断専行であったのであり、それは鎌倉にいる頼朝の最も嫌ったところであった。ともかくここに、平家に対抗できるだけの兵船が源氏にも揃ったのである。（平家の船を、『吾妻鏡』と『盛衰記』は五百余艘、『平家』は唐船をまじえた千余艘としている。また源氏の船は、『盛衰記』が七百余艘、『平家』

が三千余艘としている。）

元暦二（一一八五）年三月二十四日、源平最後の決戦が壇の浦の海上でかわされた。初めは優勢であった平家も、阿波民部大夫田口成良の裏切り（『吾妻鏡』は成良を捕虜として記載している）などによって逆転し、やがてその最後が近づいた。安徳帝が二位尼に抱かれ、「波の底にも都の候ふぞ」と入水したのに始まって、大勢の人々がそれぞれ重しをつけて海底深く沈んでいった。この合戦においても猛将ぶりを発揮したのは能登守教経であり、「義経八艘飛び」は、この教経に追われた義経が為した早業である。

やがて壇の浦で勝利を収めた義経は、三種の神器（このうち、宝剣は海底に沈んでとうとう見つからなかったと、『玉葉』『吾妻鏡』『百練抄』『左記』などの記録類をはじめ、『愚管抄』『平家』『盛衰記』『北条九代記』『神皇正統記』なども記している）と、前の内大臣宗盛以下の生捕りとを伴って渡辺に着き、院に入洛の日取りについて指示を仰いだ。四月二十五日、勘解由小路中納言経房、高倉宰相中将泰通以下が鳥羽の草津へ御迎えに参って、子の刻に、神鏡と神璽は無事に内裏へ納められた。義経もこの時、鎧を着けて供奉したのであった。翌二十六日、遠国近国から都大路につめかけた、幾千万という老若男女の見守る中を、生け捕られた平家の人々は六条を東へ河原まで渡された。かつて、「この一門にあらざらん人は皆人非人なるべし」と、豪語して都に栄華を誇った平家の人々の、都を落ちてからまだ幾許もない今日、零落したこの有様を見て多くの人々は涙を流したと、『平家』作者は伝えている。

このような平家の哀れな末路をまのあたりに見て、院も、公卿殿上人も、僧も、民衆も、都の

人のすべてが、あれほど勢力の強大であった平家を倒し、国々を静め、都に平穏を取り戻した判官義経の軍功を、

唯九郎判官程の人はなし。鎌倉の源二位は何事をか為出したる。世は一向判官の儘にてあらばや。　　巻十一　文之沙汰

と、称揚したのも当然である。だが、梶原をはじめ、鎌倉の御家人たちは必ずしもそう考えていたとは思えない。

それにしても、凱旋後の義経は、六条室町の自邸にあって多忙な毎日を送り迎えていたものと思われる。鎌倉の兄頼朝からはさだめし感謝と慰労の言葉があることだろう、そして、やがては恩賞の沙汰もあるに違いないと、まったくそれ以外の何事をも想像することができなかったであろう。ところが、頼朝は西海にいる田代冠者信綱に手紙をやって、今後頼朝に忠義を尽くそうと思う者は義経に従ってはならないと、内々触れるよう指示した（『吾妻鏡』元暦二年四月二十九日）。このように頼朝の勘気を受けることは、義経にとって寝耳に水ともいうべき処置であった。義経はそれに対し、亀井六郎を使者に異心のない旨の起請文を持たして急ぎ鎌倉へ遣わしたが（五月七日鎌倉着『吾妻鏡』）、それはかえって頼朝の怒りの基となってしまった。また義経自身も、五月七日宗盛父子を引き連れて京都を出発し、十五日の夜、相模国酒匂の駅に到着した。そして、明日鎌倉へ入ることを堀弥太郎景光を使者に連絡すると、北条が頼朝の使者として、武者所宗親、工藤小次郎行光らを連れて宗盛父子を受け取りに来たが、義経に対しては、許可なく鎌倉へ入ってはならない、しばらくその辺に逗留しているようにとの命令を伝えただけであった。結局六月

九日帰洛するまで、義経は酒匂の辺に留まっていた。この間のことを『平家』は、七日の暁、大臣父子を伴なって京都を出発し、二十四日鎌倉に到着した。しかし梶原の讒言のため、金洗沢に関を設け、そこで大臣父子を受け取ると、判官を腰越に追い返し、「九郎はすゝどきをのこなれば此畳の下よりも這出んずる者也。但し頼朝はせらるまじ」と、数千騎に鎌倉を守らせ、自分は随兵の七重八重の囲みの中にいながら言ったと語っている。（義経が勝浦に着いて大坂越えをした時、京の女房から大臣へ宛てた手紙を使いの男から奪ったが、その手紙にも「九郎はすゝどき男士(おのこ)にて侍ふなれば、大風大波をも嫌はず寄せ侍らんと覚えさぶらふ」とある。すゝどき男——気性のするどい敏捷な男——というのが、武将としての義経に対する一般的な評であったのであろう。）『盛衰記』は、七日に六条堀川の宿所を出発して、十七日関東に到着し、頼朝に対面したとあって『義経記』をはじめ、『平家』や『吾妻鏡』などの記述とは異なっている。また『玉葉』も、七日の暁に義経が大臣父子を連れて関東へ下ったとある。なお、『平家』と『盛衰記』は、「義経が勲功の賞に申かへて、御命計は助参せ候べし」と、義経の情を知る気質を物語っているが、それは同時に、兄に会いさえすればわかってもらえるという安易な心が、まだこの時の義経にはあったのであろう。

この後『平家物語』は、「腰越状」「土佐房斬られ」（堀川夜討ちを内容としている）「判官都落」と続いて、義経に関する記述を終えている。

以上が『平家物語』を主に、『吾妻鏡』や『玉葉』を参照した義経伝である。ただここで、『徒然草』に九郎判官義経の事は詳しく知っていて書いたとある『平家』が、都落ちをしてからの義経について何故筆を省いたかということが問題になる。

もともと『平家物語』は、平家一門の興亡盛衰を描いたものであるから、平家の公達に対して深い関心を抱いても、義経の没落については関心がなかったし、立派な武将として、勇敢な戦士として、平家一族以外の誰よりも好意をもって描かれてはいるが、決して義経個人を追求してはいない。『平家』作者は、平家一門の滅びゆく過程を描く上で、その歴史の流れの中で欠くことのできない人物であるがために、すなわち、義経は平家との合戦のうちの重要かつ劇的な合戦の中心人物として登場させたのであって、物語の主人公として登場させたのではない。だからその都落ち以後は、当然その姿を消してしまったのである。義経は「腰越状」以後、一歩一歩滅びへの道を辿り、判官贔屓を育てながら歴史の世界から伝説の世界へと移っていった。そして、『平家』の義経とは別個の義経の物語である『義経記』を誕生させたのであった。それゆえ、『義経記』は『平家物語』の義経がなかったならば、決して誕生しなかったのである。

ところで判官義経が都人に好意をもたれたのは、在地豪族である鎌倉の御家人とその立場を異にしていることや、宮廷貴族や寺院との結びつきの強かったことにもよる。しかしまた、都落ちに際しての義経の行動が、都人の好感を買ったことにもあろう。『平家物語』は、

明くる三日の卯の刻に、都にいさゝかの煩もなさず、波風をも立てずして、その勢五百余騎でぞ下られける。　巻十二　判官都落

と、その都落ちの状況を伝えている。寿永二年閏十月十七日に「実名を知らず」とし、十一月二日には「誰人なりや、尋ね聞くべし」とその日記『玉葉』に書き記した兼実は、当時、鎌倉の頼朝に好意を抱いていたのにもかかわらず、文治元年十一月七日の条においては、

七日、丙戌天晴、入レ夜、人曰、九郎義経、十郎行家等、為二豊後国武士一被二誅伐一了云々、或云、為二逆風一入レ海云々、両説雖レ不レ詳、解纜不二安隠一歟、事若実者、仁義之感報已空、雖レ似レ遺恨一為二天下大慶一也、……、義経成二大功一、雖レ無二其詮一、於三武勇与二仁義一者、貽二後代之佳名一者歟、可二歎美一々々々、……以下略

と誉め称えている。義経の都落ちが、法皇や公卿をはじめ、都の人々の間でいろいろと取沙汰され、憶測が憶測を生んで混乱する中を静かに西海に向かって去っていった名将義経は、都の人のすべてが賞賛せざるを得なかったのに違いない。『盛衰記』に、

凡そ義経京中守護の間、威有りて猛からず、忠有りて私なし、深く叡慮を背かず、遍く人望に相叶ひければ、貴賤上下惜み合へりけるに、かゝる事出来たれば、男女大小歎きけり、今度の奏聞、次第の所行、壮士の法を乱さゞりければ、生きては嘆められ、死しては忍ばれけり、

巻四十六　義経行家都を出づ竝義経始終の有様の事

とあり、こういった面からも、判官贔屓は培われていったのであろう。また、武士階級の体制の確立化に伴なって、それを受け取る社会の眼というようなものも存在してきつつあったのである。

このような立派な武将義経も、『平家』では二十六歳、『吾妻鏡』では二十二歳、それ以前のことについて我々は具体的に何も知ることができない。ただ『平治物語』の「常盤落ちらるる事」「常盤六波羅へ参る事」で、『義経記』巻第一の「義朝都落ちの事」「常盤都落ちの事」をより詳細に、しかも悲劇性を強めて記述している。また、流布本系の『平治物語』には、「牛若奥州下りの事」「頼朝義兵を挙げらるる事並びに平家退治の事」があって、義経の生立ちから大庭野（『義

経記』では黄瀬川）に陣取る頼朝のもとに駆けつけ、やがて梶原平三景時の讒言によって再び奥州へ下り、秀衡の死後、頼朝が騙して泰衡に討たせたとある。この二項は古本にはなく、それを改訂増補していった諸本と流布本においてのみ存在するのであるが、これは明らかに義経伝説の成長過程における後人の加筆である。少年期の義経については、『平家』に、

> 盛次アサ咲テ申ケルハ、サテハ其ハ金商人ヵ所従コサンナレ、平治ニ父義朝ハ被レ討ヌ「母常葉ヵ懐ニイタカレテ大和、山城、迷行キシヲ、故大政入道殿尋出シ給タリシカ、ヲサナケレハ不便也トテ、被レ捨置タリシ程ニ」、鞍馬ノ児シテ、「十五六マテハ有ケルカ」、金商人ヵ粮料背屓テ、奥ノ方ヘ迷ヒタリシ者ニコソトソ申ケル、　屋代本　巻十一　讃岐国屋島合戦事

とある、越中次郎兵衛盛次と伊勢三郎の「ことば合戦」における盛次の言葉から知ることができる。この記述は、義経の幼時から少年期の出来事と奥州下りを伝えているが、これは腰越状の、

> 述懐に似たりと雖も、義経身体髪膚を父母に受け、いくばくの時節を経ずして、故頭殿御他界の間、孤子となって、母の懐の中に抱かれて、大和国宇陀郡に赴きしより以来、一日片時も安堵の思ひに住せず、甲斐なき命は存ずと雖も、京都の経廻難治の間、身を在々所々に隠し、辺土遠国を栖として、土民百姓等に服仕せらる、

に当たる。またその内容としては、『平治物語』の「常盤落ちらるる事」「常盤六波羅に参る事」と、「牛若奥州下りの事」に当たる。そして、これは『義経記』の巻一から巻二の半ばまでに該当している。『屋代本平家』の引用文のうち「　」内は流布本の『平家』にはなく、現存諸本中古態と言われている屋代本にあるのだが、このように屋代本は、流布本より具体的に義経の幼

時を記述しているにもかかわらず、腰越状がない。しかし、この屋代本の『剣巻』には、義経の生い立ちから、木曾、平家と追討し、捕虜の大臣父子を連れて関東へ行ったが、腰越から入れてもらえず、やがて土佐房の襲撃を受け、西国落ちを志すが、風波に妨げられて難波津に着き、攻められて吉野山に逃げ込み、その後北陸道を通って奥州へ下る。文治五年四月二十九日、藤原泰衡の郎党五百余騎に攻められ、妻子三人を殺して自害したとある。その内容は簡潔で、『義経記』と『平家』とを合わせて編年体に組み立てたかのような内容であり、逆櫓によって梶原と不和となり、梶原の讒言によって頼朝と仲違いしたと述べている。ただその表題内題とも『剣巻』とあるように、源家の宝刀「鬚切」「膝丸」の二振りの剣の変遷を、源家の嫡流のひとりひとりに結びつけて、その宝刀の利徳と、神器の一つである天の村雲の剣の由来とを述べている。義経の場合はその結びとして、薄緑の太刀（膝丸の異名）を腰越からの帰途、「兄弟ノ仲和ゲシメ給ヘ」――太平記剣巻――（屋代本の剣巻にはこの語句はない）と、箱根権現に奉納したことを、

屋代本　剣巻　（ ）内は太平記剣巻

（ケルモ運ノ窮メトソ覚エケル）
剣ヲ箱根（権現）ヘ進ラセサリせハカ程ノ事ハ有ラシ物ヲト人々申逢ケリ

と述べて結んでいる。

今まで述べてきたように『義経記』は、ちょうど『平家』に欠けた部分、すなわち平家追討使として活躍するところを除いたその前後の義経誕生から追討使となるまでと、平家の追討が終わって、起請文や腰越状を差し出してまでその異心のない旨を示したにもかかわらず、兄頼朝から

命を狙われ、都を落ちて長い苦難の旅の末に奥州へ着き、幾許もなく衣川の館で自害を遂げるまでを書いている。このように、『義経記』作者が義経のもっとも華々しい義仲および平家の追討合戦の個所を、

御曹司寿永三年に上洛して平家を追い落し、一谷、八島、壇浦、所々の忠を致し、先駆け身をくだき、終に平家を攻め亡ぼして、　　　巻四　義経平家の討手に上り給ふ事

と、わずかな行で片付けているので、現在、古典で義経の物語を読もうとするには、どうしても『義経記』の間に、『平家』の巻九から巻十までの合戦譚を挟んで読まなくては義経の物語を読んだという気がしない。もちろん、『平家』と『義経記』とは文学として異質のものである以上、その一部分を挿入して読むということには問題があるが、義経の生涯における史実や伝承を含めた義経像を知る上からは役立つであろう。しかし、『義経記』巻一から巻四までと、『平家』に書かれている義経では、前者は利発で早業や武芸に勝れた幼年期から青年期への男子としてであり、後者は智勇兼備、部下思いの日本一立派な武将としての九郎判官源義経であるが、『義経記』巻五からの義経は全然別個の人間となってしまうのである。

『平家物語』という「語りもの」が、幾度も幾度も語りを重ねながら、その肉づけの説明を加えているうち、『源平盛衰記』のような「読み本」を生んだように、『義経記』も、部分的に異なった義経の物語がいくつかはぐくまれていたことであろう。そして、それらの物語はその地域々々で、好みの語り方で好みの人物を登場させていったのに違いない。例えば、『義経記』が亀井六郎の言葉としている「紀伊国藤代（田中本などの古本系のものは「鈴木」とある）を出し日

より」が、奥州本では兄の鈴木三郎の言葉としている。この『奥州本義経記』の存在や、『義経記』中の全五十八の説話のうち、東国、北国、東北を舞台とした物語が二十六もあるということなどからも、奥州を中心とした地域では、そういった傾向が特に強く、自分達の義経に関した物語というものが個々に存在したのであろうし、もちろんそれは、今日我々の見る『義経記』の流布した以前のものであったのに違いない。

では、義経の生涯でもっとも華々しい時期を欠いた『義経記』は果してどんな義経を描こうとしたのであろうか。我らの源九郎義経は天下にふたりといない名将軍である、と書き起こす『義経記』は、『平家』とは違ってあらゆる美辞麗句を連ねて義経を粉飾することに相当腐心している。その美しさは、早業とか武芸に勝れたものに対する憧憬であり、仇敵を打ち倒して先祖の恥をすすぎ、一族を再興させたものに対する賛美にほかならない。だから『平家』の、

九郎は色白うせい小きが、向歯(むかば)の殊に差出でてしるかんなるぞ。　巻十一　鶏合、壇浦合戦

というような表現は、少なくとも北国落ちをするまでの義経には思いもよらぬことである。しかしその後、郎党、特に弁慶の保護のもとにしか生きることのできなくなった義経については、少しく趣を異にしてくる。もう美男子でも、早業の持主でも、樊噲や張良にも劣らぬ武芸の持主でも、また慈愛に満ち、信頼に足る武将でもなくなってしまう。あたかも無気力な当時の公卿と化してしまっている。そして、それは知盛や教経といった武勇の士を除いたあの平家の公達の追い詰められた最後に似ている。このように女々しい義経には違いないが、そのかわり稚児時代に笛の技を持たせたように、武将として信頼できなくなった義経に対して、再び巻七の「平泉寺御見

物の事」のところで、自分が設けた危難を笛によって自分が救うという、笛の技の披露を、実につじつまのあわない筋のもとに行なわせている。こんな義経を郎党達は、身の危険をもかえりみず奥州までの長い旅路を、後生大事に保護を加えながら送り届けるのである。

日本一美しい母の犠牲によって命の助かった義経は、その美しさゆえに多くの僧から暖かく見守られ、やがて吉次の助けで奥州に下る。そして、再び上京するや鬼一法眼の娘の犠牲的援助によって平家討伐の兵法を得る。平家との合戦では、秀衡からつけられた大事な郎党佐藤継信を犠牲にし、土佐房の夜襲にあっては江田源三を犠牲にする。（この二人の郎党の死際における義経の態度は類似しているが、継信の態度は、主君の未来を見ることができないのが残念であると言った後、弓矢取りの覚悟、主の命に代わる喜び、そして末代までの語り草となること、それが今生の面目であり冥途の思い出となるといったものであるのに対して、源三の場合は、ご主君の御膝下で死ねば一期の面目だから今はなにも思いおくことはないといった、義経の恩愛を喜ぶだけのものである。また、『義経記』にはいろいろ変わった人々が出てくる。弁慶という悪僧、伊勢三郎という盗賊、喜三太やしゃさうといった身分の低い者の活躍、吉次という金商人、しかもこの吉次は、幼い義経をかどわかしてもうけようなどという、まるで人買いである。その他、鬼一法眼や湛海といった前の時代とは違った者が登場してきて、『平家物語』との成立年代との隔たりや、伝承者・管理者の違いを知ることができる。）吉野山ではまたしても身代りに継信の弟佐藤忠信を殺し、静御前や勧修坊得業などの愛情と犠牲、そして弁慶の献身的な努力によって奥州へ遁れる。そのように、しあわせであるべき義経も、少年時代からの庇護者秀衡の死によって運命は再び下り坂を下っていく。最後の衣川の館では、ただ死ぬために駆けつけたような鈴木重家をはじめ、郎党の全てが死んでから、自分もまた妻子といっしょに自害してその生涯を閉じる。

このように『義経記』は、常に義経を愛する人々とその犠牲の上に生きる義経をいかんなく描いている。そして、功あって罪のない義経が、兄頼朝に憎まれ、苦難と失意のうちに死に至るのは、すべて梶原の讒言であるとする。それが『義経記』の大きな特徴である。しかし、『義経記』は単なる空想の産物、虚構の物語ではない。史実に立脚しつつ、時間的な流れと、地域的なひろがりのうちに、おのずから伝説が伝説を生んだ歴史文学である。

それにしても、義経伝説の集大成されたこの『義経記』という題名の文学作品は、同時にまた義経伝説の母胎でもあったことは、『義経記』以後の文学作品に幾多の題材を提供したことからも知ることができよう。『義経記』全巻にわたり、義経伝説の著名なもので欠いているのは、浄瑠璃姫との伝説、それに御曹司島渡りと蝦夷渡り伝説とであるが、これは鬼一法眼のところの伝説と同型のものである。義経の死を惜しむのあまり、蝦夷に渡ったとするのも、泰衡が遁れる先を蝦夷としていたことや（『吾妻鏡』文治五年九月三日の条）、御曹司島渡りによる暗示からも容易に領けることであって、判官贔屓の者なら誰しも思い描くであろう理想郷だったのである。このようなお伽話的伝説を内包しているということはとりもなおさず、『義経記』が義経伝説の骨子をなしているということにほかならない。そうして、この判官義経については、そのような考え方が、日本人の心の中に今日でもなお生きていることを認めないわけにはいかないのである。

あとがき

佐藤謙三

平凡社から「義経記」をと言われて、すぐ小林弘邦君の顔が目に浮かんで来た。学部の卒業論文も、大学院の研究論文も、共に「平家物語」や義経に関するものであった。勤めの方も本にゆかりのある所にいるし、休暇その他、時間のゆとりも十分なので、全部この人にたのむことにした。

編集部の人も承知してくださったので、さっそく仕事が始まり、すらすら事がはこんで、二冊分のきれいな原稿ができあがった。私のやったことは、ひととおり目を通し、二、三の注について意見を言ったくらいの程度で、本書はすべて小林君の努力の結晶である。

上巻を読んでいただいた方々からも、明快だし、おもしろい、と好評を得た。安心して多くの読者にも見ていただける、とありがたく思った。

どうぞよく読んで、わからない所などは小林君に聞いていただきたい。彼はそれをたのしみにしていると思う。

（四三・九・四）

平凡社ライブラリー版解説――敗亡の唄

町田康

子供の頃、私は将棋のルールを知らなかった。多くの同級生はこれを知っていた。そこで私は級友が楽しく将棋を指している際は、横で指をくわえて見ているより他なかった。私は不思議でならなかった。なぜ彼らは将棋のルールを知っているのか。それでいろいろ探りを入れてみると、彼らは父親より手ほどきを受けて将棋を覚えたようだった。

だが私は父から将棋の手ほどきを受けることはなかった。なぜか。父は平治の戦に敗れて討たれたのか。そうではなかった。私の父は元気に働いていた。だが今の私がそうであるように仕事に没入するあまり余(よ)の事にはまるで興味を示さぬ仕事人間で、家の子供と将棋を指すなどということをしなかったのである。序(つい)でに言うと父は野球をテレビ観戦することもなかった。だから私は野球のルールも知らなかった。それ故、同級生が野球をしている間、私は指をくわえて見ているより他なく、それは将棋観戦よりももっと惨めだった。そこで私は近所を流れる川に行って小魚を漁(すなど)ったり、河原の草むらに入(いり)ごんで蹲(うずくま)るなどしていた。

しかし河原に行くことは小学校の校則で禁止されていた。理由はわからないが、私らは「川に行ったらあきません」と厳しく言われていた。おそらく水難事故を防止するためだろうが、若しかしたら河原には悪霊が吹きだまっており、子供がそれらに取り憑かれたらいかんからかも知れなかった。私はその時、頭の中に様々の想像を巡らせ、いま眼前にある荒涼たる景色を別の景色に見立て、架空のヒーローに成り切って背丈ほどもある草むらの中を駆け回っていた。

それから何十年も経って、自分がそんなことをするとは思いもよらなかったこと、『義経記』を現代風に書き改め、笑ける物語にする、なんてことをしたが、それは、鞍馬山を抜け出して僧正が谷に参り、「これは清盛の首」「これは重盛の首」と祈りつつ武芸の稽古をした牛若丸の精神状態に案外、近かったのかも知れない。

そう言えば私は幼稚園のお遊戯で牛若丸の役を演じたことがある。これを思い返して私は、なるほどなー、と思う。どういうことかと言うと、幼稚園の遊戯では、『桃太郎』とか『猿蟹合戦』といった童話、神話などがよく題材に取られると聞くが、俺らの時代は、『義経記』から始まる義経伝説が題材になった、つまりそれほどに源義経の名は広く世間に知られ、人々に愛されていた、それは今でもそうなのだけれども、さすがに幼稚園の遊戯になることはないのだろうなー、と云うことを思うのである。

私が牛若丸を演じた際の写真を見ると私は稚児の扮装をし、笛を手にして踊っている。これは笛を吹いて歩いて居るところを武蔵坊弁慶が因縁つけてくる場面かな、と思われる。これは舞台の写真だが、稚児姿の私が武者の恰好をした子供と並んで写っている写真もあり、武者は成長した牛若、すなわち義経であると思われる。それを見て思い出すのは、私はその義経役の彼が羨ましくてならなかった、と云うことである。私は凜々しい武者を演じたかった。鎧を着て刀を佩いて恰好付けたかった。だが私に与えられた役は顔を白く塗って変な眉を描いた稚児の役であった。彼を羨んだ私は笛を刀に見立てて腰に差し、柄に手を掛けてこれを抜くようなポーズを取っている。稚児が笛を武器にして荒武者に勝てる訳がない。

義経役を与えられ、私を羨ましがらせたのは近所に住む同級のS君で、彼は勉強もでき、運動もでき、エレクトーンも習って、文武両道、常に級長を務めるような優れた子供であった。そして優等生ではあったが、荒々しい性格も併せ持ち、近所の子供のリーダー格で、私は彼の家にもよく遊びに行った。S君には二つ下の弟があった。S君もその弟も当然、将棋ができた。或る日、どういう経緯か忘れたが、S君の弟が私に将棋の駒の動き方を教えてくれ、その上で、私と対局することになった。しかし最初から敗北を悟っていた私は、どうせ負けるならおもしろいことをして負けてやろうと考え、まず端歩を突き、次はその隣の歩、次はその隣の歩、と規則的に駒を動かした。それに気がついたS君の弟は兄やその場に居た他の子供に、私の無謀な戦術を訴え、みなを笑わした後、冷静に私を打ち負かした。私はまた河原に行った。

私は年少の子供に負けたことを恥じ、その後、暫くは将棋に手を出さなかったが、数年後、「このままでは一生、負け犬だ」と、一念発起して、将棋の入門書を買ってきてこれを学び、仲のよかった近所のH君に対局を申し出た。H君は賢い子供で、勉強はS君よりもでき、性格も穏和で、もっとも仲のよい友だちであった。そして私はH君に手もなく捻られた。しかし以前よりも将棋を理解していた私は、勝負が始まってすぐに、いつになく意地悪な表情で、鮮やかな手を繰り出すH君に驚き、将棋というゲームがほとほと嫌になっていた。なにが嫌だったかというと、「勝つことへの飽くなき執念」「剝き出しの欲望」であった。

私はH君を信じていた。腹の底からいい奴だと思っていた。それがどうだ？　人を騙すこと、人を陥れることしか考えていない。私は思った。

「そこまでして勝ちたいか？」

勝つことへの直進的な道のり、もっとも短い時間で、もっとも効率的に勝つ、というのは、今の世の中でもっとも尊重される考え方である。その姿を美しいと讃美する者は多い。多くの敵手を打ち負かしたスポーツ選手は世界中の喝采を浴び、厳しい競争を勝ち抜いて業界の覇者となった企業を人々は仰ぎ見る。歌声は人の心を動かすが、それと同時に、いやさそれよりも先に、それが何百万回再生されたか、どれほど多くの人がこれを見て、どれほど多くのマネーを集めたか、ということが評価される。

だが歌は抑も誰の為にあったのだろうか。物語はなんの為に語られたのであろうか。それは負けた者の心を慰める為であり、滅びた者に注がれる、同じように負け、滅びつつある者の熱い共感の涙である。

今、私たちが持っている様々の歌、物語、の根幹にある『義経記』がずっと変奏され、語られてきた理由はここにある。そして『義経記』で義経の華々しい活躍が語られない理由もここにある。佐藤忠信が滅び、静御前が滅び、義経主従が滅びていく姿は美しく哀れで、私たちは自らの涙でこれを荘厳することで、自らもまた束の間、救われる。

「君は、そのままで、大丈夫」

という励ましソングは、勝たなければ意味がない、という前提から生まれる欺瞞であることに多くの人が気づき、河原または僧正が谷を飛び歩くとき、そこに響くのが『義経記』という語りなのである。うくく。

（まちだ　こう／作家）

［訳者］
佐藤謙三（さとう・けんぞう）
1910年横浜生まれ。國學院大學文学部国文科卒。専攻は平安文学。主著に『平安時代文学の研究』『佐藤謙三著作集』（全5巻。以上、角川書店）など。國學院大學元学長。1975年没。

小林弘邦（こばやし・ひろくに）
1930年東京生まれ。國學院大學大学院修士課程修了。専攻は中世戦記文学。國學院大學図書館閲覧事務室室長を務めた。1987年没。

平凡社ライブラリー 969
義経記（ぎけいき）

発行日…………2024年6月5日　初版第1刷

訳者……………佐藤謙三・小林弘邦
発行者…………下中順平
発行所…………株式会社平凡社
〒101-0051　東京都千代田区神田神保町3-29
電話　(03)3230-6573［営業］
ホームページ　https://www.heibonsha.co.jp/

印刷・製本……中央精版印刷株式会社
ＤＴＰ…………平凡社制作
装幀……………中垣信夫

ISBN978-4-582-76969-2

【お問い合わせ】
本書の内容に関するお問い合わせは
弊社お問い合わせフォームをご利用ください。
https://www.heibonsha.co.jp/contact/